EL ÚLTIMO
GRADUADO

Naomi Novik es la autora *best seller* del *New York Times* de *Una educación mortal*, *El último graduado* y *Los enclaves dorados*; de las galardonadas novelas *Un cuento oscuro* y *Un mundo helado*, y de la saga Temerario. Es una de las fundadoras de la Organización para las Obras Transformativas y del Archive of Our Own. Vive en la ciudad de Nueva York con su familia y seis ordenadores.

Nube de tags

Dark – Academia – Acción – Fantasía

Código BIC: YF | Código BISAC: JUV000000

Diseño de cubierta: Faceout Studio / Jeff Miller

EL ÚLTIMO
GRADUADO

Segunda lección de Escolomancia

NAOMI NOVIK

Traducción de Patricia Sebastián

Argentina • Chile • Colombia • España
Estados Unidos • México • Perú • Uruguay

Título original: *The Last Graduate*
Editor original: Random House, un sello de Penguin Random House LLC, New York
Traducción: Patricia Sebastián

1.ª edición en **books4pocket** Julio 2024

© 2021 *by* Naomi Novik
Publicado en virtud de un acuerdo con Del Rey, un sello de Random House,
propiedad de Penguin Random House LLC.
All Rights Reserved
© de la traducción 2022 *by* Patricia Sebastián
© 2022, 2024 *by* Urano World Spain, S.A.U.
Plaza de los Reyes Magos, 8, piso 1.º C y D – 28007 Madrid
www.umbrieleditores.com
www.books4pocket.com

ISBN: 978-84-19130-24-2
E-ISBN: 978-84-19029-06-5
Depósito legal: M-12.529-2024

Fotocomposición: Urano World Spain, S.A.U.

Impreso por Novoprint, S.A. – Energía 53 – Sant Andreu de la Barca (Barcelona)

Impreso en España – *Printed in Spain*

VÍBORA GLOBO

No se te ocurra acercarte a Orion Lake.

La mayor parte de las personas religiosas o espirituales que conozco —y, a decir verdad, son o los típicos que acaban en una comuna pagana de Gales, o chavales aterrorizados que asisten a una escuela de magia que intenta matarlos— rezan de forma habitual a una deidad benevolente y omnisciente con el objetivo de que les proporcione consejos útiles a través de signos y augurios milagrosos. Como buena hija de mi madre que soy, puedo afirmar que, en caso de que eso llegara a suceder, no les haría ni pizca de gracia. A nadie le gusta recibir consejos misteriosos e inexplicables de alguien que quiere lo mejor para ti y cuyo criterio es siempre acertado, justo y veraz. O bien te dirá que hagas lo que quieres hacer, en cuyo caso sus indicaciones no eran necesarias, o te dirá que hagas todo lo contrario, por lo que entonces tendrás que elegir entre seguir su consejo de mala gana, como un crío al que le han obligado a lavarse los dientes e irse a la cama a una hora razonable, o hacer caso omiso y seguir a la tuya, con la certeza de que tus acciones acabarán, sin ningún atisbo de duda, en un colofón de dolor y disgustos.

Si te preguntas cuál de las dos opciones elegí yo, es que no me conoces, ya que el dolor y los disgustos forman parte manifiesta de mi futuro. Ni siquiera tuve que pensármelo. El mensaje de mamá tenía toda la buena intención del mundo, pero era muy breve: *Cariño mío, te quiero, sé valiente, y no se te ocurra acercarte a Orion Lake.* Lo leí sin detenerme y lo rompí en pedazos de inmediato, plantada en medio del grupito de novatos canijos que me rodeaba. Me comí el trozo en el que estaba escrito el nombre de Orion y repartí el resto sin perder ni un segundo.

—¿Qué es esto? —preguntó Aadhya. Seguía mirándome con los ojos entornados de indignación.

—Sirve para regenerar el ánimo —respondí—. Mi madre imbuyó el papel con uno de sus hechizos.

—Sí, *tu madre*, Gwen Higgins —dijo Aadhya de forma todavía más cortante—. Esa a la que has mencionado tantas veces.

—Venga, cómetelo y punto —dije imprimiéndole a mi voz toda la irritación de la que fui capaz tras haberme tragado mi pedazo. Me costó menos de lo que habría imaginado. No se me ocurre nada que haya echado tanto de menos, ni el sol, ni el viento ni una noche de descanso a salvo de todo peligro, como a mi madre, así que eso fue lo que me proporcionó el hechizo: la sensación de estar acurrucada en su regazo mientras ella me acariciaba el pelo con suavidad, el aroma de las hierbas con las que trabaja, el ligero croar de las ranas que viven al otro lado de la puerta abierta y la tierra húmeda de una primavera galesa. Me habría animado a tope si no hubiera tenido la mosca detrás de la oreja por lo de Orion.

No tenía muy claro qué intentaba decirme, y las posibilidades eran infinitas. La mejor de todas era que estaba condenado a morir joven y de manera horrible, lo cual, dada su afición por las heroicidades, parecía razonablemente predecible de todas formas. Por desgracia, mamá no es de ese tipo de personas que se opondría a que me «encariñase» de un héroe condenado. Es más bien de esas que animan a vivir cada día como si fuera el último y a darle una alegría al cuerpo mientras se pueda.

Solo se opondría a algo que fuera *malo*, no a algo *doloroso*. De manera que estaba claro que Orion era el maléfice más temible de todos los tiempos, y ocultaba sus malvados planes salvándoles la vida a todos una y otra vez para poder, yo qué sé... ¿matarlos él mismo más tarde? O puede que lo que a mamá le preocupara es que fuera tan pesado que *yo* acabase convirtiéndome en la maléfice más temible de la historia, lo cual era más plausible, ya que se supone que ese es mi destino de todos modos.

Desde luego, lo más probable es que mamá no estuviera segura de por qué debía alejarme de Orion. El chaval le daba mala espina, simplemente, y no habría sido capaz de explicarme el motivo ni aunque me hubiese escrito una carta de diez páginas por ambas caras. Le daba tan mala espina que había hecho autostop hasta Cardiff, había localizado al primer alumno que fuera a empezar la Escolomancia con el que se había cruzado y les había pedido a sus padres que me enviaran su nota minúscula. Alargué la mano y le di un golpecito a Aaron en su menudo y delgado hombro.

—Oye, ¿qué les dio mi madre a tus padres para que me trajeras el mensaje?

Se dio la vuelta y dijo, dubitativo:

—Creo que nada. Dijo que no tenía con qué pagar, pero quiso hablar con ellos en privado, y entonces me dio la nota y mi madre quitó una pizca de pasta de dientes del equipaje para hacer hueco.

Puede parecer algo insignificante, pero nadie desaprovecharía ni un ápice del irrisorio equipaje permitido para los próximos cuatro años en pasta de dientes normal y corriente; yo misma me lavo los dientes con el bicarbonato que saco de los armarios de material de los laboratorios de alquimia. Si Aaron se había traído pasta, eso significaba que esta estaba hechizada de algún modo: algo muy útil cuando vas a pasarte los próximos cuatro años sin ir al dentista. Podría haberle intercambiado sin ningún problema esa pizca de dentífrico a alguien con dolor de muelas por una semana de raciones extra para la cena. Y sus propios padres le habían arrebatado esa posibilidad —mamá les había *pedido* a sus padres que le arrebataran esa posibilidad— simplemente para hacerme llegar la advertencia.

—Genial —dije con amargura—. Toma un poco. —Le di uno de los trozos de la nota a él también. Lo más probable es que después de haber sido arrastrado a la Escolomancia lo necesitara desesperadamente. Es mejor que enfrentarse a la muerte casi segura que les espera a los niños magos en el exterior, pero por poco.

La zona de la comida se abrió en ese momento, y la consiguiente estampida de alumnos interrumpió mis cavilaciones; aun así, Liu me preguntó en voz baja: «¿Todo bien?», mientras hacíamos cola.

Me la quedé mirando fijamente. No es que me hubiera leído la mente ni nada por el estilo: Liu se fijaba en los pequeños detalles y se le daba bien sumar dos más dos; me señaló el bolsillo en el que me había metido el último trozo de la nota, cuyo auténtico contenido me había guardado para mí, incluso mientras repartía unos trozos de papel hechizado que debería haber impedido toda cavilación. Mi confusión se debía a que... me había preguntado.

No estaba acostumbrada a que nadie se preocupara por mí y ya no digamos a que se dieran cuenta de que algo me había alterado. A no ser que estuviera lo bastante alterada como para dar la impresión de estar a punto de prenderle fuego a todo, lo cual ocurre bastante a menudo, todo sea dicho.

Tuve que darle una vuelta al asunto para determinar que, en realidad, no quería hablar de la nota. Nunca se me había presentado aquel dilema. Y el hecho de poder elegir significaba que le estaba diciendo la verdad a Liu cuando asentí para manifestar que *sí, que todo iba bien*, y le sonreí; el gesto me resultó algo extraño y tenso, desconocido. Liu me devolvió la sonrisa, y entonces nos pusimos en la cola y nos concentramos en la tarea de llenarnos las bandejas.

Habíamos perdido a nuestro grupito de alumnos de primero entre todo el jaleo: ellos se ponen la comida los últimos, obviamente, y nosotros teníamos ahora el dudoso privilegio de ir los primeros. Pero nada nos impide tomar una ración extra para ellos, si nos lo podemos permitir, y al menos por hoy podíamos hacerlo. Las paredes del colegio seguían un poco calientes debido a la purga de final de curso. Todos los maleficaria que no habían sido achicharrados por completo empezaban ahora a salir de los numerosos rincones oscuros donde se habían escondido, por lo que no era probable que la comida estuviera contaminada todavía. Liu tomó cartones de leche de más para sus primos, y yo, un plato de pasta para Aaron, aunque un poco a regañadientes. Técnicamente no se le debía nada por haberme traído la nota; no era cosa mía, sino que estaba establecido en el protocolo de la Escolomancia, y eso es algo que se decide en el exterior. Pero, al fin y al cabo, él no había recibido nada a cambio mientras estaba fuera.

Me resultó extraño ser una de las primeras en salir de la zona de la comida y dirigirme hacia la cafetería casi vacía mientras una enorme cola de alumnos serpenteaban, de tres en tres, a lo largo de las paredes; los de segundo daban golpecitos a los de primero y les señalaban las baldosas del techo, los desagües del suelo y las rejillas de ventilación de las paredes para que tuvieran cuidado en el futuro. Las últimas mesas plegadas volvían a ocupar el espacio que se había dejado para los alumnos de primero y se desplegaban entre chirridos y golpes. Mi amiga Nkoyo —¿podía considerarla también mi amiga? Puede que sí, aunque todavía no había recibido una notificación formal, así que tendría que quedarme con la duda un poco más— había salido antes que yo con sus mejores amigos; se había puesto en una de las mejores mesas, que estaba situada en la zona que se encuentra entre las paredes y la cola y solo tenía dos baldosas por encima, con el desagüe más cercano a cuatro mesas de distancia. Estaba de pie y nos hacía señas para que nos acercáramos; no costaba localizarla: llevaba un top nuevo y unos pantalones anchos, ambos con un precioso estampado de diferentes líneas onduladas que casi podía asegurar que tenía algún encantamiento cosido. Este es el día en el que todos estrenan atuendo; la mayoría traemos muy pocas prendas para los siguientes cuatro años —por desgracia, casi todo mi vestuario acabó incinerado en primero—, y era evidente que se había estado reservando aquel atuendo para nuestro último curso. Jowani había ido a buscar dos jarras grandes de agua mientras Cora se encargaba del perímetro.

Se me hacía raro atravesar la cafetería para ir a sentarnos con ellos. Aunque no nos hubieran invitado a unirnos, todavía quedaban libres la mayoría de las mesas buenas y todas las malas. No era la primera vez que podía elegir sitio, pero hasta entonces siempre se había tratado de una jugada arriesgada, ya que llegaba a la cafetería demasiado pronto movida por la desesperación de haber pasado hambre demasiados días. Ahora era simplemente el curso natural de los acontecimientos. Todos los que se dirigían a las mesas a mi alrededor eran alumnos de tercero o de último año, y si no sabía cómo se llamaban, los conocía a la mayoría de vista. Nuestro número se había reducido a aproximadamente mil alumnos, de los mil seiscientos que éramos en primero, lo cual suena horrible, pero lo habitual es que lleguen menos de ochocientos chavales a cuarto. Y, por lo general, menos de la mitad de estos consiguen graduarse.

Pero nuestra promoción había superado las expectativas y el causante de desbaratarlo todo estaba acomodándose en la mesa a mi lado. Nkoyo apenas esperó a que Orion y yo tomáramos asiento antes de soltar:

—¿Ha funcionado? ¿Habéis arreglado la maquinaria?

—¿Cuántos mals había ahí abajo? —Cora metió baza a la vez, mientras se sentaba sin aliento y tapaba la pequeña jarra de arcilla que había usado para verter el hechizo perimetral alrededor de la mesa.

No estaban siendo maleducadas, sino que según el protocolo de la Escolomancia tenían derecho a preguntarnos ya que nos habían guardado sitio en la mesa; era un intercambio más que justo por información de primera mano. Otros alumnos de último curso se acomodaban en las mesas vecinas —lo que nos proporcionaba un perímetro de seguridad aún más sólido— para escuchar nuestra conversación, y los que estaban más alejados se inclinaban descaradamente y ponían la oreja mientras sus amigos les cubrían las espaldas.

Todo el colegio estaba ya al tanto del bombazo, es decir que Orion y yo habíamos conseguido, contra todo pronóstico, volver con vida de nuestra agradable excursión al salón de grados de aquella mañana. Yo me había pasado el día encerrada en mi habitación y Orion solía evitar el contacto con otros seres humanos a no ser que estuviesen siendo devorados por mals, por lo que las noticias que hubieran oído les habían llegado filtradas a través de la cadena de cotilleos del colegio, una fuente de información que no inspira demasiada confianza, sobre todo cuando tu vida está en juego.

No me entusiasmaba revivir aquella reciente experiencia, pero era consciente de que tenían derecho a saber lo que yo podía contarles. Y era *yo*, sin lugar a dudas, la que se lo tenía que contar, porque antes de que hubieran abierto la zona de la comida, ya había oído a otros alumnos de cuarto del enclave de Nueva York preguntarle a Orion algo parecido, pero él había respondido con un: «Me parece que ha ido bien… La verdad es que no me he enterado de mucho. Yo me he encargado de los mals hasta que los demás han acabado y hemos vuelto a subir con el yoyó». Ni siquiera estaba intentando hacerse el chulo, así había experimentado él nuestra misión. Se había cargado a una cantidad ingente de mals en el salón de grados, era un día como cualquier otro. Casi había sentido lástima por Jermaine, que había adoptado la expresión de alguien que intenta mantener una conversación importante con una pared de ladrillos.

—Un *huevo* —le dije a Cora secamente—. Estaba abarrotado, y todos se morían de hambre. —Ella tragó saliva y se mordió el labio. Entonces le dije a Nkoyo—: Los artífices más veteranos nos han confirmado que todo estaba en orden, y han tardado una hora y pico en arreglarlo, así que espero que no estuvieran simplemente haciendo el vago.

Asintió, mirándome con atención. No preguntaba por simple curiosidad. Si de verdad habíamos arreglado la maquinaria del salón de grados, entonces los mismos mecanismos que llevaban a cabo la purga de los pasillos y las aulas dos veces al año también funcionaban ahí abajo, por lo que, seguramente, habían eliminado a un número considerable de mals mucho más grandes y peores que rondaban por el salón a la espera de que diera comienzo la próxima graduación. Y eso daba a entender que muchos de los alumnos que debían graduarse habían conseguido salir de aquí, y lo más importante: que nuestra promoción tendría también más posibilidades de lograrlo.

—¿De verdad crees que lograron salir? ¿Clarita y los demás? —dijo Orion, mirando ceñudo el revoltijo de patatas, guisantes y ternera que había hecho con lo que la cafetería denominaba «pastel al pastor», pero que era, por suerte, un simple pastel de carne. En días menos afortunados, había estado hecho de pastor de verdad. Al margen del nombre, seguía estando lo bastante caliente como para que pudiera verse el vapor salir del interior, aunque a Orion le traía sin cuidado su milagroso estado.

—Lo sabremos a final de curso, cuando nos toque a nosotros pasar por el aro —respondí. Por supuesto, si no hubiéramos conseguido arreglarla, los alumnos de último curso que nos precedían se habrían encontrado con una horda hambrienta y cabreada de maleficaria, que ya de por sí tenían bastante mala leche, y habrían acabado hechos picadillo antes de llegar siquiera a las puertas. Y nuestra clase se lo habría pasado igual de bien dentro de trescientos sesenta y cinco días. Lo cual era un pensamiento alentador, y añadí tanto para mí como para Orion—: Y ya que no podemos averiguarlo antes, no tiene ningún sentido darle vueltas al asunto, así que ¿puedes dejar de marear tu cena? Me estás quitando las ganas de comer.

Puso los ojos en blanco y se metió en la boca de forma dramática una cucharada llena a modo de respuesta, pero eso hizo que su cerebro se diera cuenta de que era un adolescente famélico y empezó a engullir la comida como si se la fueran a quitar.

—Si ha funcionado, ¿cuánto creéis que durará? —dijo otra de las amigas de Nkoyo, una chica del enclave de Lagos que se había sentado en un extremo de la mesa para poder acompañarnos. Otra buena pregunta para la que no tenía respuesta, ya que yo no era artífice. Lo único que sabía sobre las reparaciones que habían llevado a cabo detrás de mí —en chino, idioma que no hablo— era la elevada cantidad de palabrotas que parecían haber salido de los labios de los artífices. Orion ni siquiera se había dado cuenta de aquello: había estado delante de todos nosotros, quitando de en medio a un montón de mals.

Aadhya respondió por mí.

—Las reparaciones que el enclave de Manchester llevó a cabo en su día aguantaron como mínimo dos años, y a veces tres. Yo diría que al menos este año no habrá que preocuparse y puede que el que viene tampoco.

—Pero... después de eso sí —dijo Liu en voz baja, mirando a sus primos, que estaban sentados al otro lado del comedor junto a Aaron y a Pamyla, la chica que le había traído la carta a Aadhya, y un montón de alumnos de primero que se habían agrupado a su alrededor: el típico grupo numeroso con el que en su mayoría solo cuentan los críos de enclave. Aquello me sorprendió, hasta que me di cuenta de que habían ganado algo de popularidad al haber estado tan cerca de Orion, el héroe del momento. Y entonces se me ocurrió que tal vez una parte de esa popularidad tuviera que ver también conmigo, ya que para los de primero yo era una admirable alumna de último año que se había jugado el pellejo, y no la horripilante marginada de mi curso.

Aunque... ya nadie me consideraba una horripilante marginada. Era parte de una alianza junto con Aadhya y Liu, una de las primeras que se había formado en nuestra promoción. Me habían invitado a sentarme en una de las mesas más seguras de la cafetería cuando podían haber elegido a otra persona. Tenía *amigos*. Lo cual me parecía aún más surrealista que haber logrado vivir lo suficiente como para llegar a último curso, y todo eso, absolutamente todo, se lo debía a Orion Lake, así que me daban igual las consecuencias. Y habría consecuencias, de eso no tenía la menor duda. Mamá no me habría advertido sin una buena razón. Pero pagaría el precio, fuera el que fuere.

En cuanto fui consciente de ello, dejé de preocuparme por la nota. Ya ni siquiera deseaba que mamá no me la hubiera enviado. Me la había enviado porque me quería, y porque no tenía ni la más remota idea de quién era Orion; si creía que corría peligro por su culpa, no le quedaba más remedio que advertirme. Y yo podía agradecerle su amor y sentirlo en mi interior, y aun así tomar la decisión de asumir las consecuencias. Estaba preparada. Metí los dedos en el bolsillo para tocar el último trozo de papel, el que ponía *sé valiente*, y me lo comí esa noche antes de ir a dormir, tumbada en mi estrecha cama del piso más bajo de la Escolomancia; soñé que volvía a ser pequeña, que corría en un campo de hierba crecida y flores altas de color púrpura, con la certeza de que mamá estaba cerca de allí, observándome, y de que se alegraba de que fuera feliz.

A la mañana siguiente, cuando me desperté, aquella agradable sensación tardó cinco segundos en desaparecer, que fue lo que me costó espabilarme. En la mayoría de los colegios hay vacaciones a final de curso; aquí, la graduación se lleva a cabo por la mañana, la incorporación por la tarde, donde tú y tus amigos os felicitáis por haber sobrevivido tanto tiempo, y al día siguiente comienza el curso nuevo. A decir verdad, la Escolomancia no es el lugar más adecuado para tomarse unas vacaciones.

El primer día del curso, debemos ir al aula de tutoría que nos han asignado y organizarnos el horario antes del desayuno. Todavía me sentía como un trozo de pan mohoso: las heridas a medio curar suelen empeorar un poco cuando te pones a dar vueltas como una loca subida a un hechizo yoyó, ya ves tú. Había puesto la alarma para que me despertara cinco minutos antes del timbre de la mañana, porque sabía que, fuera cual fuere el aula que me tocase, tardaría una eternidad en llegar. Y, como era de esperar, cuando el papelito se deslizó por debajo de la puerta a las 5:59 de la mañana, vi que tenía que ir al aula 5013. Me quedé mirando el papel fijamente. A los alumnos de último curso casi nunca les tocan aulas por encima de la tercera planta, así que tal vez podrías pensar que aquello me alegró, pero solo se trataba de un aula de tutoría, y estaba convencida de que jamás me asignarían una clase *de verdad* en una planta tan alta. Por lo que sabía, ni siquiera había ningún aula ahí arriba: la quinta planta es la de la biblioteca. Lo más probable era que me enviaran a un trastero en las profundidades de las estanterías con un puñado de desafortunados desconocidos.

Ni siquiera me cepillé los dientes. Me limité a enjuagarme la boca con un poco de agua de mi jarra y me dirigí hacia mi destino mientras los alumnos de cuarto más madrugadores se encaminaban al baño. No me molesté en preguntar si alguien más iba en la misma dirección que yo: estaba segura de que no habrían asignado mi aula a nadie con quien tuviera confianza. Saludé a Aadhya con la mano cuando salió de su habitación con la bolsa de aseo; ella me devolvió el saludo en señal de comprensión instantánea y me dirigió un gesto de ánimo con el pulgar mientras iba a recoger a Liu: por desgracia, todos estamos familiarizados con el peligro que supone tener que recorrer un largo camino para llegar a un aula, y nuestro curso era ahora el que tenía el camino más largo de todos.

Ya no había ninguna planta por debajo de la nuestra: el día anterior, justo cuando los dormitorios de último curso descendieron hacia el salón de grados, los nuestros rotaron para ocupar su lugar, en el nivel más bajo del colegio. Tuve que girar hacia el descansillo de las escaleras, abrirme paso con extrema precaución hacia la planta del taller —sí, era el día posterior a la purga, pero nunca es buena idea ser la primera en llegar a una planta donde hay aulas— y luego subir los cinco empinados tramos dobles de escaleras.

Me pareció que tardaba en subirlas el doble de tiempo de lo habitual. Las distancias en la Escolomancia son extremadamente flexibles. Pueden ser extensas, muy extensas o casi interminables, dependiendo en gran medida de cuánto te gustaría que fueran de otra manera. Tampoco ayudaba el hecho de que hubiese llegado tan temprano. No vi a ningún otro alumno hasta que pasé jadeando por los dormitorios de segundo curso, donde los más madrugadores habían empezado a subir las escaleras en pequeños grupos; eran en su mayoría alumnos de alquimia y artificios que pretendían conseguir los mejores asientos en el taller y los laboratorios. Cuando llegué a la planta de los de primero, el habitual éxodo matutino se encontraba en pleno apogeo, pero como todos eran novatos durante su primer día de clase y no sabían muy bien adónde debían dirigirse, mi recorrido por las escaleras no se aceleró ni un ápice.

Lo único bueno del tortuoso trayecto fue que estuve aferrada todo el rato a mi cuarzo de almacenamiento, concentrándome en introducir maná en su interior. Para cuando llegué al último tramo de escaleras, las tripas me palpitaban y los muslos me ardían, pero cada paso aumentaba notablemente el brillo que se filtraba entre mis dedos, y cuando llegué a la sala de lectura vacía, había llenado más de una cuarta parte del cuarzo.

Necesitaba recuperar el aliento con urgencia, pero en cuanto me detuve, sonó el timbre que avisaba de que faltaban solo cinco minutos. Si me ponía a dar tumbos entre las estanterías en busca de un aula que nunca antes había visto, llegaría tarde, lo cual no era buena idea, así que utilicé de mala gana una pizca del maná que tanto me había costado acumular para lanzar un hechizo localizador. Este me condujo hasta una sección de la biblioteca que estaba totalmente a oscuras. Volví la vista hacia las escaleras sin muchas esperanzas, pero nadie más se me unió.

La razón se hizo evidente cuando llegué por fin al aula, que estaba detrás de una puerta de madera oscura casi invisible, entre dos grandes archivadores llenos de mapas antiguos y amarillentos. Abrí la puerta esperando encontrarme algo de lo más horrible, y así fue: en el interior había ocho estudiantes de primer año, que se volvieron hacia mí y me miraron como una manada de diminutos y especialmente miserables ciervos a punto de ser atropellados por un camión enorme. No había ni un solo alumno de segundo entre ellos.

—No me jodas —dije, indignada, y entonces me dirigí a la primera fila y me senté en el mejor asiento, el cuarto desde el extremo más cercano. Me lo agencié sin siquiera tener que dar ni un empujón, ya que habían dejado casi toda la fila libre; como si todavía fueran a primaria y no quisiesen parecer los favoritos del profe. Los únicos profesores que hay en este colegio son los maleficaria, y no tienen favoritos: les gusta devorarnos a todos por igual.

Los pupitres eran de un magnífico estilo eduardiano, y con eso me refiero a que eran antiguallas; resultaban demasiado pequeños para mí, que mido un metro setenta y cinco, e increíblemente incómodos. Estaban hechos de hierro, por lo que en caso de emergencia costaría mucho moverlos; el pupitre pegado al mío, que apenas era lo bastante grande como para abarcar un folio de tamaño normal, había sido lustrado y pulido estupendamente hacía unos cien años. Desde entonces se le había dado tanta caña que los alumnos habían empezado a escribir sus mensajes llenos de desesperación encima de los de los demás al quedarse sin espacio. Uno había escrito «QUIERO SALIR DE AQUÍ» una y otra vez con tinta roja por toda la superficie en forma de «L», y otro había repasado el mensaje con subrayador amarillo.

Solo había otra alumna en primera fila, y se había colocado en el que parecía el mejor sitio, el sexto desde el extremo más alejado —había sido muy lista al dejar distancia con la puerta—; el problema es que dos asientos más atrás había una rejilla de ventilación en el suelo que había quedado tapada con la mochila de otro alumno menos avispado, por lo que era imposible saber que estaba ahí a no ser que te fijaras en que las otras tres rejillas del suelo estaban distribuidas en forma de cuadrado y faltaba la cuarta. Cuando entré, me observó como si esperara que la echase de su asiento: la edad tiene sus privilegios y los alumnos de cuarto casi nunca se cortan a la hora de exigirlos. Cuando me senté en el mejor sitio de la clase, ella volvió la vista hacia atrás y se dio cuenta de su error; acto seguido recogió su mochila a toda prisa, recorrió la fila y me dijo: «¿Está ocupado?», mientras señalaba el asiento junto al mío con un poco de ansiedad.

—No —le respondí molesta. Lo que me molestaba era que lo lógico era que la dejara sentarse a mi lado, ya que de ese modo mi posición era aún más ventajosa comparada con la del resto, y aun así no me hacía ninguna gracia. Estaba claro que pertenecía a un enclave. Llevaba un portaescudo de algún tipo alrededor de la muñeca, un anillo aparentemente anodino que era, casi con toda seguridad, un prestamagia, y sabía cómo desenvolverse a la perfección en la Escolomancia: por ejemplo, identificando los mejores asientos de un aula incluso durante el primer día de clase, cuando lo normal es que estés demasiado aturdido como para recordar los consejos que te han dado tus padres y en vez de eso te acurruques con los otros críos como una cebra que intenta pasar desapercibida dentro de la manada. Además, el libro de texto de Matemáticas que llevaba en la mochila estaba en chino, pero el volumen de *Introducción a la Alquimia* estaba en inglés y las etiquetas de sus cuadernos habían sido escritas con el alfabeto tailandés, lo que significaba que tenía la suficiente fluidez como para hacer los trabajos de clase no en una sino en dos lenguas extranjeras. Teniendo en cuenta las consecuencias por cometer incluso el más mínimo error, aquello no era cosa fácil para una chica de catorce años. Seguro que había asistido desde los dos años a las clases de idiomas más caras que habían podido pagar los ricachones de sus padres. Y me juego lo que sea a que tenía la intención de volverse hacia los demás alumnos y comunicarles lo peligrosos que eran los asientos en los que se habían sentado, para que entendieran cuál era su posición en el orden jerárquico: por debajo de ella. Me sorprendía que no lo hubiese dejado claro ya.

Entonces, uno de los chicos que estaba detrás de nosotras dijo con timidez: «¿El? Hola» y me di cuenta de que era uno de los primos de Liu. «Soy Guo Yi Zheng», añadió, lo cual me fue de bastante utilidad, ya que tras la incorporación había salido de la cafetería convencida de que no iba a volver a ver a ninguno de los alumnos de primero que había conocido salvo por casualidad, y no me había molestado en aprenderme sus nombres. En este colegio no solemos juntarnos con alumnos de otros cursos. Nuestros horarios se encargan de ello. Los mayores nos pasamos casi todo el tiempo en los niveles inferiores y a los de primer año les tocan las aulas más seguras de las plantas superiores. Si vas a primero y te pasas el rato pululando por donde están los alumnos de último curso, tienes todas las papeletas para que los maleficaria te merienden, y créeme que lo harán.

Pero, por otro lado, si estás en algún sitio con un compañero mayor que tú, preferirás arrimarte a este antes que quedarte a solas. Zheng ya estaba recogiendo su mochila y acercándose sin perder ni un instante, lo cual estaba muy bien, ya que era el que más cerca de la puerta había estado.

—¿Puedo sentarme contigo?

—Sí, vale —dije. No me molestaba que se sentara conmigo. Que Liu fuera mi aliada no le daba derecho a su primo a reclamarme nada, pero no le hacía falta. Liu era mi *amiga*—. Vigila las rejillas de ventilación incluso aunque estés en la biblioteca —añadí—. Y estabas sentado muy cerca de la puerta.

—Ah. Sí, claro. Es que estaba… —dijo mirando a los otros críos, pero lo interrumpí.

—No soy tu madre —dije en tono borde. Lo hice adrede: no les haces ningún favor a los novatos dejándoles creer que en este colegio hay héroes, por mucho que contemos con la presencia de Orion Lake. No podía ser su salvadora; bastante tenía con sacarme las castañas del fuego a mí misma—. No tienes que ponerme ninguna excusa. Te lo he dicho para que lo supieras. Si no quieres hacerme caso, no lo hagas. —El chico cerró la boca y se sentó, un poco avergonzado.

Desde luego, había tenido una buena razón para no alejarse de los otros críos: las cebras van en manadas por algo. Pero no vale la pena jugarse el cuello por las demás. Si tienes mala suerte, aprenderás la lección cuando el león te devore a ti en vez de a ellas. En mi caso, aprendí la lección cuando vi que el león se comía a otro, un pringado que no era tan pringado como yo y al que, por tanto, se le había permitido sentarse al final de la fila, entre la puerta y los chicos populares.

Y no tenía por qué dejar que los demás lo arrinconaran al final de la fila, ya que él era uno de los chicos populares, o al menos era más popular que cualquiera de los presentes, salvo por la chica del enclave. Todo el mundo sabe que la familia de Liu está a un tris de establecer un enclave. Son tan numerosos que un familiar le dejó a Liu una caja llena de artículos de segunda mano cuando llegó al colegio, y ella les había dado a Zheng y a su hermano gemelo Min una bolsa a cada uno con unas cuantas cosas; a final de curso recibirían el resto. Todavía no formaban parte de un enclave, pero tampoco eran unos pobres desgraciados. Aunque, de momento, él seguía comportándose como si fuera un ser humano normal en vez de como un alumno de la Escolomancia.

Los demás chicos comenzaron a murmurar. Mientras hablábamos, los borradores de los horarios habían aparecido sobre nuestros pupitres del mismo modo en que aparecían siempre: si apartamos la vista un momento, al volver a mirar los tenemos en frente de las narices, como si hubieran estado todo el rato ahí. Si intentas pasarte de listo y te quedas mirando el pupitre sin parpadear para que el colegio no pueda ponértelo delante, lo más probable es que ocurra algo malo que te distraiga, como que se apaguen las luces, así que si los demás te pillan haciendo eso, te darán una colleja o te taparán los ojos con la mano. Cuesta mucho más, si hablamos en términos de maná, dejar que los demás vean cómo la magia tiene lugar de un modo en el que, instintivamente, no creen, ya que entonces debes *enraizarla* en ellos, no solo en el universo. Es una de las razones por las que la gente no suele hacer magia frente a los mundanos. Es mucho más difícil, a no ser que se la presentes como una especie de espectáculo, o estés con gente que se esfuerza hasta límites insospechados por creer en la magia que estás efectuando, como le pasa a mamá con los bohemios de sus amiguitos cuando lleva a cabo eso de la curación natural en el bosque.

Y aunque seamos magos, nos sigue sorprendiendo que las cosas aparezcan de la nada. Sabemos que es posible, así que no resulta tan difícil persuadirnos, pero, por otro lado, contamos con mucho más maná propio con el que desafiar dicho acto de persuasión. Al colegio le cuesta mucho menos deslizarnos algo en el pupitre mientras miramos hacia otra parte que dejarnos ver cómo aparece frente a nosotros.

Zheng ya estaba intentando asomarse por detrás de mí para echar un vistazo a la hoja de la chica de enclave. Suspiré y dije de mala gana:

—Ve a sentarte con ella.

No me gustaba ni un pelo, pero por mucho que aquello no me gustara, era mejor que se llevara bien con esa chica. Se removió un poco en el asiento, probablemente debido a la culpa: supongo que su madre también lo había sermoneado sobre ese tema. Acto seguido, se puso en pie, se acercó a la chica tailandesa y se presentó.

A decir verdad, ella le dirigió un saludo educado y lo invitó a sentarse a su lado con un gesto; normalmente hay que hacer la pelota con un poco más de entusiasmo para sentarse junto a un alumno de enclave. Pero imagino que todavía no tenía ningún competidor. Después de que se sentara, otros chicos se acomodaron en los asientos detrás de ellos y todos se pusieron a comparar sus horarios. La chica de enclave rellenó su hoja con una rapidez que delataba que sabía exactamente lo que había que hacer, y luego se la enseñó a los demás y les señaló los problemas que veía con sus horarios. Me aseguraría de echar un vistazo al horario de Zheng cuando terminara, por si acaso la chica estaba siendo demasiado servicial para sacar provecho.

Pero primero tenía que ocuparme de mi propio horario; tras echar un vistazo, me di cuenta de que me esperaba una buena. Sabía que durante mi último año me tocaría cursar dos seminarios: ese era el precio a pagar por haber estudiado la rama de encantamientos y haber reducido al mínimo las clases en las plantas inferiores durante los tres primeros cursos. Pero el colegio me había metido en cuatro... o en cinco, si teníamos en cuenta la monstruosa asignatura doble que se daba a primera hora de la mañana todos los días: *Lecturas avanzadas de sánscrito, formación en inglés*. Se indicaba que contaba tanto para créditos de sánscrito como de árabe, lo cual no tenía ninguna lógica, salvo si, por ejemplo, íbamos a estudiar las reproducciones islámicas medievales de manuscritos en sánscrito, como el que había encontrado en la biblioteca hacía apenas dos semanas. Eso la convertía en una asignatura muy específica. Tendría suerte si en el aula llegábamos a ser cuatro personas. Contemplé el título de la asignatura en lo alto de mi horario, tan pesado como una losa. Contaba con asistir al seminario común de sánscrito que se impartía en inglés, lo que habría significado compartir una de las aulas de seminario más grandes de la planta del laboratorio con alrededor de una decena de alumnos de la India que cursaban las ramas de artificios o alquimia y estudiaban sánscrito para sus créditos de idiomas.

Y no podría alegar un solapamiento con otra asignatura para no ir, ya que no había ningún otro alumno de último curso en el aula con el que comparar horarios. Lo normal era que algún otro marginado me hubiera dejado, de mala gana, echar un vistazo a su plantilla a cambio de poder ver la mía, y eso me habría proporcionado una o dos asignaturas que tomar para intentar que el colegio me cambiara las peores partes de mi horario. Se nos permite elegir hasta tres asignaturas, y siempre que cumplamos con todos nuestros requisitos académicos, la Escolomancia tiene que reajustar nuestro horario en torno a ellas; pero si no sabemos qué otras clases hay o a qué hora se dan, nos arriesgamos a salir muy mal parados.

Mi horario habría sido ya lo bastante horrible solo con el seminario de Lecturas avanzadas, pero además tenía otro magnífico seminario llamado Desarrollo del álgebra y sus aplicaciones a la invocación, cuyos créditos contaban para idiomas, aunque no se especificaba cuáles —señal de que me iban a encasquetar un montón de diferentes fuentes primarias que tendría que traducir—, y debía cursar Historia y Matemáticas avanzadas. No me habían asignado ningún otro curso de matemáticas, así que las probabilidades de poder librarme de ese eran muy escasas. También tenía el horrible seminario al que ya sabía que tendría que acudir, el de Raíces protoindoeuropeas compartidas en la hechicería moderna, y que *no* debería haber sido mi asignatura más fácil; y por último pero no por ello menos importante, el de Las leyendas de Myrddin, que se suponía que contaba para literatura avanzada, latín, francés actual, galés actual e inglés antiguo y medio. No tenía ninguna duda de que para cuando empezara la tercera semana de clase, no recibiría más que hechizos en francés antiguo y galés medio.

El resto de los huecos estaban dedicados al taller —del que tenía que haberme librado por completo, ya que el curso pasado había fabricado un espejo mágico que todavía me dirigía murmullos sombríos de vez en cuando a pesar de que estaba colgado de cara a la pared— y a clases avanzadas de alquimia, ambas con grupos mezclados: lunes y jueves para una y martes y viernes para la otra. Estaría con diferentes alumnos cada día, así que me costaría el doble de lo que ya me cuesta encontrar a alguien que me ayudara en clase o vigilara mi mochila mientras iba a por material.

Era el peor horario de último curso del que había tenido constancia. Ni siquiera los alumnos que aspiraban a ser los mejores de la promoción iban a cursar *cuatro* seminarios. Por otro lado, como si el colegio pretendiera compensarme, los miércoles por la tarde los tenía totalmente libres. Solo ponía «Trabajo libre», igual que en el periodo de trabajo libre que todos tenemos después de comer, solo que en este caso se me había asignado un aula. Más concretamente, esta.

Contemplé aquel recuadro de mi horario con un profundo e implacable recelo, intentando encontrarle el sentido. Contaba con toda una tarde de tiempo libre, en la mismísima biblioteca, sin lecturas, exámenes ni tareas, y tenía un aula reservada para que no tuviera que andar preocupándome por quedarme sin sitio. Solo eso hacía que este fuera seguramente el mejor horario del que había tenido constancia. El intercambio valía la pena. Había estado preocupada porque no sabía cómo iba a recuperar todo el maná que gasté el curso pasado; con una tarde de trabajo libre a la semana, puede que volviera a disponer de reservas suficientes antes del Festival.

Debía de haber alguna pega, una monstruosa, solo que no se me ocurría cuál podía ser. Me puse en pie y le di un toquecito a Zheng.

—Vigila mis cosas —le dije—. Voy a comprobar que no hay nada raro en el aula. Si alguno quiere saber cómo, que preste atención —añadí, y todos levantaron la cabeza para ver cómo examinaba el lugar.

Empecé con las rejillas de ventilación: me aseguré de que todas estuvieran bien atornilladas e hice un croquis en un trozo de papel para tenerlas localizadas en caso de que alguna criatura excepcionalmente inteligente decidiera colarse y sustituir alguna de ellas en un futuro. Conté las sillas y los pupitres y miré debajo de cada uno; saqué todos los cajones del armario de la pared del fondo, abrí todas sus puertas y alumbré el interior. Lo aparté un poco y me cercioré de que no hubiera nada raro en el mueble ni en la pared. Iluminé el perímetro del suelo en busca de agujeros, golpeé las paredes tan alto como pude, comprobé el marco de la puerta para asegurarme de que la parte superior y la inferior estuvieran bien ajustadas y, al terminar, no tuve ninguna duda de que se trataba de un aula perfectamente normal.

Y con eso me refiero a que los mals podrían entrar en ella de numerosas formas: a través de las rejillas de ventilación, por debajo de la puerta o royendo las paredes. Al menos en aquella aula no podían entrar descolgándose del techo, ya que no había techo. La Escolomancia no tiene tejado: estos no hacen falta cuando construyes un colegio mágico en un vacío místico al margen del mundo. Las paredes de la biblioteca se elevan hasta perderse en la oscuridad. En teoría, no se extienden hasta el infinito, sino que acaban por detenerse en algún lugar lejano de ahí arriba. No pienso trepar para comprobarlo. Pero de todas formas, el aula todavía no estaba infestada de monstruos ni había ninguna vulnerabilidad obvia. Así que, ¿qué significaba que el colegio me regalara la posibilidad de pasar una tarde libre a la semana en aquel lugar?

Volví a mi silla y contemplé mi horario. Era consciente, desde luego, de que la tarde libre era el cebo de una trampa, pero se trataba de un cebo muy suculento, y de una trampa excepcional. Lo cierto era que no podía asegurarme ninguna mejora si hacía algún cambio en el horario, ya que no sabía cuándo se impartían las otras clases de último año. Si dejaba de lado, por ejemplo, la asignatura de Raíces protoindoeuropeas para intentar quitarme de encima aquel horrible seminario de Lecturas avanzadas, la Escolomancia tendría una excusa para asignarme un curso de árabe los miércoles por la tarde, incluso si me quitaba el seminario. Aunque intentara hacer un cambio tan nimio como ponerme la clase de Taller con el mismo grupo los jueves por la tarde, estaba segura de que me asignaría la clase de Alquimia los miércoles y otra asignatura diferente los viernes. Cualquier cambio me haría perder lo único bueno de aquel horario sin tener garantizada ninguna mejora.

—Déjame ver tu horario —le dije a Zheng sin albergar ninguna esperanza real. Lo bueno de estar rodeada de alumnos de primer año era que todos me entregaron sus hojas con docilidad, sin pedirme nada a cambio, y pude examinar todos los horarios en busca de alguna asignatura que pudiera cursar. Pero fue inútil. Nunca había oído que se le hubiera asignado a un estudiante de primero una asignatura que pudiera solicitar un alumno de cuarto, y los horarios de aquellos críos no eran una excepción. Todos tenían las clases habituales de Introducción al taller, Introducción al laboratorio (la chica de enclave les había sugerido sabiamente que solicitaran un cambio y las cursasen justo antes de comer los martes y los miércoles, respectivamente, que era la mejor franja horaria que podían conseguir los de primero, ya que los mayores se embolsan las tardes) y Estudios sobre maleficaria de primer año, donde se lo pasarían de fábula; el resto de sus clases eran de Literatura, Matemáticas e Historia, las cuales se daban en la tercera y la cuarta planta. Solo había una excepción: a todos aquellos mocosos se les había asignado el mismo periodo de trabajo libre de los miércoles que a mí, y en esta misma aula. Menudo morro. Y ninguno de ellos se daba cuenta de la suerte que tenía.

Me di por vencida y firmé con fatalismo la parte inferior de mi horario sin intentar siquiera hacer algún cambio; a continuación, me acerqué al enorme y antiguo escritorio que había en la parte frontal del aula, abrí con cuidado la tapa corredera —hoy no había nada ahí dentro, pero no sería siempre así— y metí mi horario. La mayoría de las aulas disponen de un sitio más formal para entregar los deberes, un buzón que finge enviar nuestros trabajos a través de una red de tubos neumáticos hasta un depósito central, pero los tubos se estropearon a principios del siglo pasado y el sistema se arregló simplemente con hechizos de transporte, así que en realidad lo único que hay que hacer es dejar los deberes en algún lugar común que podamos perder de vista, y estos serán recogidos. Contemplé mi horario una última vez, respiré hondo y cerré la tapa.

Estaba convencida de que descubriría lo mucho que la había cagado justo después del desayuno, cuando me dirigiera a mi primer seminario, pero me equivocaba. Lo descubrí apenas un cuarto de hora después, sin tener que abandonar el aula. Me encontraba encorvada sobre una maraña de hilo mientras hacía ganchillo para poder almacenar todo el maná que pudiera antes de ir a desayunar, y me había puesto a pensar en qué tipo de ejercicios aburridos podría llevar a cabo en aquella aula en cuanto la herida se me hubiese curado un poco más: odio con todas mis fuerzas hacer ejercicio, así que obligarme a ejercitar me viene de perlas para generar maná. No había mucho espacio, por lo que no podía mover los pupitres. Tendría que hacer abdominales tumbada sobre dos mesas, pero me importaba un bledo: aquello me permitiría llenar un cuarzo cada dos semanas.

Mientras tanto, los de primero pululaban por la parte frontal del aula como si nada, charlando los unos con los otros. Y por si fuera poco, todos hablaban en chino, incluidos el chico indio y la chica y el chico rusos; estaba bastante segura de que habían estado hablando entre ellos en ruso, pero se habían unido a la conversación general sin problemas. Era obvio que todos cursaban las clases en chino; en este colegio, las asignaturas como Matemáticas o Historia se daban en chino o en inglés.

Hice todo lo posible por ignorar la conversación, pero mis esfuerzos no sirvieron de mucho. Uno de los riesgos de estudiar un número ridículo de idiomas es que mi cerebro cree que si no entiendo algo de lo que oigo es porque no estoy prestando atención y que, si me esfuerzo lo suficiente, seré capaz de adivinar el significado. No debería haberme topado con otro idioma nuevo por lo menos hasta el próximo trimestre, ya que no hacía ni tres semanas que la Escolomancia me había iniciado en árabe, pero al tener que pasarme dos horas en un aula todos los miércoles con un puñado de alumnos de primero que hablaban chino, sabía que no tardaría en empezar a recibir también hechizos en chino.

A menos que todos ellos se las arreglaran, amablemente, para palmarla antes de que terminara el mes, lo que no era imposible. Por lo general, la primera semana del curso transcurre sin pena ni gloria y, entonces, justo cuando los novatos se han relajado y sumergido en un estado de falsa calma, los primeros mals salen de su escondite, por no hablar de la primera oleada de crías recién nacidas que encuentran el modo de colarse desde la planta baja hasta aquí.

Por supuesto, siempre hay alguna que otra criaturita más espabilada que las demás. Como la cría de víbora globo que se había abierto paso en silencio por el conducto de ventilación en ese momento. Lo más probable es que se hubiera estirado lo bastante como para lograr atravesar las guardas del sistema de ventilación, haciéndose pasar por un chorrito inofensivo de líquido; había serpenteado a través de la rejilla y se había enroscado en el suelo detrás de una de las mochilas para volver a su forma original. Seguro que había hecho ruido durante el trayecto, pero los alumnos de primero estaban hablando en voz lo bastante alta como para disimularlo y yo no estaba prestando demasiada atención, ya que por una vez en la vida, era, con diferencia, el peor blanco del aula: ningún mal elegiría atacarme a mí en vez de a cualquier otra de las personas que había en el aula. Había empezado a considerar aquel lugar como una especie de refugio.

Entonces uno de los alumnos de primero la vio y chilló asustado. Ni siquiera me molesté en comprobar por qué chillaba; me había colgado la mochila al hombro y estaba ya a medio camino de la puerta —el chico había dirigido la mirada al fondo de la sala— cuando me fijé en la víbora globo, que se había elevado, completamente hinchada, sobre la cuarta fila de asientos como una esfera de color magenta con salpicaduras azules a lo Jackson Pollock. Las boquillas de dardos empezaban a hincharse. Los demás críos gritaban y se agarraban unos a otros, o se escondían, agachados, detrás de la mesa grande. Era un error muy típico. ¿Cuánto tiempo pensaban quedarse ahí detrás? La víbora globo no iba a irse a ningún lado con ese tamaño, y en cuanto ellos asomaran la cabeza para echar un vistazo, los ataparía.

Eso era problema de *ellos*, desde luego, y si no encontraban una solución por sí mismos, acabarían fiambres el primer día de clase, lo que quería decir que de todos modos no hubieran durado mucho. No era en absoluto mi problema. Mi problema era que me habían asignado cuatro seminarios peligrosísimos y ya iba muy retrasada con el almacenamiento de maná para la graduación. Me iba a hacer falta hasta el último minuto de tiempo en esta aula para acumular el maná suficiente que compensase mi mala suerte. No podía permitirme gastar siquiera la cantidad de energía equivalente de una puntada de ganchillo en un puñado de novatos a los que no conocía y que no me importaban lo más mínimo.

Salvo uno. Tras abrir la puerta del aula de una patada, me volví y grité: «¡Zheng! Hay que salir ya», y él cambió de sentido y corrió hacia mí desde la mesa. Puede que no todos los demás críos me hubiesen entendido, pero eran lo bastante inteligentes como para seguirlo, y la mayoría fueron también lo bastante inteligentes para abandonar sus mochilas al salir disparados. Todos menos la chica de enclave, mira tú por dónde. Sin duda, podría haber repuesto todas sus cosas haciéndoles la pelota a los alumnos mayores de su enclave, pero recogió su mochila antes de dirigirse a la puerta, así que fue la última del grupo; la víbora globo se hinchó lo suficiente como para que sus tallitos oculares brotaran y empezó a girarse para localizar al último de los blancos en movimiento. En cuanto se la zampara, los demás estarían a salvo. Solo era un poco más grande que una pelota de fútbol; acababa de eclosionar, por lo que se detendría para alimentarse de inmediato.

Estaba a punto de atravesar la puerta y salvar el pellejo, tal y como debería haber hecho; tal y como había hecho muchas veces antes. Es la regla más importante del colegio: lo único que debe preocuparte cuando las cosas se ponen feas es salir del paso con la cabeza en su sitio. No es una cuestión de egoísmo. Si te pones a ayudar a los demás, conseguirás que te maten y, de paso, jorobarás cualquier cosa que esté haciendo esa persona para salir con vida. Si tienes aliados o amigos, lo mejor es que los ayudes *antes* de que haya un ataque. Comparte con ellos un poco de maná o un hechizo, fabrícales algún artificio o elabora una poción de la que puedan echar mano en un momento de apuro. Pero si alguien no es capaz de sobrevivir por sí mismo a un ataque, no sobrevivirá. Todos lo saben, y la única persona que conozco que se salta la regla a su antojo es Orion, que es idiota, algo que yo no soy.

Y sin embargo, no atravesé la puerta. Me quedé ahí plantada y dejé que todos los de primero pasaran disparados por delante de mí. La víbora globo adoptó un color rosa pálido, preparándose para disparar a Miss Enclave, y acto seguido, se volvió hacia la puerta con un rápido movimiento al tiempo que Orion, el rey de los atontados, irrumpía en el aula, tomando el rumbo equivocado. Dentro de dos segundos estaría cubierto de veneno y muy probablemente muerto.

Salvo porque yo ya estaba lanzando un hechizo.

Se trataba de una maldición en inglés antiguo muy poco conocida. Es posible que sea la única persona en el mundo que la conozca. Al comenzar segundo, justo después de empezar a estudiar inglés antiguo, me tropecé con tres alumnos de último curso que estaban acorralando a una chica de tercero en las estanterías de la biblioteca. La chica era una marginada, como yo, aunque los chicos nunca habían intentado hacer nada parecido conmigo. Mi aura de futura hechicera oscura debía de haberlos desanimado. Incluso siendo una cría escuálida de segundo, la dejaron en paz en cuanto aparecí. Se escabulleron, la chica se marchó a toda prisa en otra dirección y yo, hecha una furia, saqué el primer libro de la estantería con el que me topé. No era el libro que buscaba: en su lugar, me llevé un fajo de papel casero que se caía a cachos lleno de maldiciones que había escrito a mano hacía unos mil años alguna arpía encantadora. Se abrió en mis manos por la página en la que estaba esta maldición en particular, y yo bajé la mirada y la vi antes de cerrar el fajo de golpe y devolverlo a la estantería.

La mayoría de las personas tienen que hincar los codos para memorizar los hechizos. Yo también, si se trata de hechizos domésticos. Pero si hablamos de hechizos para destruir ciudades o masacrar ejércitos o torturar a los demás de manera horrible —por ejemplo, reduciendo una parte en concreto de la anatomía masculina y transformándola en un bulto tremendamente doloroso—, me los aprendo de un vistazo.

Nunca antes lo había usado, pero en este caso funcionó a las mil maravillas. La víbora globo se contrajo al instante hasta alcanzar el tamaño de una bellota. Se precipitó desde el aire hasta la rejilla del suelo, traqueteó un momento y luego cayó por ella como una canica al desvanecerse por el desagüe de una alcantarilla. Adiós al maná que había acumulado esa mañana.

Orion se detuvo en la puerta y vio cómo la criatura desaparecía, decepcionado. Había estado preparándose para lanzar algún tipo de ráfaga de fuego, lo que habría acabado con la víbora globo… y también con nosotros tres, junto con cualquier contenido combustible del aula, ya que los gases internos de la criatura eran altamente inflamables. La chica de enclave nos lanzó una mirada de conejito asustado y salió corriendo por la puerta, aunque ya no había ninguna razón para correr. Orion desvió la vista hacia ella un momento y volvió a mirarme. Eché una ojeada desanimada a mi oscurecido cuarzo de maná —sí, había vuelto a dejarlo seco— y lo dejé caer.

—¿Qué haces aquí? —dije con irritación, y pasé por delante de él rumbo a las estanterías para dirigirme a las escaleras.

—No has venido a desayunar —respondió él, poniéndose a mi lado.

Así es como descubrí que el timbre no se oía en el aula de la biblioteca, lo que de momento significaba que tenía dos opciones: saltarme el desayuno o llegar tarde a mi primera clase de seminario, en la que muy probablemente nadie me pondría al corriente de mis primeras tareas.

Apreté la mandíbula y empecé a bajar las escaleras de mal humor.

—¿Estás bien? —preguntó Orion finalmente, a pesar de que había sido yo la que lo había salvado hacía un momento. Supongo que todavía no lo había asimilado.

—No —dije con amargura—. Soy idiota.

2
COJINES

quello empezó a hacerse más evidente a lo largo de las siguientes semanas. No pertenezco a ningún enclave. A diferencia de Orion, no dispongo de una reserva prácticamente ilimitada de maná de la que poder servirme para llevar a cabo nobles proezas. Todo lo contrario, pues había gastado casi la mitad de la reserva de maná que había acumulado en los últimos tres años. Por una causa más que apropiada, ya que la utilicé para eliminar a un milfauces, una experiencia que no quiero volver a recordar en toda mi vida, pero daba igual lo buenas que fueran mis razones. Lo importante era que tenía un calendario cuidadosamente planificado para generar maná a lo largo de mi estancia en la Escolomancia y este se había ido a la porra.

Mis esperanzas de graduarme habrían sido también escasísimas de no ser por el libro de hechizos que había encontrado. El hechizo controlador de estados de la Piedra Dorada es tan valioso en el exterior que Aadhya había sido capaz de organizar una subasta entre los alumnos de último año que me había proporcionado un montón de maná e incluso un par de zapatillas de deporte casi nuevas. Pretendía llevar a cabo otra subasta entre los alumnos de nuestro curso dentro de poco. Con suerte acabaría con nueve cuarzos de menos en vez de *diecinueve*. Aun así, me costaría mucho reponerlos y al menos necesitaba otros treinta más para la graduación.

A eso tenía pensado dedicar mis gloriosas tardes libres de los miércoles. Menuda gracia. La cría de víbora globo resultó ser solo el primero de una serie de maleficaria a los que parecía atraerles irremediablemente el aula de la biblioteca. Había mals que nos atacaban en cuanto entrábamos por la puerta. Mals ocultos en las sombras que se abalanzaban sobre nosotros cuando estábamos distraídos. Mals que se colaban por las rejillas de ventilación a mitad de clase. Había mals en el interior de la mesa con tapa corredera. Y otros que nos aguardaban al salir del aula. Podría haberme librado de aprender chino si me hubiera limitado a quedarme de brazos cruzados. Todo aquel grupo de primero habría sido historia antes de que empezara la segunda semana del curso.

Mi destino quedó sellado al final de nuestro primer miércoles juntos. Con sangre, literalmente: acababa de espachurrar a una willanirga, cuyo saco estomacal y sus intestinos habían quedado desparramados por todo el perímetro del aula. Mientras nos dirigíamos a cenar, todos salpicados de porquería en mayor o menor medida, me tragué mi propia irritación y le dije a Sudarat —la chica de enclave— que si quería que siguiera rescatándola, tendría que compartir parte de su reserva de maná.

Se puso toda roja y dijo de forma entrecortada:

—No tengo… No soy… —Y entonces rompió a llorar y salió corriendo.

Zheng me dijo:

—¿No te has enterado de lo de Bangkok?

—¿De qué?

—Es historia —dijo—. Algo acabó con el enclave unas semanas antes de la incorporación.

Me lo quedé mirando. La característica más importante de los enclaves es que no se puede acabar con ellos.

—¿Cómo? ¿El qué?

Extendió los brazos y se encogió de hombros.

—¿Os habéis enterado de lo de Bangkok? —exigí saber durante la cena, preguntándome cómo era posible que se me hubiera pasado por alto una noticia de tal calibre. Pero lo cierto era que les llevaba la delantera a los demás, ya que Liu fue la única de la mesa que asintió y dijo:

—Me he enterado en clase de Historia.

—¿De qué te has enterado? —quiso saber Aadhya.

—Bangkok se ha ido al garete —respondí—. El enclave ha sido destruido.

—¿Qué? —dijo Chloe, volviéndose con tanta fuerza que derramó el zumo de naranja por toda su bandeja. Nos había preguntado si podía sentarse con nosotros, con amabilidad, no como si estuviera haciéndonos un favor al honrarnos con su presencia, así que yo había rechinado los dientes y le había dicho que sí—. Tiene que ser mentira.

Liu negó con la cabeza.

—Una chica de Shanghái que va a nuestra clase nos lo ha confirmado. Sus padres le pidieron a su hermana pequeña que le diera la noticia.

Chloe nos miró inmóvil, con el vaso todavía en el aire. No podíamos culparla por estar cagada de miedo. Los enclaves no desaparecen sin motivo; si un enclave había sido sacudido con la suficiente violencia como para acabar destruido, era una señal de que se avecinaba un conflicto entre enclaves, y el de Nueva York era el principal candidato para estar, de algún modo, metido en el meollo. Pero tras pedirnos a Liu y a mí por tercera vez en menos de cinco minutos que le diéramos más detalles, detalles de los que no disponíamos, le dije finalmente:

—Rasmussen, no tenemos ni idea. Tú eres quien puede averiguarlo. Los de primer año de tu enclave ya deben de haberse enterado de más cosas.

Acto seguido dijo: «¿Me vigilas la bandeja?», y luego se levantó y se dirigió al otro lado de la cafetería, donde estaban sentados los alumnos de primero que pertenecían al enclave de Nueva York. Al volver, tampoco sabía mucho más: ni siquiera había demasiados críos de primero que hubieran oído algo al respecto. Los alumnos de Bangkok no se estaban molestando en difundir la noticia, y Sudarat era literalmente la única alumna de primero del enclave que había sobrevivido para la incorporación. Todos los demás chicos de su edad habían pasado también a mejor vida, lo que alarmó aún más a los demás alumnos. Por lo general, incluso cuando los enclaves acaban lo bastante dañados como para venirse abajo, se dispone del tiempo suficiente para dar la voz de alarma y que los no combatientes puedan escapar.

Para cuando acabamos de cenar, se hizo evidente que nadie estaba al corriente de lo que había pasado. De entrada, en este colegio apenas sabemos nada de lo que sucede en el exterior, ya que las noticias del mundo real nos llegan una vez al año a través de adolescentes de catorce años aterrorizados. Pero la caída de un enclave es algo muy gordo, y ni siquiera los chicos de Shanghái estaban enterados de los detalles. Shanghái había ayudado con la creación de Bangkok: llevan los últimos treinta años patrocinando nuevos enclaves asiáticos, y no por casualidad, ya que han estado quejándose cada vez más sobre el desproporcionado número de plazas de la Escolomancia asignadas a Estados Unidos y Europa. Si borrar del mapa a Bangkok hubiera sido el primer cañonazo de guerra contra Shanghái, los alumnos de primero de este último enclave habrían llegado al colegio con instrucciones precisas de cerrar filas en torno a los chicos de Bangkok.

Por otro lado, si Bangkok se había ido a pique accidentalmente, algo que ocurre de tanto en tanto cuando a los enclaves, tras volverse demasiado ambiciosos, se les va la mano con el desarrollo de armas mágicas nuevas sin decírselo a nadie, a los críos de Shanghái les habrían dado instrucciones para que dejaran de lado a los alumnos de Bangkok. En vez de eso, se habían limitado a… proceder con cautela. Lo que significaba que ni siquiera sus padres sabían qué estaba pasando, y si los miembros del enclave de Shanghái no lo sabían, el resto tampoco.

Bueno, a excepción de quien lo hubiera hecho. Lo que era una dificultad añadida, ya que si había un enclave con todas las papeletas para estar detrás de un ataque indirecto a Shanghái, ese era el de Nueva York. Costaba imaginarse que cualquier otro enclave del mundo hubiera hecho algo semejante sin al menos su apoyo tácito. Pero si Nueva York había organizado en secreto algo tan gordo como la destrucción de un enclave, era indudable que no les habría contado nada a sus alumnos de primero, lo que quería decir que ni siquiera los estudiantes de Nueva York sabían si su enclave había estado involucrado o no, aunque lo que sí tenían claro —al igual que los alumnos de Shanghái— era que si no había sido un accidente lo más probable era que sus padres se encontraran ahora mismo sumidos en una guerra. Y no teníamos ningún modo de averiguarlo hasta dentro de un año.

No era una situación que pudiera considerarse propicia para incitar el compañerismo entre enclaves. Por mi parte, me daba igual no saberlo. No iba a unirme a ninguno. Había tomado la decisión —a regañadientes— el año pasado, por lo que si se desataba una guerra, no pensaba involucrarme. Incluso si al final se trataba solo de algún maléfice al que le había dado por eliminar enclaves, no tenía nada que ver conmigo, salvo porque sería probablemente mi futuro rival, de acuerdo con la desagradable profecía que me facilitaría la vida si se hacía realidad de una vez.

Lo que me preocupaba era que Sudarat no iba a poder ayudarme con el que sin duda iba a convertirse en mi quinto seminario: el del rescate de críos de primero. La reserva de maná de su enclave ya era relativamente reciente y limitada para empezar, pero ahora los alumnos de último curso de Bangkok habían conseguido el control absoluto de esta y la estaban usando a la desesperada con otros alumnos de enclave para conseguir alianzas de cara a la graduación. Ni siquiera la compartían con los de segundo y tercero. Se habían vuelto tan pringados como el resto, por lo que debían apañárselas como pudieran para conseguir recursos y sobrevivir. Su única moneda de cambio a la hora de formar alianzas había sido la posibilidad de ofrecer una plaza en su enclave de rápida expansión, que ya era historia, y ahora estaban operando bajo un aura de espeluznante incertidumbre, ya que nadie sabía lo que había pasado. Los otros alumnos de primero habían dejado de lado a Sudarat, pero no porque no supieran que era de Bangkok, sino precisamente porque lo sabían. Tampoco le habían dado una parte del material que habían dejado los alumnos de cuarto del año pasado. La bolsa que había traído al colegio era todo lo que tenía.

Supongo que debería haberme dado pena, pero prefiero sentir pena por alguien que nunca ha tenido suerte en vez de por una chica privilegiada a la que se le ha acabado el chollo. Mamá me habría dicho que no pasaba nada porque me dieran pena ambos, a lo que yo habría contestado que ella podía sentirlo por las dos; mi suministro de compasión era más limitado y tenía que racionarlo. De todas formas, a pesar de mi falta de compasión, ya le había salvado la vida a Sudarat dos veces antes de la segunda semana del curso, así que no tenía derecho a quejarse.

Ni yo tampoco, ya que al parecer estaba decidida a seguir haciéndolo.

Aadhya, Liu y yo habíamos planeado ir a ducharnos aquella noche. Mientras bajábamos las escaleras, le dije a Liu con amargura:

—¿Tienes tiempo después? Me vendría bien aprender algunas frases básicas en chino.

Cualquiera podría pensar que me refería a cosas como «¿Dónde está el baño?» o «Buenos días», pero en este colegio lo primero que aprendemos a decir en cualquier idioma es «Agáchate», «Detrás de ti» y «Corre», frases que necesitaría para que los alumnos de primero no me estorbaran mientras les salvaba la vida. Totalmente a mi costa.

Liu ladeó la cabeza y dijo con suavidad:

—Iba a pediros que me ayudarais.

Metió la mano en su mochila y sacó un estuche de plástico transparente con unas tijeras en su interior: un par para zurdos con restos de vinilo verdes todavía pegados a los dedales, una hoja mellada y la otra un poco oxidada. Señales alentadoras: se

45

encontraban en un estado lo bastante deteriorado como para no estar malditas ni animadas. Llevaba un par de semanas buscando a alguien que le pudiera prestar otras.

El pelo le llegaba por debajo de la cintura; era de un brillante tono negro azabache, excepto en las raíces, donde brotaba un color que a cualquiera le habría parecido también negro, salvo por el contraste ligeramente más oscuro de la larga cabellera. Llevaba años dejándoselo crecer, y tres de ellos los había pasado aquí dentro, teniendo que negociar los términos y condiciones de cada ducha que nos dábamos. Pero no le pregunté si estaba segura. Sabía que lo estaba, aunque solo fuera por una cuestión meramente práctica. Aadhya iba a utilizarlo para encordar el laúd de araña cantora que estaba fabricando para la graduación, y de todos modos, la única razón por la que había podido dejárselo crecer tanto era porque había estado utilizando malia.

Pero entonces sufrió una inesperada y exhaustiva limpieza de aura, y decidió no volver a tomar el camino de baldosas de obsidiana. Así que ahora tenía que saldar de golpe los tres años que había pasado con un pelazo de infarto. Nos habíamos turnado por las noches para ayudarla a deshacer los horribles enredos que se le formaban cada día a pesar del esmero que ponía en trenzarse la melena.

Cuando acabamos de ducharnos, las tres nos dirigimos a la habitación de Aadhya. Afiló las tijeras con sus herramientas y tomó la caja que había preparado para el pelo. Yo empecé mi tarea con cuidado, cortando apenas un centímetro de un mechoncito de pelo, que alejé todo lo posible de la cabeza de Liu; es mejor proceder poco a poco cuando tienes entre manos unas tijeras desconocidas. No ocurrió nada malo, así que fui cortando lentamente hasta llegar a la mitad del mechón, y entonces tomé una profunda bocanada de aire y corté con rapidez justo por la línea visible que separaba la parte de pelo antigua de la más reciente; le entregué el largo trozo a Aadhya.

—¿Estás bien? —le dije a Liu. Estaba asegurándome de que no les pasara nada raro a las tijeras, pero también quería proporcionarle una excusa para que se tranquilizara: imaginaba que sería un palo para ella, aun cuando no fuera a echarse a llorar ni nada por el estilo.

—Sí, estoy bien —respondió ella, pero estaba parpadeando y para cuando le corté la mitad del pelo, me fijé en que sí se había puesto a llorar, aunque de manera silenciosa. Una gruesa lágrima rodó por su mejilla y le salpicó la rodilla.

Aadhya me lanzó una mirada de preocupación y dijo:

—Si quieres parar, me las puedo apañar ya con esto.

El corte ni siquiera le hubiera quedado mal: el pelo de Liu era tan grueso que, de todos modos, había tenido que cortárselo en capas con esa mierda de tijeras, así que había empezado por debajo. Una nunca sabe cuándo se le estropearán unas tijeras, y si acababa con la capa superior de la melena muy corta y unas greñas largas colgando por detrás, cualquiera al que le pidiera prestadas unas tijeras la desplumaría.

—*No* —dijo Liu, con la voz temblorosa pero totalmente segura. Por lo general, era la más callada de las tres; Aad podía echar chispas cuando se enfadaba, y si alguna vez se celebran unas olimpiadas de la rabia, yo tendré todas las probabilidades de llevarme el oro. Pero Liu se mostraba siempre tan contenida, tan comedida y reflexiva, que era toda una sorpresa verla a punto de perder la compostura.

Inhaló y tragó saliva, pero fueran cuales fueren sus sentimientos, no iba a volver a reprimirlos.

—Quiero cortármelo —dijo con un dejo cortante en la voz.

—Vale —respondí, y me apresuré a seguir con mi tarea, cortándole cada mechón tan cerca de la cabeza como me atrevía. Los brillantes mechones de pelo intentaban enredárseme entre los dedos incluso mientras me deshacía de ellos y se los entregaba a Aadhya.

Y entonces terminé de cortar y Liu se tocó la cabeza con las manos un poco temblorosas. Apenas quedaba nada, solo una pelusa irregular. Cerró los ojos y se frotó el cuero cabelludo una y otra vez, como para asegurarse de que había desaparecido todo. Suspiró entrecortadamente y dijo:

—No me lo había cortado desde que llegué. Mi madre me dijo que no lo hiciera.

—¿Por qué? —preguntó Aadhya.

—Era una… —Liu tragó saliva—. Dijo que aquí dentro mi melena les haría saber a los demás que tenían que andarse con ojo conmigo.

Y la jugada le había salido bien, ya que nadie puede permitirse llevar el pelo largo a no ser que sea un alumno de enclave rico y despreocupado… o haya optado por tomar el camino de los maléfices.

Aadhya se dirigió en silencio hacia su escritorio y sacó media barrita de cereales de una cajita. Liu intentó rechazarla, pero Aad le dijo: *Por Dios, cómete la puñetera barrita*, y entonces Liu arrugó la cara, se levantó y extendió los brazos hacia nosotras. Tardé en reaccionar un poco más que Aadhya —tras pasarme tres años marginada casi por completo, este tipo de cosas no se me daba muy bien—, pero ambas dejaron un hueco hasta que me abalancé sobre ellas para unirme al abrazo. Agarrada a las otras dos chicas, volví a presenciar el milagro que todavía no acababa de creerme:

ya no estaba sola. Ellas eran mi salvación y yo iba a ser la suya. El abrazo parecía encerrar más magia que la propia magia. Como si fuera capaz de arreglarlo todo. Como si el mundo se hubiera convertido en un lugar diferente.

Pero no era así. Seguía estando en la Escolomancia, y en este lugar todos los milagros tenían un precio.

La única razón por la que no le había puesto pegas a mi horrible horario era porque me ofrecía la posibilidad de almacenar maná durante las maravillosas tardes libres de los miércoles. Ya que me había equivocado en cuanto a lo estupendas que iban a ser mis sesiones de trabajo de los miércoles, tal vez pienses que también me había equivocado con mis cuatro seminarios y que estos no eran tan terribles. Pero el equivocado serías *tú*.

Ni el seminario de Myrddin, ni el de protoindoeuropeo ni el de álgebra contaban con más de cinco alumnos. Todos tenían lugar en las profundidades de la maraña de aulas de seminario que llamamos «el laberinto» debido a que cuesta tanto atravesarlo como al de la versión clásica. A los pasillos les gusta retorcerse y extenderse un poco de vez en cuando. Pero ninguno de esos tres seminarios podía compararse ni remotamente con la pesadilla de Lecturas avanzadas en sánscrito, que resultó ser una clase de estudio *individual*.

Me habría venido de perlas pasar una hora diaria estudiando sánscrito tranquilamente. El libro de hechizos con el que me había topado durante el curso anterior era una copia de valor inestimable de los sutras de la Piedra Dorada: la biblioteca me lo había dejado en bandeja en un esfuerzo por evitar que acabara con aquel milfauces. Todavía dormía con el ejemplar bajo mi almohada. Apenas había conseguido bregar con las doce primeras páginas hasta llegar a la primera de las invocaciones, y ya era el libro de hechizos más útil con el que me había encontrado en la vida.

Pero en lugar de eso tenía que pasar una hora al día a solas en un aula diminuta que se encontraba en el perímetro externo de la primera planta, embutida en torno al extremo del taller más grande. Para llegar hasta allí, tenía que adentrarme casi hasta la zona más profunda del laberinto, abrir una puerta sin ventana y recorrer un pasillo largo, estrecho y totalmente oscuro que parecía medir entre uno y doce metros, según lo malhumorado que estuviese el pasillo ese día.

En el interior del aula, una única rejilla grande de ventilación situada en la parte superior de la pared compartía un conducto de aire con los hornos del taller. Alternaba entre ráfagas silbantes de aire residual abrasador y una gélida y enérgica corriente de aire de refrigeración. El único pupitre del aula era otro de esos antiquísimos conjuntos de silla y mesa, cuyo armazón de hierro estaba atornillado al suelo. El respaldo estaba orientado hacia la rejilla. Me habría sentado en el suelo, pero dos conductos de desagüe procedentes del taller atravesaban toda la estancia hasta llegar a una enorme pileta que se extendía a lo largo de la pared del fondo, y unas inquietantes manchas a su alrededor sugerían que los conductos se desbordaban cada dos por tres. También había una hilera de grifos acoplados a la pared por encima de la pileta. Goteaban sin descanso y componían una tenue sinfonía metálica, a pesar de mis intentos por apretar las manijas. De vez en cuando se oían unos horribles gorgoteos que provenían de las tuberías, y unos extraños chirridos tenían lugar por debajo del suelo. La puerta del aula no quedaba bloqueada, pero sí se abría y se cerraba en los momentos más impredecibles con un sonoro golpe.

Si te parece un escenario ideal para llevar a cabo una emboscada, seguro que un montón de mals estarían de acuerdo contigo. Me asaltaron dos veces durante la primera semana de clase.

Para finales de la tercera semana, tuve que echar mano de mi reserva de maná en lugar de aumentarla. Aquella noche, me senté en la cama y contemplé el cofre de los cuarzos que mamá me había dado al empezar el colegio. Aadhya había organizado otra subasta y ahora diecisiete de ellos brillaban, totalmente llenos. Pero los demás estaban vacíos, y los que había gastado para acabar con el milfauces habían empezado a oscurecerse. Si no me daba prisa en reactivarlos, se volverían inservibles para almacenar maná, como esos cuarzos que se compran al por mayor por internet. Pero no encontraba el momento para hacerlo. Acumulaba tanto maná como podía y dedicaba el mínimo tiempo posible a los deberes, pero seguía atascada con el mismo cuarzo que llevaba intentando rellenar desde el curso pasado. Aquella mañana me habían atacado durante el seminario una vez más y no me había quedado más remedio que vaciarlo por completo.

Había vuelto a hacer abdominales antes de lo que cualquier médico habría recomendado, porque el esfuerzo de hacerlos con el vientre todavía dolorido me facilitaba la acumulación de maná. Pero a estas alturas la herida estaba prácticamente curada y ya ni siquiera podía recurrir al ganchillo para generar más maná. No me resultaba tan odioso cuando lo hacía por las noches mientras pasaba el rato con Aadhya y Liu. Mis amigas, mis aliadas. Las cuales contaban conmigo para que las ayudara a salir del colegio.

Cerré la caja, la guardé y salí de mi habitación. Todavía faltaba una hora para que sonara el toque de queda, pero todo estaba en silencio: nadie se pasea por los pasillos de los dormitorios de último año. O bien estaban estudiando en las mejores zonas de la biblioteca o habían aprovechado para irse a la cama temprano, ya que esta sería la última semana, día arriba o día abajo, antes de que el colegio volviera a estar infestado de mals. Fui a la habitación de Aadhya y llamé a la puerta, y cuando abrió le dije:

—Oye, ¿vienes al cuarto de Liu un momento?

—Claro —dijo, lanzándome una mirada, pero no me instó a que le diera más detalles: a Aadhya no le gusta perder el tiempo. Recogió su neceser para poder ir a lavarnos los dientes después y ambas nos dirigimos a la habitación de Liu, que ahora estaba en el mismo nivel que las nuestras.

Todos tenemos una habitación privada, así que para poder acoplar la remesa de estudiantes de primero que llega todos los años, los dormitorios están dispuestos del mismo modo que las celdas de un pabellón penitenciario, apilados unos encima de los otros con una estrecha pasarela metálica frente a los dormitorios superiores. Pero a final de curso, cuando los dormitorios descienden para situarse en sus nuevas plantas, las habitaciones vacías desaparecen y el espacio se reparte entre los supervivientes. A menudo de forma inútil. Yo tengo una habitación deliciosamente horripilante que cuenta con un techo inservible de doble altura desde que empecé segundo. La de Liu se había extendido hacia abajo durante la última rotación, así que ya no teníamos que subir por las chirriantes escaleras de caracol para verla.

Nos dejó pasar y nos dio a nuestros familiares, a los que estaba adiestrando, para que los sostuviéramos mientras pasábamos el rato allí. Acaricié el pelaje blanco de mi ratoncita, que mordisqueaba una golosina y observaba a su alrededor con sus ojitos brillantes y cada vez más verdes. Todavía hacía lo posible por llamarla Chandra, pero el día que había estado pensando nombres para ella, Aadhya había dicho: «Llámala "mi Tesoro"» antes de echarse a reír a carcajadas mientras yo la golpeaba con una almohada; por desgracia, el nombre le venía al pelo. Mamá nunca se había disculpado conmigo por haberme llamado Galadriel, aunque estoy bastante segura de que sabe que debería caérsele la cara de vergüenza. En fin, a mis amigas se les olvidaba usar Chandra y seguían llamándola Tesoro —vale, para ser sincera, a mí también se me olvidaba—, y dentro de poco no me quedaría más remedio que tirar la toalla y asumirlo.

Suponiendo que fuera a quedármela. La contemplé, sentada en mi mano, ya que era más fácil que mirarlas a ellas, y dije:

—Voy muy atrasada con el maná.

Tenía que decírselo. Ellas confiaban en que fuera capaz de aportar mi granito de arena para cuando llegase la hora de la graduación. Si no iba a poder reunir una cantidad aceptable de maná, tenían derecho a echarse atrás. No les debían nada a un puñado de alumnos de primero a los que ni siquiera conocían. Puede que Liu sintiera que estaba en deuda conmigo por haber salvado a Zheng, pero yo podría haberlo salvado solo a él sin necesidad de despilfarrar el maná acumulado de una semana.

A este ritmo, tendría suerte si me quedaba maná suficiente para lanzar tres hechizos de potencia media, y lo peor es que ni siquiera tenía ningún hechizo decente de potencia media. El único conjuro con el que cuento para el que no hacen falta cantidades ingentes de poder y que es verdaderamente útil es el hechizo controlador de estados de Purochana, aunque no es una alternativa demasiado adecuada en situaciones de urgencia ya que se tarda más de cinco minutos en lanzarlo. Sí que he llegado a lanzarlo en una situación de urgencia, pero en esa ocasión Orion distrajo al problema subyacente durante esos cinco minutos; mucho me temo que en el momento de la graduación estará un poco ocupado matando monstruos y salvando a todo el mundo.

—Zheng me ha contado lo de los miércoles —dijo Liu en voz baja, y yo levanté la vista. No parecía sorprendida, sino más bien algo preocupada.

—¿Tiene que ver con esa clase rara que das en la biblioteca? ¿Qué pasa? —preguntó Aadhya, y Liu dijo:

—Va a clase con ocho alumnos de primero, y no dejan de atacarlos mals muy poderosos.

—¿En la biblioteca? —se sorprendió Aadhya, y luego añadió—: Espera, ¿no tenías además una asignatura horrible de estudio individual y otros tres seminarios? ¿Acaso el colegio te la tiene jurada o qué?

Las tres guardamos silencio. La respuesta a esa pregunta resultó evidente en cuanto la formuló en voz alta. Noté un nudo enorme y sofocante en la garganta. Ni siquiera se me había ocurrido, pero era obvio que se trataba de eso. Aquello era algo peor, mucho peor, que una simple racha de mala suerte.

La Escolomancia ha estado casi tan falta de poder como yo. Mantener el colegio en funcionamiento cuesta mucho. A nosotros nos resulta sencillo olvidarlo ya que estamos aquí encerrados sufriendo los ataques de los mals cada dos por tres, pero ya se nos habrían merendado a todos si no fuera por las poderosísimas guardas de los conductos de ventilación y de las cañerías y los artificios utilizados para que haya el menor número posible de aberturas de ese tipo; a pesar de ello todos respiramos, comemos, bebemos y nos duchamos, y todo eso requiere maná, maná y más maná.

Sí, en teoría, los enclaves aportan algo de maná, así como nuestros padres, si es que pueden permitírselo, y los alumnos, que contribuimos con nuestro trabajo, pero todos sabemos que eso no es más que un cuento. La mayor fuente de maná del colegio somos nosotros. Todos intentamos almacenar maná para la graduación y trabajamos sin descanso. El maná que utilizamos a regañadientes para hacer los deberes y para llevar a cabo los turnos de mantenimiento no es nada comparado con las cantidades que reservamos para ese aciago día. Pero cuando los mals vienen a darnos caza, nosotros echamos mano de esa jugosa reserva que tanto esfuerzo nos ha costado reunir, y al hacernos pedazos absorben todo el poder, que se acumula aún más debido al terror que sentimos y a nuestros agónicos esfuerzos por sobrevivir. La Escolomancia se queda con el excedente y, luego, gracias a todas las guardas, se quita de en medio también a un buen número de maleficaria y todo el poder acaba en los depósitos de maná del colegio, que sirven para mantenernos vivos a los más afortunados.

De modo que cuando un heroico y entusiasta campeón —es decir, Orion— aparece y se pone a salvar vidas sin ton ni son, los mals empiezan a morir de hambre y el colegio también. Y al mismo tiempo, hay más alumnos vivos que respiran y beben, etcétera. Es un sistema piramidal, por lo que si los que están abajo no acaban devorados con la frecuencia necesaria, lo pagan los de arriba.

Por eso tuvimos que bajar al salón de grados a arreglar el mecanismo de limpieza: había una horda de mals famélicos que aguardaban en el único lugar al que Orion no tenía acceso, preparándose para hacer papilla a toda la clase que se graduaba, pues llevaban los últimos tres años pasando hambre. Habían estado a punto de invadir el resto del colegio, porque su desesperación era tal que empezaron a aporrear las guardas de la parte inferior de las escaleras todos a la vez.

Y Orion... Bueno, Orion es del enclave de Nueva York, lleva un prestamagia en la muñeca y su afinidad para el combate le permite de alguna manera absorber el poder de los mals a los que elimina. Nunca van tras él porque tiene un montón de maná y una cantidad casi infinita de hechizos de combate fantásticos.

Pero yo no. Yo soy la chica que está destinada a compensar su existencia y que sin embargo se niega a convertirse en maléfice y a matar por pura cabezonería; no solo eso, sino que he tomado un camino totalmente contrario. Detuve a un milfauces que se dirigía a los dormitorios de primero. Evité, junto con Orion, que los mals se colaran en el colegio. Bajé al salón de grados con él, y ayudé a levantar un escudo para que los artífices de último curso pudieran reparar la maquinaria de limpieza. Y ahora incluso imito su ridícula actitud de noble paladín una vez a la semana.

Era obvio que el colegio la iba a tomar conmigo.

Y si los mals de los miércoles no conseguían quitarme de en medio... intentaría otra cosa. Y otra después de esa. La Escolomancia no es exactamente un ser vivo, pero tampoco se trata de un ente inerte. Es imposible construir un lugar tan repleto de maná y con un diseño tan complicado sin que este acabe por desarrollar una voluntad propia. Y en teoría, fue construido para protegernos, así que no se va a poner a cargarse a los alumnos —por no hablar de que el número de matriculados disminuiría de manera sustancial si algo así sucediera—, pero quiere seguir recibiendo el maná suficiente para seguir funcionando; se supone que debe seguir adelante. Y yo me he entrometido, así que estoy en el punto de mira, lo que significa que todo aquel que me rodee se verá perjudicado.

—Que los críos se pongan a generar maná para devolverte el favor —dijo Aadhya.

—Son de primero —dije con desazón—. Los ocho a la vez generan menos maná en una hora que el que yo produzco en diez minutos.

—Pero podrían encargarse de restablecer tus cuarzos —opinó Liu—. Dijiste que no necesitabas demasiado maná para ponerlos en marcha, solo un flujo constante. Que lleven uno encima cada uno.

Liu no se equivocaba, pero aquello no resolvería el auténtico problema.

—Los cuarzos dañados ni siquiera me harán falta. A este ritmo, no tendré maná suficiente para llenar los que tengo vacíos.

—Pues los intercambiaremos —dijo Aadhya—. Son mucho mejores que la mayoría de los recipientes de almacenaje. O a lo mejor podría intentar incorporarlos al laúd…

—¿Queréis que disolvamos la alianza? —interrumpí cortante, porque lo cierto era que no soportaba estar ahí sentada mientras ellas consideraban todas las opciones que había sopesado yo durante las últimas tres semanas, intentando dar con una solución, con un modo de salir de aquel embrollo, hasta que me di cuenta de que no podría salir de aquello. Yo no; pero ellas sí.

Aadhya dejó de hablar, pero Liu ni siquiera hizo una pausa; simplemente dijo:

—No.

Tragué con fuerza.

—No creo que lo hayas pensado…

—*No* —repitió Liu, extrañamente brusca, y tras un instante, añadió con voz más calmada—: Cuando Zheng y Min eran pequeños, yo solía estar muy pendiente de ellos. En el colegio, si alguno de los otros niños maltrataba a algún animal, como una rana o un gatito callejero, ellos lo detenían y me traían al animalito, aunque los demás se burlasen porque se comportaban como «unas niñitas». —Miró a Xiao Xing, que descansaba entre sus manos, y le acarició la cabeza con el pulgar—. No —repitió con suavidad—. No quiero disolver la alianza.

Miré a Aadhya con una maraña de sentimientos arremolinados en mi interior: no tenía claro qué quería que dijese. Era una chica pragmática; su madre le había aconsejado que se portara bien con los marginados, así que se había portado bien conmigo durante todos estos años mientras los demás me trataban como un trozo de papel de cocina pringoso al que nadie quería acercarse lo bastante como para recogerlo y tirarlo a la basura. Siempre me había caído bien porque era práctica e inflexible: había sido una buena negociadora y nunca me había engañado, a pesar de que la mayoría de las veces era la única persona que hacía trueques conmigo. No tenía ningún motivo para preocuparse por los alumnos de primero de la biblioteca y contaba con alternativas: era una de las mejores artífices de nuestro curso y estaba a punto de acabar un laúd mágico que tendría valor en el exterior, no solo en el colegio. Cualquier alumno de enclave la habría recibido con los brazos abiertos si hubiera querido unirse a otra alianza de graduación. Era lo más inteligente, lo más práctico, y casi prefería que lo hiciera. Me había dado más oportunidades de las que me habrían dado los demás. No quería que me abandonara, pero tampoco quería ser la razón por la que no saliera de aquí con vida.

Pero dijo:

—No, qué va —pronunció aquello casi con desdén—. No soy de las que deja tirada a la gente. Simplemente hay que encontrar la manera de que consigas más maná. O, mejor aún, lograr que el colegio te deje tranquila. No entiendo por qué la Escolomancia está montando todo este jaleo contigo. No perteneces a ningún enclave, no vas a tener a tu disposición una cantidad ingente de maná de todas formas, así que ¿por qué se empeña en que te gastes el poco poder que tienes?

—A no ser... —dijo Liu, y se interrumpió. Dirigimos la mirada hacia ella: estaba apretando los labios y se miraba las manos, que retorcía en el regazo—. A no ser que intente... presionarte. Al colegio...

—Le gustan los maléfices. —Aadhya terminó la frase por ella.

Liu asintió levemente sin levantar la vista. Y tenía toda la razón. Seguro que por eso se me había asignado ese periodo de los miércoles. Intentaba... ponérmelo fácil. El colegio quería que no me quedase más remedio que tomar una decisión egoísta para conservar mi maná, en vez de salvarles la vida a unos alumnos de primero a los que no conocía. Porque entonces me resultaría más sencillo tomar una segunda decisión egoísta, y una tercera.

—Sí —convino Aadhya—. El colegio quiere que te conviertas en maléfice. ¿Qué serías capaz de hacer si te diera por usar malia?

Si me obligasen a hacer una lista de las diez preguntas que más evito hacerme a mí misma, esa ocuparía los puestos del uno al nueve, y la única razón por la que no ocuparía también el décimo era que *Bueno, ¿qué sientes por Orion Lake?* se había colado como quien no quiere la cosa en la parte inferior. Aunque estaba a mucha distancia del resto.

—Es mejor que no lo sepas —respondí, con lo que en realidad quería decir *Prefiero no saberlo*.

Aadhya ni siquiera titubeó.

—Bueno, tendrías que apoderarte de la malia de alguna manera... —dijo pensativa.

—Eso no me supondría ningún problema —dije entre dientes. Hacía bien en plantear la cuestión, ya que ese es el principal obstáculo al que se enfrentan la mayoría de los maléfices en potencia, y la solución suele conllevar un buen puñado de encuentros íntimos con vísceras y gritos. Pero mi mayor preocupación es cómo evitar succionar por accidente la fuerza vital de todos los que me rodean si alguna vez me pillan por sorpresa y lanzo de forma instintiva un hechizo demoledor. Por ejemplo, tengo uno que sirve para arrasar por completo una ciudad y que sin duda me vendrá de perlas si alguna vez me convierto en una de esas personas que escriben cartas airadas al editor de alguna publicación quejándose de la arquitectura de Cardiff; supongo que también me servirá para acabar con los mals que se encuentren en la misma planta que yo. Junto con todos los alumnos que se hallen en dicha planta, aunque seguramente ya estarán muertos, pues les habré exprimido hasta la última gota de maná para lanzar el hechizo.

Aquello hizo que guardara silencio por fin, y tanto ella como Liu me miraron con algo de recelo.

—Vaya, eso no ha sonado para nada espeluznante ni siniestro —dijo Aadhya después de un momento—. Vale, voto por que no te conviertas en maléfice.

Liu levantó la mano para mostrar su conformidad. Dejé escapar una risa ahogada y alcé la mano.

—¡Yo también voto en contra!

—Incluso me aventuraría a decir que casi todos los alumnos del colegio estarán de acuerdo con nosotras —dijo Aadhya—. Podríamos pedirles a los demás que contribuyeran a la causa.

Me la quedé mirando.

—«Eh, gente, resulta que El es una especie de vampiresa chupamaná, así que deberíamos darle un poco por las buenas para que no nos deje secos».

Aadhya torció la boca.

—Mmm.

—No tenemos que pedírselo a todo el mundo —dijo Liu lentamente—. Podríamos pedírselo a una sola persona... si esa persona fuera Chloe.

Dejé caer los hombros hacia delante y guardé silencio. No era una idea terrible. Tal vez incluso funcionara. Por eso no se me hacía ninguna gracia. Había pasado casi un mes desde que habíamos bajado al salón de grados y todavía recordaba lo que había sentido al tener un prestamagia del enclave de Nueva York alrededor de la muñeca, con esa cantidad ilimitada de maná a mi disposición; la experiencia había sido muy similar a la de sumergir la cabeza en un pozo sin fondo y ponerme a beber agua fría sin tener que preocuparme por dejar el pozo sin agua. Me inquietaba lo mucho que me había gustado. Lo fácil que me había resultado acostumbrarme.

—¿Crees que dirá que no? —preguntó Liu, y yo levanté la mirada: me estaba estudiando.

—No es... —empecé, y acto seguido lancé un suspiro—. Me ofreció una plaza.

—¿En su alianza? —inquirió Aadhya.

—En Nueva York —respondí, lo que en este colegio solo significaba una cosa: una plaza en el enclave, una plaza *asegurada* en el enclave de Nueva York. Para la mayoría, tener la suerte de que un alumno de enclave le ofrezca formar parte de su alianza significa que tal vez el enclave se fije en ellos y les dé un trabajo. Por lo general, cada año se gradúan cuatrocientos alumnos. Puede que haya disponible un cupo de cuarenta plazas entre todos los enclaves del mundo, y más de la mitad irán a parar a los magos adultos que destaquen y lleven décadas esforzándose para ganarse la entrada. El hecho de que te ofrezcan una plaza asegurada en cuanto te gradúes es como si te tocara la lotería, incluso aunque no se trate del enclave más poderoso del mundo. Aadhya y Liu me miraron boquiabiertas—. Están cagados por si les birlo a Orion.

—Pero si solo lleváis saliendo dos meses —dijo Liu.

—¡No estamos saliendo!

Aadhya puso los ojos en blanco con un gesto exagerado.

—Pero si solo lleváis haciendo eso que no es salir juntos aunque a los demás nos parezca que sí desde hace dos meses.

—Gracias —dije secamente—. Por lo que sé, se han quedado pasmados de que se haya relacionado con otro ser humano.

—La verdad es que eres la única persona que conozco a la que se le ha ocurrido ponerse en plan borde con el tío que le ha salvado la vida veinte veces.

La fulminé con la mirada.

—¡Han sido trece! Y yo le he salvado la vida al menos dos veces.

—Pues a ver si espabilas y lo alcanzas —dijo ella con todo el morro.

No es que hubiera preferido que Aadhya y Liu me dejaran tirada y tener que afrontar yo sola el resto de mi etapa escolar en lugar de pedirle ayuda a Chloe Ramussen, pero desde luego me las había arreglado para no considerar la posibilidad de acudir a ella. En realidad, no sabía cuál sería su respuesta; al fin y al cabo, había rechazado la plaza asegurada en Nueva York que me había ofrecido. Todavía me ponía de mala leche recordar que había tenido que hacerlo. Había pasado la mayor parte de mi vida planeando al detalle mi estrategia para conseguir una plaza en algún enclave. Se trataba de una idea realmente reconfortante que venía acompañada de la fantasía de llevar una vida larga y feliz en un enclave seguro y lujoso con un suministro ilimitado de maná al alcance de los dedos, como todos los críos que pertenecían a alguno... y como me aseguré de que la estrategia fuera complicada y lenta y nunca llegara a completarse con éxito, había evitado tener que considerar la posibilidad de que en realidad no quería unirme a ningún enclave.

Incluso tengo que admitir que Chloe es una tía legal, y mucho más que eso si debo ceñirme a la verdad. Cuando los alumnos de enclave empezaron a rondarme el año pasado —debido a Orion—, todos se comportaban como si estuviesen haciéndome un favor por hablar conmigo. Lo único que consiguieron a cambio fue darse de morros con mi violenta y poco estratégica actitud borde, así que dejaron de hablarme. Pero Chloe aguantó. Este curso ya nos ha pedido diez veces que la dejáramos sentarse con nosotros y nunca ha traído a ninguno de sus amiguitos. No sé si yo habría agachado la cabeza del modo en que lo hizo ella, disculpándose conmigo e incluso proponiéndome ser amigas, después de haberme lanzado a su yugular. No me arrepiento de eso, tenía motivos más que suficientes, pero aun así, no sé si hubiera tenido la elegancia suficiente como para envainármela.

Ah, ¿a quién quiero engañar? Mis niveles de elegancia son irrisorios.

Pero Chloe sigue formando parte de un enclave. Y no de la misma manera que Orion. Todos los alumnos de Nueva York llevan un prestamagia en la muñeca que les permite intercambiar maná y extraerlo de su depósito compartido, pero el dispositivo de Orion es unidireccional, y el maná solo *entra*. Porque de lo contrario, extrae tanto maná como sea necesario para matar a los mals y salvarles la vida a los demás. Es algo tan instintivo para él que no puede moderarse. De manera que el hijo de la futura Domina de Nueva York no tiene acceso al depósito compartido, aunque por supuesto no hay problema en que contribuya y menos en que salga corriendo si alguno de ellos está en peligro.

Chloe es una de las alumnas que se beneficia de todo el poder que aporta Orion. No le hace falta calcular al dedillo cuánto maná puede permitirse gastar al lanzar los hechizos. Crea un escudo cada vez que siente ansiedad. Puede que si un mal se abalanza sobre ella deba considerar qué hechizo usar, pero no tiene que preocuparse por no contar con el poder suficiente para lanzarlo. Cuando empezó el colegio, además de traerse una mochila repleta de los objetos mágicos más útiles que la hechicería haya concebido, heredó un baúl enorme con las cosas que los alumnos de Nueva York habían estado dejando a lo largo de un siglo; cada uno de ellos proporciona un conjunto nuevo de valiosos objetos, además de fabricar muchos otros en el colegio, y no tienen problema en dejarlos atrás, ya que, al salir, vuelven a uno de los enclaves más ricos del mundo. Y no hay duda de que salen, porque cuando se nos arroja al salón de grados, son los blancos más difíciles de cazar, y hay muchos desgraciados disponibles para ser carne de cañón.

Soy incapaz de olvidar ese hecho cuando estoy con ella. O más bien, se me olvida al cabo de un rato, y no quiero. Me gustaría que se portara como una cerda conmigo para poder hacer yo lo mismo. Me parece injusto que pueda tener amigos de verdad, de esos a los que les da igual lo rico que seas o la cantidad de poder que tengas, y que además disponga de un arsenal de maná, dinero y aduladores dispuestos a hacerle la pelota. Pero cada vez que me sumerjo en esa reflexión amarga y mezquina, de inmediato me asalta la sensación de que mamá está mirándome con una expresión llena de amor y lástima, y me siento como una cretina. Así que estar con Chloe es como sumirme en una montaña rusa de emociones que abarca desde el recelo y la posterior calma hasta el resentimiento y la sensación de ser cruel. Y vuelta a empezar.

Y ahora tenía que pedirle que me dejara acceder al depósito de maná, ya que, si no lo hacía, estaría dejando en la estacada a Aadhya, a Liu, a los novatos de la biblioteca y probablemente al resto del colegio si uno de estos días me da por cagarla cuando un rhysolito intente disolverme los huesos o una babosa de magma se cuele por la rejilla de ventilación del horno y se me lance a la cabeza. Y tendría aún menos motivos para estar resentida con ella de los que ya tengo. Casi querría que me dijese que no.

—Entonces… ¿vas a aceptar la plaza? —dijo ella en cambio con un dejo de esperanza en la voz, como si su oferta no tuviera fecha de caducidad y pudiera aceptar mi plaza en Nueva York cuando me diera la gana.

—No —dije con cautela. Había ido a su habitación (no quería que nadie nos oyese hablar) y, al entrar, una sensación de inquietud se había apoderado de mí. Tenía una de esas habitaciones situadas encima de los baños, donde la abertura al vacío se encontraba en el techo, en vez de en una de las paredes. Lo bueno es que no tienes que preocuparte por tropezarte y caerte dentro. Lo malo es que hay un vacío infinito sobre tu cabeza. Había resuelto el problema colocando un dosel de tela con una sola rendija que daba al escritorio. Cualquier criatura podría estar escondiéndose encima o entre los pliegues.

También había conservado todos los muebles básicos de madera que yo había sustituido casi de inmediato por delgados estantes fijados a la pared, para no tener que preocuparme de los rincones y huecos oscuros. Incluso tenía dos estanterías medio vacías; su habitación había duplicado su anchura durante la última reestructuración, cosa que pude comprobar porque había un alegre mural pintado en la pared junto a la cama y todavía seguía trabajando en él para cubrir el nuevo espacio. Tampoco se trataba de un mural normal y corriente: era capaz de sentir el maná que desprendía; seguramente había imbuido la pintura con hechizos protectores en el laboratorio de alquimia. Aun así, permanecí de espaldas a la puerta y no me adentré demasiado. Estaba leyendo acurrucada en uno de sus tres espléndidos y afelpados pufs, rodeada de un montón de cojines, pero yo estaba poniéndome nerviosa. Ardía en deseos de levantarla de ahí antes de que el montón de almohadones la engullera o algo así.

—Solo vengo a pedirte que me prestes maná. Se me está acabando.

—¿En serio? —dijo ella dubitativa, como si fuera una idea inconcebible—. ¿Te encuentras bien?

—No es que tenga insuficiencia mágica ni que un bicho esté chupándome el maná —expliqué—. Se me está gastando. Tengo tres seminarios, una clase doble de estudio individual, y una vez a la semana estoy metida en un aula con ocho alumnos de primero y un montón de criaturas que intentan zampárselos.

Parecía que a Chloe se le fueran a salir los ojos de las órbitas.

—Madre mía, ¿estás loca? ¿Una clase *doble* de estudio individual? ¿Tantas ganas tienes de que te nombren la mejor estudiante de la promoción? ¿Por qué te haces esto?

—Es el colegio el que me lo está haciendo —le dije, pero ella se negaba a creérselo, así que me pasé los siguientes diez minutos agitando un bote metafórico de limosna mientras ella me informaba con seriedad de que la finalidad principal del colegio era proporcionar refugio y proteger a los niños magos, por lo que no podía actuar en contra de aquel propósito (como si la Escolomancia no nos echara a la mitad de nosotros a los lobos cada dos por tres), además de que no podía infringir sus procedimientos establecidos, cosa que pasaba de forma sistemática; tras exponer esos argumentos, puso fin a su perorata con un triunfante:

—¿Y por qué narices iba a ir el colegio a por ti?

La verdad era que no quería responder a esa pregunta, y ya me había hartado de oír cómo repetía el ideario de los enclaves.

—No he dicho nada —dije, y me di la vuelta para marcharme; de todas formas iba a negarse.

—¿Qué? No, El, espera, no es... —dijo, e incluso se levantó de los cojines y vino detrás de mí—. En serio, para, ¡no te estoy diciendo que no! Es que... —Rechiné los dientes y me giré para soltarle que si no iba a decirme que no, mejor que se diera prisa y me dijera que sí, porque no quería perder el tiempo, pero lo que hice fue agarrarla del brazo y lanzarme con ella sobre la cama al tiempo que los cojines intentaban engullirla y de paso devorarme a mí también. El puf se había abierto por una de las costuras y una lengua gigantesca y resbaladiza de color grisáceo se deslizaba por el suelo hacia nosotras. Se movía a una velocidad espantosa, como una babosa desesperada, y después de que nos apartáramos, siguió avanzando y se deslizó por la puerta, dejando cada centímetro de metal recubierto de una especie de baba espesa y gelatinosa que seguramente no debíamos tocar.

Siempre llevo encima mi único cuchillo decente; lo saqué rápidamente y corté los cordones del dosel del techo para poder tirar de él y envolver a la babosa. Aquello nos hizo ganar unos instantes, aunque no demasiado largos, pues la tela comenzó casi de inmediato a sisear y echar humo: sí, estaba claro que la baba era dañina. No estaba familiarizada con esta variante particular de mal, pero era lo bastante inteligente como para esperar pacientemente hasta poder atrapar a una víctima sin levantar sospechas. Una variante peligrosa. Una puntita reluciente se asomaba ya por uno de los agujeros que la criatura le había hecho a la tela, pero Chloe había logrado dejar de gritar y estaba tomando un bote de pintura del estante a los pies de la cama; lanzó la pintura por encima. Un gorgoteo enfadado llegó desde debajo del dosel, que estaba desintegrándose, y se recrudeció cuando ella arrojó otro bote: el rojo y el amarillo fluyeron juntos sobre la sedosa tela, manchándola y formando regueros que recubrían la agitada lengua.

El mal hizo retroceder la lengua por el agujero y volvió a meterla bajo la tela; emitió unos ruidos horribles parecidos a un chapoteo que, por desgracia, sonaban más a una ligera indigestión que a un estertor de muerte.

—Venga, deprisa —dijo Chloe, tomando otro bote de pintura y señalando la puerta con la cabeza, aunque solo recorrimos la mitad del camino; se oyó ese sonido característico que hacemos todos al tragar, aunque muchísimo más fuerte, y el dosel al completo, con pintura y todo, fue absorbido por la hendidura del puf de golpe, y acto seguido, todos los cojines y los pufs se pusieron en pie como si fueran una sola criatura y se abalanzaron sobre nosotras.

Era imposible que Chloe hubiera sido lo bastante estúpida como para heredar todo el montón de cojines y no haberlos separado unos de otros a lo largo de los últimos tres años, así que se trataba de un tipo de maleficaria capaz de animar objetos pertenecientes a magos, además de ser un tipo de maleficaria con un cuerpo propio comecarne: cada uno corresponde a una rama importante del cladograma del libro de Estudios sobre maleficaria, lo que significaba que en realidad eran dos mals diferentes que habían formado una maravillosa relación simbiótica. Intentar eliminar a dos mals a la vez cuando desconoces qué tipo de criaturas son no es precisamente fácil. La única manera de hacerlo a toda velocidad era llevar a cabo algo colosal, un hechizo que me dejaría las reservas de maná secas, y si lo usaba para salvar a Chloe y ella no me lo devolvía, la estaría eligiendo por encima de todos aquellos que me necesitaban.

O podía simplemente… quedarme de brazos cruzados. Chloe había lanzado la pintura sobre la baba para neutralizarla y se disponía a abrir la puerta. El monstruo de los cojines se dirigía directamente hacia su espalda: la alcanzaría antes de que lograra dar diez pasos pasillo abajo. Si esperaba a que le diera caza, podría echar a correr en dirección contraria y ponerme a cubierto. Cuando nos enfrentamos al argonet para evitar que se colara en el colegio, hizo lo mismo: huir por las escaleras sin mirar atrás. Se había largado para salvar el pellejo. Aadhya y Liu habían permanecido conmigo, pero ella nos abandonó. Y acababa de pasarse diez minutos sermoneándome por inventarme, según ella, razones para pedirle el maná, es decir, razones para no tener que sentirse culpable por decirme que no.

—¡Hazte a un lado! —exclamé entre dientes, y señalé al monstruo hecho de cojines. Al echar la vista atrás, Chloe abrió los ojos como platos cuando vio que la criatura se arrojaba sobre ella. Dio un tremendo tirón a la puerta y antes incluso de que se abriera del todo se lanzó al pasillo, donde chocó con Orion. Este perdió el equilibrio al estar agarrando el pomo de la puerta desde el otro lado, ella lo derribó y ambos cayeron al suelo.

El hechizo que lancé era un terrible conjuro de alto nivel que había aprendido en el seminario de Myrddin. Había tardado una semana entera en leer el manuscrito en galés antiguo, aunque el proceso se había visto amenizado gracias a las numerosas y espléndidas ilustraciones que mostraban la manera en que un versátil alquimista maléfice lo había usado para arrancarles la piel a las desventuradas víctimas, exanguinarlas, colocar sus órganos en recipientes separados y convertir su carne en un montón desecado, dejando sus huesos relucientes.

El encantamiento separó de forma magnífica la capa exterior de la criatura, que estaba conformada por fundas de cojines y forros de pufs, y la convirtió en una pila muy bien doblada que parecía recién salida de una lavandería. Esa primera fase dejó al descubierto brevemente una membrana translúcida y brillante cuyo interior era una mezcla de lengua, dosel sin digerir y una persona medio deglutida. Por suerte, el rostro era ya irreconocible incluso antes de que la membrana se desgarrara, formara un fajo de tiras de un par de centímetros de ancho de un material parecido al papel vegetal y dejara caer la lengua al suelo. Esta se enrolló, creando una alfombrilla esponjosa muy fina de la que rezumó un enorme charco de fluido viscoso; tras un instante de alarmante incertidumbre y forcejeo, el fluido se separó en tres líquidos diferentes: uno ectoplásmico, otro transparente y otro de color rosa con aspecto gelatinoso, que se precipitaron a los botes de pintura vacíos que había en el suelo como si fueran los elegantes chorros de una fuente. El líquido sobrante cayó por el desagüe del centro de la habitación.

Orion intentaba volver a ponerse en pie, pero el hecho de tener a Chloe tirada encima de él mientras miraba boquiabierta el elaborado desmembramiento le dificultaba la tarea. A decir verdad, fue un espectáculo más impresionante de lo que puede parecer. Cuando pongo en práctica algún hechizo, suelen aparecer numerosas señales secundarias que sirven para comunicar a cualquiera que esté mirando que lo mejor sería que echara a correr muerto de miedo o bien que se arrodillara para rendirme pleitesía. El desmembramiento duró medio minuto más o menos, y estuvo acompañado de muchas sacudidas violentas aunque, en última instancia, infructuosas, gritos descarnados y ráfagas fosforescentes. Cuando la cosa llegó a su fin, las partes quedaron alineadas a la perfección en una fila, del modo en que estarían dispuestas en la tienda de materiales ideal de un alquimista maléfice. Los restos de la última víctima se habían dividido también en montones ordenados de huesos, carne y fragmentos de piel, junto con los trozos de mal. El cráneo reposaba sobre el montón de huesos, y unas finas virutas de humo salían de las cuencas. Como toque final, el rollo esponjoso que había sido la lengua se envolvió en un trozo del dosel caído, y otra tira de tela se desgarró y se ató alrededor del conjunto antes de salir rodando y colocarse en la fila.

Tras haberme subido a una silla para esquivar los diversos fluidos borboteantes, las últimas nubes de humo fosforescente se arremolinaron a mi alrededor. Mi cuarzo de maná resplandecía con el poder del que había tenido que echar mano, pero yo no proyectaba ninguna sombra, así que lo más probable era que estuviera resplandeciendo también.

—Madre de Dios —exclamó Chloe con un hilillo de voz y totalmente inmóvil.

—Oye, ¿te importaría quitarte de encima? —dijo Orion con la voz algo entrecortada, ya que Chloe lo estaba espachurrando.

3
LESKITS

—Para que lo sepas, pensaba decirte que sí de todas formas —dijo Chloe con rotundidad, como si pensara que no iba a creerle, y me ofreció el prestamagia—. En serio, El.

—Ya lo sé —respondí secamente mientras lo tomaba, pero la expresión de su rostro no cambió: supongo que mi tono no parecía demasiado alentador. Así que añadí—: Si hubieras tenido la intención de decir que no, la criatura no nos habría atacado.

Dije aquello con algo de énfasis, porque ya debería haberse dado cuenta. La razón por la que se había abalanzado sobre nosotras un mal lo bastante inteligente como para pasarse años merodeando entre sus cojines, guardando fuerzas y devorando a cualquiera que no fuera ella y tuviera la mala suerte de quedarse a solas en su habitación —que es algo que suelen hacer los alumnos de enclave: invitan a sus amigos para estudiar después de la cena con el acuerdo implícito de que uno de ellos llegará primero y se asegurará de prepararlo todo—, no tenía nada que ver con una pérdida repentina de su autocontrol. Nos había atacado porque Chloe había estado a punto de aceptar mi propuesta, lo que significaba que yo, un tentempié especialmente delicioso, iba a convertirme en un blanco mucho más difícil.

Aunque Chloe frunció el ceño, no era ninguna idiota, por no mencionar que había presenciado lo ocurrido, así que una vez superadas las limitaciones de su programación básica, ató cabos con la suficiente rapidez como para que las emociones correspondientes recorrieran su rostro de forma casi consecutiva. El incidente demostraba que no me había inventado una historia rocambolesca. El colegio iba de verdad a por mí, al igual que los mals; aquello ponía en evidencia la magnitud de mis poderes —dirigió una mirada al conjunto, todavía en pie, de sustancias grotescas mientras la idea se asentaba en su cabeza—, y cualquiera que revoloteara a mi alrededor se encontraría casi con toda seguridad también en el punto de mira.

Cuando llegó a aquella conclusión, le dije:

—Tengo un montón de cuarzos de almacenamiento. Los rellenaré y te devolveré el prestamagia.

Durante un instante no abrió la boca: seguía mirando las sustancias extendidas en el suelo, y luego dijo lentamente:

—Tú usas maná exclusivamente. ¿Es porque...? —No terminó de formular la pregunta, pero eso es porque no le hacía falta. Tal y como he dicho, no es ninguna idiota. Entonces me miró, levantó un poco la barbilla y dijo en voz alta, como si estuviera anunciándoselo al mundo entero y no solo a mí—: Quédatelo. Puede que necesites más. —Yo ya estaba reprimiendo el violento impulso de fruncir el ceño, como si fuera la persona más ingrata del mundo, cuando añadió con timidez—: ¿Querrías...? ¿Aadhya y Liu necesitan uno también?

Lo que convertía aquello en una petición para unirse a nuestra alianza.

Ni siquiera era capaz de soltarle una rotunda e irreflexiva negativa, ya que no podía darle una respuesta sin hablar primero con Aadhya y con Liu. Eso significaba que tendría el tiempo suficiente para reconocer que la respuesta obvia, sensata e incluso justa era que sí.

No quería formar una alianza con Chloe Ramussen. No quería ser una de las afortunadas cuya alianza acababa bajo la condescendiente tutela de algún alumno de enclave con cantidades inmensas de maná, amigos y un baúl lleno de objetos útiles de sobra, lo cual es, por descontado, el objetivo que la mayoría persigue cuando forman un equipo sin que haya ya un alumno de enclave en él. Aunque aquello no fuera lo que Chloe o nosotras tuviésemos en mente, sería la conclusión a la que llegarían los demás. Y después de todo, tendrían razón: nosotras ayudaríamos a Chloe a salir del colegio, el maná de Chloe nos ayudaría a nosotras a salir y todas dejaríamos a su suerte a otros alumnos que no tenían ninguna posibilidad de salvarse.

No obstante, tenía derecho a pedírmelo, ya que había sido yo la que había ido a hablar con ella; Chloe había tenido el valor de preguntármelo, cuando podría simplemente haber pasado de mí después de haberme devuelto el favor por haberla salvado de un ataque que se había producido por haber estado dispuesta a ayudarme sin pedir nada a cambio. Me estaba ofreciendo más de lo que debería ofrecerme, y si a pesar de todo eso todavía me quedaban ganas de mandarla a paseo, Aadhya y Liu tenían derecho a decirme que estaba siendo una idiota redomada.

—Hablaré con ellas —murmuré sin gentileza alguna, y como era de esperar, el resultado fue que tres días después tuve que añadir el nombre de Chloe en la pared de al lado del baño de las chicas, donde habíamos dejado por escrito nuestra alianza. Liu escribió su nombre también en chino junto a mi anotación, con un resplandeciente prestamagia abrazándole la muñeca, y luego las cuatro fuimos a desayunar todas juntas y tuve que oír al menos a tropecientasmil personas felicitándonos, y con eso me refiero a Aadhya, a Liu y a mí, por habernos agenciado a Chloe. No nos felicitaron tanto cuando las tres anotamos nuestros nombres a finales del curso pasado, a pesar de que fuimos una de las primeras alianzas en aparecer en la pared.

Para rematar, Orion no me felicitó exactamente, aunque me dijo: «Me alegro de que tú y Chloe os hayáis hecho amigas», con un tono cargado de esperanza que me dejó preocupada, pues aquella afirmación parecía estar a un tris de convertirse en un «Vente a vivir conmigo y seamos felices para siempre», con opción de grabarlo en una pieza de metal con corazoncitos alrededor.

—Tengo que ir a clase —dije y hui a la relativa seguridad de mi aula de estudio independiente en las entrañas del colegio, donde lo peor que podía asaltarme con actitud hambrienta era un monstruo devorador de carne.

Tras un mes de clase, había traducido un total de cuatro páginas adicionales de los sutras de la Piedra Dorada. Entre ellas figuraba un único hechizo de tres líneas en sánscrito védico cuyo propósito era incapaz de adivinar. Aparecían siete palabras que nunca antes había visto y que se podían traducir de diferentes maneras. El resto de las cuatro páginas contenían un comentario en árabe medieval en el que se explicaba con todo detalle que, aunque pudiera parecer pecado (había que usar vino para lanzarlo), no pasaba nada por utilizar el hechizo en sánscrito. El comentario eludía mencionar, en su mayor parte, cualquier dato de utilidad, como la razón por la que era un hechizo tan bueno o de qué manera debía usarse el vino. El problema era que no se trataba de un texto del todo inservible, así que tuve que rebuscar entre toda la paja para dar con un puñado de anotaciones importantes.

Esa mañana por fin averigüé cuál de los noventa y siete posibles significados tomaba el hechizo y llegué a la conclusión de que servía para acceder a una fuente de agua remota y purificarla, algo sumamente interesante para alguien que vive en el desierto, pero mucho menos estimable para los alumnos que residen en un colegio encantado con un sistema de cañerías funcional, si bien antiguo. Mientras fulminaba con la mirada mi finiquitada e inútil traducción, el conducto de ventilación del horno se sacudió a mi espalda y una caótica masa de pelo, garras y dientes se abalanzó sobre mí, según lo previsto.

Acto seguido, rebotó en el escudo que ni siquiera había tenido que levantar, ya que el portaescudo de Aadhya que llevaba en el pecho había extraído maná de forma automática del prestamagia para bloquear el golpe. Mientras me daba la vuelta, el leskit se deslizó por el suelo hasta un rincón y se alzó sobre sus doce pies. No hubiera sabido decir quién de los dos se había quedado más sorprendido, pero el mal recuperó la compostura más rápido; volvió a lanzarse contra mí y se detuvo a meros centímetros del escudo, lo bastante cerca como para golpearlo de forma experimental y hacer estallar una nube de brillantes chispas anaranjadas.

Mi estrategia habitual en una situación así habría sido distraer al bicho y salir pitando. Pero entonces advertí unos gritos y ruiditos siseantes procedentes del conducto: había una manada de leskits en el taller. Estos no suelen cazar en soledad. El que estaba frente a mí abrió sus fauces llenas de dientes y emitió un sonoro *krrk krrk krrk*, como un avestruz enfadado —nunca he oído a un avestruz enfadado, pero es el ruido que me imagino que hacen—, y entonces se oyeron unos arañazos en el conducto de ventilación y otro leskit asomó la cabeza. Se dejó caer y ambas criaturas tuvieron una conversación llena de *krrs* durante un momento antes de acometer juntas contra mí; arañaron el escudo, ocasionándole surcos más profundos.

Los contemplé desde detrás del escudo y dije lentamente: *Exstirpem has pestes ex oculis, ex auribus e facie mea funditus*, una versión ligeramente modificada de un hechizo usado durante la época del Imperio Romano que servía para quitarte de en medio cualquier incordio que intentase llegar hasta ti pero que se encontrase retenido temporalmente, como por ejemplo una turba enfurecida queriendo asediar tu perversa torre de hechicería y tortura. Hice un gesto de barrido con el brazo y los dos leskits se desintegraron de inmediato, junto con sus otros amiguitos del taller, supongo, ya que los gritos que se filtraban desde el conducto de ventilación se apagaron y fueron sustituidos por un silencio ligeramente confuso.

Seguí contemplando durante otro instante lo que ahora eran dos montoncitos de ceniza en el suelo y, a continuación, a falta de otra cosa que hacer, volví a sentarme en mi sitio y me puse a trabajar. No había ninguna razón para salir corriendo hacia el pasillo y todavía quedaban veinte minutos para que sonase el timbre. Tras unos momentos, la puerta —que había vuelto a llevar a cabo su numerito de los portazos hacía unos instantes— volvió a abrirse en lo que seguramente imaginé que era una actitud decepcionada. Ni siquiera hizo tanto ruido como en otras ocasiones.

Dediqué el resto de la clase a elaborar una copia del hechizo original en sánscrito, añadiendo un comentario formal de mi propia cosecha que incluía dos traducciones literales del hechizo al sánscrito moderno y al inglés para facilitar la comprensión del significado, con las diversas variaciones posibles según las connotaciones, un análisis del comentario en árabe y algunas notas sobre sus posibilidades de utilización. Era la típica tarea estúpida y ostentosa que solo realizan los que sí intentan llevarse el título de mejor alumno de la promoción o los que tienen en mente publicar su trabajo en el futuro, pues es un enfoque menos violento y competitivo para lograr que un enclave se interese en ti una vez que hayas salido del colegio.

A mí no me hacía falta hacer nada de eso. No tenía que entregar ningún proyecto y, desde luego, no necesitaba hincar los codos para lanzar el hechizo. Es más, podría haberlo hecho en cuanto me hubiese quedado clara la pronunciación. Salvo que, naturalmente, si me arriesgaba a lanzar un hechizo sin saber a ciencia cierta para qué servía, su propósito sería el del asesinato en masa, eso seguro.

Perdí el tiempo con ello porque no quería empezar una nueva sección. Mejor dicho, no quería que me quedara tiempo para empezar una nueva sección. Por supuesto, no sentía ningún remordimiento por haber usado el maná de Nueva York para acabar con una manada de leskits, sobre todo porque había salvado el pellejo, pero no iba a permitirme alegrarme por ello. No pensaba sentirme agradecida y mucho menos acostumbrarme a aquella nueva situación, aunque en realidad mi pataleta no tenía ningún sentido: ya estaba acostumbrándome. Mis hombros se negaban a permanecer tensos, y de tanto en tanto se me olvidaba comprobar la rejilla de ventilación que tenía detrás, como si no fuese una cuestión de vida o muerte.

Cuando sonó el timbre, salí al pasillo y una multitud de artífices de segundo salieron en tromba del taller, hablando animadamente de lo ocurrido con los leskits; oí que uno de ellos decía, encogiéndose de hombros: *Comment il les a eus comme ça? J'en ai aucune idée. Putain, j'étais sûr qu'il allait crever*, y me dirigí a mi seminario de Myrddin sumida en un cúmulo de indignación al darme cuenta de que Orion había estado allí y de que mi maniobra para eliminar a los leskits, de algún modo, le había salvado la vida, así que no me quedaba más remedio que alegrarme, pero ¿qué narices había estado haciendo en el taller con un puñado de alumnos de segundo?

—¿Estabas espiándome desde la puerta de mi clase o algo así? —le pregunté durante el almuerzo, mientras nos poníamos en la cola de la comida.

—¡No! —exclamó, pero tampoco me ofreció una explicación convincente—: Es que… he tenido un presentimiento —dijo, y se alejó cabizbajo, con una expresión tan agria y malhumorada que casi me dieron ganas de dejarlo en paz, aunque aquel deseo me pareció tan horripilante que no pude permitirlo.

—¿El presentimiento de que alguien iba a tener que salvarte el culo de una manada de leskits? —dije con dulzura en su lugar—. Ya van cuatro veces por mi parte, ¿no?

—¡No necesitaba que nadie me salvara! Solo eran ocho, podía con ellos —me espetó, y tuvo la cara dura de parecer molesto, lo que me repateó.

—No es eso lo que he oído —dije—. Y si no te gusta que te rescaten, te jodes.

Agarré la bandeja y crucé la cafetería hasta la mesa en la que estaba Liu. Orion se escabulló por detrás de mí y se sentó a mi lado a pesar de que seguíamos enfadados —aquí los grupos de la comida no se separan por algo tan insignificante como una pelea violenta—, y ambos nos pasamos toda la comida de morros y en silencio. Después de comer, recogimos nuestras bandejas y abandonamos la cafetería por separado, o eso me pareció, ya que daba la impresión de que él tenía prisa por irse antes que yo, así que aminoré la marcha; al salir, lo vi hablando con Magnus justo frente a las puertas y al cabo de un instante, Magnus le tendió la mano y yo me di cuenta de que Orion le estaba pidiendo maná.

—Tú, pedazo de mastuerzo, ¿por qué no me has dicho que estabas a dos velas? —le dije después de darle una colleja cuando lo alcancé en el pasillo, justo frente a las escaleras—. Además, ir a cazar mals cuando apenas te queda maná para intentar compensarlo es una memez de proporciones épicas, incluso tratándose de ti.

—¿Qué? ¡No! No estaba... —empezó Orion, y acto seguido se dio la vuelta, captó mi mirada de pocos amigos y se detuvo; entonces, adoptó una expresión incómoda y dijo: «ah», como si acabara de darse cuenta de que eso era exactamente lo que acababa de hacer.

—Sí, «ah» —dije—. Tienes derecho a una parte del maná de Nueva York. Seguro que esta semana ya has aportado a la reserva mucho más de lo que te corresponde.

—Qué va —dijo Orion brevemente—. No he aportado nada.

—¿Qué? —Me lo quedé mirando.

—No he matado a ningún mal en todo el mes —respondió Orion—. Los únicos que he visto son los que te has cargado *tú*.

Quiero que quede constancia de que su voz destilaba cierto tono acusador, aunque hice caso omiso porque estaba demasiado ocupada mirándolo boquiabierta.

—¿Me estás diciendo que no has salvado a nadie en todo lo que llevamos de curso? ¿Entonces por qué no he oído ni un solo alarido agónico en ningún rincón del colegio?

—¡Porque no hay mals! —exclamó él—. No quieren llamar la atención. Creo que matamos a demasiados cuando bajamos al salón de grados. —Como si la palabra «demasiados» tuviera cabida en esa frase—. Y la mayor parte de los que quedan siguen escondidos. He estado preguntando por ahí, pero casi nadie ha visto a ninguno.

No soy capaz de describir de forma coherente el nivel de indignación que me recorrió. Una cosa era que el colegio me la tuviera jurada, algo que me parece que todos sentimos desde el momento en que pisamos la Escolomancia, y otra muy distinta, que me la tuviera jurada *solo a mí*, hasta el punto de dejar en paz literalmente a todos los demás, incluido a Orion, a pesar de que fue él quien lo mató de hambre en un principio. Aunque supongo que su forma de devolvérsela era mantener a los mals alejados de él.

—¿Qué tienes los miércoles después del periodo libre de trabajo? —le pregunté cuando fui capaz de formar palabras sin caer en un balbuceo rabioso e incoherente.

—Mi seminario de Alquimia —dijo. Cuatro plantas por debajo de la biblioteca. De modo que no podía subir a echarme una mano aunque quisiera, cosa que al parecer le apetecía mucho.

—¿Y a primera hora?

—Chino y Mates. —Lo más alejada de la planta del taller que podía estar un aula de último curso.

—Qué asco todo —dije, malhumorada.

—El resto de los alumnos de Nueva York empezarán a quejarse si la cosa sigue así —dijo Chloe pesarosa, sentada en la cama de Liu con las piernas cruzadas mientras sujetaba a su ratón. Lo había llamado Mefistófeles porque tenía en la garganta una única mancha negra con forma de pajarita, la cual había empezado a parecerse mucho más a una pajarita durante la semana que ella llevaba acariciándolo. Además, el ratoncito ya hacía cosas por ella: justo el día anterior había saltado de sus manos y correteado hacia el desagüe, y tras unos minutos había vuelto con un trocito de ámbar gris apenas roído que había encontrado allí abajo.

Me jorobaba: yo llevaba más de mes y medio pasando tiempo con Tesoro, dándole premios con maná e intentando que siguiera alguna de mis instrucciones, pero ella continuaba sin hacer mucho más que ponerse morada de chuches y apoltronarse como una reina en mi mano mientras dejaba que la acariciase.

—¿No deberías al menos ser capaz de volverte invisible o algo así a estas alturas? —le dije refunfuñando en voz baja antes de devolverla a la jaula de Liu. No me hizo ni caso. Aadhya había podido llevarse ya a su ratoncito Pinky de forma permanente a su habitación, donde le había construido un recinto enorme lleno de ruedas y túneles que expandía por la pared.

—A veces cuesta un poco —me dijo Liu con mucho tacto, pero incluso a ella la delataba una ligera expresión de duda a medida que pasaban las semanas.

Aun así, no habría renunciado a darle mimos a Tesoro ni aunque me hubieran ofrecido a cambio dedicar todo ese tiempo que pasaba con ella, pero multiplicado por cien, a estudiar. Era una criaturita real y llena de vitalidad, con su pelaje suave, el vaivén de sus pulmones y el tenue latido de su corazón; su lugar no estaba en la Escolomancia. Formaba parte del mundo exterior, un mundo que en ocasiones me daba la impresión de que solo existía como escenario de los sueños que tenía de vez en cuando. Llevábamos en la Escolomancia tres años, un mes, dos semanas y cinco días.

Y en ese último mes, dos semanas y cinco días, nadie salvo yo o aquellos que revoloteaban a mi alrededor había sido atacado por ningún mal, por lo menos hasta donde pudimos comprobar sin levantar sospechas. Los demás alumnos todavía no se habían dado cuenta porque algunos de los ataques habían acabado extendiéndose al taller, que estaba al otro lado de mi aula de estudio individual, y también porque nos encontrábamos prácticamente a principios de curso y todos habían dado por sentado que estaban teniendo suerte.

—Pero los demás alumnos de Nueva York no tardarán en darse cuenta de que las reservas de maná están disminuyendo —dijo Chloe—. Magnus me preguntó el otro día si había lanzado algún hechizo importante. Tengo derecho a compartir el maná con mis aliadas, pero no a dejar que se lo lleven todo.

—Nosotras estamos devolviendo todo el poder que podemos —dijo Aadhya—. Y en nuestro curso hay siete alumnos de Nueva York. Estaréis metiendo ya un montón de maná. ¿Cuánto pueden disminuir las reservas?

—Bueno —dijo Chloe incómoda y lanzándome una mirada, y luego añadió, vacilante—: En realidad, no… Es decir…

—No acumuláis maná —dije tajantemente desde el rincón, pues me percaté al instante de lo que se estaba callando—. Ninguno de vosotros ha metido maná nunca en la reserva porque Orion ya aportaba bastante por todos.

Chloe se mordió el labio y eludió nuestra mirada; Aadhya y Liu la contemplaron conmocionadas. Todos tienen que acumular maná. Incluso los alumnos que pertenecen a algún enclave. Su superioridad radica en que disponen de más tiempo, mejores condiciones, gente que les cuida las espaldas, les hace los deberes o les regala maná y todas las cosas que a los demás nos cuesta horrores conseguir. Todos cuentan con sus propios depósitos de poder y prestamagias, así que cuando llegan a último curso, nos sacan a los demás muchísima ventaja. Pero eso de no tener que acumular ni una pizca de maná… No tener que hacer abdominales ni sudar la gota gorda con el ganchillo porque Orion les sacaba las castañas del fuego…

Mientras que él se había visto obligado a mendigarles maná cuando empezó a agotársele.

Chloe permaneció con la cabeza gacha y las mejillas encendidas. Mefistófeles profirió un chillidito ansioso en sus manos. Lo más probable es que no hubiera pensado en ello desde primero. Del mismo modo en que yo había dejado de pensar en ello a diario. Y me había puesto borde con Orion por necesitar ayuda, después de haber estado cargándome monstruos con el maná que él había acumulado durante tres años mientras arriesgaba su vida.

—¿Y qué? —dijo Orion, y parecía decirlo en serio.

No me había acercado a su cuarto desde el curso pasado; últimamente hacía todo lo posible por evitar quedarme a solas con él. Pero había dejado a Tesoro en la habitación de Liu y me había ido directamente a la de él sin dirigirle otra palabra a Chloe. Orion estaba allí, ocupado en no hacer sus deberes de Alquimia, a juzgar por la ficha de ejercicios en blanco que había sobre su escritorio. Estaba tan nervioso cuando me dejó pasar que casi olvidé mi enfado el tiempo suficiente como para reconsiderar mi presencia en su cuarto; sin embargo, a pesar de Orion y sus intentos inútiles por ordenar sus montones de ropa sucia y libros, la cólera ganó la partida. Es lo que ocurre casi siempre en mi caso.

También podría haberme ahorrado la molestia, teniendo en cuenta lo poco que le importó cuando se lo conté. Lo miré fijamente y él me devolvió la mirada. No era solo que se alegrara de ayudar a esos ineptos, sino que parecía no entender por qué estaba compartiendo con él aquella información extraña e irrelevante.

—Ese maná es tuyo —le dije entre dientes—. Todo tuyo. ¿Lo pillas, Lake? Esos buitres han estado revoloteando a tu alrededor durante tres años y pico sin mover un dedo…

—¡Me da igual! —exclamó—. Siempre hay más. Siempre *ha habido* más. —Y añadió eso último con un dejo de emoción en la voz, solo que era como el quejido de un crío.

—No me digas que es porque te aburres —le gruñí—. ¿Echas de menos el jolgorio de tener que salvarles la vida a los demás seis veces al día y su dosis habitual de peloteo?

—¡Lo que echo de menos es el maná! —me gritó.

—¡Pues que te lo devuelvan! —exclamé, y me quité el prestamagia de la muñeca y se lo puse delante de las narices—. Quédatelo todo. Si quieres más maná, es todo tuyo; ellos no tienen derecho a reclamarte ni una pizca.

Contempló el prestamagia con una expresión casi ávida en el rostro, pero entonces sacudió la cabeza con fuerza.

—No —dijo; acto seguido, se llevó las manos al pelo, que todavía no había crecido lo suficiente como para sustentar el dramatismo del gesto, y murmuró de forma lastimera—: No sé qué hacer, es un lío.

—Ya te daré yo lío —dije, con lo que me refería a darle una somanta de palos hasta que espabilara, pero él tuvo el valor de soltar: «Ah, ¿sí?» en plan ligón, como si lo dijera con doble sentido, actitud que cesó en cuanto se oyó a sí mismo. Entonces se ruborizó, muerto de vergüenza, y echó un vistazo a su habitación, en la que no había nadie salvo nosotros, y se puso aún más rojo. Yo salí disparada y hui al cuarto de Liu.

Todas seguían allí y yo todavía llevaba el prestamagia en la mano. Chloe levantó la cabeza y me lanzó una mirada ansiosa, pero por mí podía ir ella solita a hablar con Orion si quería saber lo que él pensaba del asunto.

—¿Y ahora qué? —pregunté, tendiéndole el prestamagia—. ¿Te rajas?

—¡No! —dijo Chloe, y entonces Aadhya sacó un libro de su mochila, uno de esos mamotretos a los que llamamos «matalarvas», y me lo lanzó con tanta determinación que tuve que saltar a un lado para que no me diera en el trasero.

—¡Para ya! —se quejó—. Ya es como la tercera vez que intentas que te dejemos tirada. Eres igual que un pez globo: en cuanto alguien te toca un poco las narices, te pones en alerta y sacas la mala leche para que la gente salga huyendo. Ya te avisaremos si se da el caso, ¿vale?

Volví a ponerme el prestamagia de forma más o menos hosca —seamos sinceros, más que menos— y me senté en el suelo con los brazos alrededor de las rodillas. Al cabo de un momento, Liu dijo:

—Así que el problema no es que estés usando maná, sino que Orion no está metiendo nada.

—Sí, lo único que hay que hacer es engatusar a unos cuantos mals y llevarlos hasta él —murmuré—. Ojalá tuviéramos a mano a un montón de suculentos magos adolescentes apiñados en un mismo lugar. Anda, pero si los tenemos…

—Aún puedo lanzarte más cosas —dijo Aadhya, agitando otro libro letal (ese tenía unas cuantas manchas sospechosas en la portada) de forma amenazadora.

—Podríamos construir una ratonera, como hacen en los obradores —sugirió Chloe.

—¿Como hacen quiénes en dónde? —dijo Aadhya, y Chloe nos miró a mí y a Liu como si esperara que estuviésemos menos confundidas.

—¿Una ratonera? —dijo más dubitativamente—. No sé si hay otra palabra para describirlo… Ya sabéis, cuando un círculo de magos debe llevar a cabo alguna tarea importante y como se pasan trabajando mucho tiempo nadie quiere que los mals los interrumpan. Así que hay que atraer a todos los mals de la zona y eliminarlos una semana antes o algo así. Nueva York echó mano de una ratonera durante la ampliación del Portal Triestatal hace un par de años.

Parecía una idea formidable, pero solo en el sentido de que se trataba de algo demasiado bueno como para ser verdad.

—Si pueden ser atraídos a cualquier lugar, ¿por qué no se hace eso siempre? —dije—. Bastaría con tenderles una trampa con una de esas ratoneras y problema resuelto: se acabaron los mals para siempre.

—¡Porque aun así hay que encargarse de ellos! —respondió Chloe—. ¿Qué clase de trampa es capaz de contener a miles de mals gigantescos? Tuvimos que contratar a un equipo formado por trescientos guardias solo para esa semana. —Aquello ya sonaba un poco más plausible y digno de consideración, y acto seguido añadió—: De todas formas, no se puede dejar montada la ratonera siempre; tenerla en funcionamiento es demasiado caro.

Todas nos la quedamos mirando. Ella nos devolvió la mirada.

—Es demasiado caro —dije con énfasis—. ¿Para Nueva York?

Había visto a Orion lanzar puñados de polvo de diamante infundido con maná para las pociones de la clase de Alquimia como si se tratara de harina para hornear. Ni siquiera se molestaba en recoger los restos que quedaban en la mesa del laboratorio al terminar.

Chloe se mordió el labio, pero Liu dijo:

—Tampoco será tan difícil atraer a los mals. Siempre andan intentando cazarnos, solo hay que reforzar ese deseo existente.

—Ostras, espera —dijo Aadhya de pronto—. ¿Los atraíais desde muy lejos?

—Cubrimos todo Gramercy Park y una manzana en cada dirección —repuso Chloe, lo cual a mí no me dijo absolutamente nada, pero Aadhya asintió.

—Ya veo —respondió—. Cuesta mucho mantener en funcionamiento cualquier artificio cuando se pretende que su efecto se extienda a lo largo de más de seis manzanas. Pero nosotras no queremos atraer a todos los mals del colegio. —Eso estaba claro, porque todas nos encogimos de forma instintiva cuando dijo aquello—. Solo queremos llevarle unos cuantos a Orion. —Rebuscó en su mochila y sacó una copia de los planos que debió de hacer en algún momento de los últimos tres años: a los artífices se les asigna a menudo elaborar estudios detallados del colegio, ya que ayuda a reforzar el funcionamiento de la institución—. Fijaos. —Señaló una zona de la primera planta—. Hay un punto de distribución de tuberías importante que recorre la pared del taller. Si construimos una ratonera, la colocamos junto al desagüe más cercano y la ejecutamos desde allí, seguro que le conseguiremos un montón de mals aunque solo cubramos un radio de medio metro.

—Genial —dije—. Bueno, ¿y cómo funcionan esas ratoneras?

Todas miramos a Chloe.

—Ehm, es un recipiente... Hay que meter un cebo y entonces el artificio dispersa el aroma... —Se interrumpió y se encogió de hombros—. Lo siento, los únicos detalles que conozco son porque mi madre tuvo que hacer la presentación para el proceso de solicitud.

—El proceso de solicitud —dije, aún con más énfasis, porque cualquier artificio para el que Nueva York se molestara en pedirte que llevaras a cabo un proceso de solicitud tenía que ser, además de caro, increíblemente complicado.

Pero Aadhya le quitó importancia al asunto.

—Eso es suficiente para ponerse en marcha. Liu tiene razón, no puede ser tan complicado. Tú prepara un cebo que huela a mago adolescente y yo ya veré qué se me ocurre para dispersarlo.

Chloe asintió.

—¿Cuándo crees que lo tendrás listo? —preguntó ansiosa.

—Ni idea —respondió Aadhya encogiéndose de hombros.

—Mientras tanto, todos los alumnos de Nueva York tendrán que ponerse a generar maná —dijo Liu—. Si Orion no puede contribuir y ninguno de vosotros está aportando nada, la reserva se agotará tarde o temprano. Imaginaos que descubrimos que la ratonera no funciona dentro de tres meses, cuando tengamos que empezar con los circuitos de obstáculos.

—Pero si les digo a todos que tenemos que comenzar a acumular maná porque Orion ya no puede, lo primero que hará Magnus será inspeccionar los prestamagia para comprobar cuánto está usando cada uno —dijo Chloe—. Y entonces descubrirán por qué va a agotarse antes de lo esperado.

—No creo que se empeñe en inspeccionar los prestamagia —dijo Liu lanzándome una mirada—. No si se lo dices de forma adecuada.

—¿Y cuál es la forma adecuada? —pregunté yo con recelo.

La forma adecuada era que Chloe les contara a los alumnos de Nueva York que la *novia de Orion* le había prohibido ir a cazar mals porque no quería que saliera herido, y que ahora yo había empezado a preguntarme por qué el maná se estaba agotando de repente.

Los alumnos del enclave de Nueva York tenían tantas ganas de que descubriera la verdad con respecto al origen de su maná como Chloe, así que empezaron a contribuir con la causa y resultó que podían realizar dicha tarea sin siquiera acercarse al límite de su capacidad para generar maná. Eso, desde luego, no les impidió ponerse de morros por todo el *esfuerzo* que estaban haciendo. Confieso que me encantó ver a Magnus y a todo su séquito entrar en el baño de los chicos empapados de sudor y con la cara roja por culpa de lo que debió de ser una estupenda sesión de ejercicio físico para generar maná.

Pero tras un mes de lo que ellos consideraron un sufrimiento insoportable, todos se interrogaban ya de forma acusadora acerca del uso que le daban al maná, al tiempo que el proyecto de la ratonera se topaba con una enorme dificultad. Aadhya había fabricado un quemador de incienso especial, formado por una serie de cilindros encajados de diferentes metales con agujeros cuidadosamente perforados en cada uno de ellos para controlar la trayectoria del humo. Chloe había mezclado unas cuantas tandas de incienso impregnado de maná y las había dejado alrededor de un desagüe en uno de los laboratorios de alquimia durante la cena. Al acabar, bajamos —andando con mucho ojo— y recogimos el que mostraba más signos de haber sido toqueteado con diferentes extremidades, incluida la cara de un succionador, que había dejado a su paso una huella parecida a una vaina de loto.

—Genial, vamos —dijo Orion de inmediato; si hubiera sido por él, habría agarrado el cilindro de la mesa y se habría dirigido derecho hacia la puerta, pero Aadhya le puso una mano en el pecho y lo detuvo.

—¿Qué tal si *no* lo probamos por primera vez al lado de un punto de distribución enorme que comunica directamente con el salón de grados? —dijo. Las demás asentimos de forma efusiva. El diámetro del sistema de cañerías del colegio reacciona a determinadas interpretaciones, por lo que si intentásemos atraer a los mals de forma deliberada, nuestra intención sería, en realidad, la de ayudarlos a colarse.

Orion se sentó en un taburete con una expresión de visible impaciencia, pasándose el quemador de una mano a otra mientras las demás debatíamos sobre el mejor sitio donde llevar a cabo una prueba. Al final nos decidimos por el propio laboratorio, ya que el incienso llevaba ahí un rato y preferíamos no tener que trasladarlo por los pasillos, donde muy posiblemente acabaríamos atrayendo a una horda de seguidores.

Aadhya metió el incienso en el quemador, toqueteó un poco los cilindros y dijo por fin:

—Vale, probémoslo. —Se lo entregó a Orion.

Todas retrocedimos hacia la puerta al tiempo que él hacía los honores. Encendió el montoncito de incienso.

—Ay —protestó tras quemarse con la cerilla, cosa que le preocupaba más que los mals que podían estar a punto de aparecer, y la dejó caer en el centro de los cilindros. Acto seguido, depositó el quemador en el taburete y lo situó cerca del desagüe.

Los primeros hilillos de humo brotaron y se extendieron sobre el desagüe antes de dispersarse. Orion se inclinó por encima con impaciencia, pero ninguna criatura salió del interior. Esperamos unos cuantos minutos más y el humo comenzó a espesarse, formando una delgada corriente que rodeó el desagüe y se introdujo por él. Nada.

Había un par de aglos pequeñitos en el laboratorio agenciándose los escombros del suelo —no les habíamos hecho caso ya que cuando crecen resultan bastante útiles, y por lo demás son completamente inofensivos— que habían empezado a huir lentamente hacia el desagüe cuando entramos al aula. Mientras aguardábamos, llegaron al desagüe y siguieron adelante, atravesando la parte más espesa del humo sin mostrar ningún interés.

Orion nos lanzó una mirada.

—¿No debería haberles afectado? Al fin y al cabo, son mals.

—Sí, supongo —dijo Chloe con voz nasal. Era evidente que el quemador funcionaba de algún modo: incluso en la zona de la puerta, el aire estaba adquiriendo el característico aroma que salía del baño de los chicos de forma habitual.

Aadhya frunció el ceño y se acercó con cautela al quemador.

—Tal vez podríamos... —empezó y entonces Pinky sacó la cabeza de su recipiente de paseo y lanzó un fuerte chillido de emoción. Aadhya nos había fabricado una correa tipo bandolera con una tacita unida a esta para que los ratones nos acompañaran durante el día, ya que Liu quería que pasáramos más tiempo con ellos. Antes de que Aadhya pudiera detenerlo, Pinky saltó del recipiente que llevaba a la altura del pecho, correteó hacia el taburete, trepó por la pata igual que un diminuto relámpago blanco y tiró el cilindro al suelo tras lanzarse encima. En medio de nuestros gritos, Mefistófeles y Xiao Xing se asomaron desde sus respectivos recipientes y salieron pitando como locos tras él.

Estaba claro que el incienso les llamaba la atención. Los tres se pasaron la siguiente media hora haciendo rodar el cilindro, eufóricos, por todo el laboratorio, metiéndolo debajo de los armarios y las mesas y zafándose de nosotras cada vez que intentábamos atraparlos. Resulta que a los ratones mágicos que van colocados se les da estupendamente escabullirse. Tras una vorágine de palabrotas, gritos y trompazos en los codos y las espinillas, por fin logramos quitarles el cilindro y apagar el humo, momento en el que se desplomaron exhaustos con las patas encogidas y una mirada perdida que transmitía, de algún modo, una expresión soñadora y placentera.

Chloe tachó con ímpetu la receta del incienso que tenía apuntada en su cuaderno y Aadhya arrojó, disgustada, los cilindros a la basura. Cuando un primer experimento sale tan mal, lo mejor suele ser no seguir adelante. Eso significa que estás obviando algo muy importante y, en nuestro caso, no teníamos ni la menor idea de lo que podía ser. Así que si lo volvíamos a intentar cambiando algún que otro detalle, se nos metería la idea en la cabeza de que saldría mal, y entonces no solo saldría mal, sino que sería un desastre de dimensiones apoteósicas.

Lo único bueno que saqué de aquello fue que capté la primera señal de que Tesoro se estaba convirtiendo en mi familiar. No se había unido al desenfreno de los demás, sino que en cuanto Pinky se había lanzado hacia el quemador, ella había subido por mi hombro y saltado a un estante alto del laboratorio, donde se había volcado un matraz de gran tamaño encima y se había quedado sentada, tapándose la nariz con sus patitas, mientras observaba con desaprobación la juerga de sus amiguitos. Después de que apagásemos el incienso, volvió a meterse en el recipiente de mi bandolera, cerró la tapa sobre sí misma y dejó claro que pensaba quedarse conmigo en lugar de volver a la habitación de Liu con los atontados de los otros ratones.

Eso estuvo muy bien, pero el proyecto de la ratonera volvía a estar en el punto de partida.

Mientras tanto, los alumnos del enclave de Nueva York ya no eran mi único problema. Todo el colegio había empezado a fijarse en los ataques de los mals, o más bien en la ausencia de estos. Todos pasamos mucho tiempo pensando en los mals y en sus siguientes movimientos. Casi la mitad de nuestros dos primeros cursos están dedicados al estudio de los maleficaria y sus diversas clases, su comportamiento y, lo más importante, la forma de acabar con ellos. Cuando los mals empiezan a comportarse de forma extraña es que algo malo pasa. Incluso si dicho comportamiento conlleva que ya no se abalancen sobre ti para matarte. Por lo general, eso significa que están esperando para abalanzarse sobre ti y matarte en otro momento más oportuno.

El miércoles siguiente, al acabar nuestro animado y letal seminario en la biblioteca, Sudarat esperó a que el chaval que estaba a mi otro lado se levantase para marcharse y me susurró mientras recogíamos nuestras cosas:

—Una chica de Shanghái me ha preguntado si nos han vuelto a atacar en esta clase.

Los exámenes parciales estaban a la vuelta de la esquina y hasta el momento solo habían muerto un total de veintitrés personas. Más de la mitad habían sido alumnos de primero que habían saltado por los aires en el taller o que habían acabado envenenados en el laboratorio debido a su propia negligencia, lo cual era una muerte casi pacífica según nuestros parámetros habituales. Los demás —salvo uno— habían sido víctima de algún accidente en la cafetería. Incluso en ese aspecto los índices de mortalidad se encontraban muy por debajo de lo normal, ya que casi todo el mundo podía permitirse lanzar hechizos verificadores y preparar antídotos, cosa que ocurre cuando los maleficaria no se arrojan sobre ti cada dos por tres.

La muerte número veintitrés era la única que correspondía a uno de los alumnos mayores, un chaval de tercero llamado Prasong que había pertenecido al enclave de Bangkok. No le había hecho ninguna gracia descubrir que ya no era alumno de enclave, y había sido lo bastante cretino en años anteriores como para encontrarse con que no despertaba demasiada simpatía ni compasión. Como no veía otra forma de continuar con el estilo de vida al que se había acostumbrado —o, para el caso, de seguir con vida— había tomado la decisión de convertirse en maléfice. Y, obviamente, la manera más fácil y segura de conseguir un buen chute de malia, lo suficiente como para aguantar hasta la graduación, era dejar secos a un ingenuo grupo de alumnos de primero.

Si te parece que eso supone ser un sinvergüenza de cuidado, debes saber que nuestra opinión difiere bastante. Casi todos los años hay entre cuatro y ocho alumnos que optan por volverse maléfices, y como para la mayoría se trata de algo improvisado y no disponen de un surtido de pequeños mamíferos, lo normal es que pongan en su punto de mira a los críos más jóvenes.

La guía de primer curso nos previene sobre dichas situaciones de forma bastante prosaica y nos aconseja que llevemos cuidado con los alumnos mayores o de más éxito que muestren demasiado interés en nuestras actividades. Yo le debo la encantadora cicatriz que tengo en el vientre a uno de ellos, el difunto y poco añorado Jack Westing, quien se había cargado a la vecina de Orion, Luisa, en segundo.

Sudarat era la única novata con la que podía hablar Prasong sin levantar sospechas. Ni siquiera tenía que molestarse demasiado, ya que ella se esforzaba tanto como podía por mantener el contacto con los alumnos mayores del desaparecido enclave de Bangkok. Aunque solo consiguiera la oportunidad de sentarse con ellos en la cafetería de vez en cuando o quedarse con las prendas de segunda mano que no lograran vender, seguía siendo mejor que nada. Así que lo único que tenía que hacer Prasong era dejarla sentarse en su mesa durante una de las comidas. Debió de haberle contado los suficientes detalles sobre el extraño seminario al que asistía en la biblioteca como para que a él le pareciera la oportunidad perfecta de darse un banquete: ocho alumnos de primero apiñados en un aula aislada, sin ningún testigo alrededor. Supongo que no me mencionó.

Unos días después, se escabulló a la biblioteca justo antes de que acabase la hora de la comida y plantó un maleficio desollador en el suelo, por debajo de los pupitres.

No era demasiado bueno. En teoría, no es posible encontrar maleficios chupamalia en la biblioteca; oficialmente, el colegio no dispone de textos perniciosos. Eso no es más que un cuento, desde luego; yo me he topado con al menos un centenar. Pero cualquiera que vaya tras ellos específicamente, lo tendrá un poco más difícil. En fin, Prasong no era tan ambicioso como el bueno de Jack. El maleficio que utilizó era lo bastante eficaz como para arrancarles un trozo considerable de piel a sus víctimas, y luego abrirse paso en su interior y poder extraerles una buena cantidad de malia tras sumirlas en un estado de angustia y dolor. Y supongo que esa era su única intención. Asesinar de golpe a ocho magos, aunque se trate de alumnos de primero, no es tarea sencilla para un maléfice en ciernes; el daño psicológico lo habría marcado de forma suficientemente visible y siniestra como para que sus compañeros —sobre todo sus vecinos más próximos— se agruparan y se lo quitaran de encima antes de que se le ocurriera alguna otra brillante idea y fueran ellos los que acabaran fiambres.

Por desgracia para él, advertí el maleficio antes incluso de atravesar la puerta. Supuse que había sido obra de un maleficaria ejecutor, pues algunas de las criaturas más avanzadas son capaces de trazar inscripciones de hechizos, aunque por lo general no demasiado bien. Eso no significaba que en este caso la cosa no fuera una chapuza. Yo podría haberlo hecho mejor casi sin despeinarme, y eso fue lo que hice: agarré un trozo de tiza de la pizarra, reescribí la mitad de los sellos para devolverle el hechizo al autor original —y de paso, corregí diversos errores y añadí unas cuantas mejoras—, y lo conjuré con una facilidad pasmosa y apenas una pizquita de maná. Incluso me felicité por haber resuelto con tanta facilidad el primer ataque de la tarde.

Descubrí quién estaba detrás del maleficio a la hora de cenar, cuando los demás alumnos comentaron animados que a Prasong se le había desprendido la piel por completo en clase de idiomas, y que se había puesto a correr en círculos y a gritar como un loco hasta desangrarse.

No puedo decir que lo lamentase. Para nada. Vomité después de cenar, pero lo más probable era que algo me hubiese sentado mal. Sudarat abandonó la cafetería con el rostro bastante pálido. Ella y los demás críos de la biblioteca habían comprendido de inmediato lo ocurrido: yo me había empeñado —creída, creída, creída— en mostrarles el maleficio, explicarles sus efectos y el ingenioso modo en que se lo iba a devolver a su autor. La chica se había mostrado más callada de lo habitual durante las semanas posteriores al incidente, lo que ya era decir. Esta era la primera vez que me dirigía la palabra desde entonces.

—¿De Shanghái? —pregunté lentamente.

Sudarat asintió con un leve movimiento de cabeza.

—Algunos alumnos de Bangkok —dijo— se han enterado de los ataques que hemos sufrido. Otros alumnos. Cuando le conté a... —se interrumpió, pero me hacía una idea. Cuando le contó a Prasong lo de los ataques en la biblioteca, otros alumnos mayores de Bangkok la oyeron también. Y ahora sus antiguos compañeros de enclave la usaban para pasar cotilleos y así ganar puntos. Es lo que hacemos todos los marginados, ya que nunca se sabe cuáles serán los puntos que te ayuden a cruzar las puertas del salón de grados.

—¿Qué les dijiste? —pregunté.

Tenía la cabeza agachada sobre el pupitre y el flequillo le tapaba los ojos, pero vi el movimiento que hicieron sus labios y su garganta al tragar saliva.

—Les dije que no me acordaba. Y luego que no.

Estaba aprendiendo, del mismo modo en que aprendían todos los marginados de primero. Comprendía que no preguntaban porque estuvieran preocupados por ella, sino porque querían averiguar algo que pudiera serles de utilidad. Comprendía que estaban intentando averiguar información sobre mí. Pero aún no había aprendido del todo la lección, ya que había cometido un error. Lo que debería haber hecho, naturalmente, era averiguar cuánto valía aquella información y vendérsela. En vez de eso, había mentido para protegerme, había mentido a alguien que podía ofrecerle un rayo de esperanza: la esperanza de contar con ayuda, de encontrar un nuevo hogar.

Era muy considerado por su parte, aunque habría preferido que ningún alumno de Shanghái hubiera encontrado la situación lo bastante sospechosa como para ponerse a indagar. Aquello no pintaba nada bien. Por un lado, los alumnos mayores del enclave de Shanghái intentaban averiguar qué ocurría con los mals; solo en nuestro curso había nueve, y eso sin contar a sus aliados. Y por otro, ya estaban al tanto de que nuestra aula de la biblioteca había sufrido al menos el ataque de un mal, lo que este año hacía que destacáramos. Lo más probable era que estuvieran intentando relacionar dicha información con otros ataques que hubiera habido, que en este caso eran los que se habían extendido hacia el taller desde mi aula de seminario. En cuanto alguien descubriera que había una clase de seminario individual al lado del taller que había sufrido diversos ataques, y que además la única persona que usaba dicha aula era la única alumna que acudía al aula de la biblioteca donde también había habido un ataque, la cosa estaría clara.

No tenía ni idea de lo que ocurriría cuando la información saliera a la luz. Puede que los alumnos de Nueva York decidiesen cortarnos el grifo a nosotras y a Chloe. Si Orion había dejado de suministrarles maná, tampoco tenían demasiado que perder si se deshacían de su «novia». Y eso sería lo de menos. Si los demás averiguaban que el colegio venía a por mí en particular, querrían saber el porqué, y si no encontraban una respuesta, lo más seguro era que alguien optara por tocarme las narices para averiguarlo. Eso si no decidían que lo mejor era darle al colegio lo que quería.

De modo que mis sesiones de estudio para los parciales estaban siendo de lo más animadas.

Y vaya si lo eran. Todavía no había dejado de verle la gracia a lo de estudiar con más gente. Nos habíamos encargado de limpiar la habitación de Chloe y buscar un nuevo relleno para los cojines —si crees que íbamos a ponernos en plan remilgadas con unos cojines perfectamente decentes y cómodos solo porque antes hubieran sido el nido de un par de monstruos y un alumno a medio digerir, es que no has estado prestando atención—, así que nos reuníamos allí casi todas las tardes; dejamos una cestita en el centro para que nuestros ratones pudieran echar una cabezadita cuando se cansaban de los mimos e, incluso, de las golosinas que les traían de vez en cuando aquellos a los que invitábamos a estudiar.

Casi nunca estábamos las cuatro solas. Fuera cual fuere la asignatura que quisiéramos preparar, siempre conseguíamos que alguien se nos uniera con solo pedirlo. Avancé mucho con el árabe: Ibrahim y un par de amigos suyos estaban encantados de venir a ayudarme a cambio de que los dejáramos pasar. Nkoyo, que se nos unía también casi todas las tardes, cursaba el seminario de sánscrito no especializado que había tenido la esperanza de que me asignaran. Gracias a ellos, había profundizado bastante en los sutras de la Piedra Dorada: aquella misma semana había llegado al primero de los hechizos más importantes.

Salvo que era mentira. No había sido gracias a ellos. En realidad, no. Lo que había marcado la diferencia era que ahora disponía de más tiempo, ya que no tenía que estar pendiente de cuidarme las espaldas cada segundo del día. Ahora contaba con más energía porque no tenía que sudar la gota gorda para almacenar maná. Y, sin embargo, ellos también me habían ayudado, aunque su ayuda, el tiempo adicional y el hecho de que me encontrara más descansada tenían un mismo origen: la ayuda de Chloe, la generosidad desbordante de Chloe, y eso no me gustaba ni un pelo. Salvo que en realidad me gustaba un montón, cosa que no me hacía ni pizca de gracia.

Pero tuve que dejar mi amargura a un lado el día que pasé una página y me topé con un epígrafe escrito con una caligrafía exquisita que pude entender sin necesidad de traducir: *Este es muy especial*; el encantamiento en sánscrito rodeaba la página con trazos delgados, y cada carácter tenía adornadas sus curvas principales con pan de oro y pintura. Incluso a primera vista, pude distinguir algunos fragmentos de los demás hechizos que había aprendido hasta el momento: el hechizo controlador de estados de la materia, el de invocación de agua y otro que acababa de aprender, que servía para separar la tierra de la piedra: todos estaban entrelazados y formaban parte de un conjuro principal.

No solo dejé de lado mi amargura, sino que también dejé de preocuparme por el maná, por lo que ocurriría si mi secreto salía a la luz. Abandoné mis proyectos de fin de semestre e ignoré por completo el resto de mis clases. Cada minuto de aquella semana que no pasé reunida con el grupo de estudio o matando mals, me dediqué a estudiar el sutra. Tenía la cabeza metida en el diccionario incluso durante las comidas.

Sabía que era una estupidez. Mi proyecto para el seminario de Myrddin consistía en analizar un larguísimo y complicado poema en francés antiguo que con toda certeza incluiría tres o cuatro hechizos de combate que me serían de ayuda durante la graduación. Mientras que la gran creación de Purochana estaba relacionada con el campo de la arquitectura y probablemente haría falta un círculo de magos para lanzar el hechizo. Los sutras de la Piedra Dorada estaban pensados para la creación de enclaves, no para eliminar mals: solo me serían de utilidad si conseguía salir de aquí con vida.

Y si lo lograba, podría ofrecérselos a otros grupos similares al de la familia de Liu, como al kibutz del que era originario Yaakov, el amigo de Ibrahim; comunidades establecidas de magos que pretendían erigir lugares seguros donde vivir. Lo más probable era que los sutras de la Piedra Dorada ya no fueran la mejor opción para la construcción de enclaves, pues de lo contrario habrían sobrevivido hasta nuestros días más hechizos, tal y como era el caso del hechizo controlador de estados; pero los sutras constituirían una alternativa mejor a que tu familia quedase en deuda con otro enclave durante tres generaciones simplemente para acceder a la información, y más teniendo en cuenta los recursos que hacían falta. Además, lo más seguro era que los hechizos de Purochana para construir enclaves no fueran tan caros como los conjuros modernos. Nadie construía enclaves repletos de rascacielos en la antigua India; incluso aunque se hubieran imaginado algo semejante, no era posible llamar a los albañiles del pueblo y pedirles acero y hormigón.

De modo que los enclaves de Piedra Dorada no serían tan grandiosos como uno de los más elegantes y modernos, pero ¿qué más daba? Aun así, evitaría que los mals llegasen hasta sus hijos, y si conseguían aquello, si conseguían estar a salvo, al menos tendrían la posibilidad de escoger. Podrían escoger sin necesidad de ser como mi madre. No haría falta hacerles la pelota y sobornar a los niños criados en un enclave. Estos seguirían teniendo sus privilegios, seguirían recibiendo más objetos de segunda mano y maná; algunos seguirían dándoles coba, pero no todo el

mundo, porque ya no estarían desesperados. No se dejarían avasallar por la remota oportunidad de aliarse con ellos y la posibilidad aún más remota de unirse a sus enclaves.

Me gustaba aquella idea. En realidad, me encantaba. Si mi
destino era acabar con los enclaves de ese modo, la profecía de mi
tatarabuela ya no me parecía tan horrible después de todo. Difun-
diría los hechizos de Purochana por todo el mundo y enseñaría a
la gente a lanzarlos, y puede que yo no les cayera bien, pero aun
así me prestarían atención. Me dejarían permanecer en los enclaves que hubiese ayudado a construir y exigiría como parte del
precio la obligación de ayudar a otros a construirlos. Podrían donar recursos, o colaborar haciendo copias de los hechizos o formando profesores…

Mientras dedicaba todo mi tiempo libre a fantasear con arreglar el mundo, pasé olímpicamente de los deberes y los proyectos. Me olvidé por completo del trabajo que tenía que hacer para
mi seminario de protoindoeuropeo, y habría suspendido de no
ser por Ibrahim; cuando me acordé del proyecto la noche previa
a la fecha de entrega, una hora antes de que sonara el toque de
queda, me consiguió un trueque de última hora con un alumno
del enclave de Dubai del que se había hecho amigo. El curso anterior, Ibrahim y yo nos habíamos sentado una tarde en la biblioteca con los chicos de Dubai. A mí todavía me fulminaban con la
mirada cuando nos cruzábamos por los pasillos, y él había hecho
un amigo íntimo y mantenía una relación cordial con cuatro de
ellos. La historia de mi vida. Pero ahora pude sacar tajada, porque aquella noche, cuando lancé un grito histérico en la habitación de Chloe, Ibrahim me dijo: «Oye, seguro que Jamaal tiene
un trabajo sobre ese tema». Dio la casualidad de que Jamaal era
el pequeño de cinco hermanos y había heredado una colección

inestimable de trabajos y deberes hechos para casi todas las clases. Le entregué una copia del trabajo que había escrito sobre el hechizo de invocación de agua a cambio de un estupendo ensayo para el seminario de protoindoeuropeo que había sido presentado hacía diez años.

Aun así, tenía que reescribir el ensayo de mi puño y letra, y al ponerme con ello, me molestaron algunas de las chorradas que decía, así que acabé cambiando casi la mitad y quedándome despierta hasta las tantas. Me quedé dormida sobre mi mesa y tuve que seguir al día siguiente durante mi clase de estudio individual. Después, entré al seminario de protoindoeuropeo sumida en un sentimiento de rencor injustificado, y mientras ponía el ensayo en el buzón de los deberes con un bostezo, apareció una emanación cósmica y se me metió en la boca.

Olvídate de cualquier idea preconcebida que puedas tener sobre las gigantescas monstruosidades cthulianas. Los mals de categoría cósmica son en realidad relativamente frágiles. Su forma de cazar consiste en enloquecer a sus víctimas con gases encantados que impregnan los sentidos con horrores inenarrables; mientras te revuelves y aúllas y suplicas para que todo acabe, este mal sale sigilosamente de su escondite e intenta extraerte el cerebro por la nariz con sus extremidades parcialmente corporeizadas.

Lo malo de usar esta ingeniosa táctica conmigo es que el cerebro humano es incapaz de experimentar algo que sea más terrorífico que acabar en el interior de un milfauces. De modo que las emanaciones me hicieron rememorar esa experiencia en particular, y yo reaccioné tal y como había hecho en aquel momento: básicamente, gritando «muérete ya, monstruo aberrante» con intensa y violenta convicción. Solo que en esta ocasión no se trataba de un milfauces, sino de una pegajosa nube ectoplásmica, por lo que la golpeé con toda la furia de un poderosísimo hechizo asesino como quien intenta encender una cerilla con un lanzallamas.

El hechizo más letal del que dispongo no mata haciendo pedazos el cuerpo de mi oponente, sino que directamente termina con su vida a un nivel metafísico, así que eso fue lo que pasó. Más o menos, le dejé claro a aquel horror cósmico que su existencia carecía de sentido y lo hice de forma tan agresiva que conseguí desintegrarlo de la realidad. Y de paso, me empeciné en que muchas de las cosas que lo rodeaban debían dejar también aquella absurda pantomima de seguir existiendo.

Esto fue especialmente inoportuno ya que buena parte de la Escolomancia no existe exactamente. Está hecha de materiales reales, pero las leyes de la física se vuelven bastante flexibles en el vacío, así que la mayor parte de ese material es más frágil de la cuenta, el diseño técnico no cumple con las normas, y lo único que la mantiene en pie es que todos nosotros creemos en su existencia con todas nuestras fuerzas. Y eso fue lo que eliminé de la ecuación: en un horrible instante, hice que los otros cuatro alumnos que cursaban aquel seminario fueran extremadamente conscientes de que lo único que se interponía entre ellos y la nada más absoluta era una lata que permanecía en pie gracias a nuestros optimistas pensamientos y al polvo de hadas. Todos comenzaron a gritar e intentaron ponerse a salvo, pero les fue imposible, ya que la falta de convicción se había apoderado de ellos, y el aula de seminario y el pasillo empezaron a desmoronarse a su alrededor.

Lo único que impidió que hiciésemos desaparecer una parte enorme del colegio fue que yo no había dejado de creer en ello. Todavía medio aturdida por la visión cósmica, fui tras ellos hasta llegar a un pasillo que ya estaba doblándose y deformándose, igual que el papel de aluminio, bajo el peso del gigantesco colegio; me encontraba tan fuera de mí que pensé que lo único que ocurría era que estaba colocada, así que cerré los ojos, me dije que el pasillo no se estaba tambaleando en absoluto, y alargué la mano hacia la pared convencida de que al tocarla comprobaría que era estable y que no pasaba nada, y esta volvió a la normalidad. Les grité a los otros chicos: «¡No pasa nada! ¡No es más que una emanación cósmica! Dejad de correr», y al volver la mirada y comprobar que el pasillo había vuelto a exhibir su aspecto habitual a mi alrededor, se convencieron de que yo tenía razón, y volvieron a creer en el colegio.

Al cabo de un instante, me di cuenta de que en realidad me había equivocado, pues en cuanto el pasillo se estabilizó, la Escolomancia cerró de golpe la puerta del aula y la selló tras una pared que señalaba su peligrosidad permanente, algo que por lo general se reserva para los laboratorios del segundo piso donde se ha producido algún accidente químico tan horrible que los efectos mortales tardarán una década o más en desaparecer. Cuando la pared protectora descendió desde el techo y estuvo a punto de arrancarme el pulgar, di un respingo y eché un vistazo lo bastante largo como para vislumbrar la pared real del aula de seminario que había detrás: había quedado tan arrugada como los pliegues de un acordeón.

No conocía demasiado bien a los demás asistentes al seminario. Todos eran alumnos de último curso de la rama de idiomas, igual que yo, y uno de ellos, Ravi, pertenecía al enclave de Jaipur, de modo que los otros tres habían estado sentados a su alrededor para ofrecerle ayuda con sus trabajos y exámenes. Ninguno había hablado nunca conmigo. La única razón por la que sabía cómo se llamaba Ravi era porque una chica rubia de su grupo, una alemana llamada Liesel, tenía la molesta costumbre de murmurarle: «Ravi, esto está sumamente bien» cada vez que él le dejaba corregirle los trabajos. Me daban ganas de lanzarles un diccionario a ambos, sobre todo porque en una ocasión la había visto entregar un trabajo —por eso sabía su nombre— y ese único vistazo me había bastado para comprender que iba tras el puesto de mejor alumna de la promoción y que era al menos diez veces más lista que él, ya que Ravi ni siquiera era lo bastante avispado para darse cuenta de que ella era la mejor del curso; por lo general, le endilgaba sus trabajos a uno de los otros y dedicaba el resto de la clase a coquetear con ella y a mirarle las tetas.

Desde luego, el ser inteligente no siempre es la panacea de todos los males. Ravi fue capaz de convencerse de que todo iba bien mucho antes que el resto, y para cuando llegué hasta ellos, ya había recobrado la compostura y decía con desparpajo:

—Iremos a la biblioteca. No nos pueden bajar la nota si han cerrado el aula. Puedes venir si quieres —me dijo con altanera generosidad, y tuvo la desfachatez de gesticular hacia el pasillo, haciéndome saber que debía colocarme a la cabeza a cambio de su indulgencia. Lo peor era que apenas unas semanas antes, cuando aún no llevaba el prestamagia de Chloe alrededor de la muñeca, no me habría quedado más remedio que aceptar su oferta y agradecer el golpe de suerte de poder contar con compañía.

—Si tengo que encabezar una excursión en horas de clase, prefiero ir sola —dije, desplegando mi actitud borde—. Sobre todo porque a ninguno se le ocurrió advertirme de los destellos.

—Todos habían llegado a clase antes que yo. Ya que ninguno había sido atacado al entregar su proyecto, era obvio que habían notado los indicios (los horrores cósmicos suelen estar rodeados de un brillo tenue e iridiscente que en circunstancias normales yo no hubiera pasado por alto) y habían lanzado sus deberes desde la distancia. Ninguno de ellos había abierto la boca cuando me acerqué a la ranura.

—Cada uno tiene que arreglárselas solo —dijo uno de los chicos con un tono ligeramente desafiante.

—Muy bien —dije yo—. Pues aplicaos el cuento.

—¿Qué has hecho? —preguntó Liesel de pronto. Había estado contemplando las paredes y la puerta protectora con más recelo que el resto, y ahora tenía la mirada clavada en mí—. El hechizo que has usado. ¿Era… *la main de la mort*?

Lo cierto es que sí había usado *la main de la mort*. Era evidente que había estudiado francés en algún momento, eso si es que no era bilingüe, y no era un hechizo que costara reconocer: no había demasiados conjuros letales de solo tres palabras. Su dificultad no tiene nada que ver con el número de palabras del que está compuesto, sino que posee el mismo *je ne sais quoi* con el que cuentan muchos hechizos en francés: debes ser capaz de lanzarlo de forma despreocupada, con toda naturalidad. Debido a que *la main de la mort* te mata a ti en vez de a tu objetivo si cometes el más mínimo error, muy pocas personas se animan a lanzarlo, a menos que, por ejemplo, se encuentren en el interior de un milfauces, donde la muerte puede ser un desenlace razonablemente bueno. Además, tienes que ser capaz de canalizar una cantidad desmesurada de maná sin exhibir el menor gesto de esfuerzo, lo cual resulta algo peliagudo para la mayoría de las personas que no han sido concebidas para convertirse en poderosísimas hechiceras oscuras, etcétera.

—Si quieres saberlo, averígualo tú —dije, escudándome tras más borderías, y me alejé lo más rápido que pude hacia las escaleras, pero incluso Ravi me miraba boquiabierto.

Llegados a ese punto no hacía falta ser demasiado avispado para darse cuenta de que yo guardaba algo inquietante y sustancial bajo la manga. Cuando entré en la cafetería para almorzar, vi que Liesel se detenía para hablar con Magnus en la mesa de los alumnos de Nueva York; él les hizo señas a dos de sus aduladores para que se apartaran y le dejaran un hueco a su lado.

—Estoy jodida —les dije a Aadhya y a Liu en cuanto llegué a nuestra mesa y me senté con ellas. Y vaya si tenía razón.

4
Parciales

Mamá se pasó gran parte de mis primeros años recordándome amablemente que los demás no piensan en nosotros tanto como creemos, ya que están ocupados preocupándose por lo que la gente piensa de ellos. Yo creía que me había quedado claro, pero resultó que no era así. En mi fuero interno, creía que los demás me tenían siempre en mente, que me evaluaban y demás, cuando lo cierto era que no me prestaban demasiada atención. Tuve el placer de descubrir esta emocionante verdad sobre mí misma porque, de pronto, un número considerable de personas empezaron a tenerme en cuenta, y era difícil pasar por alto el contraste.

Echando la vista atrás, todos habían olvidado rápidamente lo raro que resultaba que Orion Lake se hubiera enamorado de la marginada de la clase. Ya lo consideraban un tío rarito según nuestros estándares habituales. Lo mismo ocurría con el hecho de que Magnus y los otros alumnos del enclave de Nueva York me hubiesen ofrecido una plaza asegurada: no creían que yo fuese alguien fuera de lo común, sino que tomaron nuestra supuesta relación como otra de las rarezas de Orion. Cuando salí con vida de nuestra excursión al salón de grados, todo el mundo supuso que Orion me había salvado. Pero que Liesel hubiera contado por ahí que yo era capaz de lanzar *la main de la mort* estando colocada de emanaciones cósmicas fue la gota que colmó el vaso. Y en cuanto los alumnos de Nueva York dedicaron unos minutos a pensar en mí, tardaron menos de un día en darse cuenta de adónde iba a parar todo su maná.

Aquella noche, cuando salí de la biblioteca para irme a la cama, volví la vista y vi que Magnus y otros tres amigos acorralaban a Chloe en uno de los sofás de la sala de lectura; su expresión consternada era notoria, aunque no pudiera verle la cara del todo. Pensé en acercarme a ellos, pero ¿para qué? ¿Iba a pedirle a Chloe que mintiese a sus amigos del enclave, a las personas con las que iba a pasar el resto de su vida, solo para poder seguir chupándoles maná? ¿Iba a rogarles para que siguieran dejándome sacar tajada? Obviamente no. ¿Iba a amenazarlos? Tentador, pero no. Aquellas eran todas las opciones. Así que me limité a darles la espalda y me dirigí a mi habitación, convencida de que presionarían a Chloe para que me cortara el grifo a la mañana siguiente. Lo cierto es que aquel era el escenario más optimista que se me ocurría. En realidad, sospechaba que Magnus vendría a llamar a mi puerta acompañado de una turba armada con horcas y antorchas, y no en un sentido necesariamente metafórico.

El caso es que mi existencia no es una cuestión aislada en la historia de la comunidad mágica, ni siquiera la existencia de Orion lo es. Ambos estamos dotados con un talento único que surge cada cierto tiempo. Es un poco raro que los dos cursemos el colegio a la vez y que seamos casos extremos, pero estoy bastante segura de que eso se debe a que se ha llevado a cabo una corrección de alguna alteración del equilibrio ocurrida en el pasado. Mi padre optó por padecer un sufrimiento eterno en el interior de un milfauces para salvarnos la vida a mamá y a mí; mamá cura a los demás sin pedir nada a cambio; y yo acabo teniendo afinidad para la violencia y la destrucción en masa. El año anterior a que mi padre se sacrificara, doce maléfices asesinaron a toda la promoción de último curso, por lo que un héroe fue concebido para que les salvara la vida a cientos de críos en la Escolomancia. Es la mecánica moral de la ley de equilibrio universal: respuestas idénticas y opuestas que se suman en ambos lados.

La cuestión es que de vez en cuando aparecen magos como nosotros: un solo individuo lo bastante poderoso como para alterar el equilibrio de poderes entre los enclaves dependiendo de dónde acabe. Hace aproximadamente cuarenta años, un poderoso artífice con afinidad para la construcción a gran escala pasó por el colegio. Todos los enclaves importantes le ofrecieron una plaza entre sus filas. Él las rechazó todas y volvió a su casa en Shanghái, donde el antiguo enclave de su familia había sido ocupado por un milfauces. Reunió a un círculo de magos independientes para que lo ayudaran, lideró la iniciativa para eliminar al milfauces y, como tal vez puedas imaginarte, lo nombraron nuevo Dominus de inmediato, apenas tres años después de que saliera del colegio. Aun así, parecía no haber tenido demasiado criterio a la hora de tomar sus decisiones: el enclave que recuperó era muy antiguo y había absorbido magia durante siglos, pero resultaba diminuto y pobretón según los criterios modernos, y en aquella época la mayoría de los magos chinos con más talento se habían marchado a los enclaves de Nueva York, Londres y California. Incluso en Guangzhou y en Pekín tuvieron que reclutar a gente de segunda fila.

Bueno, pues tras cuatro décadas bajo el gobierno de Li Shan Feng, en Shanghái cuentan con seis torres y un monorraíl *dentro* del enclave, acaban de inaugurar su séptimo portal y últimamente todos los indicios sugieren que están pensando en separar los enclaves asiáticos y construir un nuevo colegio ellos mismos. Y ese es uno de los motivos por los que Orion es tremendamente importante; tan importante que en Nueva York estaban dispuestos a regalarle una valiosísima plaza en su enclave a una pringada solo porque a Orion le gustaba. Todo el mundo sabe que se avecina una lucha por el poder, y Orion no es solo un alumno aventajado en la Escolomancia, sino que será el responsable de cambiar las reglas del juego en el exterior. Nadie le declarará la guerra a un enclave que cuenta entre sus filas con un guerrero invencible, por no hablar de la ganga que supone que sea capaz de convertir a los mals en maná. Además, está muy vinculado a Nueva York: es, nada menos, el hijo de la que será, casi con toda seguridad, la futura Domina, y estoy convencida de que es responsable, al menos en parte, de que su madre ocupe la posición que ocupa. Supongo que a todos los alumnos de Shanghái les dieron instrucciones para no quitarle el ojo de encima y averiguar todo lo que pudieran de él. El nerviosismo del enclave no ha menguado ni un poco en los últimos tres años, mientras que Orion ha estado ocupado acumulando un número de admiradores considerable con todos los críos a los que ha salvado.

De lo que no me di cuenta, mientras me dirigía a mi habitación, fue de que estaba a punto de ser ascendida a la misma categoría que él.

Chloe no intentó engañar a Magnus: de todas formas, mentir se le da de pena. Su estrategia fue argumentar a la desesperada que tenían que seguir facilitándome maná *o, de lo contrario...*, y se puso a contarles con todo lujo de detalles el espeluznante desenlace de ese «de lo contrario», incluyendo una descripción muy vívida de cómo desmembré sus monstruosos cojines. Una persona en su sano juicio habría quedado aterrorizada al descubrir que yo era una bomba nuclear a punto de estallar. Magnus decidió que lo que más le apetecía era llevarse la bomba nuclear a casa de sus padres.

Durante el desayuno de la mañana siguiente, habría preferido enfrentarme a todas las horcas y antorchas del mundo con tal de no ver la expresión engreída que el muy cretino les dedicó a los alumnos de Shanghái, como si hubiera descubierto el fuego o me hubiera reclutado él mismo, en lugar de haber hecho todo lo posible el curso pasado por quitarme de en medio. Los alumnos de Shanghái le devolvieron la mirada, preocupados. Aquella tarde, supe a ciencia cierta que estaban sobornando a los demás para que les contaran cosas sobre mí, ya que volvieron a interrogar a Sudarat: uno de ellos incluso le ofreció dejarle un prestamagia durante el resto del curso, cosa que garantizaría casi con toda seguridad su supervivencia todo ese tiempo.

—Acéptalo —le dije con amargura—. Por lo menos que alguien saque tajada de este asunto.

Supongo que no tenía derecho a quejarme: al fin y al cabo, Nueva York no iba a cortarme el grifo, así que seguiría recibiendo chorros y chorros de maná. Si acaso, los alumnos de Nueva York se habían puesto a generar maná con mucho más entusiasmo ahora que sabían adónde iba a parar. Porque, naturalmente, esperaban rentabilizar su inversión en mí, un arma poderosísima guardada en el bolsillo trasero de su enclave y lista para ser disparada en caso de emergencia. Los muy cabrones estaban deseando ofrecerme la vida con la que había soñado durante años, cuando terminara la escuela.

Me creas o no, dos días después, Orion me dijo:

—Oye, ¿qué te parece si después de la graduación hacemos un viaje?

Me lo quedé mirando.

—¿Qué?

—Los demás estaban hablando de irnos de viaje todos juntos —dijo emocionado—. El enclave tiene una caravana genial y nos dejarían llevárnosla, así que estamos pensando… —se interrumpió; lo más probable es que mi cara de total incredulidad lo hubiera alertado de que aquella conversación no iba por buen camino. No era solo que hubiera intentado compartir en voz alta un plan concreto de futuro que partía del supuesto de que todos íbamos a sobrevivir para llevarlo a cabo —un tema tabú para todo el mundo excepto para los alumnos de enclave más ricos, aunque incluso ellos tenían el tacto de no mencionar el tema delante de los demás—, sino que pretendía que pasara tiempo con el resto de los alumnos del enclave de Nueva York de manera voluntaria.

Sabía que aquella idea no había sido cosa de él. Chloe me contó una vez con toda seriedad que lo único que le interesaba a Orion era matar mals, algo que era una trola como una casa, aunque estoy convencida de que todos los que lo rodeaban habían insistido tanto en ello que la idea se había asentado en la cabeza del chico. Además, el prestamagia que llevaba en la muñeca solo funcionaba en una dirección, así que debía cargárselos si quería disponer de maná, cosa que todos queremos. Le habían sorbido el seso a base de bien para que no pensara en otra cosa que no fuera cazar. Lo único que había mencionado desear además de eso era a mí, y opté por creer que se refería a cualquiera que lo tratara como a una persona y no como a un robot exterminador de mals.

Aquella era la escala de cosas por las que podía expresar deseo: amistad, amor y humanidad. Sin embargo, lo traía sin cuidado en qué mesa de la cafetería se sentaba, qué camisa llevaba, qué asignaturas cursaba o qué libros leía. Hacía sus deberes de manera más o menos diligente, era educado y prefería evitar a quienes le profesaban adoración aun cuando se sentía culpable por ello, y si a mí me diera por decirle: «Vamos a hacer el pino en las escaleras del entresuelo de la cafetería», lo más probable era que él se encogiera de hombros y respondiera: «Lo que quieras». Lo que estaba claro era que Orion no había sentido el deseo repentino de irse de viaje por ahí. Le habían *vendido* la idea, y esta estaba claramente dirigida a meterme en el grupito de Nueva York. Al principio, les había preocupado que alguien estuviera utilizándome para birlarles a Orion; ahora, intentaban usar a Orion para que *yo* me uniera a ellos.

—Lake —le dije con un tono comedido—. ¿Por qué no le dices a Magnus que en realidad preferirías recorrer Europa en plan mochilero conmigo? A ver qué opina. ¡Sería un viaje alucinante! Saldríamos de Edimburgo y visitaríamos Manchester y Londres, y de ahí nos iríamos a París, Lisboa, Barcelona, Pisa...
—Me puse a enumerar todas las ciudades con enclave que se me ocurrían; Orion entendió el mensaje, frunció el ceño y se marchó.

Después de aquello me sentí bastante satisfecha conmigo misma, hasta que esa tarde, Aadhya y yo nos cruzamos en las escaleras de camino al quiosco con Scott y Jermaine, de Nueva York, que nos saludaron con un animado: «Ey, El, ¿qué tal todo? Hola, Aad», y nos dirigieron un gesto amistoso con la mano.

Ella les devolvió el saludo y dijo: «Hola, chicos», como cualquier ser humano educado, mientras yo les dirigía el «hola» más gélido del mundo. En cuanto los perdimos de vista, Aadhya me miró y me dijo:

—¿Y ahora qué pasa?

No me había puesto a despotricar con ella sobre la feliz ocurrencia del viaje para no romper yo misma el horrible tabú, y porque la delicadeza para contar las cosas no era mi fuerte. La familia de Aadhya vivía en Nueva Jersey, y aunque ella nunca había mencionado el deseo de querer unirse al enclave de Nueva York, era a lo que aspiraban prácticamente todos los magos a quinientos kilómetros a la redonda de la ciudad, ya que todos trabajaban para ellos en mayor o menor medida de todas formas.

—Les encantaría planear mi futuro —respondí de forma breve.

Ella suspiró, pero en cuanto volvimos a su habitación y nos pusimos a comernos nuestros helados improvisados —yogur de fresa ligeramente caducado, cubierto con una mezcla de frutos secos y nata montada; por desgracia, habíamos tenido que tirar la lata de salchichas de Viena, pues no solo estaba abollada, sino que también tenía un agujerito por el que rezumaba un líquido verdoso—, me dijo:

—El, no son tan horribles.

Sé que no hablaba de los helados, que eran una delicia para lo que estábamos acostumbradas.

—Ya lo creo que sí —dije, indignada.

—No digo que sean el paradigma de la elegancia y la generosidad —repuso Aadhya—. Son todos un poco capullos, pero no más que cualquier adolescente que se haya criado en un enclave. Con Magnus te doy la razón, ese chaval está obsesionado con ser el jefe del cotarro. ¡Pero Jermaine es muy majo! ¡Y Scott también! Chloe es más que encantadora. Y estás colada por Orion, que es un tío un poco turbio…

—¡Qué va!

—No me vengas con esas, claro que sí —dijo Aadhya—. La mitad de las veces no es capaz de reconocerme a menos que esté contigo. Finge saber quién soy cuando lo saludo en el taller, pero me doy cuenta de que por dentro está acojonado pensando: «Oh, no, ¿quién es esta? Tendría que saber quién es, madre mía, soy un fracaso como ser humano». Y no es solo conmigo, lo hace con todo el mundo. Seguro que puede nombrar a todos los mals que ha matado en su vida, pero las personas quedamos relegadas a la categoría genérica de «individuo al que tal vez haya que rescatar en el futuro». No sé por qué a ti sí te distingue, creo que es porque eres una supermaléfice tarada en potencia. *Turbio*.

La fulminé con la mirada, indignada, pero ella se limitó a resoplar y añadió:

—Y a ti te cuesta aceptar que todo el mundo tiene derecho a existir aunque no haga un triple mortal sobre tres mesas de laboratorio para ir a salvar a un desconocido, así que estáis hechos el uno para el otro. Y siento ser yo la que te lo diga, pero ambos necesitáis comer y dormir en algún sitio y, lo que es peor, interactuar de vez en cuando con otros seres humanos. ¿Por qué te empeñas en cerrarte todas las puertas?

Dejé mi taza de yogur vacía y me rodeé las rodillas con los brazos.

—Empiezo a pensar que Magnus te ha comido el tarro.

Ella puso los ojos en blanco.

—Lo intenté. Le dije que no era una chalada y que, si me la ofrecía, aceptaría una plaza en Nueva York sin pensármelo siquiera, pero que aun así seguiría sin tener posibilidades de echarte el guante. Lo que digo es... ¿qué vas a hacer, El?

Aadhya no me pedía que hiciera planes, solo quería saber qué pensaba hacer con mi vida. Esperó a que dijera algo, y cuando no lo hice, me dijo para que me quedara claro:

—Yo sí sé lo que voy a hacer. No me hace falta que Magnus me ofrezca migajas, joder. He vendido diecisiete joyas hechizadas con los trozos que me sobraron del caparazón de la araña cantora y el diente del argonet que me diste. No es la típica morralla que fabrican los alumnos de último curso, son piezas buenas de verdad, y la gente las conservará. Me basto yo sola para conseguir ofertas de enclaves. También sé lo que piensa hacer Liu. Será traductora o se encargará de criar familiares, y dentro de veinte años, su familia tendrá un enclave. Chloe sacará su vena Da Vinci y pintará murales por todo Nueva York, y eso que ni siquiera le haría falta. Y sé que tú no quieres unirte a ningún enclave. Ya está. Pero la vida fuera de los enclaves no es vida.

Tenía razón, pero no era capaz de decir nada. Mi sueño de dedicarme a recorrer el mundo construyendo enclaves con los sutras de la Piedra Dorada se marchitó en mis labios ante su repertorio de ideas magníficas, sensatas y totalmente factibles. No me atreví a contárselo a Aadhya: me imaginaba su expresión pasando de la duda a la incredulidad y de esta última al horror y la turbación, como si un amigo te hablase totalmente en serio acerca de sus planes de escalar una montaña descomunal sin ningún tipo de preparación y luego te comentase que una vez que llegara a la cima daría un salto, le saldrían alas y se marcharía a vivir en las nubes.

Suspiró ante mi ininterrumpido silencio.

—Sé que no te gusta mencionar a tu madre, pero yo he oído hablar de ella y eso que vivo en otro continente. Por lo que dicen, parece que es una santa. Así que por si acaso te hace falta oírlo: no tienes que ser una copia de tu madre para que se te considere una persona decente. No hace falta que vivas en una comuna ni seas una ermitaña.

—De todas formas no puedo vivir en la comuna, no quieren que vuelva —dije de forma algo inexpresiva.

—Según lo que nos has contado de ese lugar, voy a jugármela y a decir que es normal que tengan miedo de que les prendas fuego. No pasa nada si prefieres vivir en Nueva York con el rarito de tu novio.

—No es eso —dije—. Aad, no quiero vivir allí porque... no me quieren a mí. Quieren a alguien que les lance hechizos mortales a sus enemigos. Y si accediera a ello, me convertiría en otra persona, así que lo mejor es que no me vaya a vivir con esa panda de capullos. Y tú piensas lo mismo —añadí con énfasis—, porque de lo contrario le habrías dicho a Magnus que intentarías convencerme a cambio de que te metiera en el enclave.

—Ya, seguro que hubiera funcionado a las mil maravillas.

—Puede que tú te hubieras quedado con una plaza —repuse—. Seguro que te habría prometido una entrevista.

Ella soltó un bufido.

—En realidad, no es ningún disparate. Pero no quiero convencerte para que te unas a Nueva York, es que... —se interrumpió—. El, no es solo cosa de Magnus —dijo sin rodeos—. Ha venido un montón de gente a preguntarme por ti. Ahora todo el mundo sabe lo poderosa que eres. Y si no te unes a ningún enclave... la gente empezará a preguntarse qué narices piensas hacer.

Y ni siquiera tuve que contarle mis estúpidos planes para saber sin ningún atisbo de duda que a los demás les parecería una idea aún más nefasta que a ella.

Para mayor regocijo, esa semana salían las notas de nuestros parciales. Da igual lo mucho que hayas hincado los codos, siempre tendrás alguna preocupación rondándote en la cabeza. Si pretendes ser el mejor estudiante de tu promoción, cualquier otra cosa que no sea un sobresaliente es una sentencia de muerte, y si resulta que sacas sobresaliente, entonces tienes que preocuparte de que tu carga de trabajo sea lo bastante cuantiosa como para que tus sobresalientes salgan bien parados en comparación con los sobresalientes de los otros alumnos que intentan llevarse el puesto de mejor estudiante de la promoción. Si no te interesa ser el mejor de tu promoción, tienes que reducir la carga de trabajo todo lo que puedas para aumentar al máximo el tiempo dedicado a aquello en lo que estés trabajando para salir de la graduación con vida; ya sea ampliando tu colección de hechizos, fabricando herramientas o preparando pociones, y por supuesto almacenando maná. Si sacas buenas notas, has perdido un tiempo valiosísimo que deberías haber dedicado a otras cosas. Pero si tus notas son horribles, te tocará hacer trabajos de recuperación o algo peor.

Si te preguntas cómo se nos califica cuando no hay profesores, te diré que he oído un millón de explicaciones. Muchos, sobre todo los alumnos de enclave, aseguran que la Escolomancia envía los trabajos y los exámenes a un grupo de magos independientes para que pongan las notas. Yo no me lo creo ni por asomo, ya que aparte de que sería muy caro, nunca me he topado con nadie que conozca a uno de esos magos. Otros afirman que las calificaciones se llevan a cabo con una especie de complicada ecuación que se basa casi exclusivamente en la cantidad de tiempo que has dedicado a la tarea y en tus notas anteriores. Si quieres que algún candidato a mejor estudiante de la promoción pierda la cabeza, prueba a decirle que la elección es en parte aleatoria.

Por mi parte, me inclino a pensar que somos nosotros los que nos ponemos las notas, simplemente porque se trata de un sistema muy eficiente. Al fin y al cabo, la mayoría sabemos qué notas nos merecemos y, desde luego, sabemos las notas que queremos tener y las que nos da miedo sacar; además, cuando echamos algún vistazo a los trabajos de los demás, nos hacemos una idea de qué nota van a sacar. Diría que el colegio se deja llevar por la suma de las partes, según el anhelo y el maná que cada uno haya aportado. Lo que también explica que todos los años haya una horda de arrogantes alumnos de enclave que ocupe la lista de clasificación justo por debajo de los auténticos candidatos a mejor estudiante del curso, a pesar de no haber pegado un palo al agua ni de ser tan inteligentes como creen.

Ninguna de aquellas posibilidades me ayudaba a predecir mis notas, ya que este año estaba completamente sola en el único seminario al que había dedicado una enorme cantidad de tiempo, energía, pasión y maná, y además, cursaba otros tres seminarios de grupos reducidos a los que había descuidado por completo.

Podrías pensar que las notas apenas tenían importancia en cuarto a no ser que pretendieras ser el mejor de la promoción, ya que durante la segunda mitad del año no tenemos clases. Después de que se cuelgue la lista de clasificación al final del primer semestre, los alumnos de último curso tienen el resto del año libre para prepararse para la graduación.

Pero es que no nos queda otra. La graduación no estaba pensada para que fuera una masacre. El sistema de limpieza que arreglamos el curso pasado tenía como objetivo reducir los mals hasta un nivel razonable cada año, antes de que los alumnos tuvieran que adentrarse en el salón de grados para salir al mundo real. Después de que la maquinaria se estropease cuatro veces durante la primera década y los enclaves decidieran no seguir reparándola, los estudiantes de último curso dejaron en buena medida de ir a clase, pues llega un punto en que entrenar y practicar con los hechizos y los artilugios de los que dispones es más importante que conseguir otros nuevos. Cuando una infinidad de mals hambrientos se abalanzan sobre ti desde todos los ángulos posibles, más vale que tu respuesta haya quedado grabada a fuego en tu memoria muscular.

De manera que los mandamases que dirigían el colegio en aquella época —para entonces, Londres le había arrebatado el control a Manchester, con el considerable apoyo de Edimburgo, París y Múnich; las opiniones de San Petesburgo, Viena y Lisboa fueron tomadas en consideración; y las de Nueva York y Kioto fueron recibidas con una actitud condescendiente— optaron por aceptar la realidad y establecieron una fecha límite. Dentro del plazo, el colegio hace todo lo posible para que las notas importen. Las sanciones se vuelven especialmente crueles durante el último semestre. Los finales son una pesadilla, pero incluso los parciales suelen ser ideales para quitarse de en medio al menos a una decena de alumnos de último curso.

Estaba bastante tranquila con respecto al seminario de protoindoeuropeo, ya que había hecho trampa con aquel ensayo, lo que siempre comporta sacar una buena nota. El colegio está más que dispuesto a dejar que acabes con peligrosas deficiencias en tu educación. El único riesgo era que no me había limitado a copiar el trabajo, sino que había contribuido con él;

me bajarían la nota por eso, aunque lo más probable era que no suspendiera.

La traducción que había entregado para el trabajo final de poesía del seminario de Myrddin era un intento a medio cocer que había escrito en dos horas, inventándome las numerosas palabras que no conocía. No saqué ningún hechizo que pudiera siquiera pronunciar, a menos que no me importara correr el riesgo de hacer estallar mi propia cabeza. Sin embargo, había obtenido un sobresaliente con el maravilloso hechizo de desmantelamiento que le había lanzado al monstruo de los cojines de Chloe, lo que compensaría la nota hasta niveles de aprobado.

Aadhya me había ayudado con Álgebra y a cambio yo le había traducido un montón de cosas. Los artífices no dan clase de idiomas en último curso, sino que se les asigna un proyecto de diseño en una de sus otras lenguas. Los proyectos de diseño resultan especialmente divertidos para los artífices. Se los provee con una serie de requisitos que debe tener un objeto, ellos escriben los pasos para construirlo y la Escolomancia se encarga de fabricarlo, siguiendo al pie de la letra las instrucciones. Y luego deben comprobar si el objeto resultante funciona. Tienes tres oportunidades para adivinar lo que ocurre si las instrucciones resultan ser erróneas o no están suficientemente detalladas.

Tener que sacar adelante un proyecto de diseño en un segundo idioma hace que el asunto sea aún más emocionante. En este caso, las lenguas de Aadhya son el bengalí y el hindi, las cuales domina bastante bien, pero el colegio se la jugó y le asignó los proyectos en urdu, algo que ocurre en ocasiones cuando está de mal humor. Aadhya no conocía del todo el alfabeto y, de todos modos, las diferencias sutiles de significado resultan fundamentales dadas las circunstancias. Por ejemplo, más vale que te asegures de que no estás construyendo una pistola de proyección con el cañón al revés.

Lo mejor es que te toque construir algo que puedas utilizar durante la graduación, pero sus opciones eran un sifón de maná, una perforadora de caparazones y una jardinera. Además de ser una herramienta que solo usan los maléfices, un sifón de maná es lo último que necesita alguien que esté aliado conmigo. Una perforadora de caparazones habría sido un arma estupenda contra los mals de tipo artificial; sin embargo, en la última de las especificaciones del proyecto ponía que el propósito de este artificio en particular era el de obtener caparazones de mérzulas que pudieran aprovecharse. Las mérzulas son mals de tipo artificial con capacidad de autorreproducción y tienen el aspecto de una avispa del tamaño de un pulgar. Su caparazón está hecho con un metal imbuido de maná y son bastante útiles, pero una perforadora de caparazones con el tamaño apropiado para el combate los rompería en pedacitos.

—Podrías vender el segundo a un alumno de enclave —le dije.

—No hasta que hayamos salido —dijo Aadhya poniendo una mueca: tenía razón, nadie del colegio compraría un artificio moderadamente bueno. No era como el hechizo controlador de estados de mis sutras, que era increíblemente útil y carísimo en el exterior, por lo que valía la pena adquirirlo en el colegio para que tu familia pudiera usarlo en un futuro. Además, no había que olvidar que la Escolomancia la obligaría a probarlo, y estoy segura de que sería lo bastante generosa como para proporcionarle toda una colmena de mérzulas vivas con las que practicar.

La última opción era una combinación de lámpara solar y jardinera de autorriego que podía apilarse para formar un jardín vertical y que precisaba muy poco maná, por lo que era posible instalar un invernadero en un espacio diminuto que careciera de luz natural. Habría sido genial tenerla en el dormitorio, así que, naturalmente, una de las especificaciones era que debía medir cinco metros, lo que significaba que ni siquiera cabría en una habitación doble. Cuando terminé de traducir aquel fragmento, me di cuenta, muy a mi pesar, de que el único lugar donde aquellas jardineras hubieran encajado a la perfección era en los pequeños enclaves de Piedra Dorada que tanto había fantaseado con construir. Seguro que era culpa mía que a Aadhya le hubiesen endosado aquel proyecto: cuando pasas mucho tiempo con tus aliados, sus intenciones pueden influir de vez en cuando con los deberes que te son asignados.

—Lo siento —le dije con amargura cuando le pasé la traducción para que le echara un vistazo.

—Uf, y encima voy a tardar una eternidad en fusionar las capas de calcedonia con la arena —dijo, consternada—. Y todavía no he terminado el laúd.

Llevaba desde el curso pasado trabajando en el laúd cada vez que tenía un momento libre, pero necesitaba urgentemente sacar más tiempo. Aadhya tiene afinidad para manipular materiales exóticos, sobre todo los que provienen de los mals. Como imaginarás, son muy poderosos, aunque la mayoría de los artífices son incapaces de utilizarlos; o no funcionan o el artificio acaba fallando de manera estrepitosa y se vuelve maligno, que suele ser lo más común. Aadhya consigue manejarlos casi siempre, pero el laúd era diez veces más complicado que cualquier otro artificio que hubiera fabricado. La pata de la araña cantora había servido para construir el cuerpo del laúd, el diente del argonet le había brindado los puentes y los trastes, y el pelo que Liu se había cortado a principio de curso había servido para encordarlo. A continuación, había grabado numerosos sellos de poder por todo el instrumento y los había bordeado con la lámina de pan de oro encantada que su familia le había mandado el día de la incorporación. Incluso para un artífice profesional con un arsenal de valiosas herramientas sería todo un reto armar todas las piezas, y nosotras habíamos depositado en aquel artificio gran parte de nuestras esperanzas de graduarnos.

En último curso, te pasas un tercio del tiempo intentando sobrevivir, otro tercio en clase y otro elaborando una estrategia para poder atravesar el salón de grados y salir del colegio. Si no consigues que la ecuación cuadre a la perfección, mueres. La mayoría de las alianzas dedican muchísimo tiempo a analizar cuál es la mejor maniobra: ¿Optaréis por la velocidad y la elusión, abriéndoos camino mientras esquiváis a la horda de mals? ¿Crearéis un escudo frontal enorme e intentaréis lanzaros directamente a las puertas? ¿Adoptaréis el tamaño de un mosquito y saltaréis de un equipo a otro para que os lleven hasta la salida? Las opciones eran infinitas.

Nuestra estrategia era obvia y muy simple: las demás evitarían que los mals me interrumpieran mientras llevaba a cabo mis hechizos, y yo masacraría a todo lo que se nos pusiera por delante para despejar el camino hasta las puertas. Sencillísimo. Solo que no lo era, ya que la mayoría de los hechizos no funcionan con todos los mals. Ni siquiera *la main de la mort* es capaz de eliminarlos a todos: resulta inofensivo con los maleficaria de clase psíquica, ya que técnicamente dichas criaturas no existen. Aunque pueden matarte igualmente.

Y para colmo, solo dispondría del maná suficiente para lanzar uno de mis hechizos más poderosos, a pesar de tener acceso a las reservas de Nueva York. Además de Choe, habría otros seis alumnos de Nueva York en el salón de grados y todos querrían asegurarse de que sus equipos y ellos contaran con una cantidad considerable de maná: incluso aunque no pensaran cortarme el grifo de antemano, lo que estaba claro era que durante la graduación me limitarían el acceso a él.

De modo que centramos nuestra planificación en un solo punto: cómo conseguir el maná suficiente para poder seguir masacrando mals hasta llegar a las puertas. Las dos piezas clave eran el laúd de araña cantora de Aadhya y el hechizo familiar de Liu. Antes de empezar el colegio, la abuela de Liu le había dado a escondidas una canción-hechizo muy poderosa que servía para amplificar el maná, a pesar de que no podía lanzarlo ella sola: su afinidad estaba enfocada en los animales y de todos modos se necesitaban dos o tres miembros poderosos de su familia para que funcionase. Después de practicar el chino de forma exhaustiva, había logrado aprenderme las palabras. Nuestra estrategia consistía en que, justo antes de entrar en el salón de grados, Liu se pondría a tocar la melodía con el laúd y yo cantaría la letra, y entonces ella seguiría tocando incluso después de que yo terminara. Con un instrumento mágico, el hechizo continuaría teniendo efecto, y todo nuestro equipo se beneficiaría del maná amplificado. Liu ocuparía el centro de nuestra formación, alimentando el hechizo; Chloe y Aadhya se colocarían una a cada lado y nos cubrirían a ella y a mí; y yo encabezaría la marcha.

En todo caso, aquella era la teoría. Por desgracia, el laúd no acababa de funcionar como queríamos. Lo habíamos probado hacía unas semanas mientras intentábamos preparar la ratonera para que Orion pudiera cazar. Liu había escrito un hechizo para atraer mals con la idea de que una noche lleváramos a cabo un desfile parecido al del flautista de Hamelín por unos cuantos pasillos; ella tocaría y yo cantaría, y mientras Orion se encargaría de eliminar a los mals que nos salieran al paso.

Dejaré que te imagines lo atractiva que me resultaba la idea de deambular por el colegio diciendo en voz alta: «Ven, gatito, ven». Me he pasado la vida intentando no llamar la atención de los mals. Pero necesitábamos probar el laúd y Orion estaba a un tris de ponerse a suplicar de rodillas que le consiguiéramos unos cuantos mals, así que después de que Aadhya terminara de ensamblar la última parte, decidimos poner en práctica el plan.

Engullimos la cena y nos dirigimos a toda prisa a un aula de seminario vacía de la planta del taller; de ese modo, los demás no serían testigos de la enorme estupidez que nos disponíamos a hacer. Orion rondaba de aquí para allá esperanzado, y esta vez nos aseguramos de dejar atados a los ratones en el recipiente de la bandolera como precaución. Hicimos bien, porque todos empezaron a chillar como locos en cuanto Liu se puso a afinar el laúd y yo tarareé la melodía.

Echando la vista atrás, me doy cuenta de que los ratones solo trataban de advertirnos. Liu tocó las primeras notas, yo canté tres palabras y los mals aparecieron por todas partes. O más bien, las crías de mals. Unos aglos del tamaño de un gusano salieron del desagüe, numerosas larvas de volador nocturno comenzaron a caer del techo y unos finos fragmentos con aspecto de pañuelo que probablemente crecerían hasta convertirse en digestores se desprendieron de las paredes; también vimos unos miméticos viscosos del tamaño de un dedo del pie, y una infinidad de criaturas flácidas e irreconocibles que se asomaron desde todos los rincones del aula y confluyeron a nuestro alrededor como una ola lenta y horrible, expandiéndose sobre cada una de las superficies.

—¡Funciona! —exclamó Orion, encantado.

Como las demás no éramos una panda de taradas, todas echamos a correr hacia la puerta; los mals crujían y chapoteaban bajo nuestros pies mientras numerosas criaturas seguían apareciendo, colándose por los diminutos huecos que había entre los paneles de metal, rezumando de las esquinas, desprendiéndose del techo y saliendo a borbotones por el conducto de ventilación y el desagüe. Orion apenas consiguió salir antes de que cerrásemos la puerta de golpe y levantásemos una barricada contra la horda de mals. Chloe se apresuró a sellar todos los bordes con un gel de maná creaobstáculos mientras Liu y yo invertíamos la invocación y Aadhya desencordaba el laúd. Nos quedamos allí plantadas mirando la puerta, preparadas para salir corriendo en cualquier momento, hasta asegurarnos de que los mals habían dejado de intentar llegar hasta nosotros, y acto seguido, nos pusimos a dar saltos y a sacudirnos para quitarnos las larvas del pelo, de la ropa y de la piel antes de pisotearlas de forma frenética. Estamos acostumbrados a sacudirnos las larvas de mals —sienta genial tener la oportunidad de cargárselos cuando son diminutos—, pero existe una diferencia enorme entre un minúsculo digestor que intenta comerse un milímetro cuadrado de tu piel y todo un ejército de ellos repartidos por tu cuerpo, tu ropa y tu pelo.

Mientras tanto, Orion permaneció en el pasillo detrás de nosotras quejándose. Nos dijo: «¡Pero si acabábamos de empezar!» y demás chorradas similares, hasta que todas nos volvimos al unísono hacia él y le dijimos entre gritos que se callara para siempre. Tuvo la desfachatez de refunfuñar algo —en voz muy baja, ya que todavía no tenía la intención de abandonar este mundo— sobre la actitud de las chicas.

Me alegré de que ya no nos hiciera falta hallar la forma de proporcionarle ma15 a Orion, porque después de aquella experiencia, ninguna de nosotras quiso seguir intentándolo. Salvo él. Incluso se obligó a hablar con otros seres humanos para poder recabar más información sobre las ratoneras. Se sentó durante la hora de la comida con un puñado de alumnos del enclave de Seattle y una expresión de desesperación cruzándole el rostro, y luego vino a nuestro rincón de estudio de la biblioteca y nos dijo con urgencia: «Eh, he descubierto cómo hacer el cebo para las ratoneras. El ingrediente principal es la sangre de mago. Hay que hacer una colecta de sangre y que todo el mundo done...». Se interrumpió, supongo que al escuchar las palabras que brotaban de sus propios labios y ver nuestras caras, y entonces cerró la boca y se sentó con una expresión de desánimo. Aquello puso fin a nuestras aventuras con las ratoneras.

Sin embargo, el laúd seguía siendo de vital importancia para nosotras. Y en vez de ponernos a trabajar en él, o al menos en algún otro proyecto que nos fuera a ser de utilidad, Aadhya tuvo que diseñar minuciosamente una jardinera, luego yo tuve que traducir sus instrucciones al urdu, con mucho cuidado también, y cuando la Escolomancia le entregó el objeto terminado para que lo probase, lo más provechoso que consiguió hacer fue plantar unas hojas de zanahoria de la cafetería. Las zanahorias que brotaron tenían el tamaño aproximado del sombrero de un gnomo. Se las dimos a nuestros ratones; Tesoro se comió la suya con mucha delicadeza: se sentó, la sujetó con las patas delanteras y la mordisqueó de arriba abajo antes de devolvernos la hoja para que volviésemos a plantarla.

Al menos, lo más seguro era que Aadhya sacaría una nota decente. Lo que no estaba tan claro era que yo fuera a aprobar Desarrollo del álgebra: toda la bibliografía estaba en su idioma original, concretamente en chino y en árabe, las dos lenguas que acababa de empezar a estudiar. Aadhya logró descifrar las ecuaciones que se describían en los textos, por lo que pude resolver los problemas, pero la redacción que tuve que escribir para el examen parcial —*Compara y contrasta el análisis de Sharaf al Tusi sobre la evaluación de polinomios con la de Qin Jiushao, e incluye ejemplos*— fue una experiencia que deseaba poder olvidar lo antes posible. Lo único que leí de toda la bibliografía fueron los títulos de los libros, lo que me bastó para buscar a los autores en la biblioteca y descubrir que Horner había reinventado el mismo proceso, así que me lo aprendí en inglés. Me sentí muy astuta.

Por lo tanto, toda aquella semana acudí a clase hecha un manojo de nervios, ya que no sabemos con exactitud cuándo saldrán nuestras notas. Como era de esperar, primero recibí la más alta: notable alto en el seminario de protoindoeuropeo. La asignatura se impartía ahora en la segunda planta, pero en un aula aún más pequeña que compartía pared con la sala de materiales de alquimia, por lo que se oían constantemente portazos cuando la gente entraba y salía. Liesel me contemplaba durante todas las clases con una mirada de resentimiento, y los mals atacaban cada dos por tres la sala de materiales debido a que yo me hallaba al otro lado, así que te imaginarás lo mucho que me adoraba el resto. A estas alturas del año, muchos mals habían empezado ya a salir de su letargo, por lo que no solo venían a por mí, sino que de vez en cuando también atacaban a otros alumnos, aunque yo seguía siendo el plato fuerte del menú.

El resto de mis notas fueron llegando a regañadientes durante los días siguientes: un notable alto en el seminario de Myrddin y un aprobado para mi proyecto del taller: una daga de sacrificios de obsidiana, diseñada, como era obvio, para fines bastante desagradables; la había elegido porque era la opción que antes podía quitarme de encima, y utilicé el tiempo libre que me quedó para terminar el cofre para mis sutras. También saqué un aprobado en Alquimia, asignatura para la que tuve que preparar un bidón entero de ácido fangoso que podía atravesar la carne y los huesos en tres segundos.

El lunes siguiente por la mañana recibí por fin mis resultados de Álgebra, un aprobado justo, y me sequé el sudor metafórico de la frente; solo me quedaba por saber la nota de mi clase de estudio individual. Quería que me dieran las malas noticias cuanto antes, así que durante la semana que siguió a los parciales hice lo posible por persuadir al colegio: permanecía todo el rato con la cabeza agachada y concentrada en mi pupitre, y entonces, a mitad de clase, desviaba la mirada unos treinta segundos, lo que suele hacer que las notas aparezcan antes. Pero, en cambio, esta no llegó hasta finales de semana.

Ese día, me encontraba analizando la última parte del primero de los hechizos principales de los sutras, y había estado tan metida en ello, que se me había olvidado hacer una pausa a mitad de clase. Mi pupitre era un mostrenco de hierro forjado —me raspaba las rodillas con la parte inferior cada dos por tres— y lo único bueno que tenía era que podía poner todas mis cosas encima. Siempre dejaba los sutras frente a mí, envueltos en un arnés de cuero que me había confeccionado Aadhya: este, que recubría la cubierta del libro, contaba con unas amplias y suaves cintas con las que sujetaba todas las páginas salvo aquellas en las que estaba trabajando. Tenía adherida una correa de treinta centímetros que iba abrochada alrededor de mi muñeca izquierda y me permitía usar ambas manos para defenderme de ataques sorpresa sin necesidad de preocuparme por si lo extraviaba. Colocaba los diccionarios abiertos en el extremo más alejado y utilizaba un pequeño bloc de notas para tomar apuntes que apoyaba en el borde del escritorio para que no tocara las páginas de los sutras.

No es que fuera un libro endeble; estaba hecho de un papel grueso precioso y no parecía que hubieran pasado más de dos meses desde que el último adorno dorado se hubiera secado. Pero eso se debía claramente a que se había escabullido de su propietario original unos dos meses después de que se secara el último adorno dorado, y yo no quería que a mí me ocurriera lo mismo, así que lo mimaba todo lo que podía. Valía la pena acabar la clase con las muñecas doloridas. Cuando me quedaba sin espacio en mi pequeño bloc de notas, lo cual ocurría a menudo, arrancaba la hoja escrita y la guardaba en una carpeta que tenía a un lado, y todas las noches pasaba los apuntes a un cuaderno más grande en mi habitación.

Aquel día había llenado unas treinta páginas de notas escritas con una letra diminuta. El timbre estaba a punto de sonar y yo seguía a lo mío, cuando la carpeta se sacudió violentamente y salió volando hacia un lado del pupitre, dejando a su paso un montón de papeles; lancé un grito de protesta y alargué la mano para detenerla, aunque demasiado tarde; acto seguido, me puse a recoger a toda prisa, convencida de que alguna criatura se iba a abalanzar sobre mí en cualquier momento. Cuando recuperé por fin todos mis apuntes, me di cuenta de que lo que había pasado era que había recibido la última nota. Abrí la carpeta para volver a guardarlos y vi un papelito verde que se asomaba desde el interior donde ponía: LECT. AVANZADAS EN SÁNSC. Lo saqué y miré fijamente el sobresaliente alto con un asterisco al lado que llevaba a una nota a pie de página en la que se podía leer: MENCIÓN ESPECIAL, que no era más que una forma de restregármelo por la cara: *Mira todo el tiempo que has perdido.* Prácticamente podía oír las risitas de la Escolomancia desde la rejilla de ventilación. Pero no tenía importancia: lo cierto es que lancé un suspiro de alivio; podría haber sido mucho peor.

Como era el caso de otros. A la hora de la comida, Cora se acercó a nuestra mesa con una expresión de dolor en el rostro y el brazo vendado con un precioso turbante amarillo que tenía un hechizo de protección bordado; la sangre empapaba la tela y se extendía en oscuras manchas.

—He suspendido Taller —dijo con la voz ronca. Tenía la bandeja apoyada en la cintura con el otro brazo y apenas llevaba comida, pero no pidió ayuda. Lo más probable era que no pudiera permitírselo. Todavía no se había aliado con nadie.

Era amiga de Nkoyo y de Jowani, y los tres habían hecho piña durante todos estos años para sentarse juntos a la hora de la comida e ir a clase; pero precisamente por eso una alianza entre ellos no era factible: todos cursaban la rama de encantamientos y estudiaban los mismos idiomas. Además, Nkoyo recibiría ofertas de alianza bastante decentes. De hecho, era probable que ya se hubiera unido a alguna, ya que esa misma mañana había mencionado que tal vez se sentara en otra mesa durante el desayuno del día siguiente. Muchas alianzas se formaban después de que salieran las notas de los parciales. Pero Jowani y Cora iban a quedarse estancados hasta después de que acabara el semestre, cuando todos los alumnos de enclave hubieran establecido ya sus alianzas y los que quedasen tuviesen que apañárselas entre ellos.

No es que fueran alumnos mucho peores. Por lo que sabía, los tres se encontraban en la media, académicamente hablando. Pero Nkoyo resultaba fascinante y ellos no. Había sido la que siempre había tomado la iniciativa a la hora de hacer amigos y contactos, y cuando pensabas en los tres, era ella a la que considerabas la líder. Habían dependido de sus habilidades sociales desde el principio, y les habían venido de perlas… hasta ahora, cuando a todos los demás les venía Nkoyo a la cabeza y no ellos.

La mayoría de los años, aquello habría significado que las posibilidades de que se graduasen fueran de un diez por ciento. Lo normal es que el cincuenta por ciento de la clase de último curso logre salir, pero eso no equivale a que tengas un cincuenta por ciento de posibilidades. Aquellos que están aliados con alumnos de enclave casi siempre logran salir, con tal vez una o dos bajas en el equipo —que casi nunca son los propios alumnos de enclave— y estos constituyen aproximadamente el cuarenta por ciento de la clase. Así que los que mueren suelen ser casi todos de ese sesenta por ciento que no cuenta con ningún alumno de enclave entre sus filas. Por supuesto, incluso dichas posibilidades son mejores que las que tendrías si no estuvieras en la Escolomancia, y esa es la razón por la que los niños siguen viniendo a este colegio.

Si el sistema de limpieza del salón de grados estaba de verdad reparado, y si aguantaba este año sin volverse a estropear, puede que consiguieran salir después de todo. Pero las posibilidades de Cora no mejorarían si empezaba la segunda mitad del semestre con el brazo herido debido a que la había cagado y no había calculado bien el esfuerzo que debía dedicarle a su proyecto de Taller. Ningún alumno de enclave que le echara un vistazo a su brazo le pediría que se uniera a su equipo. Se sentó con cuidado, haciendo todo lo posible por dejar quieta la herida, pero aun así, al sentarse, tuvo que cerrar los ojos y respirar hondo durante un rato, antes de intentar servirse la leche con una sola mano y temblando.

Nkoyo alargó el brazo en silencio y le abrió el cartón de leche. Cora lo tomó y se lo bebió sin mirarla. Nkoyo no los había traicionado. Los había ayudado a llegar hasta este punto, no era culpa de ella si no podía quedarse con ellos hasta el final: si no eran lo bastante buenos, debía dejarlos atrás para poder seguir adelante, como los propulsores de los cohetes, que una vez que se agotan, se desprenden y caen mientras el módulo orbital sigue su camino. No podía hacer nada para salvarlos, y ellos habían tomado sus propias decisiones durante el recorrido. Aun así, Cora no la miró a los ojos, y Nkoyo no hizo ningún comentario, y todos los que estábamos en la mesa fingimos no estar mirándole a Cora el brazo manchado de sangre cuando era obvio que no podíamos apartar la vista.

No supe que iba a abrir la boca hasta que lo hice:

—Puedo curarte el brazo si los demás me echan una mano —dije, y todos los que estaban sentados a la mesa dejaron de comer y se me quedaron mirando, o bien de soslayo o directamente con la boca abierta. No le había dedicado reflexión alguna, lo había soltado sin más, pero lo único que podía hacer en vista de todas aquellas miradas era seguir adelante—. Es un hechizo grupal. Nadie tiene que añadir maná extra, funcionará si mantenemos el círculo activo, pero tenéis que colaborar todos.

Aquello era en realidad una simplificación de cómo funciona el hechizo en cuestión. El principio fundamental es que tienes que reunir a un grupo de personas que, de forma voluntaria, dejen de lado su ego y ofrezcan su tiempo y su energía para llevar a cabo un rito en beneficio de otra persona, sin obtener ningún provecho directamente. La clave está en que, una vez que se lo pides a un grupo determinado, si alguno se niega o es incapaz de hacerlo, el hechizo no sale. Es uno de los conjuros de mi madre, por si no te habías dado cuenta.

Durante un momento, nadie dijo nada. No es así como funcionan las cosas en este colegio, ni mucho menos. Nadie hace nada por los demás sin obtener algo a cambio, y ese algo siempre tiene que ser material, a no ser que exista un vínculo más sustancial: una alianza, una relación romántica... Pero precisamente por eso sabía que el hechizo funcionaría si todos estaban de acuerdo. El hecho de hacer algo sin recibir nada a cambio es mucho más significativo aquí dentro que en el exterior. Incluso la propia Cora me miraba confundida. Ni siquiera éramos amigas; no le importaba sentarse en la misma mesa que yo *ahora* que Chloe Ramussen estaba aliada conmigo y el mismísimo Orion Lake iba a aparecer en cuanto saliera de la zona de la comida con su bandeja, pero apenas había tolerado mi presencia durante todos esos años en los que Nkoyo me había dejado ir con ellas hasta el aula de idiomas por las mañanas. Era distante con casi todo el mundo y siempre había estado un poco celosa de aquellos con los que se relacionaba Nkoyo, pero se trataba de algo más que eso: era un hacha con la magia espiritual, su familia contaba con un largo historial de magos especialistas en esta, y estaba claro que había pensado —y probablemente aún lo pensaba— que mi magia poseía un aura desagradable.

Nkoyo no dijo nada. Contemplaba su propia bandeja sin levantar la vista, con los labios curvados sobre los dientes y los puños apretados a ambos lados, a la espera, aguardando a que alguien hablara. Deseé con todas mis fuerzas que Orion hubiera llegado ya, y entonces Chloe dijo: «Vale», y le tendió la mano a Aadhya, que estaba sentada entre las dos.

Aadhya era una de las que me había mirado de reojo, no tanto por la petición en sí, sino por mi actitud; casi podía oír lo que estaba pensando: «A ver, El, ¿ahora te ha dado por ponerte en plan mártir o algo así?», pero después de dedicarme una mirada cargada de seriedad, suspiró y dijo: «Sí, venga», y le dio la mano a Chloe y me tendió la otra a mí. En cuanto se la tomé, sentí cómo el vínculo vivo del círculo tomaba forma. Me volví y le ofrecí mi otra mano a Nadia, la amiga de Ibrahim. Miró a este último, pero al cabo de un momento, tomó mi mano y él aferró la de ella y alargó el brazo hacia Yaakov, que estaba al otro lado de la mesa.

Había formado parte de algunos círculos unas cuantas veces con mamá. No me lo había pedido muy a menudo, únicamente cuando se trataba de una lesión mágica: por lo general, era gente a la que le habían lanzado algún maleficio, o personas que habían sufrido complicaciones debido a algún hechizo que habían usado en ellas mismas, o habían sido atacadas por un maleficaria. Curar ese tipo de cosas es mucho más fácil si te ayuda otro mago, aunque sea un crío, en lugar de contar solamente con un grupo de mundanos entusiastas que son incapaces de generar maná. Pero no me lo pedía en demasiadas ocasiones, porque a la mayoría de los magos que acudían a ella en busca de ayuda les resultaba incómoda mi presencia. Llegaban sintiéndose ya vulnerables, así que cuando me miraban era como si fueran unos conejitos contemplando a un lobo... un lobo medio hambriento que a veces incluso mordía la mano que le daba de comer porque era la misma mano que la mantenía a raya. En realidad nunca me apetecía ayudarlos. Estaban enfermos y débiles y hechizados y envenenados y desesperados, pero seguían formando parte de la comunidad que

me detestaba, que me había dejado sola y asustada y también desesperada. De manera que mamá solo me lo pedía cuando la situación era urgente y necesitaba el poder que le proporcionaba mi
consentimiento, porque de lo contrario era consciente de que me
negaría a hacerlo. Y había colaborado, a regañadientes, en parte
porque quería hacer feliz a mamá y también para demostrarme a
mí misma que no era el monstruo que veían cuando me miraban.

Pero nunca había llevado a cabo un círculo por mi cuenta. La
idea es muy sencilla: el maná que aporta cada uno fluye a través
de nosotros cuando estamos vinculados formando un círculo, y
como todos los participantes comparten el mismo propósito, el
poder se intensifica. Solo hay que dejar que el maná siga fluyendo
hasta que se genere la cantidad suficiente. Pero que la idea sea
sencilla no significa que ponerla en práctica lo sea también.

De hecho, me di cuenta demasiado tarde de que iba a resultar aún más difícil porque todos los de la mesa eran magos. Con
el hechizo de mi madre, es posible curar heridas con un círculo
formado por gente no mágica porque no hace falta más maná
del que produces al hacer el esfuerzo de permanecer en el círculo, y solo es necesario un mago dentro del grupo que pueda «aferrarse» al maná y sostenerlo el tiempo suficiente como para
volcarlo en el hechizo. Como nosotros éramos un grupo de magos casi adultos, estábamos generando mucho maná de forma
muy rápida, y sentía como si los demás estuvieran «tirando» de
él. No era a propósito: si alguno hubiera intentado apoderarse
del maná para sí mismo, el círculo se habría venido abajo. Pero
todos tenemos siempre algún hechizo o procedimiento mágico
en mente, cada minuto del día y la mayor parte de la noche; tenemos hechizos a medio crear y artificios en marcha para nuestros proyectos, y pociones en proceso de preparación en el

laboratorio y la graduación rondándonos por la cabeza a todas horas, y ahora estábamos sumidos en aquel torrente de maná y yo les estaba pidiendo que se concentrasen en la idea de usarlo para salvar a Cora en vez de su propio pellejo.

Les costó muchísimo, al igual que a mí. Tuve que concentrarme con todas mis fuerzas en el hechizo de curación mientras el círculo crecía a lo largo de la mesa y uno a uno, algo indecisos, iban añadiendo sus manos. Cuando Jowani y Nkoyo lo cerraron, uniendo las manos por detrás de Cora, el círculo quedó establecido y la corriente íntegra de maná comenzó a fluir. Todos dieron un brinco o lanzaron un chillido. Debería haberlos puesto sobre aviso, pero en aquel momento ya no podía pronunciar otra cosa que no fuera el hechizo. De todas formas, no me quedaba fuerza mental de sobra para compartir. Todos siguieron aguantando y el maná, fruto de su elección, continuó alimentándose, fortaleciéndose más y más gracias a nuestro objetivo común, un objetivo que no estaba enfocado en nosotros mismos, así que ni el miedo ni la esperanza eran capaces de nublar nuestra intención. Y el sentimiento de sorpresa no perjudicó el proceso, sino que lo favoreció, pues todos eligieron permanecer en el círculo de todas formas.

Bueno, favoreció el proceso de generar maná. Pero yo empezaba a sentirme como si me hubiera presentado voluntaria para montar un caballo particularmente violento y este estuviera haciendo todo lo posible por deshacerse de mí mientras yo me agarraba desesperada al borde de la silla. Una oleada de maná fluía alrededor del círculo, haciéndose más grande a medida que avanzaba; intenté lanzar el hechizo la primera vez que la oleada me atravesó, pero ocurrió tan deprisa que no me dio tiempo, lo que significaba que el torrente de maná crecería aún más durante la siguiente vuelta y se volvería todavía más rebelde: toda esa cantidad de maná que nos recorría resultaba tremendamente inspiradora. Cuando el torrente volvió a mí por segunda vez, tuve que hacer un tremendo esfuerzo mental para sacarlo del círculo e introducirlo en el hechizo.

Al menos era fácil recordar las palabras. A mamá no le gustan los conjuros complejos o detallados. No son necesarios cuando actúas por simple y puro altruismo.

—Que el brazo de Cora se cure, que el brazo de Cora quede intacto, que el brazo de Cora esté bien —dije, sumida en la sensación de estar pronunciando las palabras de forma entrecortada mientras me adentraba en aguas profundas, con la cabeza echada hacia atrás para mantener la boca por encima de la superficie; el maná se abrió paso por mi interior de forma feroz y abandonó mi cuerpo.

El hechizo le arrancó la tela del brazo a Cora, produciendo el mismo chasquido que se oye cuando alguien sacude una funda de almohada recién lavada. Ella lanzó un gemido y se agarró el codo: así sin más, su brazo volvía a estar indemne, sin herida alguna, como si no hubiera pasado nada. Abrió y cerró la mano un par de veces, y luego se echó a llorar y apoyó la cabeza en la mesa, con los brazos alrededor de forma protectora, intentando que no viéramos cómo lloraba. La tela amarilla que le colgaba del pliegue del codo se sacudió una vez más, igual que un estandarte; incluso las manchas de sangre desaparecieron.

Por norma general, cuando alguien pierde los papeles, te aseguras de no prestarle atención y seguir a lo tuyo hasta que recobra la compostura. Pero las circunstancias eran algo inusuales, y tampoco era como si hubiéramos estado en plena conversación. Yaakov rezó una oración en hebreo en voz baja e inclinó la cabeza, pero ninguno de los demás éramos religiosos, así que mientras él experimentaba un bonito momento espiritual consigo mismo, el resto seguimos estando incómodos y mirándonos los unos a los otros para evitar mirar a Cora, algo que obviamente todos queríamos hacer. A Jowani, que estaba a su izquierda, le estaba costando hacer como si nada y había dejado que su mirada se desviara hacia ella.

—¿Qué habéis hecho? —exigió saber Orion, y todos nos sobresaltamos; se había acercado a la silla vacía que Aadhya le había guardado y miraba a Cora con la misma intensidad con la que el resto de nosotros intentaba no hacerlo—. ¿Qué ha sido eso? Estabais...

—Hemos llevado a cabo un círculo de curación —dije con desdén, lo que me costó un poco—. Será mejor que te des prisa en comer, Lake, el timbre está a punto de sonar. ¿Tienes ya las notas del seminario de Alquimia?

Dejó la bandeja y se sentó a mi lado casi como si estuviera moviéndose a cámara lenta, sin quitarle a Cora los ojos de encima. Llevaba una semana sin afeitarse, pero ya antes de eso había ido por ahí hecho un desastre; el pelo le había vuelto a crecer lo bastante como para requerir peinárselo con los dedos si quería tener un aspecto decente —no somos demasiado exigentes—, pero ni siquiera se molestaba en hacer eso. Hacía cuatro días que llevaba puesta la misma camiseta de Thor, que despedía un aroma más intenso de lo habitual, y tenía unas manchas de hollín y de polvo de asfódelo de color azul brillante en la mejilla. Yo estaba decidida a no decir nada, ya que no era asunto mío y seguiría sin serlo hasta que su olor fuera tan repugnante que tuviera una excusa para quejarme por el mero hecho de compartir la mesa con él, y llegados a ese punto, puede que alguien más se quejara.

Aunque no era probable: seguro que la mayoría de los alumnos preferirían embotellar su aroma y venderlo como *eau de Lake* o algo así. Sospechaba que se había pasado las últimas semanas yendo a cazar las larvas de mals que habían empezado a salir de las cañerías.

Le di un codazo, y él se distrajo por fin lo suficiente como para volver la vista hacia mí.

—Come. ¿Y las notas de Alquimia?

Bajó la mirada a su bandeja: ¡Menuda sorpresa! ¡Había cosas que llevarse a la boca para no morir de inanición! Eso es lo más amable que puede decirse de la comida de la Escolomancia. Empezó a engullir después de sobreponerse a la enorme sorpresa que se había llevado al redescubrir su existencia, y dijo con la boca llena:

—Supongo que las recibiré hoy o el viernes.

Siguió mirando a Cora y yo volví a darle un golpe por ser un capullo maleducado; él se dio cuenta y bajó la mirada al plato.

—Vives en Nueva York, alguna vez has tenido que ver un círculo de magos.

—Pero la sensación que me da es totalmente diferente —dijo, y tuvo la poca vergüenza de preguntarme—: ¿Habéis usado malia?

—Te estás haciendo el gracioso, ¿no? —dije—. No, pedazo de ignorante, es uno de los hechizos sanadores de mi madre. No se obtiene nada a cambio.

Eso no es verdad, al menos según mi madre: ella insiste en que uno siempre recibe más de lo que da cuando ofrece su trabajo de forma altruista, solo que nunca sabes cuándo recibirás tu recompensa y tampoco puedes pensar en esta ni adelantarte a los acontecimientos, y no tendrá la forma que esperas, así que, en otras palabras, la recompensa es del todo indemostrable e inútil. Por otra parte, todavía no he visto a ningún inversor de riesgo hacer cola para llevarme en su avión privado, así que, ¿qué sabré yo?

—*Mmm.* —dijo Orion, no demasiado convencido, como si no me creyera del todo.

—Si acaso, es malia negativa —dije. De vez en cuando, algún que otro maléfice arrepentido acude a mamá en busca de ayuda, un ser como en el que Liu había estado a punto de convertirse: no un monstruo exultante de serlo, sino una persona que había recorrido parte del camino (normalmente para llegar viva a la mayoría de edad) y luego había cambiado de opinión y había querido volver a la normalidad. Ella no les limpia el aura ni nada parecido, pero si se lo piden con sinceridad, les permite unirse a su círculo y, por lo general, después de que hayan pasado tantos años formando parte del círculo como los que pasaron siendo maléfices, vuelven a ser lo que eran antes y ella les pide que formen un círculo propio en algún otro lugar.

—Puede que por eso te dé una sensación rara —le dijo Aadhya a Orion—. ¿Le ves un aura?

—*Mmm.* —dijo Orion con medio kilo de espaguetis saliéndole de la boca. Succionó la parte que colgaba y tragó—. Es más como que... por un momento, resplandecía. Como haces tú a veces —me dijo, y acto seguido se puso rojo y bajó la mirada al plato.

Lo fulminé con la mirada, sin sentirme halagada en absoluto.

—¿Y por qué exactamente te ha hecho pensar que estaba usando malia?

—Eh —fue su débil respuesta—. Es... ¿puede que solo sea poder? —dijo a la desesperada.

—¿Es que los mals resplandecen? —exigí saber.

—¿No? —Palideció bajo mi penetrante mirada—. ¿Algunos? ¿A veces?

Pensé en aquello mientras engullía el resto de mi cena. Al parecer, de vez en cuando me veía como a un maleficaria. Aunque a Orion le pasaban inadvertidos los maléfices humanos: no se dio cuenta de que nuestro vecino homicida Jack era un maléfice hasta que el muy simpático intentó exhibir mis intestinos por el suelo de mi habitación. Y vale, es verdad que hay muchos magos que emplean de vez en cuando alguna chispita de malia; se la roban a las plantas o a los bichos o la extraen de algún objeto que alguien haya dejado desatendido, por lo que es posible que a Orion le costara distinguir a los maléfices más extremistas. Los que usamos exclusivamente el maná que hemos generado nosotros mismos somos la minoría. Pero da igual: por lo visto tengo un aspecto más monstruoso que un mago oscuro. Genial.

Y algo todavía más genial: Orion encontraba aquello atractivo. Al parecer, Aadhya había dado en el clavo sobre lo que a Orion le gustaba de mí. No es que sea una de esas románticas empedernidas que se empeñan en que los demás las quieran por su maravilloso interior. Por dentro soy un ser tremendamente malhumorado y hay veces que no me aguanto ni yo, y de todas formas, uno de los principales motivos por los que había estado evitando la habitación de Orion últimamente era la fuerte sensación de que lo mejor para todos los implicados era no volver a verlo sin camiseta por ahora, así que sería algo hipócrita por mi parte. Pero no me entusiasmaba la idea de que me encontrasen atractiva por parecer un ser aterrador fruto de la magia negra en vez de *a pesar de* ello.

Estuve tan centrada dándole vueltas a aquello que obvié por completo las implicaciones del resto de lo que Orion había dicho hasta que me encontré rumbo a mi sesión de los miércoles en la biblioteca. Justo antes de llegar a la parte superior de las escaleras —donde todo el pelotón de novatos me esperaba para que los condujera hasta la calamidad de la que tuviera que salvarlos aquel día—, me detuve y me di cuenta de que si Orion no había recibido aún las notas de su seminario, no era porque fuera a sacar una matrícula de honor, ya que había descuidado todos los aspectos de su vida lo suficiente como para que se le olvidase cambiarse de camiseta. Iba a suspender.

Y cuando suspendes Alquimia, no son los mals los que te atacan, sino que tienes la oportunidad de interactuar de manera muy íntima con tu último proyecto de elaboración de pociones; por desgracia, ser una máquina matamonstruos invencible no sirve de nada si acabas sumergido en una cuba de ácido grabador utilizado para tallar runas místicas en el acero, que había sido el proyecto de mitad de semestre de Orion.

Contemplé a los ocho alumnos de primero, que me devolvieron la mirada, ansiosos, y dije: «Venga, hoy nos vamos de excursión», y me di la vuelta para guiarlos escaleras abajo; avancé por los escalones de tres en tres, con tanta prisa que a punto estuvieron de llegar al final de las escaleras rodando, y tuve que agarrar a Zheng para que no siguiera trastabillando más allá del descansillo de la planta de alquimia. En cuanto le hice recuperar el equilibrio, eché a correr por el pasillo mientras los demás avanzaban detrás de mí lo más rápido que les permitían sus piernas, considerablemente más cortas que las mías. No sabía en qué aula se encontraba Orion, de modo que me puse a abrir todas las puertas de los laboratorios que vi, mientras gritaba: «¿Lake?», hasta que alguien me respondió: «¡Está en la 293!». Me di la vuelta y pasé corriendo junto al grupito de novatos, que seguían avanzando en dirección contraria, y todos dieron media vuelta y me siguieron como una bandada de gansos confundidos. Dejé atrás el descansillo y seguí por el otro lado, abrí de golpe la puerta del aula 293 y, sin aminorar la marcha, derribé a Orion, apartándolo de la mesa de laboratorio justo cuando sonó el timbre que daba comienzo a la clase y todo el material de elaboración de su zona comenzó a traquetear y a echar humo.

La enorme cuba de cobre burbujeaba con tanta fuerza que la tapa se levantó y se deslizó sobre un inmenso torrente de espuma violeta que se derramó por los lados y cayó en cascada desde la superficie de la mesa hasta el suelo, mientras unas enormes nubes de humo negro se elevaban a su paso. Los otros alumnos se pusieron a gritar y salieron corriendo, lo que solo empeoró las cosas, pues otros experimentos acabaron en desastre al tener que abandonarlos a toda prisa. Nos pusimos de pie con torpeza, ya que no podíamos ver nada; agarré a Orion de la muñeca con tanta fuerza como para cortarle la circulación y a punto estuve de marchar en la dirección equivocada, pero el grupo de primero empezó a gritar desde la puerta: «¡El!, ¡El!», y Zheng, Jingxi y Sunita —había intentado por todos los medios no aprenderme sus nombres, pero la cosa no había salido demasiado bien— entraron en el aula formando una fila y nos alumbraron el camino con hechizos de iluminación.

Todavía seguíamos tosiendo de forma horrible cuando conseguimos salir al pasillo, y yo no fui capaz de hablar hasta que Sudarat se acercó con su cantimplora y nos dio agua; lo que sí era capaz de hacer e hice de inmediato fue darle un leñazo a Orion en su cabezota imprudente y agitar la mano frente a su cara, con los cinco dedos extendidos. Él frunció el ceño con desgana y me apartó la mano.

5
QUATTRIA

—Debería estar haciendo esto en el laboratorio —dijo Orion.

—No te hace falta tener los materiales delante para copiar la receta, Lake, así que no te pases de listo —respondí, porque lo que él quería decir en realidad era que debería poder pasearse por los pasillos y asomar esa nariz ganchuda suya por todas las aulas de la planta de alquimia hasta encontrar alguna lombriz nocturna o striga desprevenida a la que machacar—. No me cabe en la cabeza que lleves tres años y un trimestre aquí y aún no sepas cuándo prestar atención a tus deberes.

Lanzó un fuerte quejido y apoyó la cabeza en el escritorio de mi rincón de la biblioteca. Había disfrutado como una enana al servirme del maná de Nueva York para retirar la trampa que Magnus me había dejado allí el año pasado; era una de las primeras cosas que había hecho después de que Chloe me diera el prestamagia. Arrastrar a Orion hasta un rincón oscuro de la biblioteca fue el único modo de conseguir que hiciera su trabajo de recuperación de alquimia, que lo desintegraría antes de que acabara el mes junto a unos cuantos inocentes espectadores y posiblemente a mí si no se ponía manos a la obra. Lo había obligado a que me enseñara sus progresos todas las noches durante la cena, y como no había habido ninguno en la semana y media transcurrida desde la última vez que había acabado casi desintegrada por su culpa, lo había sacado de la cama a primera hora de la mañana de aquel maravilloso sábado y me lo había llevado escaleras arriba después del desayuno.

Incluso allí, donde no había ninguna distracción, se pasaba por lo menos diez minutos contemplando desconsolado las indicaciones de su trabajo de laboratorio por cada minuto que se ponía a leerlas en serio.

—¿Qué narices te pasa? —le pregunté, al cabo de otra hora y varios suspiros más—. Antes no eras tan inútil. ¿Estás sufriendo una crisis de último curso o algo así? —Es una afección altamente mortal en la Escolomancia.

—Es que estoy cansado —dijo él—. Casi no hay mals, y los que hay no dejan de esconderse de mí, voy siempre tieso de maná... ¡No, no quiero! —añadió cuando vio que volvía a quitarme el prestamagia de la muñeca—. El problema no es el maná, sino encontrar mals para no tener que chupar del depósito todo el rato.

—No, el problema ahora es tu trabajo de alquimia, así que déjate de chorradas, toma un poco y hazlo de una vez —dije.

Apretó los dientes y, acto seguido, dijo enfurruñado:

—Vale, pero dámelo tú y ya está, no me pases el prestamagia.

Aquello no tenía ningún sentido, ya que en todas las transferencias se pierde un poco de maná. No es que se trate de una cantidad desorbitada, pero incluso aunque sea una pizca, estás desaprovechando el esfuerzo que ha tenido que hacer otra persona.

—¿Es que te da morbo o algo así? —pregunté con recelo.

—¡No! Ya sabes que no puedo tener acceso al depósito.

—Ya, porque vas a la tuya y pillas un montón cuando no estás prestando atención —dije. No pensaba suavizárselo—. ¿Y qué? Céntrate cinco segundos.

Su proyecto de alquimia le resultaba de pronto de lo más fascinante, a juzgar por la forma fija en que lo miraba.

—No es... No funciona así.

—¿Y cómo funciona, si te dan acceso dejas el dique seco sin querer? —dije con sarcasmo, pero él se puso rojo, como si hubiera dado en el clavo—. ¿Te ha pasado eso alguna vez o...?

—Me dieron un prestamagia para que practicase seis meses antes de la incorporación, igual que a los demás —dijo Orion en un tono totalmente inexpresivo—. Agoté la reserva activa del enclave en media hora. Ni siquiera mi madre consiguió detenerme. —Me lo quedé mirando, incrédula. No volvió la cabeza, sino que se limitó a encogerse de hombros con rigidez—. Cree que está relacionado con el hecho de que sea capaz de sacar el maná de los mals. Que como se trata de un canal del mismo tipo, no noto la diferencia.

Lo miraba fascinada.

—¿Y cómo es que no... explotaste? —Daba la impresión de que era como llenar un globo de agua con una manguera. Tengo una capacidad para almacenar maná que le parecería decente a cualquiera, es decir, cien veces más alta que la media, pero lo que yo puedo almacenar ni siquiera es una fracción apreciable de la reserva de maná activa de todo el enclave de Nueva York. Orion se limitó a encogerse de hombros, como si nunca se hubiera molestado en pensar en ello.

—¿Y qué leches hiciste para que se te agotara? Con todo ese maná deberías tener suficiente para los próximos diez años, incluso si te diera por lanzar arcanos mayores todos los días.

—¡No quería absorber el maná! Lo devolví en cuanto mi padre me fabricó un prestamagia unidireccional. —Levantó la muñeca para enseñarme la estrecha banda. Parecía un poco molesto, y entonces se me ocurrió: seguro que los capullos de su enclave lo habían hecho sentir como un maléfice, o peor, por ello. Uno de los métodos más comunes para destruir un enclave es que sus enemigos consigan que uno de sus miembros los traicione y les entregue una parte de las reservas de maná del enclave; de esa forma, el enclave enemigo puede acabar con ellos usando su propio poder. Ha ocurrido unas cuantas veces y todas han sido objeto de cuentos populares para los magos, al menos entre los niños que no viven en enclaves.

—¿Cuánto tardó tu padre en fabricarlo? —pregunté, y Orion encorvó los hombros.

—Una semana —murmuró. Me imagino que todos los magos adultos de Nueva York disfrutaron enormemente de que un crío de trece años se paseara por ahí con las entrañas repletas de una cantidad de maná suficiente como para asolar su enclave, y se aseguraron de que él disfrutara esa semana tanto como ellos.

Me daban ganas de ir a lapidarlos y puede que también de abrazar a Orion, pero era obvio que ambas opciones eran igualmente imposibles, así que en lugar de eso le di un enérgico golpe en el hombro y le dije con entusiasmo:

—Pues, venga, vamos a cargarte las pilas.

Saqué una cantidad considerable de maná del prestamagia. Solo había sacado maná del depósito para situaciones de emergencia; me resultaba extraño hacerlo intencionadamente cuando no me encontraba en peligro. No era como extraer el maná de los cuarzos de mi madre, un poder que yo había generado: aquel maná me daba una sensación diferente, como si fuera un poco más áspero, como si pudiera percibir el esfuerzo y el dolor que me había costado producirlo. O puede que se tratara de que, cuando lo extraía, siempre pensaba en todo el esfuerzo y el dolor que me costaría reemplazarlo. Era mucho más fácil extraer maná del depósito compartido, de un depósito que no tenía que llenar yo sola, y por desgracia ya me había acostumbrado a ello. Orion no era el único tragón. Habría exprimido de buena gana el depósito hasta que ya no cupiera en mi interior ni una gota más de maná.

Pero en vez de eso tomé una cantidad calculada al milímetro, la cantidad que suelo usar al preparar una fórmula alquímica yo misma, apoyé la mano en su pecho y la inyecté en su interior. Él lanzó un grito ahogado y cerró los ojos; cubrió mi mano con la suya y la estrechó contra sí un instante, y yo noté cómo su pecho se expandía, noté el fuerte latido de su corazón y la calidez de su piel a través de la tela fina y desgastada de su camiseta; al menos estaba limpia, lo había obligado a cambiársela y a ducharse aquella mañana, aunque habíamos subido unos cuantos tramos de escaleras y percibía, de todas formas, el leve aroma que desprendía, solo que no era un olor en absoluto desagradable; él abrió los ojos, me miró fijamente y dejó su mano inmóvil sobre la mía, mientras el maná fluía entre ambos y yo sabía casi con toda seguridad que iba a pasar algo entre nosotros y que no iba a impedir que sucediera; y aunque también estaba bastante segura de que era una idea pésima, me daba la impresión de que se trataba de una de esas ideas pésimas que son tremendamente divertidas en el momento, pero entonces Orion apartó la mano y exclamó: «¡Ay!». Tenía sangre en el pulgar. Tesoro había salido de su bolsillito, había bajado por mi brazo sin que me diera cuenta y lo había mordido.

La contemplé con incredulidad mientras Orion hurgaba entre quejidos en el interior de su mochila, sacaba una tirita y se cubría la herida que le habían dejado sus potentes incisivos. Tesoro se sentó en el borde de la mesa y se puso a lavarse la cara y los bigotes con un aire de enorme satisfacción.

—No necesito carabina, y menos si es un ratón —siseé en voz baja—. ¿No se supone que al cumplir un mes os ponéis a criar como locas? —Ella se limitó a mover la nariz de forma despectiva.

Orion evitó mirarme durante el resto de la mañana, cosa que resultó bastante complicada ya que estábamos sentados el uno al lado del otro. Por supuesto, yo hice lo mismo. No tenía la más mínima intención de plantarle cara al asunto. Fuera lo que fuere lo que hubiéramos estado a punto de hacer me había parecido una mala idea incluso en su momento, y por suerte, el momento había pasado. Nunca antes había compartido uno de esos momentos con nadie y la situación no me hacía la menor gracia. ¿Por qué narices se le había ocurrido a mi cerebro una idea tan estúpida como besar a Orion Lake entre las estanterías de la biblioteca en lugar de obligarlo a hacer los deberes? Me recordaba a los síntomas de una plaga de gusanos de la locura, según la descripción que aparecía en el libro de texto de Maleficaria de segundo: la manifestación de pensamientos extraños y misteriosos en momentos no deseados e imprevisibles. Ojalá estuviera perdiendo la cabeza por culpa de una plaga de gusanos de la locura. Lo único que me hacía perder la cabeza era tener a Orion sentado al lado con una camiseta de segundo que le quedaba demasiado pequeña (se había quedado sin ropa limpia para aquella semana) y le marcaba el brazo, que se encontraba a unos diez centímetros del mío.

Me pasé esas tres horas mirando fijamente el poema más reciente de la clase de Myrddin, que por algún extraño motivo se negaba a traducirse solo. A este paso, no tardaría en empezar a suspender yo también. Para colmo, cuando el timbre del almuerzo sonó, Orion se recostó en su silla, lanzó un suspiro y dijo: «Vale, ya está»; había terminado toda la hoja de ejercicios. Todavía le faltaba elaborar la poción, pero estaba de suerte: se trataba de un brebaje potenciador de reflejos que lo convertiría en una pesadilla aún mayor para los mals. Era un trabajo de recuperación escandalosamente bueno. Mis trabajos de recuperación de alquimia son siempre venenos que matan al instante o matan de forma grotesca, y a veces matan al instante y de forma grotesca.

—Bien —dije con amargura, y empecé a recoger—. ¿Necesitas más ayuda, Lake, o crees que podrás arreglártelas solo con las cucharas medidoras después de comer?

—Todo controlado —dijo fulminándome con la mirada, pero entonces recordó que había estado a punto de pasar algo entre nosotros y, por lo visto, no le parecía una idea tan mala, porque dejó de mirarme con inquina y soltó: «A menos que quieras venir», algo horriblemente absurdo, ya que *¿Quieres venir a ayudarme con mi trabajo de recuperación de alquimia?* era la peor forma del mundo de pedir una cita y ni siquiera se le tenía que haber pasado por la cabeza invitar a alguien a hacer deberes, al igual que a mí no se me tenía que haber pasado por la cabeza la posibilidad de aceptar.

Además, le había prometido a Aadhya que esa tarde la ayudaría a afinar el laúd, así que no podía decir que sí. Mejor.

—No digas chorradas —dije con frialdad mientras recogía mis dos últimos libros. Él adoptó una expresión avergonzada y se encogió, y yo me alejé por el pasillo hacia la sala de lectura, felicitándome en silencio por haber dinamitado sus esperanzas, salvo porque, mientras recogíamos nuestras bandejas, Aadhya me dijo: «¿Sigue en pie lo de afinar el laúd?» y Orion me miró con los ojos entornados desde el otro lado de la mesa como diciendo: «Ah, entonces si hubieras estado libre habrías dicho que sí, ¿no?». Evité su mirada. No le hacían falta más ideas que las que ya le rondaban por la cabeza, y a mí tampoco. En vez de eso, me apresuré a acompañar a Aadhya hasta un aula vacía para trabajar en el laúd, pero en el instante en que dimos esquinazo a los demás, me dio un codazo, arqueó las cejas y me dijo:

—Bueno, cuenta.

—¿Qué? —dije.

Me dio un empujoncito.

—¿Ya estáis saliendo?

—¡No!

—Venga, no me fastidies, mírame a los ojos y dime que no os habéis morreado por lo menos una vez mientras estabais allí arriba —dijo Aadhya.

—¡Pues no! —exclamé con perfecta sinceridad, y a la hora de la cena le di a Tesoro de mala gana las tres uvas maduras de la macedonia de frutas que me había agenciado y que, por lo demás, solo contenía tajadas mustias de melón dulce y trozos de piña verde que casi me rompen los dientes—. No te lo tomes como un premio —le dije. Ella aceptó las uvas con suficiencia, se las comió una tras otra y se fue a echar la siesta con la barriguita llena.

En la Escolomancia apenas tenemos vacaciones. En un lugar como este no tendrían ningún sentido, pero esa no es la razón por la que no las tenemos; no tenemos vacaciones porque ni los alumnos ni el colegio podemos permitírnoslas. Debemos seguir trabajando sin descanso simplemente para mantener las luces encendidas. De modo que la graduación y la incorporación se celebran el mismo día, el dos de julio, y los semestres se dividen en torno al 1 de enero, que es cuando se publica también la lista de clasificación de los alumnos de último curso y se lleva a cabo la purga de invierno. Pero eso conllevaba que el primer semestre tuviera un día más, cosa que los estadounidenses consideraban un problemón que obviamente había que solucionar. Así que, en otoño, después de que todo el mundo haya entregado —o no— sus trabajos de recuperación, celebramos el Festival.

Es un día muy importante, pues señala el comienzo de la temporada de caza. Para entonces, todos los mals que entran en fase de hibernación o de reproducción después de la graduación han despertado y están intentando volver a subir, o sus adorables crías han conseguido colarse, y la rivalidad entre ellos se vuelve más agresiva. Aproximadamente, uno de cada siete alumnos de primer curso muere entre el día del Festival y Año Nuevo, tal y como les había advertido repetidamente a los míos, cuyos nombres me había aprendido a pesar de todos mis esfuerzos para que aquello no sucediera. Nunca es buena idea encariñarse con los alumnos de primero y hacerlo tan pronto era una invitación a pasarlas putas más adelante, pero después de que nos salvaran a Orion y a mí de morir ahogados mientras dábamos tumbos, el aura de fría y misteriosa alumna de último curso que había estado cultivando se había desvanecido lo suficiente como para que empezaran a dirigirme la palabra. Ni siquiera mis comentarios más bordes y agresivos conseguían acobardarlos ya.

Tengo entendido que el propósito habitual de un festival es alentar el espíritu escolar dejando que los alumnos hagan deporte al aire libre y se animen los unos a los otros. Nosotros no tenemos ningún lugar donde tomar el aire ni espíritu escolar, así que en vez de eso nos reunimos en el gimnasio y celebramos el haber sobrevivido lo bastante como para experimentar otro Festival. La asistencia es obligatoria y la cafetería permanece cerrada todo el día, de manera que el único lugar donde comer es en el bufé que se dispone en el gimnasio en una enorme barra repleta de vitrinas expendedoras antiguas que aparecen para la ocasión. No tengo ni idea de qué pasa con ellas el resto del tiempo. Solo se abren mediante fichas, las cuales se consiguen únicamente participando en los diversos juegos que se llevan a cabo ese día, como las carreras de relevos o el balón prisionero. Para contribuir al ambiente festivo, uno o dos niños acaban siendo devorados de camino al gimnasio, ya que hay muchos mals capaces de recordar las fechas y que saben que habrá un bufé dispuesto a lo largo de las escaleras y los pasillos.

Cuando la Escolomancia abrió sus puertas por primera vez en 1880, el gimnasio contaba con diversos y complejos hechizos de múltiples capas que les proporcionaban a los alumnos la sensación de estar en el exterior, al aire libre, rodeados de árboles y cubiertos por un cielo que daba paso del día a la noche. Era la obra maestra de un espléndido equipo de artífices de Kioto. Incluso en aquella época, el enclave de Kioto era lo bastante poderoso como para que Manchester no pudiera permitirse el lujo de pasar de ellos del todo cuando el colegio se estaba construyendo, así que les endilgaron el gimnasio. Kioto se vengó haciéndolo tan espectacular que todos los que visitaron el colegio no hablaron de otra cosa. Hay varios testimonios favorables enmarcados en las paredes, junto a algunas fotos antiguas que son en teoría del gimnasio, pero que parecen pertenecer a una guía de viaje de la campiña japonesa.

Hace más de un siglo que nadie ha visto las ilusiones en funcionamiento. Después de que Paciencia y Fortaleza, los milfauces del colegio, se instalaran por primera vez en el salón de grados y los alumnos comenzaran a encargarse del mantenimiento del edificio, todo se vino abajo. Las plantas se marchitaron hace tanto tiempo que ni siquiera queda tierra, tan solo las jardineras de hierro, y los colores de los murales fluctuantes de colinas y montañas se han desvanecido, por lo que ahora dan la impresión de ser un paisaje de ultratumba. Hay una semana en primavera en la que una diáspora de retazos de color blanco desciende de forma misteriosa: lo único que queda de la simulación de los cerezos en flor. De vez en cuando brotan árboles pelados y, en ocasiones, una pequeña pagoda aparece y vuelve a desaparecer. No creo que nadie haya estado lo bastante chalado como para entrar, pero si alguno se ha atrevido a hacerlo, no ha salido vivo como para contarlo.

Sin embargo, las lámparas solares todavía funcionan y al menos la estancia es lo bastante amplia como para correr y moverse, y el techo, tan enormemente alto que nos permite avistar a los mals que caen sobre nosotros con bastante antelación. A casi todos les encanta el gimnasio. Yo he evitado poner un pie en su interior prácticamente desde que estoy aquí. Los mals se pasean por el gimnasio cada dos por tres; está en el nivel más bajo y constituye la primera parada de cualquier criatura que haya logrado burlar las guardas de abajo. No es un lugar demasiado recomendable para una cebra solitaria. Además, cuando en alguna ocasión intenté unirme a algún juego, como el pilla-pilla, los demás decidían curiosamente ponerse a jugar a algo que implicara formar equipos, y yo siempre era la que se quedaba fuera. Yo trataba de correr por mi cuenta, pero aquello me convertía en un objetivo muy atractivo y los demás niños me ponían las cosas aún más difíciles. Cambiaban de lugar o movían algunos aparatos para que no me quedara más remedio que correr pegada a las paredes o atravesar algún tramo grisáceo de paisaje, ideal para que los mals se escondieran. No lo hacían simplemente porque les cayera mal. Sí que les caía mal, pero en realidad si alguna criatura me atacaba, era una criatura menos que los atacaba a ellos.

De modo que no paso por el gimnasio. En vez de eso, hago ejercicio en mi habitación para generar maná, y ponerme a pensar en el motivo por el que tengo que entrenar sola, por el que soy una marginada, siempre ayuda. Es una de esas cosas que te quitan las ganas de hacer ejercicio y hacen que quieras tirarte en la cama a comer helado, pero como en la Escolomancia no hay helado, la situación es aún más horrible, así que si consigues obligarte a entrenar a pesar de sentirte como una mierda y no apetecerte en absoluto, *voilà*, generas maná extra.

Pero he acudido a todos los festivales. No podía permitirme pasar un día sin comer, y mucho menos un día en el que la comida es tan abundante. Al menos durante el Festival las actividades están fijadas y solo hay que hacer cola para participar, por lo que los demás no podían dejarme fuera siempre. Y debido a todo el ejercicio que hago en mi habitación, suelo acabar con una buena suma de fichas. Y una suma aún más grande de resentimiento, ya que lo más lógico sería que cualquiera de los equipos quisiera tenerme entre sus filas y aun así nunca me eligen.

Incluso este año, al entrar en el gimnasio, me preparé de forma automática para que Aadhya y Liu me dejaran tirada. No digo que creyera que fuera a pasar —habría sido una sorpresa de lo más horrible—, pero una parte de mi cerebro se había puesto en guardia de todos modos y había elaborado la misma estrategia que siempre ponía en práctica durante el Festival. Primero treparía por la cuerda, ya que todo el mundo tiende a evitarla al principio, cuando todavía es posible que haya mals escondidos en los paneles del techo o camuflados entre las manchas grisáceas y llenas de mugre que en el pasado conformaban el cielo. La cola no es muy larga y no se tarda mucho en conseguir las entradas, y una vez que has trepado a lo alto, puedes echar un vistazo alrededor para ver cuáles son las actividades que tienen menos cola, porque si no dispones de aliados que te cubran las espaldas, lo mejor es correr algún que otro riesgo al principio para conseguir entradas suficientes y pasarte el resto del día comiendo y animando a los demás sin demasiado entusiasmo hasta que la gente empiece a marcharse a sus habitaciones.

De manera que estaba completamente preparada para que me diesen la patada y me marginasen. Para lo que no estaba preparada era para Magnus. No me malinterpretes, habría reaccionado de inmediato si hubiera intentado envenenarme embadurnando la cuerda con alguna sustancia tóxica o hubiera colocado algún artilugio corrosivo mientras yo estaba trepando. Sin embargo, no me esperaba que hiciera lo que hizo.

Mientras aguardaba con Aadhya, Liu y Chloe para la carrera de relevos, hubo una tromba de empujones y un grupo de chicos de último curso chocaron con nosotras y nos cortaron el paso a Chloe y a mí. Todos empezaron a avasallar a los demás, intentando conservar su posición o colarse aprovechando la confusión, y nosotras acabamos fuera de la cola, mirando a Aadhya y a Liu a través de la maraña de gente. Llevábamos ya veinte minutos esperando y la cola se había prolongado mucho. Si Aadhya y Liu cedían su sitio para venir con nosotras, todas perderíamos el tiempo de una o dos actividades, pero los ánimos estaban muy caldeados y nadie nos iba a dejar volver a nuestro sitio sin poner el grito en el cielo.

—¡Chloe! —gritó Magnus desde la cola más cercana, a punto de empezar una ronda de tira y afloja—. Los que están detrás de vuestras aliadas son Jaclyn y Sung, dejadles vuestro sitio y venid aquí. —Aadhya ya nos estaba dando su aprobación con el dedo levantado por encima del océano de cabezas, y Chloe me agarró de la mano y me llevó corriendo hacia donde estaban Magnus y Jermaine, que habían apartado a un par de alumnos de tercero que se encontraban por detrás de ellos y no eran lo bastante osados como para protestar cuando nos colaron.

El hecho de que Magnus se esforzase en ser de utilidad me había dejado tan desconcertada que agarré la enorme cuerda antes de percatarme de que todo el numerito había sido cosa de él: su aliado, Sung, había sido uno de los chicos que se había puesto a empujar, y estaba segura de que un par de los otros también eran sus aduladores de Nueva York. Me volví para echar un vistazo a la otra cola: a Aadhya y a Liu les quedaban todavía cinco minutos para empezar la carrera de relevos, lo que significaba que cuando Chloe y yo termináramos nuestra actividad, tendríamos que quedarnos plantadas como un par de monigotes con una diana en la frente para volver a reunirnos con ellas. Lo más lógico era que se quedaran con Jaclyn y con Sung y nosotras pasásemos a otra actividad… con Magnus, que al parecer ahora buscaba mi compañía. O más bien pretendía separarme de Aadhya y de Liu para atarme en corto y embutirme en el grupito de Nueva York.

—Tebow, no sé si alguien te lo habrá dicho ya, pero eres como un trozo de pelusa andante —le dije a Magnus cuando acabamos de jugar al tira y afloja; habíamos ganado: había tirado con toda la fuerza que me había proporcionado la furia. Él se quedó con la boca abierta, incapaz de articular ni una palabra del discursito alentador que pretendía dar, así que probablemente nadie se lo había dicho, a pesar de que el parecido era, en mi opinión, asombroso: ambos aparecían una y otra vez por mucho que intentases librarte de ellos y no servían para nada—. Perdona, Ramussen, pero no voy a pasar el día con este capullo —le dije a Chloe, y me dirigí hacia la carrera de cucharas y huevos. Esta siempre es muy popular, a pesar de que es una de las actividades más estúpidas en las que puede participar un ser humano, ya que incluso si una cuchara resulta ser al final un mimético o uno de los huevos eclosiona en plena carrera y una criatura desagradable emerge de su interior, lo normal es que no sean demasiado peligrosos si solo tienen el tamaño de un cubierto.

Chloe se unió a mí un instante después con una expresión compungida que me tocó las narices, pues me recordaba la cara que pone mamá de vez en cuando, cuando intenta que haga las paces con algún vecino resentido. Al menos, Chloe no pretendió convencerme de que tratase de ver las cosas desde el punto de vista de Magnus y así apelar a su empatía y comprensión al ofrecerle la mía, etcétera. La chica aún estaba dándole vueltas a lo que pretendía decir —no sé por qué los estadounidenses no se limitan a hablar del tiempo como personas razonables— cuando Mefistófeles asomó la cabeza por su recipiente y profirió unos cuantos chillidos de advertencia, momento en el que me di cuenta de que ocho alumnos del enclave de Shanghái se habían ido acercando a nosotras como quien no quiere la cosa y estaban ahora rodeándonos sin ningún tipo de disimulo. Uno de ellos ya estaba murmurando algún hechizo desagradable para lanzárnoslo a la cara.

Chloe lanzó una mirada asustada en dirección a Aadhya y a Liu —que estaban inmersas en la carrera de relevos y ni siquiera nos prestaban atención— y luego miró a su alrededor en busca de otros alumnos de Nueva York, pero a Orion no se lo veía por ningún lado, supongo que porque se encontraba demasiado ocupado cazando mals en los pasillos y en las escaleras, y Magnus el Magnífico y sus amigos habían hecho un corrillo al otro lado del gimnasio para debatir mi rechazo a sus intentos de lamerme el culo.

—Un trozo de pelusa mugriento —dije, intentando apaciguar mi ira lo suficiente como para analizar la situación. El problema no era que nos superasen en número: puedo lidiar con mil enemigos con la misma facilidad que si fueran siete, siempre que por «lidiar» nos refiramos a «matarlos de forma grotesca». De lo contrario, no tenía la menor idea acerca de qué hacer con ellos. Tengo un hechizo de primera para apoderarme del control total de la mente de un grupo de personas, salvo que no es posible acotarlo: se debe lanzar en un espacio físico delimitado por elementos, como unas paredes, y afecta a todo el que se encuentra en el interior. En este caso, estábamos dentro del gimnasio, junto con todos los alumnos del colegio.

Podría haber esperado hasta que el otro chico lanzase su hechizo y entonces atraparlo y devolvérselo. Es bastante complicado describir el proceso y lo cierto es que no es algo que pueda hacer la mayoría de la gente; en el libro de texto de Encantamientos de primero ponía muy clarito que es mejor lanzar un hechizo defensivo o intentar adelantarte a tu oponente y atacarlo antes de que él te ataque a ti. A mí se me da genial devolver los hechizos siempre que estos sean lo bastante malintencionados o destructivos, y tenía el presentimiento de que aquello no iba a suponer ningún problema en este caso.

Y entonces tendría el placer de presenciar cómo se le caía la piel a tiras o le salían las tripas por la boca o el cerebro le chorreaba por las orejas, o cualquier otra cosa horrible que pretendiera hacernos a Chloe y a mí, y habría sido en defensa propia; nadie me echaría nada en cara. Por lo menos estando yo delante.

Me hubiera encantado poder enfadarme con ellos en aquel momento. No suelo tener ninguna dificultad para considerar el uso de la violencia extrema o incluso el asesinato cuando estoy cabreada, y no me cuesta lo más mínimo cabrearme con los alumnos de enclave. Pero no podía enfadarme con ellos, no de esa manera, no con mi habitual sentimiento justificado de rabia, porque se me da fenomenal tomar la decisión adecuada, la decisión más inteligente, y buscar pelea con una bruja que es capaz de quitarte de en medio con un chasquido no lo es. Si yo era lo bastante peligrosa como para que mi muerte estuviera justificada, lo más inteligente y egoísta que podían hacer, como alumnos de enclave, era dejarme tranquila y mantenerse lo más alejados de mí como fuera posible. Deberían haber agachado la cabeza, haber salido sanos y salvos del colegio, y entonces haberles hablado a sus padres de mí. Eran adolescentes: tenían todo el derecho a dejar que fueran sus padres los que lidiaran conmigo.

En cambio, ahí estaban todos, jugándose la vida acomodada que llevaban; debían de suponer que al menos eliminaría a uno de ellos y, por lo que veía, ni siquiera contaban con ningún pobre compinche que pudiera comerse el marrón. El chico que iba a la cabeza y que se disponía a lanzarme el hechizo era un alumno de enclave: me sonaba haberlo visto en el aula de idiomas, con su cara redonda y llena de granos y un bigotillo que había intentado dejarse crecer durante los últimos dos años. No habíamos estudiado los mismos idiomas y no sabía cómo se llamaba. Pero puede que Liu sí lo supiera: sus padres habían trabajado para su enclave unas cuantas veces. Tal vez los padres de ambos se conocieran.

Sí sabía quién era la chica que lo acompañaba, Wang Yuyan, ya que todos los que cursábamos la rama de idiomas la conocíamos: estudiaba doce idiomas, algo que ningún alumno de enclave tenía la necesidad de hacer. O era muy ambiciosa o era una loca de los idiomas, o una masoquista de cuidado; no tenía ni idea. No la conocía bien, nunca habíamos hablado ni nada, pero habíamos ido a la misma clase de sánscrito en segundo; en una ocasión yo tenía un diccionario que ella necesitaba —cuando intentas entender el significado de alguna palabra más confusa de lo normal, a menudo tienes que consultar tres o cuatro diccionarios hasta encontrar un idioma que domines—, y la chica me había pedido que le buscara una palabra de forma perfectamente civilizada y se había ofrecido a buscarme otra palabra a cambio.

Puede que parezca una chorrada, pero a título comparativo, cuando estaba en primero un chico del enclave de Sídney contempló el estupendo diccionario de francés que había encontrado aquella semana en la biblioteca y dijo: «Trae eso aquí, guapa», sin preguntar ni nada. Como lo mandé a freír espárragos, hizo que al final de la clase dos de sus esbirros me pusieran la zancadilla al salir del aula y que otro me quitara la mochila y echara a correr por el pasillo, lanzando todas mis cosas y gritando: «¡Material gratis!», mientras los demás se reían y me robaban cosas.

Me puse en pie con el labio ensangrentado y la frente magullada. Él estaba ahí plantado con otros dos amigos, sonriendo y disfrutando del numerito, y entonces me volví, lo fulminé con la mirada y pensé, presa de la ira, en todas las cosas que podría haberle hecho, así que dejó de sonreír y todos se largaron de allí. Desde entonces, ha ignorado firmemente mi existencia. En fin, las ventajas de ser una oscura y terrorífica hechicera en ciernes.

Pero él solo no se habría detenido porque sí. Así son la mayoría de los miembros de enclave. Como Magnus, que era el causante de que nos hubiéramos quedado desprotegidas, así como de que los alumnos de Shanghái arriesgaran su vida para quitarme de en medio. Porque podían imaginarse lo que alguien así haría con el poder colosal que yo poseía.

Y puede que al menos la mitad de esos alumnos de enclave que estaban rodeándonos fueran como Magnus, pero Yuyan no era así. De eso estaba segura, así como del hechizo que iba a lanzar, ya que había oído hablar a unas cuantas personas acerca del fantástico conjuro que había aprendido en su seminario de idiomas: este te permitía impulsar el ataque de otra persona, lo que significaba que, fuera cual fuere el hechizo que el chaval del bigotillo pretendía lanzarnos, ella multiplicaría su efecto. Y que cuando yo se lo devolviera, ella también recibiría el daño. Y tal vez se lo mereciera, pero no quería atacarla, ni a ninguno de los chicos que se disponían a matarnos por la simple razón de que les aterrorizaba mi existencia y lo que pudiera hacerles. Me daba la impresión de que aquello justificaría el hecho de venir a por mí.

Pero tenía todavía menos ganas de que nos mataran a Chloe y a mí, por lo que me armé de valor y me dispuse a devolverles el hechizo de todas formas; entonces, Chloe sacó del bolsillo una botellita de plástico con un líquido de color azul brillante y roció el aire a nuestro alrededor. Al otro lado del resplandor, la estancia al completo se ralentizó, como si todo el mundo menos nosotras estuviera moviéndose entre barro, lo que quería decir, por supuesto, que nos había acelerado a ambas: algo mucho más fácil.

—¿Tienes bastante líquido para que podamos salir corriendo? —le pregunté, pero ella negó con la cabeza y levantó la botellita: el depósito era del tamaño de una oruga desnutrida y apenas quedaba una pizca de la sustancia azul en el fondo.

—No se me ocurría qué otra cosa hacer que fuera lo bastante rápida —dijo—. Llevo un espray cegador, pero si lo uso con esos dos encantadores, Hu Zixuan, que está detrás, nos atacará y estoy casi segura de que tiene un editor. Corre el rumor de que lleva trabajando en él desde que llegó al colegio, y lo habrá activado para cuando nos hayamos librado del resto…

Señalaba a un chico que estaba al final del grupo. No le había prestado demasiada atención porque era tan menudo que, como mucho, parecía de segundo curso; había supuesto que simplemente les estaba ayudando con el maná. Pero en cuanto Chloe lo señaló, me di cuenta de que era al revés: las cinco personas que se encontraban delante estaban protegiéndolo y proporcionándole maná a él. Zixuan llevaba camuflado en la mano un pequeño cetro de color verde claro que estaba conectado por un fino cable dorado a lo que debía de ser la otra parte del artefacto en su bolsillo: podía ver cómo un destello de luz recorría el cable de manera ralentizada.

—Ya —dije con amargura—. No te cortes y ciega a los encantadores. ¿El daño será permanente?

—¿De verdad quieres que te explique cómo funciona ahora? —dijo Chloe—. El líquido causa migraña y puede que las sufran durante el resto de su vida, ¡y están a punto de achicharrarnos!

—Entendido —me apresuré a decir. Me parecía más que bien provocarle a alguien una migraña a cambio de un intento de asesinato—. Céntrate en el del bigote, Yuyan solo está llevando a cabo una amplificación. Si lo detienes a él, el hechizo de ella no hará nada.

—¿Y qué pasa con el editor? —preguntó Chloe.

—Ya me encargo yo de eso —dije, y esperaba de verdad no equivocarme, pero de todas formas se nos había acabado el tiempo. Por la mirada que me lanzó Chloe mientras sacaba el espray cegador, ella también esperaba que no me equivocase; y entonces, la bruma azul se asentó y a mí empezó a dolerme la garganta como si hubiera estado chillando a pleno pulmón. Los alumnos que estaban junto a nosotras en la cola se alejaron con una mueca, de modo que lo más probable era que esa fuera la sensación que les había dado nuestra conversación. Chloe se abalanzó con un último ramalazo de velocidad sobrehumana hacia el chico del bigotillo, que abrió los ojos de par en par alarmado, a pesar de que su determinación no disminuyó. El muy capullo los tenía bien puestos, sabía que iba a ser el primero en recibir el ataque, aunque cuando el espray le salpicó en la cara, gritó y se encogió igualmente.

Me volví hacia los demás justo cuando se separaban y Zixuan, que llevaba unas gafas de culo de vaso que le daban el aspecto de un búho, se llevó el cetro de jade a la altura de la boca y pronunció una única frase. No entendí lo que decía, ya que estaba usando el shanghainés, pero podía imaginármelo: probablemente era algo parecido a «por favor, modifica el suelo para que esta chica desaparezca».

Hasta entonces solo había visto un editor en ilustraciones. Se usan muy a menudo, pero solo en proyectos de enclave a gran escala. Es un dispositivo genérico que permite a los artífices crear piezas de artificio mucho más complejas y laboriosas —algo que a nadie podría habérsele ocurrido—; se toma una pieza acabada y poco a poco se va desarrollando y añadiéndole más complejidad. Lo cierto es que los primeros editores fueron usados para ayudar a construir la Escolomancia.

Tenía mucho sentido adoptar aquella estrategia contra mí. Si me lanzaban al vacío que había debajo del gimnasio, el problema quedaba resuelto, y yo no podría defenderme con ningún tipo de escudo ni devolviéndole el hechizo, ya que en realidad no me lo estaba lanzando a mí, sino al propio colegio. Era una modificación lo bastante minúscula como para poder salirse con la suya. Y yo no podía cargarme el artificio en el que lo estaba usando sin que todos acabáramos flotando en el vacío.

Por suerte, sabía qué hacer en aquella situación porque en primero había tenido que dedicar dos meses a traducir una encantadora fábula en francés sobre una maléfice horrible que se había pasado una década sembrando el terror a expensas de numerosos niños magos que vivían en las inmediaciones de su casa. Disponía de escudos y protecciones tan extraordinarios que nadie era capaz de vencerla en combate, por lo que mató a todos los magos que intentaron acabar con ella y clavó sus cabezas en el parapeto de su elaborada y perfectamente custodiada torre. Al final fue derrotada por un joven artífice al que había secuestrado: un chico con afinidad para trabajar la piedra. No intentó atacarla: en lugar de eso, hechizó las piedras con las que estaba construida la torre, encerró a la bruja con sus seis capas protectoras, de tal manera que fuera incapaz de moverse, y la dejó sepultada para que se asfixiara.

Tras acabar la traducción, el colegio me mandó escribir una larguísima redacción —en francés— para explicar qué haría yo en esa misma situación. Mi primer y chapucero intento me valió un suspenso, ya que mi solución consistía en huir y en no matar a más niños, así que tuve que pasarme una semana en la biblioteca investigando para el trabajo de recuperación.

Lo que descubrí fue que, si te enfrentabas a un artífice que estaba a punto de usar el entorno contra ti, tenías que matarlo primero. Pero si esa opción no te hacía gracia, lo segundo mejor que podías hacer era tratar de interceptar el poder del hechizo y acto seguido reemplazar la modificación con la tuya propia.

Sin embargo, Chloe tenía motivos para preocuparse, ya que si dos magos se enfrentaban para adueñarse del control de un artificio —que en este caso era el colegio—, el que salía victorioso era casi siempre el mejor artífice de los dos.

Si Zixuan había sido capaz de fabricar un editor —no puedes traértelo durante la incorporación ya que necesitan un suministro constante de maná o se funden— tenía que ser un artífice extraordinario. Y a mí los artificios no se me dan demasiado bien. La fabricación de un artificio consiste básicamente en proporcionarle al universo una historia larga y complicada con accesorios atractivos para convencerlo de que se adapte a tus deseos. Yo soy más de gritos y de dar órdenes.

Pero contaba con una manera fantástica de convencer al universo gracias a una labor que habían llevado a cabo, hacía más de un siglo, un grupo de artífices mucho más hábiles de lo que podría ser cualquier alumno de cuarto. De manera que cuando el chorro verde de poder salió disparado hacia mí, con la intención de modificar el suelo bajo mis pies para hacerlo desaparecer, me dirigí hacia él con los brazos abiertos y dije: «Mejor arregla el gimnasio», y acto seguido lo desvié hacia el techo con un pellizco extra de maná para facilitar el proceso.

El poder abandonó mis brazos y se dirigió enérgicamente hacia el techo salpicado de manchas grises. Se extendió por la superficie de la cúpula, produciendo tanta espuma como una hidrolimpiadora y dejando caer numerosos chorros de color verde, mientras los alumnos a mi alrededor gritaban y echaban a correr tratando de esquivar la lluvia. Apenas les presté atención, pues la impactante sensación de estar bajo una cascada se había apoderado de mí; levanté la mirada con el rostro contorsionado en una mueca desesperada, sin que la furia de aquel torrente me permitiera apenas ver, respirar u oír. Zixuan y los otros alumnos habían introducido mucho maná en el hechizo; si hubiera dejado de redirigirlo durante un instante, la intención original se habría llevado a cabo también.

No me fijé en qué momento cesaron los gritos y el alboroto: seguía en el interior del torrente y tuve que permanecer ahí hasta que cayó el último chorro y pude apartarme entre jadeos. Vi a Chloe frente a mí, tapándose la boca con las manos y llorando a moco tendido, con los labios hacia abajo como un payaso. Ya no veía a Zixuan ni a ninguno de los otros alumnos de Shanghái ni a nadie que conociera. Todos se habían dispersado por el gimnasio, como si unas manos gigantes los hubieran metido en un saco, lo hubieran sacudido, y ellos hubieran aterrizado al azar a lo largo de la estancia, salvo en la pequeña área que me rodeaba.

Casi todos estaban llorando, en especial los alumnos mayores, o permanecían acurrucados en el suelo como si quisieran colocarse en posición fetal pero no pudieran soportar bajar la cabeza. Por encima de nosotros se extendía el azul nítido de un cielo otoñal; las hojas secas flotaban en el aire y crujían bajo nuestros pies; la luz del sol se filtraba de forma oblicua a través de las hojas de los oscuros arces en una amalgama de carmesí, amarillo y verde, rodeando los contornos de la estancia, que se había convertido en el claro de un bosque; en algún lugar no muy lejano, se oía el débil gorgoteo del agua corriendo sobre las piedras, igual que una promesa, y unas rocas grandes y grises emergían como si fueran islas de un manto de musgo y hojas, mientras a lo lejos, tras un velo de bruma, una colina se alzaba por encima de los árboles, con la balconada de madera y el techo del pabellón asomando apenas entre los diversos colores que caían en cascada.

Permanecí allí plantada como una boba durante uno o dos minutos y entonces oí cantar a un pájaro y me eché a llorar también. Era horrible. Era casi lo más horrible que me había pasado en el colegio; no era exactamente una experiencia tan mala como la del milfauces, pero resultaba difícil comparar ambas cosas porque esta era horrible de una manera completamente diferente. Diría que no tengo ni idea de en qué estaban pensando al diseñar el gimnasio, pero sí lo sé. Pretendían crear una estancia que diera muy buena impresión durante las visitas de los demás magos, que les hiciera comentar encantados lo maravilloso que sería que los niños dispusieran de un lugar tan bonito para hacer ejercicio; lo maravilloso que era contar con estas instalaciones para compensar el hecho de estar encerrados en el colegio durante cuatro años sin tener la posibilidad de ver la luz del sol, de sentir el viento o de observar el más mínimo atisbo de vegetación, para compensar el ligero sabor a metal que tiene el agua de aquí y la bazofia que nos dan de comer, repleta de vitaminas y hechizos chapuceros para hacernos creer que es otra cosa, sabiendo que lo más probable era que no saliéramos con vida, pero no compensaba ni una pizca de todo eso.

Todos salieron corriendo en masa del gimnasio. Los únicos que se quedaron fueron los bobos de primero, que se paseaban por el interior soltando chorradas como: «¡Hala!» y «¡Mira, un nido!» y «¡Qué bonito!», haciendo que todos los que llevábamos más de cinco minutos en el colegio y habíamos experimentado cursos infinitamente menos seguros que aquel quisiéramos apuñalarlos. Yo habría echado a correr también, pero las piernas se me habían quedado tan blandas como si acabara de nacer, así que permanecí sentada en una de las pintorescas piedras hasta que Orion me agarró de los hombros y me dijo:

—¡El! El, ¿qué ocurre? ¿Qué te pasa? —Sacudí la mano frenéticamente y él miró a su alrededor confundido y añadió—: No lo pillo, ¿has arreglado el gimnasio? Pero ¿por qué te has puesto a llorar? Iba detrás de una quattria y he tenido que dejarla para venir aquí —empleó un tono ligeramente acusador.

Aquello hizo que me recuperase un poco. Tomé aire y le dije entre lágrimas y mocos:

—Lake, acabo de salvarte la vida otra vez.

—Venga ya… ¡Puedo con una quattria! —soltó.

—Pero no conmigo —espeté, y me puse en pie y me alejé hecha una furia, cosa que al menos me permitió atravesar las puertas y alejarme de la grotesca mentira que conformaba la arboleda.

Recorrí el pasillo a trompicones, limpiándome la nariz con el dobladillo de la camiseta, que era en realidad la camiseta de Orion, la que me había regalado con el logo del enclave de Nueva York y yo me había puesto hoy como una imbécil; tal vez, en parte, esa había sido la razón por la que los alumnos de Shanghái habían venido a por mí. Porque tenían miedo de lo que yo, compinchada con Nueva York, pudiera hacerles a su enclave y a sus familias. ¿Y por qué no iban a temerme? Yo era capaz de cualquier cosa.

Había alumnos llorando y acurrucados por los pasillos. Entré en el laberinto y me dirigí a mi aula de seminario, donde al menos la única compañía que tendría que soportar sería la de los maleficaria que intentasen atacarme, algo que me habría venido de perlas en aquel momento. Recorrí el estrecho pasillo hasta el aula y cerré la puerta, apoyé la cabeza en mi monstruoso pupitre mientras un tenue remolino de hojas otoñales se colaba por la rejilla de ventilación, y lloré durante dos horas sin que absolutamente ninguna criatura tratara de matarme.

6

TINTE MÁGICO Y LLAMAS MORTÍFERAS

as últimas semanas del semestre pasaron sin que nadie me molestase, salvo por el hecho de que los demás andaban con pies de plomo a mi alrededor, como si fuera una bomba que pudiera estallar en cualquier momento. De vez en cuando, por las rejillas de ventilación entraban leves corrientes de aire puro impregnadas de hojas crujientes y escarcha mañanera que acentuaban lo horrible que era el aire el resto del tiempo. En el aula de la biblioteca las experimentábamos con bastante frecuencia. Mi grupo de primero inhalaba profundamente mientras yo hacía todo lo posible por no vomitar. En ocasiones, veía a alumnos echarse a llorar en la cafetería cuando una de las corrientes les daba en la cara. Cuando eso sucedía, los demás me lanzaban miradas de reojo y luego fingían lo mejor que podían que no me estaban mirando.

Los alumnos de Shanghái me evitaban como a la peste, y lo cierto era que los de Nueva York también. Durante el mes anterior, todos habían empezado a querer intercambiar libros conmigo, a pasarme algún frasco en el laboratorio, a prestarme un martillo en el taller y cosas así. En aquel momento me había jorobado, ya que sabía perfectamente que lo hacían porque habían llegado a la conclusión de que yo era una persona a la que valía la pena lamerle el culo. Pero ahora no me pedían nada, y si se me ocurría decir algo como: «¿Me pasas las cáscaras de psilio?» al menos cuatro críos se ponían de pie de un salto para lanzarme cualquier cosa que necesitara, aunque la mayoría de las veces el ingrediente acababa volcado en el suelo y ellos se sumían en un numerito frenético plagado de disculpas y balbuceos mientras recogían el desastre.

Intentaba tranquilizarlos diciéndoles cosas como: «No *muerdo*», pero como lo decía cabreada, el mensaje que interpretaban ellos era que un mordisco no sería nada en comparación con lo que pensaba hacerles. Y por supuesto se lo creyeron. Ya había hecho algo imperdonable: había conseguido que la Escolomancia fuera aún peor. Y, de paso, los había traumatizado a todos. Los efectos habían empezado a afectar también a los de primero: tres de ellos habían muerto en el gimnasio durante las últimas dos semanas. Les dejé bien claro a los de mi grupo que no debían acercarse por allí, pero otros a los que no les aconsejaba nadie siguieron poniendo excusas para ir a jugar a versiones entretenidísimas del pilla-pilla o caza la rosquilla en la que también participaban los mals. El número de muertes habría sido mayor de no ser porque Orion había empezado a patrullar la zona en busca de los mals que utilizaban el gimnasio como coto de caza. No tenía claro si eso contaba como estar utilizando a los de primero como cebo si eran ellos los que estaban apostados en la puerta.

Por lo general, aquí todos desconfiamos de los demás. Los maléfices en ciernes encabezan la lista de posibles amenazas, seguidos de los alumnos de enclave, los alumnos mayores, los que sacan mejores notas y los más populares. Cualquier otro crío podía convertirse en un enemigo letal de la noche a la mañana si se daban las condiciones adecuadas —normalmente, un mal que pretende comernos al menos a uno de nosotros—. Pero a pesar de todo, sabíamos cómo proceder: lo que podíamos llegar a hacernos entre nosotros tenía unos límites razonables. Nadie se habría imaginado ni en un millón de años que si alguien intentaba matarme en el gimnasio, mi respuesta sería arreglar la ilusión de la estancia y crear un nuevo tormento para todo el colegio, incluida yo. Desde luego, yo no me lo habría imaginado.

De manera que ahora no era solo una compañera de estudios peligrosamente poderosa a la que había que hacer la pelota, vigilar y tener en cuenta a la hora de desarrollar las estrategias. Era un ser impredecible y terrible capaz de cualquier cosa, y todos estaban encerrados aquí conmigo. Era como si me hubiera convertido en una parte del colegio.

Y para acabarlo de rematar, los mals habían dejado de venir a por mí. Ignoraba la razón. Estuve preocupada unas semanas hasta que Aadhya descubrió la razón.

—Vale, esto es lo que pasa —dijo, trazando un diagrama de la forma de tornillo del colegio para que lo entendiésemos—. Para hacer funcionar todas las guardas se necesita maná. A principios de curso, cuando no había demasiados mals, el colegio se sacó un buen truco de la manga: desactivó algunas de las guardas, las que estaban más próximas a ti, y utilizó ese maná para reforzar las demás. Los mals tomaron el camino que menos resistencia ofrecía y, *voilà*, te convertiste en el objetivo número uno. Pero ahora ya son demasiados y se cuelan sin ayuda, como siempre.

—Y ningún maleficaria va a atacarte a ti si tienen más opciones —finalizó Liu, como si fuera obvio.

—Genial —dije—. Hasta los mals me consideran veneno. ¡Ay! Suelta, pedazo de… —Tesoro acababa de morderme el lóbulo de la oreja. Le di un manotazo, pero se escabulló por mis omóplatos y me tiró de la *otra* oreja a modo de advertencia, una estrategia muy astuta teniendo en cuenta el dolor punzante del primer mordisco—. Se acabaron las chuches —le dije con frialdad después de que la agarrara, con cuidado, y la metiera de nuevo en su recipiente. Pero les dirigí un murmullo de disculpa a Aad y a Liu. La verdad es que no estaba bien que me quejara por no ser del gusto de los mals. Todavía me acordaba de lo mal que me había sentado que Orion me hubiera contado que los mals nunca lo atacaban.

Sin embargo, aunque los mals me dejaran tranquila, yo permanecía en alerta constante. Cualquier ruido me sobresaltaba y había estado a punto de cargarme a los idiotas solitarios que de vez en cuando se cruzaban conmigo cuando menos me lo esperaba. Eran siempre los típicos desgraciados sin amigos a los que nadie les había aconsejado que no se metieran en los pasillos de la biblioteca por los que solía rondar ni se sentaran demasiado cerca de mí. Igual que había sido yo en el pasado. Casi hubiera agradecido ser víctima de un ataque real para distraerme.

Orion lo hubiera apreciado aún más. Todavía estaba de morros por haber dejado escapar a una quattria adulta al venir en mi rescate. Esta parecía aumentar de tamaño cada vez que se quejaba por no haber podido cazarla. Nadie había visto a la criatura desde entonces, o, mejor dicho, nadie que hubiera sobrevivido al

Festival. Cuatro alumnos habían desaparecido durante la huida en masa del gimnasio, así que lo más seguro era que la quattria se hubiera encontrado con cuatro aperitivos en forma de niños histéricos a la carrera, uno para cada boca, y se hubiera escondido en algún lugar de las profundidades del colegio, donde permanecería para hacer la digestión durante los próximos cuatro años hasta dividirse en cuatro quattrias más pequeñas.

Supongo que yo había intercambiado la vida de esos cuatro niños por la de los alumnos de Shanghái que me habían atacado. ¿Era aquello justificable porque no había sido mi intención? ¿O estaba siendo una cretina que se consideraba demasiado buena para mirar a la gente a los ojos mientras los mataba?

Sé lo que diría mamá: que no había sido yo quien los había matado, sino la quattria, o más bien, el alquimista que había capturado a cuatro inocentes crías de algún animal y las había fusionado. Los alquimistas crían quattrias porque si las matas de hambre durante un mes más o menos, y luego alimentas cada una de las bocas con un reactante diferente, consigues fusiones químicas muy útiles por el otro extremo, y muchas de estas no pueden obtenerse de ningún otro modo. Pero a las quattrias no les hace ninguna gracia pasar hambre, como habrás podido imaginar, así que se fugan con bastante frecuencia y se comen a otras criaturas con maná, ya que esa es la forma más eficiente de conseguir la energía suficiente para seguir adelante.

Resultaba muy útil poder endilgarle el muerto a personas que no se encontraban presentes, pero no estaba segura de que me hiciera sentir mejor. De acuerdo, algún despiadado alquimista había creado una quattria hacía un siglo y en realidad era culpa de él, pero llevaba muerto bastante tiempo y la quattria se había zampado a cuatro personas hacía una semana.

Mientras tanto, Orion se dedicó a escudriñar cada rincón en busca de mals esmirriados y canijos que podría haber eliminado cualquier alumno de primero bien equipado. Aunque, a decir verdad, atrapó a un aullador polifónico de tamaño considerable en uno de los baños de chicas de segundo un par de semanas después del Festival; tengo entendido que se oyeron muchos chillidos de naturaleza no monstruosa mientras perseguía a la criatura por las duchas, aunque a ninguna de ellas le molestó en realidad que irrumpiera sin permiso, dado que la alternativa tenía muchos más tentáculos y olía aún peor que un chico sin duchar, cosa que quedó solucionada para cuando terminó la pelea.

La semana siguiente a aquella, una gelidita brotó sin llamar demasiado la atención sobre las puertas del laboratorio grande de alquimia; las congeló de modo que no pudieran abrirse y, acto seguido, comenzó a escurrirse hacia el interior del aula. Por suerte para todos los implicados —es decir, los treinta y pico alumnos que había dentro— Orion estaba en ese momento haciendo de mala gana los deberes —que debería haber entregado ya— en uno de los laboratorios más pequeños, actividad que detuvo de inmediato para ir a ayudar. Por norma general, la única forma de acabar con una gelidita es atravesando su núcleo sólido con una flecha de fuego encantada, pero Orion se puso a golpearla con una silla de metal y a incinerar los trozos que caían con ráfagas de fuego antes de que pudieran volver a fusionarse con el resto. Tras haber retirado la masa suficiente, pudo perforar el núcleo con la pata de la silla y calentar esta última hasta que el metal se fundió y se expandió por todo el núcleo.

—En fin, Lake, no creo que en el libro de texto añadan esa técnica a la lista de métodos de destrucción recomendados, ¿no crees? —le dije con frialdad durante la cena, cuando nos enseñó la esfera metálica conformada por los restos de la gelidita; según nos dijo, quería saber si pensábamos que estaba muerta de verdad o no, pero yo no me lo tragué: pretendía usar aquello como excusa por haber dejado que el trabajo de laboratorio de una semana se le disolviera en la mesa, cuando podría haber dedicado treinta segundos a detener la reacción antes de lanzarse heroicamente al rescate.

Te preguntarás qué tenía eso que ver conmigo, así que permíteme que te cuente con todo lujo de detalles el modo en el que había tenido que rescatarlo *otra vez* dos días antes. Había llegado al aula y se había puesto a trabajar en un lote de tinte mágico que ya debería haber entregado, sin reparar en que los otros cuatro alumnos de su grupo de laboratorio se habían saltado la clase ese día. Como no podía ser de otro modo, el sistema de ventilación del laboratorio se había apagado de forma silenciosa sin que él se diera cuenta, y Orion había seguido agitando e inhalando gases tóxicos alegremente mientras unas fantasías cada vez más vívidas protagonizadas por pitagoranes y polívoros le inundaban la cabeza.

La única razón por la que me enteré a tiempo y pude salvarle el pellejo al muy mastuerzo fue porque una de las otras alumnas se dio cuenta de que todos sus compañeros estaban trabajando en la biblioteca y decidió ganar puntos con Nueva York yendo a decirle a Magnus que Orion estaba solo en un laboratorio. Podría haber venido a hablar conmigo directamente: en ese momento yo estaba en la mesa central de la sala de lectura, con siete diccionarios enormes repartidos a mi alrededor y emanando un aura vengativa. Había siete asientos libres en la mejor mesa de la sala de lectura, ya que Chloe y Nkoyo eran las únicas que se atrevían a sentarse conmigo. Magnus ni siquiera tuvo las agallas de acercarse; envió a uno de sus secuaces a buscar a Chloe, le contó lo que ocurría y dejó que ella volviera y me lo contara a mí.

Para cuando llegué al laboratorio, las alucinaciones de Orion eran tan graves que pensó que yo misma era un pitágoran e intentó lanzarme un hechizo inmovilizador. Si me hubiera dado, supongo que los dos habríamos muerto inmersos en una oleada de alucinaciones; qué romántico. Atrapé el hechizo y se lo lancé a la cabeza, y acto seguido se desplomó, llevándose por delante tres taburetes. Al menos, con eso conseguí que me dejara tranquila el tiempo suficiente como para poder eliminar de su caldero un tinte cada vez más tóxico y, de paso, un trozo considerable de su mesa de laboratorio. Algo excesivo, pero estaba cabreada. El cabreo no disminuyó ni un poco después de arrastrar su cuerpo rígido hasta el pasillo. Desahogué mi furia cantándole las cuarenta durante los cinco minutos que permaneció inmóvil, aunque seguía drogado hasta las cejas, por lo que se limitó a mirarme con los ojos vidriosos hasta que terminé mi perorata y luego dijo amodorrado: «¿El? ¿Eres tú?». El efecto del hechizo inmovilizador desapareció entonces, y él se incorporó y vomitó una sustancia de color púrpura sobre mis pies.

Así que él era consciente de que podría haberse ahorrado muchos disgustos con los trabajos para clase si llevase un poco más de cuidado, y que el lugar ideal para esa pelota de playa congelada que tenía entre las manos era la papelera. Evitó mi mirada y volvió la vista hacia Chloe, a la que habían educado durante toda su vida para que fuera amable con él.

—Bueno, me parece que está muerto, pero podrías examinar el interior por si acaso —dijo de forma cooperadora.

—Sí, podrías examinarlo si no fuera porque llevas seis semanas de retraso con los deberes —dije apretando los dientes.

—¡Qué va! —exclamó Orion—. Solo son cuatro semanas… —se interrumpió demasiado tarde y me fulminó con la mirada mientras todos los integrantes de la mesa, incluida Chloe, proferían pertinentes chillidos de horror. Le lancé una sonrisa con los brazos cruzados. Aquella noche Magnus y Jermaine le echaron la bronca, y con eso me refiero a que lo acorralaron en el baño de los chicos y hablaron seriamente con él acerca de la importancia de llevar al día los deberes y de que era una estupidez descuidarlos cuando podía quitárselos de encima de manera sencilla. No presencié la conversación, pero no hacía falta: eran alumnos de enclave.

Sí que los vi entrar tras él, así que me apresuré a lavarme los dientes y esperé en el pasillo hasta que Orion salió de nuevo con las pilas puestas. Me acerqué a él y le dije:

—¿Qué, Lake, vas a dejar que tus amiguetes del enclave le endilguen tus deberes a algún pobre desgraciado al que no le quede más remedio que comerse el marrón?

Me lanzó una mirada de indignación: ya que había sido yo la que lo había metido en problemas en primer lugar, ¿no podía al menos tener la decencia de hacer la vista gorda mientras Magnus se encargaba de hacer desaparecer sus deberes? Pero como estaba claro que no, suspiró y murmuró de mala gana: «No».

Asentí con la cabeza y le pregunté con dulzura:

—¿Y vas a seguir encasquetándome las consecuencias de tus descuidos?

La respuesta correcta a esa pregunta tampoco era muy complicada, pero él frunció el ceño antes de contestar: «No».

—Bien —dije, satisfecha, y me detuve frente a la puerta de su habitación, a la espera de que fuera a enclaustrarse con su montaña de deberes atrasados.

Él contempló la puerta y luego se volvió hacia mí.

—El…, si el salón de grados vuelve a quedar limpio…

—¿En Año Nuevo, dices? —dije. La purga de fin de semestre no es tan exhaustiva como la del día de la graduación. La magnitud del mantenimiento del colegio se redujo en gran medida cuando los equipos profesionales conformados por magos adultos dejaron de venir y los alumnos pasaron a hacerse cargo de él. Una de las áreas donde se decidió recortar fue en la limpieza de mitad de curso. Solo se activan una cuarta parte de los muros de llamas mortíferas para reducir el desgaste. Eso deja intactas un montón de vías de escape, así que la purga solo elimina a los mals más imbéciles.

Naturalmente, muchos de los más inteligentes se refugian en el salón de grados. Si el sistema de limpieza funcionaba allí abajo, lo más probable es que la cantidad de mals se redujera hasta los niveles inexistentes de principios de curso.

—Sí —dijo Orion, cabizbajo. Pobrecillo: era el héroe más poderoso que había surgido desde hacía generaciones y se había quedado sin monstruos perversos contra los que luchar. Tesoro profirió un chillido despectivo desde su saquito, pero por suerte para él, no alcanzaba a darle un mordisco. Al menos solo me lo estaba comentando a mí, la única otra persona que tenía una excusa válida para que aquella idea le desagradara. Si la presencia de los mals volvía a reducirse tanto, lo más seguro era que el colegio canalizara todos los ataques de nuevo hacia mí.

Pero no pensaba manifestar compasión por él en voz alta. Yo estaba en el centro de la diana y ya me habían dado palos dos veces esa semana.

—Dará igual si antes acabas convertido en una sustancia viscosa porque no te molestaste en hacer los deberes —dije—. No falta nada para Año Nuevo, y después no tendrás que hacer trabajos de clase nunca más, a no ser que la cagues y suspendas en todo. ¿Te hace falta más maná?

—No, qué va —respondió, aunque tuvo que apartar la vista de mi prestamagia cuando volví la muñeca hacia él—. Tengo suficiente, es que... supongo que me he acostumbrado. —Se encogió de hombros como para quitarle importancia, pero seguía mirando al suelo, y al cabo de un momento sacó a relucir el verdadero problema—: Tampoco es que haya un montón de mals en Nueva York. En el enclave, quiero decir —añadió—. No suelen colarse demasiados.

No pude contenerme y solté:

—No te ata nada a Nueva York.

Una frase de lo más bonita y comprensiva para decirle a un chico que tenía tantas ganas de ver a sus padres y dormir en su propia cama como yo. Pero una visión idílica se había apoderado momentáneamente de mí: los dos recorriendo el mundo juntos, siendo recibidos en todas partes, Orion encargándose de las plagas y cuidándome las espaldas mientras yo construía enclaves de Piedra Dorada con el maná de los mals que él eliminaba.

Podría decirse que solo le estaba ofreciendo un futuro diferente y que tenía tanto derecho a ofrecérselo como él de pedirme que fuera a Nueva York, pero yo no lo sentía así. Ojalá lo hubiera sentido; si otra persona me hubiera dicho que no era justo pedírselo, yo me habría negado a darle la razón. Pero no tenía a nadie a quién discutírselo, y en el fondo, lo cierto es que no creía que tuviera ningún derecho a pedirle a Orion Lake que abandonase un futuro a salvo en el enclave más poderoso del mundo, rodeado de comodidades, para pasarse la vida yendo de un sitio a otro como mi guardaespaldas.

E incluso aunque pudiera ignorar aquel sentimiento en particular, mi idea de futuro implicaba pedirle que dejase atrás a su familia y a todas las personas que conocía. Orion no estaba diciendo que no quisiera volver a casa, sino que detestaba la idea de tener que pasar el resto de su vida pidiéndole a Magnus Tebow que le dejara maná. Yo no querría tener que pedirle a Magnus ni la hora. Me sentí como un monstruo egoísta en cuanto aquellas palabras abandonaron mis labios.

—Si abres tu propio negocio, la gente te contratará para que acabes con los mals más peligrosos del mundo —añadí, como si solo fuera eso lo que había querido decir—. «Orion Lake: cazador a sueldo. Cuantos más monstruos, mejor».

Lanzó un resoplido que pretendía ser una risa pero que acabó convertido en un suspiro:

—¿Soy un capullo? —me preguntó de pronto—. Todos me tratan siempre como… —Dirigió un gesto de frustración a su legión de fans—. Pero sé que solo es porque…

Estaba siendo tan elocuente como, en fin, un chaval de diecisiete años corriente y moliente, pero lo entendí a la perfección. Lo habían educado para pensar que solo era válido si corría de un lado a otro salvando a los demás. Por supuesto, en cuanto se atreviera a dejarse llevar por lo que en realidad deseaba, el enclave lo consideraría un desalmado. Pero siendo alguien a la que han considerado un monstruo desde muy pequeña, sé muy bien que lo único sensato que se puede hacer cuando las inseguridades afloran en la cabeza es reprimirlas a lo bruto.

—¿Tengo pinta de ser tu confesora? —le dije de forma vivaracha—. Déjate de crisis existenciales y ve a hacer los deberes, que no quiero tener que recoger tus restos luego.

—Gracias, El, eres una amiga de diez —dijo con un tono excesivamente almibarado.

—Ya te digo —le dije, y me marché. Me fui a mi habitación, pero no hice los deberes. En vez de eso, me pasé el rato leyendo los sutras de la Piedra Dorada, traduciendo algunos fragmentos más y garabateando enclaves pequeñitos en mis apuntes. Tesoro correteaba por mi escritorio, jugueteando con los bolis, agarrando semillas de girasol de su cuenco de comida y acercándose de vez en cuando a examinar mi trabajo. No le hizo gracia que dibujase un monigote con una espada matando a un mal, así que cuando aparté la vista se deslizó por debajo de mi brazo, me dejó una cagarruta justo en el lugar adecuado, y al seguir traduciendo, dejé caer la mano encima y pringué mi propia obra de arte.

—En un enclave no tendría nada que hacer —murmuré mientras me vertía la mitad de la jarra de agua sobre la mano y me la restregaba encima del desagüe—. Creo que preferiría recorrer el mundo conmigo y cazar mals.

Pero Tesoro tenía razón; pensar en ello era una estupidez de proporciones épicas. Había muchas posibilidades de que al menos a una de las pocas personas que me importaban en el mundo le quedaran apenas unos meses de vida, e incluso puede que esa persona fuera yo si seguía distrayéndome. Había sermoneado a Orion por haber descuidado sus deberes, pero al menos su obsesión por cazar mals tenía un propósito razonable: no solo extraía maná al matarlos, sino que también reducía el número de enemigos que nos atacaría durante la graduación. Pero yo no iba a construir ningún enclave hasta después de que todos aquellos que me importaban y yo atravesáramos las puertas, así que ya podía dejar de fantasear y perder el tiempo.

Venga, pregúntame cuánto tiempo malgasté fantaseando con aquella idea antes de que terminase el semestre. Aunque mejor no: prefiero no ponerme a hacer cuentas de las horas que tiré por el retrete. El colegio se encargó de restregármelo por la cara en Año Nuevo. El día fue un desastre desde el principio: la noche anterior me había quedado dormida mientras leía los sutras —empezaba a ser capaz de hacerme una idea general de cada página nueva tras articular los sonidos de las palabras un par de veces— y, al despertarme, el libro seguía abierto sobre mi cama. Cometí el error de volver a examinar la página y comencé a pronunciar los sonidos desde el principio. Me dio la impresión de que de pronto me resultaba más sencillo, era increíble. Media hora y dos párrafos después, me di cuenta de lo que estaba haciendo y tuve que salir a toda pastilla, sin haberme aseado siquiera, para alcanzar a los rezagados y ponerme la última en la cola de los alumnos de cuarto en la cafetería. Lo único que pude servirme para desayunar fue un triste cuenco con los restos secos del recipiente de las gachas.

—Para una vez que tus mordiscos me hubieran sido de ayuda... —le dije a Tesoro mientras salía con mi bandeja desagradablemente ligera. Me ignoró y siguió mordisqueando el borde seco del pan que me había agenciado para ella; solo lanzó un chillido de protesta cuando di un brinco de tres metros después de que la puerta de la zona de la comida se cerrara detrás de mí: había sido, literalmente, la última alumna de último curso en servirme el desayuno.

Pero ahí no acabó la cosa. Sudarat estaba haciendo cola con los demás alumnos de primero, que esperaban su turno para entrar a desayunar, y al pasar por su lado me dijo: «Enhorabuena, El», como si hablara en serio.

—¿Qué? —dije. Señaló la lista de clasificación, que había aparecido en el tablón de la pared en letras doradas. Todavía no me había molestado en echarle un vistazo, ya que me importaba un bledo cuál de las veinte alimañas que había estado luchando con uñas y dientes hasta el final se había convertido en el mejor estudiante de la promoción, y sabía que yo ni siquiera estaría entre los cien primeros.

En fin, al menos en eso acerté: no estaba entre los cien primeros puestos. Mi nombre aparecía muy por encima de todos los demás, junto a las palabras: PREMIO EXTRAORDINARIO ALGERNON DANDRIDGE SINNET EN ENCANTAMIENTOS EN SÁNSCRITO. Ni siquiera sabía que nos podían dar premios; nunca había visto a nadie recibir uno.

Y antes de que me lo preguntes, sí, me dieron un premio de verdad. Me escabullí hasta la mesa donde estaban mis aliados, que ahora podían ver en letras doradas y brillantes lo mucho que había estado malgastando el tiempo, y cuando dejé la bandeja, esta quedó ladeada. Evidentemente, advertí: «Cuidado, hay un chupasangre en mi bandeja» y me aparté de un salto junto con todos los demás, excepto Orion.

Sin perder ni un instante, extendió un dedo y le lanzó a mi bandeja uno sus estúpidos aunque eficaces hechizos de descarga eléctrica; mis gachas, que ya eran incomibles, acabaron convertidas en ceniza. Acto seguido, frunció el ceño y dijo: «No hay ningún chupasangre», y al inclinar la bandeja, que todavía humeaba, descubrió que lo que había debajo era mi premio: una medallita redonda de un metal gris apagado que colgaba de una cinta a rayas azules y verdes, con un imperdible en la parte superior; al parecer, estaba diseñada para que me la pusiera en la solapa, junto con mis otros galardones militares. Apenas se había chamuscado.

—Anda, qué guay, El, enhorabuena —dijo Chloe, con aparente seriedad. Ni que fuera novata.

Le tendí la medalla a Aadhya sin dignarme a responder.

—¿Vale la pena fundirla?

Aadhya la agarró con ambas manos y frotó la superficie con los pulgares mientras murmuraba un conjuro rápido de análisis. El pequeño relieve tallado —lo más probable era que fuera Ganesh; la nariz tenía un aspecto vagamente elefantino— arrojó un breve destello rosa y ella negó con la cabeza.

—Solo es peltre.

—Enhorabuena, Galadriel —me dijo Liesel con cierta frialdad (ella había conseguido coronarse como la mejor estudiante de la promoción) cuando pasó por la mesa al cabo de unos minutos. Aunque en realidad lo que quería era mandarme a la mierda. Al menos no podía culparla por eso: si yo me hubiera pasado tanto tiempo haciéndoles la pelota y los deberes a los alumnos de enclave, habría querido apuñalar a cualquiera que hubiera conseguido una posición más alta que la mía por un único seminario. Pero no me daba ninguna pena. Estaba saliendo de la cafetería con Magnus, y había logrado acercarse a él contándole cosas sobre mí. Supongo que había puesto sus miras en Nueva York. Si el precio era tener que seducir a Magnus, yo ni siquiera habría considerado la idea, pero estaba claro que ella toleraba mejor que yo la pelusa.

Mucho mejor, debería decir. Salí tarde de la cafetería porque Zheng se acercó a mí corriendo mientras Min le guardaba el sitio en la cola de los de primero, y me dijo que él y los otros chicos del seminario de la biblioteca intentarían conseguirme comida cuando les tocara desayunar. A los de primero casi nunca les queda comida suficiente como para servirse de más —todo lo contrario, en realidad— y eso pasaba incluso antes de que la tasa de supervivencia de la Escolomancia se disparase por culpa de Orion Lake.

Pero entre los ocho lograron reunir un panecillo y un cartón de leche, así que por lo menos no me pasaría nuestra única mañana libre mareada además de irritada.

Mereció la pena haberlos esperado, pero para cuando acabé de comer, el primer aviso de advertencia empezó a sonar con delicadeza: *Din don, es la hora de la barbacoa*, recordando a todo aquel que se hubiera despistado que la purga estaba a punto de comenzar. Me dirigí a toda prisa al baño para cepillarme los dientes y lavarme la cara, ya que no quería pasar las próximas horas hecha una guarra, pero me detuve de golpe en la puerta, atónita: Liesel estaba dentro, maquillándose.

El uso de los cosméticos en este colegio es más o menos el mismo que cuando iba a primero de primaria. Por muy bajas que sean las probabilidades de que te equivoques al preparar en el laboratorio un pintalabios y acabes derritiéndote media cara, la mayoría de la gente prefiere no arriesgarse. Si eres lo bastante hábil como para saber con toda seguridad que no te vas a equivocar, también lo eres para conseguir una alianza de una forma más fiable. Salir con alguien no aumenta las posibilidades de establecer una alianza más que mantener una simple amistad, pero de todos modos allí estaba Liesel, la mejor estudiante de la promoción, aplicándose un brillo labial rosa y poniéndose un poco de colorete en las mejillas. Ya se había soltado el pelo, que de normal llevaba recogido en dos cortas trenzas, y había dejado que las ondas rubias le cayeran sobre los hombros. Se había puesto una blusa de un blanco inmaculado, que además estaba planchada, y se había dejado sin abrochar los suficientes botones como para que se le viera un escote bastante generoso, en el que descansaba un colgante de oro. Fuera del colegio, habría tenido un aspecto de lo más apropiado para acudir a una cita; aquí, en comparación con nuestras pintas habituales, era como si hubiese salido de la portada de *Vogue*, lista para deslumbrar a un hatajo de simples mortales.

Tengo que decir que reaccioné de forma atroz:

—No me digas que vas a por Tebow —balbuceé desde la puerta.

Apretó sus resplandecientes labios.

—Lake parece estar bastante *ocupado* —dijo rechinando los dientes, y yo no fui capaz de responder nada dadas las circunstancias; tenía todo el derecho a estar enfadada conmigo. Puede que sí quisiera tirarse a Magnus, quien al fin y al cabo medía casi un metro ochenta y no hubiera desentonado del todo en... yo qué sé, un catálogo de electrodomésticos o al menos en el folleto de un bazar de barrio.

Sí, era posible, pero mi imaginación tenía sus límites y aquella idea me resultaba inconcebible. Así que, en vez de dejarlo estar, le dije:

—Mira, no es asunto mío. —Al salir de mis labios, aquella frase debería haberme dado una pista para que dejase de hablar, pero en vez de eso añadí—: Pero que sepas que a mí ya me han ofrecido una plaza en el enclave.

En mi defensa, lo más probable era que aquella información le resultara de utilidad. Aunque Magnus Tebow fuera su hombre ideal, se había pasado tres años rompiéndose los cuernos para ser la mejor estudiante de la promoción, y seguro que no pensaba mandarlo todo a la porra por alguien que ni siquiera podía garantizarle una plaza en su enclave. Nueva York tenía demasiados candidatos deseosos de unirse a ellos, y la mayoría eran magos con talento que ya hacía años que se habían graduado y habían llevado a cabo tareas considerables; era imposible que permitieran a sus hijos ofrecer en un mismo año más de una plaza garantizada, y Chloe se aseguraba de dejar claro siempre que tenía ocasión que la plaza estaba reservada para mí. Incluso si no pensaba aceptarla, eso no significaba que fueran a ofrecérsela a Liesel.

Por supuesto, sería una descerebrada si no tuviera la picardía suficiente como para asegurarse una plaza *antes* de desabrocharse el resto de los botones de la blusa, de manera que, aunque estaba ofreciéndole una información valiosa, esta daba a entender que la consideraba idiota. Y así se lo tomó ella.

—Me alegro por ti —dijo, aún más furiosa.

Cerró el labial con un chasquido, con un único movimiento guardó en el neceser los botes que había encima de la repisa y salió del baño sin volver la vista.

—Bravo —me dije a mí misma mirándome al espejo y sacando el cepillo. Tenía que darme prisa, ya que el primer timbre de aviso había empezado a sonar, así que me lavé los dientes tan rápido como pude y volví al pasillo, donde me resbalé y me golpeé la cabeza contra el suelo. Liesel había derramado junto a la puerta lo que quedaba del brillo labial que tanto le había costado preparar, un sacrificio más que suficiente que le había permitido lanzar un maleficio de lo más astuto para hacer resbalar a la siguiente persona que pasara por allí. Supe lo que había pasado incluso antes de tocar el suelo: en cuanto pisé la mancha escurridiza, sentí que se trataba de un hechizo malintencionado, pero era demasiado tarde como para poder hacer algo al respecto.

Me las arreglé para girarme un poco mientras caía, aunque no sé si aquello empeoró el golpe o no. No había muerto y creo que no quedé inconsciente, pero me di un tortazo de campeonato. Me daba la impresión de que mi cabeza era una campana de iglesia y alguien la había hecho sonar con demasiado entusiasmo;

el dolor que me recorría el codo y la cadera era tan intenso que me habría puesto a aullar de no ser porque aquello hubiera sido el equivalente a anunciar a gritos a todos los mals que pudieran oírme que la cena estaba servida. En lugar de eso, me hice un ovillo y cerré la boca con fuerza para amortiguar un agudo sollozo, sujetándome la parte posterior del cráneo con ambas manos y el rostro lleno de lágrimas.

Me quedé allí tirada durante demasiado tiempo. El segundo timbre de aviso sonó a lo lejos, y solo la certeza de que estaba a punto de morir calcinada hizo que me pusiera en marcha. Me arrodillé y empecé a arrastrarme por el suelo con un solo brazo, mientras seguía apretándome la parte posterior del cráneo con una mano. Naturalmente, debería haber recobrado la compostura y haberle puesto remedio al dolor, pero en aquel momento estaba convencida de estar evitando que se me escurriera el cerebro por la nuca.

En algún lugar a mis espaldas, oí un portazo y unos pasos que se aproximaban; estos resonaron a lo largo de la pasarela metálica y la escalera de caracol hasta llegar al pasillo. Seguí arrastrándome, demasiado despacio, aunque no me detuve. Sabía que no era nadie conocido, y luego me di cuenta de que se trataba de Liesel, pero seguí adelante porque no podía hacer otra cosa. Entonces llegó hasta donde yo estaba, me agarró por debajo de los brazos y me puso en pie. Seguía enfadada y acalorada bajo el brillo del maquillaje rosa, pero me dijo con dureza: «¿Dónde está tu habitación?», y me ayudó a recorrer el pasillo.

Recorrimos más o menos la mitad del camino antes de que sonara el último timbre de advertencia, y justo en ese momento, tres habitaciones por delante de donde estábamos nosotras, se abrió una puerta y apareció Orion. Se quedó paralizado como si hubiera echado raíces, y entonces se dio cuenta de que no había ido a gritarle, sino que estaba a punto de morir abrasada por un muro de llamas mortíferas. No obstante, hice lo posible por combinar ambas actividades mientras él me agarraba del otro brazo, pero ignoró el violento bufido que le lancé y me metió en su habitación junto con Liesel justo cuando un sonoro chasquido estallaba detrás de nosotros y la primera oleada de mals aterrorizados empezaba a correr. Orion se detuvo un instante en la puerta y dio una última mirada de anhelo al pasillo, y acto seguido la cerró de mala gana mientras Liesel me llevaba hasta la cama.

—¿Qué ha pasado? —preguntó Orion al acercarse.

—Se ha caído al salir del baño —respondió Liesel brevemente.

No le conté el resto de la historia. El hecho de saber que se había cabreado lo bastante como para querer quitarme de en medio, pero que al mismo tiempo no había sido capaz de seguir adelante hizo que empatizara con ella.

—Dame un vaso de agua —murmuré, y cuando Orion me lo trajo, tomé aliento unas cuantas veces para no vomitar todavía, me incorporé y le lancé al agua el hechizo curativo más sencillo de mi madre. A continuación, saqué la botellita de plástico que siempre llevo conmigo para casos de emergencia, la vacié de un trago y me bebí el vaso de agua tan rápido como pude. Conseguí mantener la mezcla en el estómago durante quince segundos y entonces me abalancé sobre el desagüe y vomité con fuerza. Acto seguido, rodé hacia un lado y me acurruqué con un gemido, aunque se trataba de una expresión de protesta, no de un quejido; ya me encontraba mejor.

—¿Qué es esto? —dijo Liesel al recoger la botellita y olfatearla con recelo.

—Tabasco y sirope de caramelo —dije. En realidad, eso no forma parte del remedio de mamá, es cosa mía; estoy segura de que a ella no le haría gracia, pero el hechizo hace efecto más rápido si me trago ese horrible mejunje. Creo que tiene una explicación científica, como que los medicamentos que peor saben son los que más curan o algo así, pero puede que solo sea cosa del maná que genero al obligarme a tragar algo tan horrible. En realidad, la mezcla no tiene por qué estar hecha de tabasco y sirope de caramelo, solo tiene que ser repugnante, aunque técnicamente comestible, para no malgastar el hechizo en curar la intoxicación.

De todas formas, después de aquello la conmoción se me había pasado y el dolor ya no era atronador, pero seguía encontrándome mal. Volví a la cama de Orion y me quedé allí tumbada un rato para recuperarme. Liesel se puso a hablar con Orion como una persona civilizada, pero él respondió con murmullos distraídos.

—Si intenta abrir la puerta, arréale con la silla —musité tras el tercer balbuceo.

—No voy a abrir la puerta —dijo Orion de mal humor.

—Cierra el pico, tarado, sé que te mueres de ganas de abrirla —dije—. ¿Y si las llamas que están junto a la habitación de Aadhya se hubieran activado esta vez?

—Pues… habría vuelto aquí y ya está —dijo Orion, como si quedarse atrapado entre dos muros de llamas mortíferas que se dirigen el uno hacia el otro, con una marabunta de mals histéricos huyendo escopetados, no fuera nada del otro mundo. Nadie abriría la puerta durante una purga, ni aunque oyeran gritar desde el otro lado a Orion Lake, o incluso a su propia madre. Alguien suficientemente estúpido como para hacer eso murió el primer año, cuando abrió la puerta y el estornino saqueador del pasillo se lo zampó—. No tenía pensado ir a ningún lado.

Abrí los ojos y lo fulminé con la mirada.

—Eso solo significa que no lo tenías planeado, no que no fueras a hacerlo.

Él me miró con el ceño fruncido, se acercó a su escritorio de mala leche y fingió ponerse a escribir algo en un cuaderno. Liesel soltó un leve bufido y se sentó en un hueco libre de la cama junto a mi cintura. La miré fijamente.

—¿Qué?

Me dirigió una mirada cargada de intención, pero seguí sin entender lo que insinuaba hasta que dijo: «¿Y qué hay de tu habitación?», y me di cuenta de que creía que Orion había estado planeando escabullirse por el pasillo para pasar el día conmigo. Me dispuse a explicarle que Orion no era tan imbécil como para arriesgarse a salir durante una purga y pasarse el día en mi habitación aguantando mis gritos por haber salido durante una purga, sino que en realidad era mucho más imbécil, pero entonces se me ocurrió que Liesel no estaba del todo equivocada: si se hubiera quedado atrapado entre dos muros de llamas antes de llegar a las escaleras, no había duda de que habría llamado a mi puerta para refugiarse. Y sí, soy tan mema que le habría abierto, aunque hubiera tenido a mano un frasco con el ácido grabador que me había sobrado por si acaso. Lo que significaba que pasar el día conmigo era su plan «B».

Su reacción me lo confirmó: estaba sentado de espaldas a nosotras, pero hacía poco que se había cortado el pelo ante mi insistencia —prefiero no mencionar las greñas que tenía— y la parte superior de sus orejas había adoptado un intenso color rojo.

—Lake, si alguna vez, aunque solo haya sido durante un momento, has considerado la espeluznante idea de bailar el tango horizontal y de que yo pudiera, de algún modo, ser partícipe de dicha actividad, quiero que borres de tu mente incluso el recuerdo de haber pensado en ello —dije con toda seriedad.

—¡El! —gritó en señal de protesta, y se volvió para lanzarle una mirada avergonzada a Liesel. Pero se merecía cada una de mis palabras.

En fin, pasar el día en la habitación de Orion con él y la chica que había intentado asesinarme fue la bomba. En realidad, Liesel no era tan horrible. Ambas acabamos jugando a las cartas: tenía una baraja de tarot que había diseñado ella misma y que llevaba consigo a todas partes, y me enseñó a jugar a la canasta utilizando los arcanos mayores como comodines. Me miró con cierto recelo cuando se dio cuenta de que no hacían más que salirme la Torre y la Muerte, pero no era culpa mía; era ella la que llevaba las cartas encima y las impregnaba de poder de adivinación.

Orion jugó un par de partidas con nosotras, pero no dejaba de distraerse e ir a la puerta a escuchar los chasquidos del fuego mientras los muros de llamas iban de un lado a otro del pasillo. En Año Nuevo pasan varias veces, lo que en teoría y no en la práctica, compensa el número reducido de muros. Los mals profirieron gritos agonizantes unas cuantas veces, y en un momento dado se oyeron unos arañazos desde el desagüe que provocaron que Orion diera un brinco esperanzado y desparramara las cartas por todas partes, pero no pasó nada, ni siquiera cuando el muy merluzo quitó la tapa del desagüe y se asomó al interior.

Liesel se apartó de él con una mueca que reflejaba una mezcla de horror y asco. Yo aproveché la oportunidad para recoger las cartas y colocarlas boca abajo antes de que ella se percatara de que la Torre y la Muerte habían vuelto a aterrizar en mi regazo junto con el ocho de espadas; en esta última, la ilustración de Liesel mostraba a una mujer sentada con las piernas cruzadas y los ojos vendados, medio atrapada en un matorral de ocho espinas de plata enormes que apuntaban a ella y formaban un círculo. Muy alentador.

—¿Por qué no dejas un poco de leche fuera? —le dije a Orion con sorna. Lo cierto es que aquel método funcionaba en la antigüedad, cuando existían mals más inofensivos que no requerían demasiado maná para sobrevivir, y había muchos más mundanos que creían de verdad en su existencia y, por tanto, eran vulnerables a ellos. Si les dejabas adrede un cuenco de leche, o cualquier otra muestra de respeto equivalente, aparecían y absorbían la pizca de maná generada a partir de tu intención, y no te causaban ningún daño para que siguieras alimentándolos. Pero la mayoría de esos mals ya no existen: fueron devorados por mals mucho más poderosos que consideran a los mundanos el equivalente a una bolsa de patatas fritas abierta y tirada en el suelo, con manchas sospechosas y dos patatas rancias dentro.

Orion no se molestó en parecer avergonzado. Se limitó a suspirar, puso la tapa del desagüe de nuevo y volvió a la partida, a falta de algo mejor con que matar que el tiempo, pero ni siquiera se dio cuenta de que en aquella ocasión no le repartí cartas. Liesel y yo jugamos varias partidas más hasta que me tocó una Torre por sexta vez y ella me la quitó de la mano y la sacudió frente a mí.

—¡Estás haciendo trampa!

—¿Qué sentido tendría eso? —le solté—. Si tanto te molesta, quita la torre y ya está.

—¡Eso había hecho! —me espetó, y agarró el estuche, lo abrió delante de mí y dejó al descubierto su interior completamente vacío; tras contemplarlo durante un instante, recogió las demás cartas, las metió en el estuche y se guardó este último en el bolsillo sin decir nada más.

Después de aquello, un silencio incómodo se apoderó de la habitación. Tras despejar un rectángulo del suelo cubierto con la ropa sucia de Orion, me puse a hacer flexiones para generar maná, notando todavía un leve dolor punzante en la cabeza. Estaba lo bastante cansada, dolorida y hambrienta como para que el ejercicio resultara muy productivo mientras fuese capaz de hacerlo, pero me quedé sin fuerzas antes de lo previsto y tuve que tumbarme de nuevo en la cama; permanecí ahí tirada, no solo más cansada, dolorida y hambrienta que antes, sino también sudada. Liesel se había sentado en el escritorio y estaba trabajando en algo, pero solo descubrí que se trataba de los deberes de Orion cuando él se dio cuenta y le dijo: «Oye, no hace falta que...», de la forma más desganada que había oído a alguien pronunciar aquellas palabras.

—No tengo nada que hacer —dijo Liesel—. Ya me devolverás el favor luego.

—Es él el que está protegiendo la habitación, ¿no? —dije yo.

Liesel se encogió de hombros.

—Está aquí también, así que no cuenta. —A mí me parecía que sí contaba, ya que él no quería estar allí y habría salido ya disparado de no haber sido por nosotras, pero era la única que había protestado. Liesel le dijo a Orion—: Me hacen falta escamas de anfisbena.

—Claro, descuida —dijo Orion con entusiasmo. Lo fulminé con la mirada desde el otro lado de la habitación, pero llevaba las de perder incluso metafóricamente: era un intercambio más que razonable por hacerle los deberes; incluso si creías que tenía la obligación de ir a cazar anfisbenas sin recibir nada a cambio, cosa que no era cierta, eso no significaba que no tuviera derecho a exigir un pago por tomarse la molestia de recoger las escamas.

De todas formas, *no creo* que aceptase ir a cazar anfisbenas en balde; solo son un poco más peligrosas que los aglos, de los que se alimentan. El único problema es que cada diez años más o menos, la mayoría de sus depredadores acaban aniquilados durante una purga y ellas depositan una infinidad de huevitos gomosos en zonas cálidas y húmedas, como por ejemplo alrededor de las cañerías de agua caliente; poco después de Año Nuevo, cuando estos eclosionan, sus crías salen en masa de los grifos y las alcachofas de las duchas, profiriendo ruiditos siseantes y lanzando mordiscos. Podrías decir, y no te faltaría razón, que eso ya es bastante horrible, pero en esa fase lo único que te provoca su veneno es picor; este no se vuelve más tóxico hasta que las crías crecen lo bastante como para no caber más ahí dentro. Las oyes sisear mientras te aseas, atascadas en el cabezal, y rezas para que la alcachofa de la ducha no se parta en dos.

Ahora que lo pienso, lo más seguro era que este año hubiera una plaga. Tendría que avisar a los demás y también dedicar algo de tiempo a tejer bolsas de malla para colocarlas en las duchas. Liesel debió de haberse imaginado el asunto hace tiempo y elaboró una estrategia teniendo en cuenta un ingrediente que estaba a punto de convertirse en un recurso abundante; muy astuto por su parte. Y fue todavía más astuta al aprovechar una oportunidad de oro y dejar que fuese Orion el que se encargase de la cosecha a cambio de hacerle los deberes, cosa que no le llevaría más de dos horas.

Permanecí en la cama, sumida en una oleada de resentimiento injustificado mientras ella despachaba la pila de hojas de ejercicios con el mismo esfuerzo que a mí me costaba estar tumbada. Lo único que hizo que aminorase un poco el ritmo fueron las partes donde a Orion se le había caído comida o restos de mals, por lo que tuvo que pedirle que la ayudara a descifrar los manchurrones que anteriormente habían sido palabras. La verdad es que la había subestimado: tardó treinta y ocho minutos en acabar, y eso incluía el tiempo que dedicó a organizar los deberes en orden de entrega, guardárselos en un par de carpetas y ordenarlo todo.

Pasé de estar molesta con ella a estarlo con Orion cuando tomó las carpetas, las dejó con desgana en un lado de su escritorio y le dijo:

—Genial, gracias. ¿Cuántas escamas te hacen falta?

Según me pareció no había empleado un tono lo bastante efusivo y mucho menos para los criterios estadounidenses.

—Lo que Lake quiere decir es que te está infinitamente agradecido por no tener que pasarse los últimos seis meses del curso esquivando cubas de ácido al no haberse molestado en hacer los deberes —le dije de mal humor.

Liesel se encogió de hombros con el mismo hastío que una veterana de guerra —supuse que había pasado todos aquellos años haciéndoles los deberes a los alumnos de enclave— y le dijo a Orion:

—¿Puedes traerme treinta pieles? Necesito que tengan al menos dos semanas de antigüedad.

—Claro —dijo Orion, encantado, y no rechiné los dientes literalmente porque nadie hace eso, ¿verdad?, pero me sentí como si los hubiera rechinado. Y no tenía ninguna excusa. Liesel se había beneficiado del trato, al igual que Orion, e incluso al igual que yo, podríamos decir, ya que no tendría que seguir salvándole el pellejo. Ni siquiera tenía que preocuparme de que estuviera olvidándose de alguna tarea importante que fuera a darle problemas más tarde, como suele ser habitual en este colegio. Orion no tenía que perfeccionar sus habilidades para la alquimia; ni para graduarse ni por ninguna otra razón: por lo que sabía, no tenía ninguna afinidad especial hacia ella. Ni siquiera sabía por qué había escogido la rama de alquimia en primer lugar. Los laboratorios del enclave de Nueva York estaban repletos de genios, seguro que Orion no tenía pensado graduarse y pasarse la vida siendo un alquimista medio decente.

Lo que más me molestaba era que no tenía una buena razón para estar molesta. Ni siquiera se me ocurría qué decir. Si hubiera intentado expresar lo que sentía, me habría salido alguna frase desagradable y llena de resentimiento tipo: *¿Por qué los demás te piden siempre cosas que te resultan chupadas y además te libras de todo lo que no te apetece hacer?*, en la que se podrían entrever las palabras *¿Y por qué yo no tengo tanta suerte?*, lo cual ya no era ni siquiera cierto, pues llevaba un prestamagia de Nueva York alrededor de la muñeca.

De modo que no dije nada y me quedé acurrucada en la cama, regodeándome en un cóctel de sudor frío y resentimiento mientras comentaban los detalles del acuerdo. Orion dejó incluso de estar tan distraído: aunque los mals volvieran a ser eliminados, Liesel acababa de quitarle de encima todo lo que no fuera cazar, comer y dormir, con lo que podía relegar las dos últimas actividades tanto como quisiera. Ella se ofreció a prepararle un cebo para las anfisbenas y todo.

Lo que no estaba, ni por asomo, era celosa. Estaba tan poco celosa que ni siquiera había pensado en ello hasta que Liesel me lanzó una mirada exasperada y yo me di cuenta de que le habría encantado ponerme celosa, y lo habría intentado con todas sus fuerzas si la veda se hubiera abierto un poco. No podía culparla. Tenía tantas ganas de conseguir una plaza en Nueva York que no solo había considerado tirarse a Magnus Tebow sino también el asesinato; desde luego, Orion era una alternativa mucho más atractiva. Si él se hubiera dignado siquiera a desviar la vista hacia su escote, Liesel habría sido idiota de no asegurarse de que le echara un segundo vistazo.

Pero Orion había pasado olímpicamente, y cuando me di cuenta, empecé a acojonarme un poco, pues no tenía ninguna excusa para no haberle dado un buen repaso. Yo, que soy una persona a la que la otra acera solo le despierta una curiosidad moderada, no había perdido ni un instante en echarle una primera y hasta una segunda mirada al escote, a los rizos dorados y a los brillantes labios rosados. Creo que cualquiera que no fuera de piedra lo habría hecho. Si llevas años comiendo únicamente bazofia insípida y de repente alguien te ofrece un trozo de tarta de chocolate, ¿qué más da que la tarta de chocolate no te entusiasme especialmente? Si la comida te gusta lo más mínimo, al menos te lo pensarías dos veces antes de decir *no, gracias*.

No tenía sentido que Orion dijera *no, gracias*. Estaba bastante segura de que le gustaba la tarta, o, al menos, de que estaba dispuesto a probarla, pero desde luego yo no iba a darle ni un trocito de mi plato. Como mínimo, debería haberse relamido aunque no quisiera meter la cuchara, pero en cambio no había hecho ni el más leve amago de desviar los ojos. Y era un tío tan transparente que no podía haber estado fingiendo.

Y aquello molestaba a Liesel, como era lógico. Era lo mismo que había pasado con los deberes: todo su esfuerzo merecía un poco de gratitud. Así que cuando sonó el timbre que anunciaba que ya no había peligro, dijo con rigidez: «Me voy a mi cuarto», y se largó antes de que yo tuviera oportunidad de subirme al carro y marcharme con ella.

—Yo también me voy —dije a toda prisa, bajando las piernas de la cama.

Orion se acercó a mí y me dijo un poco desilusionado:

—¿Seguro que estás bien? —Y entonces tuvo la poca decencia de mirarme *a mí* las tetas, que en aquel momento se encontraban bajo un top que ya me había puesto el día anterior y estaba manchado de hollín y sustancias alquímicas, mientras mi melena le tapaba la vista.

—Estoy bien —dije con brusquedad.

—Te acompaño a tu habitación —ofreció.

Debería haber aceptado. Tesoro estaba en mi habitación. En vez de eso le contesté:

—No necesito ayuda para recorrer las nueve puertas que hay hasta mi habitación, Lake.

Entonces, me gruñó el estómago y él dijo:

—Has vomitado el desayuno, tienes que comer algo. —Y agarró a toda prisa una barrita de muesli sin abrir que solo llevaba ocho años caducada y que debía de haberle regalado alguno de sus admiradores. No era un trozo de tarta, pero para lo que estábamos acostumbrados a comer en la Escolomancia, era una *delicatessen*. Acepté la barrita como una idiota, y me senté a comérmela en la cama para no desbaratar mi racha de idioteces —era una idiotez tan grande que me daba la sensación de haberlo hecho adrede—, y obviamente él se sentó a mi lado. Cuando creyó que no le estaba prestando atención me rodeó el hombro con el brazo tímidamente, yo fingí que no me había dado cuenta y él dijo: «El», con un tono de voz esperanzado, mientras yo intentaba reunir la firmeza necesaria para darle un empujón.

Pero no lo hice. Es más, fui yo la que lo besó primero, para bochorno mío, y entonces todo se fue al garete, porque estaba hambrienta y me encantaba la tarta, y después de haber tomado un bocado, quise tomar otro y otro más; metí las manos por debajo de su camisa y se las apoyé en la piel cálida de la espalda, y me encantó estar así de cerca de otra persona, solo que no era una persona cualquiera, sino que era Orion, y él se estremeció y me rodeó con los brazos, y yo pude sentir su fuerza al notar sus músculos bajo la piel; unos músculos que había desarrollado tras pasar todos aquellos años luchando contra las terribles criaturas que acechaban en la oscuridad. Su boca era cálida y maravillosa, pero ni siquiera hubiera podido describir lo bien que me hacía sentir ni cuánto consuelo encontraba en ella. Era como uno de esos alumnos de primero que se habían quedado embelesados al contemplar la ilusión del gimnasio, solo que esto era real, estaba pasando de verdad, aquí dentro, y podría seguir pasando después de graduarnos. Mi sueño se haría realidad: dedicaría mi vida a construir, a crear y a hacer el bien, y todas las profecías que auguraban un reinado de terror y destrucción podían irse a la mierda; tenía la posibilidad de empezar el resto de mi vida justo en este momento, y lo deseaba con todas mis fuerzas, tanto que era incapaz de detenerme, era incapaz de querer detenerme.

Así que no me detuve. Seguí besándolo y acariciándolo, y acompasé mi respiración con la suya mientras apoyábamos la frente contra la del otro y creábamos un espacio cálido e íntimo en el que recuperar el aliento, rebosante de jadeos. Orion había enredado una mano en mi pelo y la movía como si quisiera sentir los mechones deslizándose entre sus dedos; tan pronto se aferraba a mí como relajaba su agarre, tomando aire con dificultad; la sensación era tan maravillosa que una tenue risa escapó de mis labios e invadió el pequeño espacio que nos separaba, y le agarré la parte inferior de la camisa.

Orion se estremeció un instante y se echó hacia atrás, dejando un brazo de distancia entre ambos, antes de decir de forma cruda y agónica: «No podemos».

A lo largo de mi vida había sufrido humillaciones horribles, pero creo que esa fue la peor de todas. No me habría molestado si él no hubiera querido seguir adelante. La cuestión era que él lo deseaba tanto como yo y sin embargo había logrado contenerse, cosa que yo no, como una cría sin disciplina alguna que se hubiera comido un caramelo delicioso, a pesar de saber que luego le dolería la barriga. Orion se levantó en aquel momento de la cama y prácticamente levitó hacia el otro lado de la habitación.

—Tienes razón —le dije, y salí disparada hacia el pasillo, que todavía humeaba, sin perder ni un instante.

Al abrir la puerta de mi habitación de un golpe, vi a Tesoro justo enfrente, saltando de forma tan frenética que prácticamente podría haber llegado a mi cintura. La atrapé en el aire y le dije hecha una furia:

—¿Quieres parar? No ha pasado nada, y no has sido tú quien lo ha impedido.

Cerré la puerta con fuerza y me desplomé en la cama. Tesoro trepó por mi brazo hasta mi hombro y se quedó ahí sentada en silencio hasta que finalmente admití, de forma tan amarga como una calabaza podrida: «Ni yo tampoco». Se acercó a mi oreja, me frotó el lóbulo con la punta de su naricita y emitió unos cuantos chillidos de consuelo mientras yo me llevaba las manos al rostro para secarme unas cuantas lágrimas.

7
ALIANZA

rion ni siquiera tuvo la decencia de evitarme durante el resto del día. De hecho, se pasó toda la comida lanzándome miradas de cordero degollado, como si hubiera sido yo la que lo había dejado a dos velas después de que el ambiente se caldeara. Nadie dijo nada al respecto, pero sabía que todos daban por supuesto que eso había sido lo que había pasado. Cuando fui a hablar con Aadhya aquella tarde para quejarme, me dijo —sin una pizca de lástima— que nadie dedicaba tanto tiempo a pensar en mi vida amorosa, pero ¿qué sabía ella?

—De todas formas deberías alegrarte de que te parase los pies —añadió.

La fulminé con la mirada.

—¿Y quién era la que intentaba sonsacarme los detalles?

—Eso no significa que no te hubiese tirado un cubo de agua helada por la cabeza de haber estado presente. ¿En qué estabas pensando? ¿Acaso sabes cuándo te bajó la regla por última vez?

No podía discutirle aquello, sobre todo porque era cierto: no tenía ni idea de cuándo me había bajado la última regla ni de cuándo me tocaba la siguiente. Por suerte, esa es una de las ventajas de la magia: en cuanto aparecen los primeros síntomas, no tienes más que prepararte una buena taza de té con sabor a vete-a-tomar-por-culo —una sencilla fórmula alquímica que cualquier chica maga es capaz de preparar con los ojos cerrados— y el asunto se acaba. Algunas chicas tienen que estar atentas al calendario, ya que empiezan el periodo manchando levemente, y ninguna quiere que los mals las rastreen. Pero mis primeros síntomas son unos encantadores y dolorosos calambres en el vientre, imposibles de confundir, que me asaltan con cinco horas de antelación.

Por desgracia, uno de los inconvenientes de la magia es que no sirve para evitar un embarazo. El problema es que, si haces algo que pueda provocar un embarazo deliberadamente y aun así la idea de que se concrete te aterroriza, la intención mágica acaba desorientada. Los hechizos profilácticos son tan fiables como la marcha atrás. En ese sentido, la ciencia funciona mucho mejor, pero entonces debes sacrificar una parte del peso permitido para traer preservativos o pastillas anticonceptivas al colegio y usarlos de forma correcta, o ponerte un implante o un DIU antes de la incorporación y cruzar los dedos para que todo vaya bien durante los cuatro años que, con suerte, pasarás en el colegio antes de poder volver al ginecólogo. Yo no le veía sentido. O, más bien, no se lo había visto cuatro años atrás, cuando estaba convencida de que nadie me dirigiría la palabra y mucho menos saldría conmigo.

—Es que… —dejé de protestar, me senté de golpe en el suelo de su habitación y le dije—: Ha sido superagradable. —Y tal vez parezca una estupidez, pero no pude evitar que me temblase la voz. En este colegio no hay nada que sea agradable. A veces lograbas salir victorioso en el último momento e incluso eras testigo de milagros maravillosos, pero jamás experimentabas algo agradable.

Aadhya soltó un profundo suspiro.

—Pues quítatelo de la cabeza. No pienso dejar que un milfauces me devore solo porque te hayas quedado preñada. —Me incorporé boquiabierta de indignación, pero Aadhya se limitó a mirarme muy seria, y tenía razón; por supuesto que la tenía. Ya la había jodido lo suficiente, aunque fuera en sentido figurado, y si seguía así, lo más probable era que acabara con un regalito todavía menos útil que una medalla de peltre.

No sabíamos lo que nos íbamos a encontrar cuando bajáramos al salón de grados, y en cierto modo, aquello era peor que tener la certeza de que nos esperaba la misma aterradora horda de mals a la que los alumnos de último curso se habían enfrentado cada año durante más de un siglo. Ni siquiera podíamos hacer predicciones basándonos en las historias de la época en la que las limpiezas se habían llevado a cabo, ya que en aquel entonces el colegio era completamente nuevo y los únicos mals que había eran los que se habían escabullido con muchísimo esfuerzo a través de las guardas. Ahora teníamos plagas centenarias y colonias ocultas en las profundidades de los rincones más oscuros, antiquísimos maleficaria enraizados en los cimientos, generaciones enteras que nunca habían vivido en el exterior. Puede que una cantidad suficiente de mals hubieran sobrevivido a las purgas y una repentina explosión demográfica hubiera tenido lugar en el salón de grados, como la oleada de anfisbenas que se nos venía encima; en ese caso, acabaríamos enfrentándonos a una horda hambrienta de crías recién nacidas, tan numerosas y diminutas que no podríamos poner en práctica la mayoría de nuestras estrategias, igual que había pasado con aquel tropel horrible al que habíamos atraído accidentalmente con el hechizo ratonera de Liu, pero diez mil veces peor.

O tal vez estuvieran todos muertos. Puede que los más grandes se hubieran comido a los más pequeños y solo quedasen Paciencia y Fortaleza, los guardianes a cada lado de las puertas, por lo que nosotros seríamos los únicos platos del menú.

No sé qué haría si me encontrase ante ese escenario. Lo más sensato sería contarles de antemano a los demás que tendríamos que enfrentarnos sí o sí a los milfauces, para que llegado el momento todos formaran un círculo enorme con el que suministrarme maná mientras yo intentaba quitarlos de en medio. Pero que fuera lo más sensato no significaba que pensara hacerlo. Había matado a un milfauces del único modo en que se podía: desde dentro, y si intentaba considerar la posibilidad, aunque fuera de forma vaga y remota, de volver a hacerlo, en mi interior brotaba un grito incoherente que se apoderaba de todo, como si estuviera al lado de un camión de bomberos con la sirena puesta y alguien intentase decirme algo, pero no fuera capaz de oír nada porque el ruido invadía cada recoveco de mi ser.

Puede que me sobrepusiera a aquella sensación si viera a los milfauces abalanzarse sobre nosotros y no hubiera otra opción. Puede. No lo tenía del todo claro, por mucho que fuera a pasarme seis meses entrenando para pulir mis reflejos a la perfección. No era lo mismo. Ni por asomo. El hecho de tener que elegir meterme dentro otra vez… No sé si alguien sería capaz de tomar esa decisión más de una vez. Desde luego, no ha habido demasiada gente que haya tenido la oportunidad de considerarlo. Si logro salir del colegio, debería hablar con el Dominus de Shanghái. Es la única persona con vida, además de una servidora, que lo ha hecho. Podríamos intercambiar impresiones. O también podríamos mirarnos a la cara y ponernos a chillar juntos, cosa que me parece más apropiada.

Por supuesto, era muy probable que la cosa no saliera bien. El milfauces que yo había matado era pequeño, puede que hubiera brotado de uno más grande o como quiera que hagan para procrear; que yo sepa, nadie ha dedicado demasiado tiempo a estudiar la reproducción de los milfauces. Este se las había arreglado para atravesar las guardas y llegar a los pisos de arriba. No sé cuántas personas había en su interior, cuántas vidas alojaba: no había sido capaz de llevar la cuenta de las muertes que había tenido que dispensar. Pero sí sabía que no había sido, ni de lejos, tan grande como Fortaleza, y mucho menos como Paciencia, que llevaba casi desde el principio siendo el amo y señor del salón de grados. Creo que ni siquiera yo sería capaz de matar a tanta gente. La única manera de librarse de ellos era hacer desaparecer el colegio entero.

La cuestión era que todavía necesitábamos trazar una estrategia mejor que *A ver si hay suerte y El no se caga de miedo*, mientras yo no hacía más que lamentarme y hablar de lo *agradable* que sería hacer algo increíblemente estúpido en su lugar, como acostarme con Orion. Aadhya tenía todo el derecho a echarme la bronca.

—Lo siento —murmuré.

Ella se limitó a asentir, que era un gesto más amable del que me merecía, y luego dijo sin rodeos:

—Se me ha ocurrido una rutina bastante buena para el gimnasio. —Y desplegó un horario frente a mí.

Después de Año Nuevo, la mitad del gimnasio queda acotada para uso exclusivo de los alumnos de último curso, y cada semana se despliega un circuito de obstáculos diferente para que podamos entrenar, en los que atravesamos a toda velocidad una jungla de objetos afilados que intentan matarnos. Es de lo más realista: está repleto de artificios que simulan ser mals, así como de mals de verdad que acuden a establecerse allí servicialmente. El hecho de que apenas mueran alumnos durante las prácticas es una muestra de la gran calidad de nuestra experiencia formativa. Y te digo eso último con la mano apoyada sobre el corazón. Ahora en serio, a estas alturas, empezábamos a alcanzar nuestro potencial máximo. No hay nada más peligroso que un mago adulto, por eso los mals tienen que cazarnos cuando somos jóvenes. Somos los auténticos superdepredadores, no como los milfauces, que, después de todo, no hacen otra cosa que quedarse sentados junto a las puertas, murmurando para sí mismos y alargando los tentáculos de tanto en tanto para buscar la cena. En cuanto atravesemos las puertas, plasmaremos nuestros sueños en el mundo igual que los gamberros que pintarrajean grafitis, y no miraremos atrás ni una sola vez. Pero solo cuando salgamos del colegio.

Por lo general, tener el gimnasio reservado es un privilegio muy útil y bien valorado. Este año, a nadie le entusiasmaba la idea de pasar tiempo allí, pero no teníamos ningún otro sitio donde entrenar. El objetivo principal de la graduación es llegar desde la escalera más cercana a las puertas lo más rápido posible sin que nada nos detenga por el camino. Es una distancia de aproximadamente ciento cincuenta metros, más o menos la misma distancia que hay desde un extremo del gimnasio a otro, y además de lanzar hechizos a diestra y siniestra, también tenemos que correr.

—¿Por la mañana? —protesté, pues Aadhya pretendía que nos reuniéramos a las ocho tres veces a la semana, lo que significaba levantarnos antes que nadie para ir a desayunar; estaríamos solas por los pasillos, por no mencionar lo más importante, que es que seríamos las primeras en recorrer el circuito de obstáculos cada semana, sin saber de antemano las cosas horribles que nos íbamos a encontrar.

—He hablado con Ibrahim y con Nkoyo durante la purga —dijo Aadhya—. Hemos hecho un trato. Vendrán justo detrás de nosotras con sus respectivos equipos, y cada uno se pondrá a un lado. Nosotras nos encargaremos de abrir camino y ellos evitarán que nos flanqueen. Entrenaremos juntos todas las mañanas.

En ese tipo de acuerdos, suele ser el grupo que va a la cabeza el que sale perdiendo; es una estrategia tan mala que en el manual de graduación que recibimos tres meses antes del gran día, cuando ya es demasiado tarde para que nos sea de utilidad, se nos aconseja explícitamente que no la usemos. Todos tenemos las copias del manual que les compramos en segundo a los alumnos de último curso de aquel año, quienes habían comprado sus propias copias dos años antes, etcétera. Los consejos cambian un poco de un año a otro, pero uno de los puntos que más se repite es que no merece la pena asumir el liderazgo bajo ninguna circunstancia. En cuanto haya el más leve indicio de acabar desbordados, los grupos que os cubren las espaldas se harán a un lado y dejarán que aquello que estaban manteniendo a raya se os eche encima, por lo que ni siquiera tendréis la oportunidad de recuperaros; y, mientras, ellos aprovecharán el apelotonamiento para seguir avanzando con más probabilidades de llegar al final, habiéndoos quitado las vuestras de un plumazo.

Asumir el liderazgo dentro de una alianza tampoco es agradable, pero al menos en estos casos tus aliados y tú habéis estado entrenando juntos y trabajando vuestras habilidades en grupo, por lo que no es muy buena idea que tus aliados te dejen tirado y se larguen. A no ser que estéis lo bastante cerca de las puertas, en cuyo caso se van al garete un montón de alianzas. Y por eso, chicos y chicas, es por lo que los alumnos de enclave nunca se ponen a la cabeza.

Sin embargo, Aadhya no había perdido el juicio. Existe un supuesto en el que contar con alguien que te cubra las espaldas tiene todo el sentido del mundo: cuando a los demás jamás se les pasaría por la cabeza dejarte tirado. Por ejemplo, si lo único que tienen son cuchillos y tu equipo dispone de una ametralladora lanzallamas. De manera que me estaba confirmando lo que ya me temía: que nuestra estrategia iba a depender de que no me cagara encima de miedo.

—Vale —dije sombríamente, porque ¿qué otra cosa iba a decir? *¿No, no dependáis de mí? ¿No, no haré todo lo posible por sacaros de aquí, como vosotras lo habéis hecho por mí?* Pues claro que había diseñado una estrategia en torno a mí. Y claro que tenía que dejar que lo hiciera.

—El —dijo Aadhya—. Sabes que no tendríamos ningún problema en aceptar a Orion.

Puede que te parezca un comentario hilarantemente absurdo —sí, aceptaremos entre nuestras filas al héroe invencible por la mera bondad de nuestro corazón—, pero yo sabía a qué se refería. Lo que quería decir era que Orion no formaba parte del equipo y yo sí, y eso significaba que no podía dejarlas tiradas para ir a ayudarlo, incluso si, por ejemplo, volvía la mirada y veía a un milfauces arrastrándolo hacia su interior mientras él gritaba del mismo modo en que papá llevaba gritando en los recuerdos de mamá desde que ella atravesó las puertas del colegio conmigo en el vientre. Si aquel era el monstruoso destino del que mamá había intentado prevenirme, ella sabría perfectamente, mejor que nadie en el mundo, lo horrible que era vivir con los gritos de alguien a quien amas encallados en tu cabeza para siempre.

—Se lo preguntaré —le dije sin levantar la cabeza, fingiendo contemplar todavía el papel cuando en realidad había cerrado los ojos para no mojar el horario que Aadhya había escrito cuidadosamente. Me puso su cálida mano en el hombro y luego me medio rodeó con el brazo; yo me incliné hacia ella durante un instante antes de sacudir la cabeza con fuerza y tomar una profunda bocanada de aire, ya que no quería empezar a llorar. ¿Qué sentido tenía? Tampoco podía hacer nada al respecto.

No obstante, se lo pregunté aquella noche mientras subíamos a cenar; tenía que preguntárselo, solo por si acaso. Y él tuvo el valor de decir:

—El, no te pasará nada —empleó un tono reconfortante—. Hay mucho maná almacenado en el depósito y yo meteré más ahora que han vuelto los mals, tienes a Chloe y...

—Cierra el pico, mono de feria —gruñí, y él retrocedió y permaneció callado durante un instante, fluctuando entre el desconcierto y la ofensa; a continuación, dijo, confundido: «Un momento, ¿estás preocupada por...?», y se interrumpió y se me quedó mirando boquiabierto, como si la noción de que otro ser vivo pudiera preocuparse mínimamente por su salud y su bienestar jamás hubiera asomado en su cabeza de chorlito. Corrí escaleras arriba para alejarme de él, porque era eso o darle un puñetazo en su aguileña nariz, la cual había estado contemplando justo aquella mañana a la hora del desayuno, cuando me había sorprendido a mí misma pensando en que tenía un aire a la de Marlon Brando. Puede que eso te dé una idea de la gravedad de la situación si tu madre piensa, al igual que la mía, que no hay nada más apropiado y entretenido para una cría que ver musicales antiguos.

Aadhya, Liu y Chloe se habían adelantado, pero las alcancé antes de que se pusieran a hacer cola.

—Gracias por guardarme sitio —dije, y agarré una bandeja sin contarles cómo había ido la conversación. Chloe se mordió el labio, Liu puso cara de pena y, por suerte, Aadhya se limitó a decir: «¿Qué os parece si le pedimos a Jowani que se nos una?», lo que hizo que nos pusiéramos a comentar las ventajas de pedírselo.

Te las enumeraré. Tenía un hechizo de primera categoría para vigilar el perímetro, de esos que siguen haciendo efecto media hora después de que lo hayas lanzado; el suyo era especialmente bueno porque se activaba a partir de las intenciones y no de la presencia física, lo que significaba que te alertaba si aparecían criaturas incorpóreas. Nos brindaría un vínculo personal muy sólido con las otras dos alianzas que iban a colaborar con nosotras, ya que Cora se había unido a Ibrahim, Nadia y Yaakov. Y los chicos resultan muy útiles para las tareas que requieren fuerza; en aquellos momentos, yo era lo más parecido a un musculitos que teníamos en el equipo. La diferencia no había sido tan significativa a principios de curso, pero últimamente daba la impresión de que los chicos de cuarto se hacían más robustos cada vez que apartábamos la mirada: de pronto eran capaces de hacer cosas como cargar bajo el brazo una caja repleta de hierro hasta el otro lado del taller.

Puede que todos esos atributos te parezcan insignificantes y, en términos relativos, así era. Cualquier alumno podía resultar de cierta utilidad: era lo que habíamos estado haciendo durante los cuatro años que llevábamos en el colegio, buscar la forma de servir de algún modo a los demás. Y ahora que todos sabían que yo resultaba muy útil, podríamos haber elegido a alguno de los mejores alumnos del curso. De hecho, sospechaba que al menos dos de los aspirantes que habían estado a punto de llevarse el puesto de mejor estudiante de la promoción habían tanteado el terreno con Aadhya, pues los había visto pasarse por su habitación.

Ninguna de nosotras planteó dichas objeciones. Todas estuvimos de acuerdo con que Jowani sería una buena incorporación al equipo desde un punto de vista estratégico. Pero no mencionamos el motivo. No mencionamos que no queríamos que se quedara solo. Desde lo que le había pasado a Cora en el brazo, habíamos estado comiendo todos juntos casi todos los días, y cada mañana mientras desayunábamos, él se sacaba un librito repleto de páginas increíblemente finas —una por cada uno de los días que conformaban cuatro años, advertí tras las primeras veces— y recitaba en voz alta un poema o algún fragmento de los que su padre le había copiado a mano en el libro, escritos en varios idiomas; cada uno de ellos era una pieza llena de amor y esperanza: *ten valor*. Su voz al leerlos apaciguaba incluso mis peores gruñidos matutinos.

Hasta entonces, nunca lo había oído pronunciar más que monosílabos. Siempre había dado por hecho que se trataba de antipatía hacia mí, pero lo cierto era que no tenía nada que ver conmigo. Lo que ocurría era que tartamudeaba, cosa que no le impedía recitar poesía ni le dificultaba, afortunadamente, el lanzamiento de hechizos, aunque le imposibilitaba casi por completo mantener una conversación a menos que te conociera bien. Por eso se había apoyado más de lo aconsejable en las dotes sociales de Nkoyo, y por eso le estaba costando tanto unirse a una alianza. Y si no se aliaba con nadie, no conseguiría salir con vida.

Ninguna mencionó nada de aquello. Esas cosas jamás se mencionaban. Ibrahim, Yakov y Nadia no habían aceptado a Cora en su equipo porque recordaran haber formado un círculo a su alrededor para curarle el brazo entre todos, un obsequio que no había costado nada más que la solidaridad de entregárselo. Habían aceptado que se uniera a ellos porque Nadia y ella sabían cómo bailar hechizos —existen muchos hechizos que se vuelven más poderosos si los bailas mientras los recitas— y ahora podían elaborar una danza de espadas mágica con las cuchillas que Yaakov estaba fabricando; Ibrahim tenía un hechizo manipulador de materia muy bueno que podían aplicar a las cuchillas: lo había conseguido gracias a uno de sus otros amigos del enclave, que se lo había dejado a buen precio como disculpa por no haber contado con él a la hora de formar su propia alianza. Habían formado un equipo de combate robusto y recibido ofertas de al menos dos o tres alumnos de enclave para unirse a ellos. Esa era la razón. No podías establecer una alianza con alguien solo porque te cayera bien o no quisieras que muriera.

Pero conseguimos encontrar las razones suficientes para aceptar a Jowani, y cuando llegamos a nuestra mesa, Aadhya se lo llevó aparte y le pidió que se uniera a nosotras. Después de aquello, nuestras tres alianzas se consolidaron y todos acordamos que llevaríamos a cabo la primera sesión de entrenamiento a la mañana siguiente. Incluso Orion. Estaba claro que ni siquiera se había molestado en trazar ningún tipo de estrategia para llegar a las puertas, aparte de *Matar monstruos hasta que ya no queden más*, pero nos oyó comentar las ventajas y los inconvenientes de ir a primera hora, además de que tendríamos que estar atentos por si algún maleficaria real se colaba en el gimnasio durante la noche y se escondía en el interior del circuito. Al oír aquello, levantó la cabeza, animado, y dijo: «Eh, ¿os importa si os acompaño?». Lo creas o no, nadie se opuso a la idea.

De manera que a la mañana siguiente todos bajamos al gimnasio después de desayunar. Yo no había vuelto a ir desde el Festival. Me había preparado mentalmente, pero no lo bastante. La cosa había empeorado aún más. Unos cuantos niñatos de primero —solo podían haber sido de primero— habían vuelto a plantar las enormes jardineras de las paredes con semillas de los armarios del material de alquimia, y el artificio mágico las había incorporado al entorno, ahora como setos; ya ni siquiera podía distinguirse en qué punto las paredes se encontraban con el suelo, por lo que la ilusión de estar al aire libre resultaba aún más real. Los árboles que se veían a lo lejos habían dejado caer sus hojas, y sus húmedas y oscuras ramas estaban cubiertas por una ligera capa de nieve, salpicada de algún que otro pajarito rojo; al andar, oíamos el crujido de la escarcha que envolvía cada delicada brizna de hierba del suelo. Una nube de vaho flotaba frente a nosotros al respirar.

—Joder —dijo Jowani, sin añadir nada más, lo cual me parece que resumía bastante bien los sentimientos de todos.

Bueno, de casi todos.

—Qué bonito, El —me dijo Orion, casi embobado; tenía los brazos extendidos y el rostro levantado hacia la artística nevisca que había dejado caer el cielo para darnos la bienvenida—. Es igual que estar fuera. —Me parece que lo decía como un cumplido.

Si uno se fijaba bien, podía distinguirse el borde del circuito de obstáculos: una valla baja de madera recorría la marca que separaba la zona del circuito del resto del gimnasio. Pero aparte de eso, el artificio ilusorio había integrado a la perfección los obstáculos en el entorno: zarzas, árboles con ramas que parecían manos, una colina empinada cubierta de nieve, una ligera bruma gris que se extendía sobre la superficie helada del recodo de un río, a punto de romperse en fragmentos irregulares, y un puñado nefasto de elementos para cruzarlo: una tabla desvencijada, un montón de rocas resbaladizas que asomaban por encima del hielo y un estrecho puente de piedra de mejor aspecto que era sin duda la opción más peligrosa. Si levantabas la mirada hacia el interior de las puertas del gimnasio, estas parecían dos enormes puertas de hierro enclavadas en el muro de una misteriosa y fascinante torre de piedra.

Ya la habíamos cagado. La mejor forma de utilizar el circuito de obstáculos es lanzarte a recorrerlo la primera vez que lo ves, sin detenerte a contemplarlo. Tras salir magullado y cojeando —suponiendo que salgas—, es cuando te pones a repasar todo lo que has hecho mal e intentas probar diferentes estrategias durante el resto de la semana; al lunes siguiente se despliega un nuevo circuito, y vuelta a empezar. Y si tienes suerte, cada semana te sale mejor ese primer recorrido, sin planificarlo de antemano. Durante la graduación, no tenemos tiempo de planear nada. Pero en nuestra defensa te diré: *Joder*.

—Empecemos antes de que aparezcan los siguientes equipos —dije, y entonces me di cuenta de que todos estaban esperándome, cosa que era obvia a la par que aterradora. Contemplé el encantador paisaje invernal. Cualquier mal que estuviera allí dentro permanecería oculto, salvo por las tenues lucecillas de colores que danzaban al otro lado del río y resplandecían a través de la niebla, como si un conjunto de fuegos fatuos se hubiera establecido allí, aunque aquellas lucecitas eran en su mayoría decorativas y no resultaban de mucha utilidad para los entrenamientos. Tal vez fueran devoralmas de algún tipo, pero unos devoralmas de verdad se habrían fusionado en una única y hambrienta criatura al estar tan cerca los unos de los otros, así que una manada de devoralmas tampoco nos iba a servir de demasiada práctica. Pero, aunque no nos sirviera de práctica, era más peligroso y desagradable, y por lo tanto, más probable. Los mals falsos del circuito se parecen mucho a los que se muestran en el aula de Estudios sobre Maleficaria: solo porque no sean de verdad no significa que no puedan matarte, y a veces los mals auténticos se cuelan y fingen ser falsos el tiempo suficiente como para echarte el guante. Pero no era buena idea que nos quedásemos esperando para descubrir qué tipo de criaturas eran. Respiré hondo y le dirigí un gesto con la cabeza a Liu, que empezó a tocar el laúd; me puse a cantar el hechizo amplificador de maná de forma ligeramente chillona y eché a correr.

La nieve estalló de golpe a nuestro alrededor antes de que nos hubiéramos alejado más de una zancada de las puertas, y unas afiladas guadañas oscilaron hacia nosotros, con las puntas orientadas a nuestras tripas; después de aquello, no sabría decirte en qué orden sucedió todo lo demás. Tuvimos que cruzar el río en ambos sentidos, pero no me acuerdo si lo convertí en lava a la ida o a la vuelta. Lo cierto es que no entramos en contacto con la pared, ya que la ilusión del gimnasio intentaba hacernos creer que no había pared: al acercarnos a esta, una repentina ventisca plagada de voces fantasmagóricas nos azotó en la cara, advirtiéndonos para que diésemos la vuelta.

Ahora que lo pienso, lo de la lava fue al entrar, ya que a la vuelta el circuito de obstáculos seguía intentando reestablecer los parámetros originales, y el río nos disparaba chorros de vapor supercalientes a través de las grietas del hielo. Uno de ellos alcanzó a Yaakov en la pierna, y él se puso a chillar y a soltar improperios como un loco hasta que llegamos a las puertas; por lo general era un chico tan majo, educado y correcto, que en cualquier otra circunstancia la situación hubiera resultado divertida. Pero ahora la cosa no tenía ninguna gracia, pues significaba que estaba sufriendo uno de esos dolores tan espantosos que lo único que puedes hacer es tirarte al suelo y aullar, y sin embargo, él no podía detenerse porque de lo contrario moriría. En cuanto salió al pasillo, se dejó caer e intentó vendarse la piel ampollada, con los ojos llenos de lágrimas y sin dejar de maldecir en ningún momento. Las manos le temblaban tanto que era incapaz de desenrollar las vendas.

—¡¡Deja ya de gritar!! —espetó Ibrahim, aunque se arrodilló a su lado. Le pasó el brazo por la frente, pero no sirvió de nada, pues se mancharon de sangre el uno al otro, y le quitó la venda de las manos para ponérsela.

—No —dijo Liu sin aliento; estaba arrodillada en el suelo, envolviendo prácticamente el cuello del laúd de araña cantora—. No, no pasa nada. Los gritos se han fusionado con la música. Creo que todos deberíamos gritar o cantar. —Había salido mejor parada que la mayoría, ya que había permanecido a cubierto en el centro de nuestro grupo.

Chloe temblaba y tenía los ojos abiertos de par en par, a punto de entrar en estado de shock; estaba intentando ponerse unas vendas mientras Jowani la ayudaba. Se había herido todo el costado derecho —el costado expuesto— con una de las afiladas ramas de los árboles, que le había propinado un latigazo a escasa distancia, y la sangre y la piel le asomaban a través de los agujeros de la ropa, que se extendían desde el hombro hasta el muslo. Aadhya había tomado la retaguardia; estaba de pie, con los brazos envueltos a su alrededor y las manos todavía aferradas a las varas de combate que se había fabricado para la carrera. No vi que tuviera ninguna herida, pero tenía un aspecto horrible. Me disponía a acercarme a ella, cuando lanzó un profundo suspiro y se dirigió a Liu para asegurarse de que el laúd siguiera afinado.

A Nkoyo y a su equipo los había alcanzado un chorro de esquirlas de hielo del tamaño de una cuchilla de afeitar y todos habían acabado más ensangrentados que nosotros, salvo su alumno de enclave, un chico llamado Khamis de Zanzíbar, que se había refugiado en la posición más segura de la formación: en el centro. Era alquimista y solo iba equipado con una bandolera repleta de espráis. Le aplicó a Nkoyo uno de los espráis en el brazo que tenía lesionado, y la herida desapareció junto con la sangre mientas ella se secaba las lágrimas.

Las múltiples experiencias cercanas a la muerte que se habían ido sucediendo a lo largo de los últimos cinco minutos nos habían dejado temblando, pero lo que más nos asustaba era la certeza de que aquello no era nada, absolutamente nada. Era el primer circuito de obstáculos del día después de Año Nuevo, apenas una sesión de calentamiento, y a partir de aquel momento nos quedaba por delante un arduo y largo camino. La mayoría estábamos acostumbrados a los ataques de los mals, pero no es lo mismo sufrir un ataque que experimentar un flujo interminable de estos. La mitad de nosotros estaba llorando, y la otra mitad quería llorar.

Cuando digo *nosotros*, lo que quiero decir es *ellos*. Yo me encontraba bien. No, me encontraba como si hubiera dormido del tirón toda la noche, me hubiera puesto a hacer una buena tanda de ejercicios y estiramientos, y ahora estuviese considerando con mucho interés la idea de zamparme un abundante almuerzo. Quedarme sentada durante horas en un aula, al borde de un ataque de nervios y rodeada de tiernos alumnos de primer año, a la espera de que un mal se abalanzase sobre mí: una pesadilla.

Invocar un torrente de magma para impedir de golpe veintisiete ataques cuidadosamente diseñados: pan comido.

—Eh, creo que ha salido bastante bien —dijo Orion, animado, uniéndose a nosotros, con el cadáver destrozado de alguna criatura con púas en la mano; de algún modo, había conseguido encontrar al único mal auténtico oculto entre los falsos. Por lo general, cada palabra que sale de sus labios genera de forma automática un estallido de alabanzas, pero nuestro grupo había pasado ya el tiempo suficiente con él durante las comidas como para que el culto hacia su persona se hubiera sosegado un poco, y dadas las circunstancias, todos le lanzaron una mirada llena de odio. Estoy convencida de que preservé su integridad física cuando interrumpí su intento de cagarla todavía más —«A ver, no os ha pasado nada grave»— y le dije:

—Lake, ¿qué es esa cosa muerta y por qué vas paseándola por ahí?

—Ah, es... la verdad es que no lo sé —dijo, levantando a la criatura: se parecía a un dóberman con las patas de un perro salchicha, y estaba cubierto de aguijones en forma de cono con agujeritos en las puntas. No tenía ni idea de lo que era aquello. Los mals siempre sufren mutaciones, y si no, se las provocan o se crean nuevos mals—. Las púas expulsan algún tipo de gas, lo he recogido para que nadie lo pise sin querer. —Muy considerado por su parte.

En ese momento, empezaron a aparecer otros alumnos de último curso que bajaban con cautela desde la cafetería. Mientras nos marchábamos para aliviar el dolor, tanto literal como figuradamente, oí que alguien le preguntaba a Aadhya: «Eh, ¿os quedáis con el primer turno?», y ella se encogía de hombros y decía: «Nos lo estamos pensando», lo que significaba que estábamos abiertos

a ofertas: al menos uno o dos equipos estarían encantados de so-
bornarnos para que fuéramos los primeros en recorrer los circuitos; de esa forma, podrían bajar temprano al gimnasio y aun así
tener la certeza de que alguien más les había despejado el camino.
Si íbamos a ser los primeros de todos modos, mejor sacar tajada
de ello.

Llegó a un acuerdo a la hora de la comida con tres alianzas
que querían compartir el turno inmediatamente posterior al
nuestro; a cambio, ellos nos ayudarían con la parte terapéutica,
lo que significaba que no tendríamos que desperdiciar nuestros
propios suministros curativos. Era un trato muy beneficioso
para nosotros: al aceptar ayudarnos justo después de que saliéramos del circuito, deberían esperar en lugar de empezar el entrenamiento antes de que aparecieran otros equipos. Estuvieron
de acuerdo porque de todas formas tendrían que esperar: el circuito tardó un buen rato en reiniciarse después de que hubiése-
mos terminado.

Normalmente, ese proceso tiene lugar en el tiempo que tar-
dan las puertas en cerrarse justo detrás de ti y volverse a abrir.
Los entrenamientos no son reales de verdad. Si chorrocientos
magos se pusieran a lanzar sus hechizos más poderosos tres veces a la semana, el gimnasio se vendría abajo casi de inmediato,
por no mencionar que si realmente usáramos nuestros hechizos
más poderosos, nos quedaríamos sin maná para la graduación,
nuestros artificios acabarían desgastados, se nos agotarían las pociones, etcétera. Así que, en lugar de eso, la magia del circuito de
obstáculos mitiga todo el proceso: al lanzar hechizos en su interior, la sensación es la misma, pero solo se ejecuta la mitad del
uno por ciento del hechizo y el circuito modifica la respuesta
para que parezca que has lanzado el hechizo con toda su potencia.

Crees estar tomando un buen trago de poción, pero en realidad está diluida; crees estar usando un artificio, pero este está cubierto con un hechizo protector. Y al salir del circuito, *fiuuu*, todo vuelve a la normalidad —menos las heridas que hayas sufrido; esas son de verdad, nada mejor para fomentar una rápida mejora de tus habilidades— para que la siguiente tanda de ávidos alumnos pueda entrar.

Y todo el proceso funciona porque entramos en el circuito de forma voluntaria: el único modo de que la magia de otra persona acceda a tu maná y a tu cerebro a esa escala es dando tu consentimiento. Bueno, a no ser que se use la violencia. Siempre se puede recurrir a la violencia.

Sin embargo, parecía que hacer desaparecer la mitad del uno por ciento de un río gigante lleno de lava requería un esfuerzo considerable. El hechizo que le había lanzado al río aquella mañana procedía de un maléfice demasiado ambicioso del reino de Avanti que pensaba que su malvada fortaleza sería mucho más impresionante si estuviera rodeada por un foso de lava. Cuánta razón tenía. Los equipos que venían detrás se habían visto obligados a quedarse de brazos cruzados en el umbral durante diez minutos hasta que las puertas se abrieron de nuevo para permitir la entrada a aquel encantador y mortífero escenario invernal.

Pasamos el resto del día igual que haríamos a partir de ese momento: reunidos alrededor de una mesa en la biblioteca, repasando cada paso que habíamos dado e intentando decidir qué habíamos hecho mal. Como he indicado hace nada, apenas tenía ni idea de qué maniobras había utilizado, y a los demás les ocurría lo mismo, lo que dificultó nuestro análisis posterior. Todos recordaban con absoluta claridad el río convirtiéndose en lava, bien por mí, así que dedicamos mucho tiempo a debatir si debíamos considerar aquella maniobra el eje central de nuestra estrategia: dejar que yo desplegara un río de magma en medio del salón de grados, lanzar un hechizo de refrigeración sobre nuestros pies y echar a correr hasta las puertas. Parecía una buena idea, conveniente y sencilla, pero hay muchos mals a los que no les afecta el calor volcánico, y de todas formas todos los demás alumnos se apelotonarían detrás de nosotros, con lo que atraeríamos demasiado la atención. Los mals se lanzarían los unos a los otros por una simple cuestión numérica, y la segunda oleada de bichejos avanzaría por encima de los cuerpos carbonizados de sus compañeros caídos para llegar hasta nosotros. Asimismo, el calor no solo no les haría nada a los milfauces sino que, además, no tendrían ningún problema en dejar caer algún tentáculo sobre el camino de lava y convertirlo en su bandeja particular en cuanto empezásemos a correr hacia ellos. Y no podríamos detenernos. El efecto de la mayoría de los hechizos de refrigeración no dura demasiado si permaneces sobre una superficie de lava.

—¿Y si lanzas la lava al otro lado del salón de grados, justo detrás de nosotros? —preguntó Khamis—. Les cortarías el paso a los mals.

Respondí sin perder los estribos:

—Y también a los otros alumnos que estuviesen detrás.

Estaba claro que pensaba que aquello era problema de ellos y no nuestro, pero era un tipo listo y no me lo dijo a la cara. Aunque estoy bastante segura de que sí se lo dijo a Nkoyo en plan: «¿Puedes intentar que la mema de tu amiga entre en razón?». Vi cómo se la llevaba aparte para hablar con ella mientras bajábamos las escaleras para cenar, y cuando Nkoyo se puso en la cola, su expresión reflejaba controlada resignación, no había ni rastro de su habitual chispa.

Una vez un hombre visitó la comuna con su novia y fue condescendiente con todo el mundo, haciendo preguntas de forma excesivamente educada pero sin dejar de lado su sonrisa burlona: «¿De verdad creéis en este tipo de cosas?». Se trataba de una sonrisa que me era muy familiar: la misma que invadía mi interior cada vez que alguien me decía en serio que si llevaba estas cuentas o aquella pulsera magnética de cobre purificaría mis chakras. Siempre se ofendían cuando les respondía que ponerme una baratija elaborada a partir de un mineral extraído por trabajadores explotados no iba a hacer que mi equilibrio mágico mejorase. Aun así, detesté a ese capullo desde el momento en que apareció. Por lo que pude ver, la única razón por la que había ido a la comuna era para hacer sentir mal a su novia por haber querido pasar un fin de semana haciendo yoga en el bosque con personas lo bastante amables como para interesarse por su estado de ánimo, incluso si le soltaban también un montón de chorradas sobre sus chakras.

La expresión de cansancio que había mostrado ella era la misma que tenía ahora Nkoyo, y me sentó tan mal como entonces; aquello me había cabreado tanto en la comuna, que me acerqué al tío y le dije que debía largarse y no volver nunca más. Él se echó a reír y me sonrió y yo me quedé ahí plantada mirándolo, porque era algo que solía funcionarme muy bien, aunque solo tuviera once años, y lo cierto es que quince minutos después se marchó. Pero obligó a su novia a que se fuera con él.

No fui a encararme con Khamis, pero me aseguré de ir a limpiar mi bandeja con Nkoyo y le dije: «No te cortes y dile a ese capullo que me puse echa un basilisco cuando intentaste sugerirme la idea». Ella me miró y torció un poco la boca, recuperando una pizca de su chispa. Debería haberme sentido orgullosa de mí misma; seguro que mamá me hubiera felicitado por haber madurado tanto. Pero me temo que lo único que sentí fue un deseo aún más fuerte de lanzar a Khamis por uno de los huecos de mantenimiento.

Cuando volvimos a llevar a cabo el circuito dos días después —tenemos permitido acudir día sí, día no; cualquiera que intente acapararlo más allá de eso empieza a sufrir experiencias desagradables, como que sus hechizos fallen en los momentos más críticos—, no convertí el río entero en lava. En vez de eso, conjuré la cantidad suficiente en el fondo para que hiciera hervir el resto mientras a su vez enfriaba el magma. Casi todas las trampas y los mals falsos que acechaban en el río quedaron atrapados en la piedra que acababa de formarse, o al menos se volvieron visibles y pudimos cruzar por donde quisimos.

—El, esa ha sido una muy buena idea —me dijo Liu cuando salimos. Habíamos conseguido llegar hasta el final y volver sin sufrir ninguna herida grave, así que sus palabras parecían obvias, pero ella hablaba en términos más generales—. Ha sido muy buena idea porque nos ha proporcionado alternativas. Tener una alternativa es lo más importante.

Aquello me sonaba. Era uno de los puntos fundamentales del manual de graduación: *Como regla general, al margen de la situación específica en la que os encontréis, debéis procurar conservar o ampliar vuestro número de alternativas.* No había llegado a asimilarlo hasta aquel momento. Contar con una alternativa significaba ser capaz de elegir lo que mejor funcionase para la estrategia que habías trazado. Contar con una alternativa significaba que tenías la opción de salir del colegio.

Liu volvió la mirada hacia las puertas.

—Seis meses.

Yo asentí y ambas volvimos arriba para seguir trabajando.

8

ESCUALÓPODO

Me gustaría poder decir que el trato con Khamis mejoraba cuando se lo conocía mejor, pero no era así. La segunda semana llevamos a cabo el circuito de obstáculos correctamente: me puse a cantar el hechizo amplificador de maná antes de que las puertas se abriesen del todo. Me metí de lleno en un cúmulo de nieve que llegaba hasta las rodillas y formaba parte de un escenario montañoso; estaba vacío, salvo por las enormes rocas de piedra que sobresalían del suelo como si fueran pilares, y las ráfagas intermitentes de viento nevado nos azotaban el rostro casi con la misma fuerza que la ventisca de la última vez. Era un paisaje precioso, pero de esos donde debes pasarte una semana sudando la gota gorda mientras escalas una montaña con una mochila más grande que tú si quieres verlos en persona.

Tras dar un par de pasos tambaleantes, me resbalé y caí hacia atrás. Si no hubiera sido por el portaescudos de Aadhya —tras contarle mi encontronazo con Liesel, modificó mi portaescudo para que actuara también con las caídas accidentales además de con los golpes deliberados—, lo más seguro es que aquella vez hubiese sufrido una conmoción cerebral. Así pues, caí con fuerza y los montones de nieve que había a ambos lados del suelo se precipitaron sobre mi cabeza e intentaron asfixiarme adrede. Jowani tiró de mí y me ayudó a ponerme en pie —era una suerte que viniese con nosotras— justo cuando las rocas se desplegaron, tomando formas parecidas a las de los trols, como si fueran Transformers, y empezaron a lanzarnos piedras a la cabeza.

Todos salimos del circuito con el cuerpo entumecido y un montón de magulladuras; Chloe se había fracturado la clavícula y el hombro y cojeaba mucho: una de las piedras la había golpeado. Nuestros ayudantes le curaron algunas heridas mientras en el gimnasio las rocas volvían a recomponerse a partir del montón de piedrecitas hechas pedazos y polvo que había dejado tras de mí, pero iba a necesitar más atención curativa de la que habíamos acordado con los otros equipos.

—Vamos a tu habitación. Te curaremos allí —dijo Liu, y Chloe asintió sin decir nada, con los ojos mirando al suelo y los labios apretados.

Khamis se acercó y le dijo:

—Eres tú la que les proporciona el maná. La próxima vez te pones en el centro.

Había pasado toda la semana muy orgullosa por mi autocontrol, pero ya se me había agotado la paciencia; me dispuse a decirle que Liu aportaba la misma cantidad de maná que Chloe gracias al hechizo amplificador, que se ejecutaba mientras ella tocaba el laúd, así como a dejarle clarito lo que pensaba exactamente de él y dónde podía meterse sus comentarios, pero antes de que pudiera abrir la boca, Aadhya dijo:

—¿En serio? ¿A un hombretón como tú lo asustan unos cuantos rasguños y moratones? —Él se volvió hacia ella, pero Aadhya se limitó a agitar un dedo de un lado a otro con un desprecio exagerado—. Chaval, si quieres recibir la primera hostia cuando la cosa se ponga fea de verdad, sigue a la tuya y quédate en el centro. Pero ya te digo que Chloe saldrá del colegio antes que tú.

Chloe levantó la mirada con los ojos brillantes. Para ser sincera, no creo que Chloe lo hubiera visto de ese modo hasta ese momento, al igual que yo, pero Aadhya tenía razón. Los alumnos de enclave no sufrían ataques, al menos, no como el resto y mucho menos todos los días. Puede que una vez al mes se toparan con algún mal, pero contaban con ayuda y maná a raudales y siempre había blancos más fáciles a tiro. Dichos encuentros bastaban para practicar, pero no les suponían problema suficiente como para salir mal parados. No creo que hubieran herido a Chloe antes. No de la misma manera que a mí, desde luego, pero tampoco de la manera en que habían herido a Liu, a Aadhya o a Jowani, o a cualquier alumno menos popular al menos media docena de veces. A veces daba igual que tuvieras a tu alcance todo el maná del mundo o los mejores artificios. Bastaba con tener mala suerte una vez. Si te golpeaban y te caías al suelo, y no te levantabas con la suficiente rapidez, ya no te volvías a levantar. Y uno no aprendía a volver a ponerse en pie hasta después de que lo derribaran.

Chloe tragó saliva y le dijo a Khamis:

—Gracias por preocuparte, pero a mi equipo y a mí nos va bien.

Al chico no le hizo ni pizca de gracia, sobre todo porque lo más probable era que supiera que Aadhya tenía toda la razón y ahora no le quedara más remedio que preocuparse de aquella cuestión también, pero no dijo nada más, aunque antes de darse la vuelta y marcharse con su equipo, soltó un resoplido y miró a

Aadhya como si se muriese de ganas de que alguno de sus esbirros le diera un empujón.

Todo sea dicho, nunca antes había visto a Aadhya encararse con un alumno de enclave, tuviera razón o no. No es que fuera una lameculos como Ibrahim, sino que era demasiado sensata como para hacer algo tan... en fin, tan estúpido. A diferencia de otras personas que yo me sé.

—Toma ya —le dije en voz baja mientras bajábamos las escaleras.

—A ver qué iba a hacer si no... —me dijo ella con un bufido, y me lanzó una mirada mordaz. Me gustaría decir que me sentí avergonzada de mí misma por haberla obligado a ponerse chula con alguien para evitar que yo desmembrara a ese alguien, pero me hacía inmensamente feliz que le hubiera parado los pies a Khamis. Aadhya lanzó un suspiro—. Haz el favor de intentar reprimirte un poco hasta que acabe el mes.

—¿Por qué?

—Pues porque entonces ya no podrá largarse con Nkoyo, boba.

Esa vez fui yo la que lanzó un suspiro.

—Sí, vale. —A veces te encanta que tus amigas tengan razón y otras veces te repatea.

Pero estaba en lo cierto, así que me mordí la lengua repetidamente a lo largo de las siguientes semanas mientras se sellaban las últimas alianzas y nosotros invertíamos el tiempo y los recursos suficientes en nuestra colaboración como para que no pudiera buscarse otra alianza y llevarse a Nkoyo y a sus amigas con él. El muy imbécil empezó incluso a colocarse en posiciones algo más arriesgadas durante la *segunda vuelta* a los circuitos, para así recibir golpes pero en su justa medida.

Estaba deseando empezar nuestra quinta semana para poder echarle la bronca como era debido. Hasta el momento, los circuitos habían sido mortíferos parajes invernales de lo más variados, como un bosque espeso y silencioso o un lago helado tan amplio que no alcanzábamos a ver la otra orilla. Aquel día, se trataba de un enorme prado nevado salpicado de plácidos arbustos y florecillas azules que asomaban entre la nieve, aunque nada se abalanzó sobre nosotros. Corrimos hasta la hilera de árboles del extremo más alejado y volvimos como si estuviésemos en medio de una carrera normal y corriente, y entonces, justo cuando yo llegaba a las puertas, se oyó un estruendo: el campo nevado se dividió a unos diez metros detrás de nosotros y un número incalculable de zarzas brotó del interior.

Para entonces, casi todos habían cruzado ya la zanja; Yaakov y Nkoyo eran los únicos que se habían quedado atrás. Yaakov estaba lo bastante cerca como para dar un salto antes de que las zarzas crecieran demasiado; cayó al otro lado mientras las ramas le aferraban las piernas e intentaban tirar de él. Cora y Nadia lograron cortar las zarzas con sus espadas mientras Ibrahim y Jamaal lo agarraban de los brazos y lo sacaban de ahí.

Sin embargo, Nkoyo se encontraba un paso por detrás, por lo que ahora había un grueso muro de zarzas entre ella y la puerta. Intenté lanzar un hechizo de putrefacción a las vides; este debería haberlas eliminado, junto con la mayor parte del circuito, pero no ocurrió nada, y al bajar la mirada me di cuenta de que no solo había acabado el circuito, sino que había salido: estaba en el pasillo, junto a las puertas del gimnasio. No podía ayudar a Nkoyo, al igual que no podría ayudarla una vez que hubiese atravesado las puertas del salón de grados y estuviera de vuelta en Gales.

Aunque si atravesaba las puertas del salón de grados, tampoco seguiría allí mientras presenciaba cómo despedazaban a mi amiga. Nkoyo se había puesto a lanzar hechizos debilitantes y a invocar remolinos, pero solo podía encargarse de cada zarza por separado y se estaba quedando sin aliento y sin maná. Era incapaz de abrir un hueco lo bastante grande como para saltar la zanja sin que la arrastraran hacia abajo, y cada vez había más zarzas. Una de las ramas salió disparada desde el interior del amasijo de espinos, le rodeó la garganta y empezó a estrangularla para que no pudiera seguir lanzando hechizos; la sangre le corría por el cuello y los brazos mientras ella luchaba desesperadamente con las espinas.

No sabía qué hacer, pero no pensaba quedarme ahí plantada. Aunque tendría que llevar a cabo un hechizo muy poderoso, algo permanente, tan horrible como lo que le había hecho al gimnasio en primer lugar. El maná me recorría las manos y el hechizo estaba a punto de abandonar mis labios; mi lengua formaba ya las palabras: un hechizo destructor, capaz de partir en dos el mecanismo del circuito de obstáculos y echar abajo el gimnasio si era necesario…

Y entonces el cantamañanas de Khamis volvió a por ella. Vertió una botella de líquido verde sobre varios nidos de zarzas y estos ardieron en llamas y se consumieron de inmediato, dejando un hueco amplio frente a ella. Él saltó a través del hueco, agarró a Nkoyo por debajo de las axilas y las rodillas y la arrojó, más o menos, a través del hueco —sí que era un hombretón—, antes de saltar tras ella y llevarla a empujones hasta la puerta; trastabilló mientras las últimas zarzas le agarraban y arañaban las piernas, dejando un rastro de sangre en la nieve revuelta antes de que las puertas se cerrasen de golpe tras él.

Sí, nadie querría perder a un miembro de su alianza con la graduación a la vuelta de la esquina, y el equipo era más de Nkoyo que suyo: él solo había accedido a poner los recursos y un montón de maná; había sido Nkoyo la que había reunido al grupo gracias a su amplia red de contactos, que habían estado encantados de unirse a ella. Pero ya había cumplido con su cometido y ella no era, ni mucho menos, imprescindible como especialista en encantamientos. Lo cierto era que había tantos marginados sin alianza que podría haberla sustituido por otros dos alumnos, quienes a estas alturas estarían lo bastante desesperados como para aceptar una posición dentro de la formación aún más peligrosa y una parte minúscula de los recursos del equipo.

En lugar de eso, había arriesgado su vida para salvarla. Mamá siempre me decía que nunca podíamos saber cómo iban a reaccionar los demás durante una situación de urgencia, pero yo había pensado que se refería a que debíamos perdonar a la gente por comportarse como comadrejas cuando la cosa se ponía fea, no que un mendrugo de pan rancio como Khamis fuera a ponerse en plan héroe.

Tras un instante de desconcierto, el resto de nuestro grupo se amontonó a su alrededor en el pasillo, entre gritos y felicitaciones; incluso se nos unió el siguiente grupo de alumnos que esperaban su turno para entrenar, y en esta ocasión nos ayudaron de buena gana, ofreciéndonos vendas, pañuelos y pomadas eficaces. A todos nos encantan los rescates por los pelos, los rescates en los que todo sale a pedir de boca, cualquier tipo de rescate; incluso después de todos esos años en el colegio, deseábamos creer con todas nuestras fuerzas en los finales felices. Nkoyo cayó de rodillas frente a las puertas, con los ojos cerrados y dos gruesos regueros de lágrimas recorriéndole las mejillas, mientras sus otras dos aliadas, Janice y Fareeda, le sostenían en alto los brazos para vendárselos. Khamis se encontraba sentado a su lado, contemplando las manchas de sangre y los desgarrones de sus pantalones y sus zapatillas. Parecía tan sorprendido como los demás de lo que acababa de hacer.

Yo me aparté en algún momento, aunque no recuerdo cuándo; me alejé para dejar espacio a los que estaban ayudando, que se apelotonaron en la arcada de las enormes puertas de metal del gimnasio. Solo Ibrahim se encontraba algo apartado: estaba en el pasillo con Yaakov, con la frente apoyada sobre la de él y sujetándole el rostro con las manos mientras las lágrimas le recorrían las mejillas; al acercarse para darle un beso rápido y desesperado, Yaakov perdió la compostura, cerró los ojos y se echó a llorar también.

Permanecí apoyada al otro lado del pasillo, alejada de todo el mundo, con el hechizo destructor todavía revoloteando en mis labios y el maná del que había echado mano agitándose en mi interior. Llevábamos un mes con los circuitos de obstáculos y ya habíamos mejorado mucho, éramos más rápidos. Necesitábamos el gimnasio, necesitábamos los circuitos. Si lo hubiera echado abajo para salvar a Nkoyo, habría entregado las vidas de gente a la que no conocía, de rostros a los que no prestaba atención, del mismo modo en que había intercambiado a los alumnos de Shanghái por aquellos que habían sido devorados por la quattria.

No tenía derecho a hacer eso. No tenía derecho a hacer nada salvo una cosa —salir del colegio—, porque todos coincidíamos en que ese era un derecho común. Todos estábamos de acuerdo en que teníamos derecho a salir del colegio como buenamente pudiésemos, siempre que no nos matásemos los unos a los otros; y hasta eso podía obviarse si se hacía de forma discreta. Se sobreentendía que ayudabas a los demás solo porque ellos te ayudarían después, y también que tus promesas dejaban de contar cuando te acercabas lo suficiente a las puertas; nadie te echaría nada en cara por largarte en cuanto tuvieras ocasión, incluso aunque el resto de tu equipo muriese. Nadie esperaba que volvieras a por ellos y nadie te haría la promesa de volver a por ti.

Y aunque lo intentaras, nadie te creería, porque tal vez no supieras cómo reaccionaban los demás en situaciones extremas, pero al menos eso sí lo sabías. Si te dabas la vuelta, no conseguirías salvar a nadie, simplemente morirías junto a ellos. En el mejor de los casos, intercambiarías tu vida por la de ellos; aceptarías pasar la eternidad en el interior de un milfauces para que otra persona atravesara las puertas en tu lugar. Nadie esperaría otro desenlace, así que no era algo que pudieras pedirle al primero que se te cruzase. Podías pedirles a los demás que fueran valientes, que tuvieran compasión; podías pedirles que te tuvieran en cuenta, que te ayudaran; podías pedirles una infinidad de cosas dolorosas. Pero no cuando tenías la certeza de que no iba a servir de nada. No podías pedirle a alguien que se entregara por completo, que intercambiara todo lo que tenía y podría llegar a ser, para darte la oportunidad de escapar, cuando al final —y las puertas eran el final, la meta— sabías que no eras más especial que ellos. Ni siquiera era una cuestión de heroísmo, sino una ecuación que no cuadraba.

Salvo para mí. Yo podía darme la vuelta. Con una dosis de valor ordinaria, ni siquiera tan elevada como la que había reunido Khamis Mwinyi en su interior sin decírselo a nadie, podía darme la vuelta al llegar a las puertas y conseguir que todo mi equipo las atravesase; podría destruir a todos los mals que se me pusieran por delante hasta que mis amigos estuvieran a salvo.

Así que era eso lo que tenía que hacer. No me quedaba otra. No podía ponerme a salvo, llegar a los verdes bosques de Gales y abrazar a mi madre mientras todos aquellos a los que quería seguían en el colegio. Debía darme la vuelta y mantener las puertas despejadas hasta que todos pasasen. No me lo habían pedido, ni me lo pedirían, pues iba en contra de las reglas no escritas, pero yo lo haría de todos modos porque era capaz. Podía salvar a Aadhya, a Liu, a Chloe y a Jowani, y salvaría a Nkoyo, Ibrahim, Yaakov y Nadia.

Y entonces, en cuanto hubiese hecho aquello, yo misma atravesaría las puertas. Salvaría a quienes me importaban y luego… podría darles la espalda a todos los demás. Podría marcharme y dejar que se las apañasen solos. No les debía nada. No los quería. No habían hecho nada por mí. Excepto Khamis, que estaba en el suelo temblando, con la sangre recorriéndole las piernas y formando un charco por debajo de él; sangre que había sacrificado para salvar a Nkoyo cuando yo no había sido capaz. Salvaría también a Khamis. Permanecería junto a las puertas el tiempo suficiente para salvar a Khamis, por el que no sentía el menor aprecio, porque ¿qué otra cosa iba a hacer si no?

Me aparté de la multitud de personas agrupadas en torno a él y a Nkoyo, de los desconocidos que estaban ayudando como podían a alguien que era importante para mí. Di otro paso hacia atrás y me giré, y tres segundos después ya había recorrido la mitad del pasillo, corrí como si las puertas estuvieran frente a mí y pudiera salir del colegio, como si pudiera escapar. Para entonces había más alumnos de último curso dirigiéndose hacia el gimnasio. Volvieron la cabeza a mi paso, nerviosos, preguntándose de qué huía, cuando la realidad era que huía de ellos, de cualquiera que resultara ser una persona decente, que resultara ser tan especial como las personas a las que quería. Que mereciera vivir tanto como ellos.

Aceleré el paso todavía más, algo que pude hacer porque durante las últimas cinco semanas había estado corriendo casi a diario como si me fuera la vida en ello; pero resultó ser una idea terrible porque me di de bruces con Magnus. Estaba bajando las escaleras para ir a entrenar con su equipo: un grupo de cinco chicos que ocupaban casi todo el ancho, así que en vez de esquivarlos tuve que abrirme paso a la fuerza; él alargó la mano de manera instintiva para que yo no perdiera el equilibrio y me dijo: «El, ¿qué ha pasado? ¿Chloe está bien?», como si incluso él fuera capaz de preocuparse por otro ser humano mientras fuera alguien con quien hubiese crecido. O, tal vez, mientras pudiese darse el lujo de preocuparse por esa persona porque sabía que lo más probable era que llegase viva a los dieciocho años.

—Te odio —dije como una cría estúpida.

Estaba a punto de romper a llorar, de romper muchas cosas, aunque no tenía ni idea de qué, cuando Orion rodó escaleras abajo y nos derribó a los seis, consiguiendo un pleno. Un monstruoso escualópodo que agitaba unos tentáculos de calamar alrededor de unas fauces de tiburón prehistórico descendió las escaleras tras él, rugiendo y aferrándose a todo; los chicos se pusieron a gritar e intentaron alejarse, algo que resultaba complicado al estar todos hechos una maraña en el suelo.

Al menos Magnus no intentó nada heroico: hizo todo lo posible por escapar, igual que el resto. Aunque no sirvió de nada; la criatura, que ya se había abalanzado sobre nosotros, estaba agarrando a Orion y a todos los compañeros de equipo de Magnus y arrastrándolos hacia su boca repleta de dientes; extendió sus otros tentáculos, pero en cuanto me quitó a Magnus de encima, me incorporé y le grité: «¡Muérete de una vez, saco putrefacto de larvas!».

En realidad, esas no eran las palabras que componían el hechizo de putrefacción que había intentado lanzarles a las zarzas, pero al parecer daba igual, porque el escualópodo obedeció sin vacilar: su piel se encogió hasta reventar y una masa revuelta de gusanos diminutos y horribles se esparció por el suelo; los chicos —que gritaron todavía más— quedaron medio enterrados mientras la criatura se desintegraba. Todos salieron disparados por el pasillo, sacudiéndose las larvas de forma frenética y aplastándolas bajo sus pies. Todos salvo Orion, que asomó la cabeza desde el océano de gusanos, se sacudió sin un ápice de repulsión —los tenía hasta en el pelo— y contempló los restos del mal, que no tardaron en desaparecer: las larvas huyeron en masa por los desagües, dejando a su paso solamente las dos enormes mandíbulas óseas repletas de dientes de sierra que colgaban todavía abiertas en el suelo, como si hubieran salido de un museo.

No tuvo el valor de reprocharme nada, pero lanzó un leve suspiro de decepción.

—Ni se te ocurra, Lake —le dije. Me encontraba mejor, puede que porque había utilizado el maná que había reunido al crear un nuevo hechizo, o tal vez fuera ese sentimiento de calma que te inunda después de llorar, cuando sabes que nada ha cambiado y todo sigue siendo horrible, pero no puedes seguir llorando siempre, así que no te queda más remedio que seguir adelante—. Dime, ¿cuál es el plan? ¿Tienes algo pensado o vas a improvisar sobre la marcha?

—Eh, ¿el plan?

—Para la graduación —dije, asegurándome de pronunciar con énfasis cada sílaba por si se le escapaba alguna—. Para librarte de los mals. Antes de que se coman a todo el mundo.

Me fulminó con la mirada.

—¡No me hace falta ningún plan!

—Es decir que no te da la gana trazar una estrategia que no sea «entrar a lo loco en el salón de grados y ponerte a matar mals hasta que uno de ellos te mande al otro barrio». Pues, mala suerte, pero no es así como van a ir las cosas.

—¿Y cómo van a ir? —dijo con recelo tras un momento.

—Joder, mira la pinta que tienes —dije dirigiendo un gesto condescendiente al desastre de las escaleras—. Si dejo que te encargues de despejar el salón de grados tú solo, te tropezarás con tus propios pies y acabarás devorado por un grue en menos de cinco minutos. Imagínate el bochorno.

No sabía si sentirse ofendido o encantado, y estaba claro que durante un instante tuvo el impulso de protestar de forma caballerosa con una frase del tipo: «No puedes hacer algo tan peligroso», pero se lo pensó mejor y cerró la boca antes de que se le escapara. En su lugar, se cruzó de brazos y dijo, imperturbable:

—¿Y cuál es tu plan? ¿Convertir a todos los mals en gusanos? Seguro que así todo el mundo se lo pasará de vicio.

—Si saben lo que les conviene, se aguantarán y me darán las gracias —dije.

Lo cierto es que no tenía ningún plan mejor que el de entrar a lo loco en el salón de grados y ponerme a matar mals hasta que uno de ellos me mandase al otro barrio. No tenía ni idea de lo que iba a hacer. Solo sabía lo que no iba a hacer. No iba a atravesar las puertas. No pensaba marcharme hasta que todo el mundo hubiera salido.

9
LINFO

Por supuesto, nadie reparó en mi noble decisión de salvarlos a todos, ya que puse en marcha dicha idea del único modo que se me ocurrió, es decir, negándome a atravesar las puertas del gimnasio hasta que todos los demás hubieran salido. Sin embargo, mi postura pasó desapercibida porque, tras lo sucedido en el circuito de aquella semana, era lo único sensato que podía hacerse. Por lo general, el circuito no cambia a lo largo de la semana, pero pensamos que quizás esta vez hubiera ataques imprevistos durante la segunda y la tercera vuelta, ya que de otra forma se trataría de un entrenamiento de lo más inútil, pero nos equivocamos. Durante toda la semana, el circuito no sufrió ningún cambio y todos los que lo recorrieron tuvieron que hacer lo mismo que nosotros: pegarse una buena carrera y sortear un ataque para nada inesperado al final.

Incluso si estuviera empeñada en dejar tirado a todo el mundo durante la graduación y atravesar las puertas a la primera de cambio, habría sido una estupidez abandonar a mis compañeros de equipo a su suerte durante los entrenamientos en el gimnasio.

De manera que nadie se inmutó cuando me detuve frente a las puertas el miércoles y el viernes, me di la vuelta y desintegré todas las zarzas antes de que brotaran del todo siquiera. No trazamos ninguna estrategia, pues no había estrategia alguna que trazar salvo acordar que, tras el entrenamiento del miércoles, Nkoyo y Khamis se tomarían el viernes libre y acumularían maná mientras se recuperaban. Ni siquiera lo consideraban un descanso merecido, sino que se trataba de sacarle partido a una mala situación. Ninguno de nosotros quería descansar. Lo que queríamos era practicar con circuitos que nos fueran a servir para salir del colegio con vida. Por mi parte, yo tenía aún más ganas de entrenar que antes.

Intenté ir de caza con Orion para compensar, pero aquello resultó todavía más inútil. Nunca nos atacaba ninguna criatura, y si alguna vez se oía algún ruido, me dejaba tirada de inmediato y salía a toda velocidad a buscarlo. En el mejor de los casos, le daba alcance y me lo encontraba junto a algún bicho muerto con una expresión satisfecha en el rostro. En el peor, me pasaba media hora deambulando por el laberinto de las aulas de seminario intentando dar con él. No, espera, me he confundido. En el peor, me pasé media hora intentando dar con él, me resbalé en un mejunje gigantesco que resultaron ser los restos de la criatura, fuera la que fuere, que había matado, y acto seguido me di por vencida y lo encontré comiendo en la cafetería, con una expresión satisfecha en el rostro. No me dijo directamente que había estado pidiendo a gritos acabar cubierta en un mejunje asqueroso, pero su cara no dejaba lugar a dudas. Llegados a ese punto, me di cuenta de que al único al que iba a matar era a él, así que lo dejé estar.

A la semana siguiente, apareció un nuevo circuito y el colegio nos dejó claro que estaba más que dispuesto a resarcirse por los apacibles días que habíamos pasado. No éramos capaces de recorrer ni diez metros del terreno sin que algo se nos echara encima. Para que nos entendamos: el viernes anterior habíamos tardado tres minutos en completar el circuito, y eso incluía el tiempo que me llevó marchitar las zarzas y convertirlas en polvo. Por lo general, recorrer un circuito más típico cuesta unos diez minutos. Durante la graduación, si tardas más de quince minutos en llegar a las puertas, lo más probable es que no consigas salir.

El lunes permanecí veintisiete minutos dentro del gimnasio, y al salir me topé con una multitud de alumnos: habíamos tardado tanto que ya había ocho alianzas frente a las puertas esperando su turno. Ninguna parecía demasiado entusiasmada. Normalmente, tratamos de no saber nada de antemano para poder llevar a cabo una primera vuelta al circuito a ciegas, pero en esta ocasión los demás equipos no dudaron en interrogar a todo el que salía y en llegar a acuerdos con otras alianzas para afrontar el entrenamiento juntos.

No creo que mi aparición tranquilizase a nadie. Salí dejando una estela de nubes de color verde oscuro que relampagueaba y reflejaba destellos fosforescentes: los vestigios del huracán que había originado para disolver la infinidad de criaturas hechas de barro congelado que había en el interior. Tampoco debíamos olvidar el anillo de esferas de fuego anaranjado y púrpura que orbitaba alrededor de mi cintura. Los hechizos se desvanecieron en cuanto atravesé las puertas, pero permanecieron en el aire lo suficiente como para transmitir un mensaje muy claro: *He aquí a vuestra diosa oscura*; de todas formas, había estado cinco minutos frente al umbral lanzando esferas y rayos sobre puntos estratégicos para abrir un camino hacia las puertas. Los demás integrantes de nuestros tres equipos estaban abrumados. Nkoyo incluso se sentó en el pasillo, cerró los ojos y apoyó la cabeza en el hombro de Khamis cuando este se acomodó a su lado. Las heridas más graves de su garganta apenas habían cicatrizado y algunas de las costras se habían agrietado y volvían a sangrar.

—Vale, ¿quién quiere un resumen? —dije, disipando con la mano las últimas virutas de humo de la forma más pragmática que pude. El gesto me salió regular, pero los demás estaban tan desesperados que se animaron a hablar conmigo o, al menos, a acercarse lo suficiente como para escuchar lo que les estaba contando a los más valientes. Permanecí en el pasillo durante los diez minutos siguientes, respondiendo a preguntas para ayudar a los demás a elaborar sus estrategias para recorrer el circuito. A continuación, las cuatro alianzas que habían estado esperando entraron juntas. Consiguieron recorrer unos diez metros antes de tirar la toalla y volver a salir corriendo. Llegados a ese punto, los demás se marcharon sin más. El nuevo circuito resultaba inútil pero en el sentido opuesto: era demasiado difícil para todo el mundo. Salvo para mí.

El miércoles por la mañana, conseguimos recorrerlo en solo catorce minutos: se nos habían ocurrido un montón de ideas mejores para que yo les despejase el camino. No había nadie esperando fuera. Tuvimos que curarnos solos, lo cual nos llevó algo de tiempo. Todo nuestro equipo estaba exhausto. Excepto yo. Me sentía llena de energía y lista para zamparme la comida.

En la cafetería se me ocurrió que si no había nadie entrenando, podíamos usar el gimnasio sin problema. Por lo general, el colegio te penaliza si intentas recorrer el circuito más de tres veces a la semana para evitar que los alumnos lo acaparen, pero si no hay nadie esperando para entrar, se te permite dar una vuelta adicional.

—Subiré a la biblioteca dentro de un rato —les dije de pronto a todos cuando fuimos a dejar nuestras bandejas—. Vamos, Lake.

Orion no dejó de protestar mientras bajábamos las escaleras —los mals de verdad habían abandonado el gimnasio, ya que no había nadie entrenando, así que para él no tenía ningún sentido ir hasta allí—, pero dio su brazo a torcer y vino conmigo. Recorrimos juntos el circuito.

Fue una idea aún peor que la de ir a cazar con él, aunque de un modo completamente diferente. Orion despachó muerto de aburrimiento las innumerables hordas de mals falsos que salieron a nuestro encuentro mientras yo avanzaba impávida y libre, sin nadie a mi espalda de quien tuviese que preocuparme. Lo obligué a recorrer el circuito tres veces seguidas y cuando se resistió a dar una cuarta vuelta, me abalancé sobre él allí mismo, frente a las puertas del gimnasio. Estábamos besándonos y la cosa iba muy bien en mi opinión, cuando me tocó sin querer el lateral de la teta y entonces se apartó de mí, presa del pánico, y balbuceó de forma incoherente: «Tengo que… es… ah… no quería… tienes»; retrocedió y casi choca con el cadáver del linfo, totalmente real, que se había cargado durante nuestra primera vuelta, que seguía empapado y era todavía muy capaz de disolverle los pies y las piernas si lo tocaba. Tuve que dar un brinco tras él y arrastrarlo hacia un lado, aunque ni siquiera advirtió por qué; simplemente se zafó de mí y salió huyendo, dejándome sola frente a las puertas.

Aquella vez, ni siquiera el sentimiento de humillación consiguió hundirme. Subí las escaleras tomando profundas bocanadas de aire y encantada con mi propio poder; estaba pletórica, aunque obviamente aquello había sido una estupidez en todos los sentidos. Ya sabía de antemano que salir del colegio me resultaría pan comido si no tenía que estar pendiente de nadie más. No hacía falta que me regodease en lo sencillo que sería, y desde luego, no me hacía falta comprobar lo bien que podía pasármelo con Orion mientras tanto.

De haber necesitado un toque de atención para reconocer mi propia estupidez, Tesoro, que en ese momento se encontraba encaramada en uno de los estantes junto a las puertas de la biblioteca, habría estado dispuesta a dármelo. No nos llevábamos a los ratones al circuito de obstáculos, ya que no eran la clase de familiares que prestan asistencia durante los combates, de modo que en su lugar entrenábamos con bolitas de peluche metidas en algún lugar seguro de nuestro equipamiento. Sin embargo, no hizo falta que me diera ningún mordisco en la oreja al llegar a la biblioteca: mientras subía los largos tramos de escaleras, tuve tiempo más que suficiente para censurar mi insensatez.

—Ya —le dije brevemente mientras alargaba la mano para bajarla; ella olfateó el nudillo de mi pulgar y se metió en el recipiente de la bandolera.

Al llegar a la sala de lectura, fui a hablar con uno de los equipos que nos proporcionaba asistencia curativa y les dije que si bajaban al gimnasio el viernes, entrenaría con ellos tras completar el circuito con mi grupo. Se me quedaron mirando como si fueran una manada de ñus y yo un cocodrilo gigante que me hubiera ofrecido a ayudarlos a cruzar el Nilo.

—Si queréis —dije malhumorada—. No me vendría mal practicar más, eso es todo.

No aceptaron mi oferta, aunque sí la comentaron con más gente, porque cuando salimos de entrenar el viernes, los otros dos equipos estaban esperándome. En realidad no me pidieron abiertamente que entrase con ellos: ni que fuera yo una persona o algo así; sino que se limitaron a mirarme de reojo. Me tragué la rabia y le dije a Aadhya: «Nos vemos arriba», y después de que mi equipo desapareciera por el pasillo, les dije: «Venga», y volví a entrar en el gimnasio.

Los otros equipos no eran tan buenos como el mío —o, al menos, no eran tan buenos como nosotros después de llevar seis semanas practicando juntos—, pero conseguí que salieran con vida. Tuve que convertir en piedra a una de ellas para evitar que le pegaran un mordisco y la partieran por la mitad, pero la devolví a la normalidad después, así que no veo mayor problema en ello.

Todos menos yo se morían de ganas de cambiar de circuito, pero al llegar el lunes, nos dimos cuenta de que el de esa semana era igualmente horrible. Cuando salimos, los tres equipos de asistencia curativa nos esperaban junto a las puertas con cara de espanto. Me di la vuelta y entrené con ellos, y al salir, vimos a otro grupo esperando: el de Liesel. Al parecer, después de Año Nuevo, había decidido pasar de Magnus y se había aliado con Alfie, del enclave de Londres. No sé qué tenía en contra del enclave de Múnich, que contaba con tres chicarrones de último curso entre los que elegir, si es que ese era realmente uno de sus criterios fundamentales, pero era de suponer que algo debían de haberle hecho, ya que en la actualidad Múnich era una opción mucho más atractiva que Londres para una chica alemana que, al parecer, estaba decidida por todos los medios a conseguir un puesto en el consejo de un enclave de máxima categoría antes de los treinta. A no ser que Alfie tuviera alguna cualidad *extraordinaria*, pero no había visto indicio alguno de ello en los últimos tres años y pico.

—¿Qué tal, El? —me dijo Alfie, como si hubiéramos estado años sin vernos y se hubiera llevado una grata sorpresa al encontrarme allí.

Lo ignoré y le dije a Liesel:

—Venga, vamos.

Ella me dirigió un frío asentimiento de cabeza antes de entrar. Era de las mías.

Y, además, se las apañaba de maravilla. No era Orion, pero era mejor que cualquier otra persona con la que hubiese entrenado; no obstante, intenté no darme cuenta de ello por una cuestión de lealtad. Lo cierto era que todo su equipo era mejor. Ni siquiera Alfie era el eslabón más débil: sí, se había colocado en el centro de la formación, pero no estaba de brazos cruzados, ni mucho menos; utilizaba su posición para lanzar complicados hechizos defensivos para cubrir a los demás, y se le daba muy bien. Tenía buenos reflejos y contaba con lo que debía de haber sido una colección enciclopédica de hechizos protectores que se sabía al dedillo: lanzaba, sin tregua alguna, el hechizo exacto en el momento y el lugar exactos, por lo que el resto podíamos desentendernos del todo y centrarnos por completo en la ofensiva. Recorrimos el circuito en once minutos; la primera vuelta con mi equipo me había llevado veintidós minutos.

Por supuesto, veintidós era mejor que no llegar a salir, que es lo que les habría pasado a Liesel y compañía si no hubieran dejado que los acompañara. Todos se acobardaron cuando llegamos a la recta final y el suelo congelado sobre el que habíamos corrido se plegó bruscamente a nuestro alrededor, transformándose en unas imponentes placas con picos dentados del tamaño de un fémur de tiranosaurio rex, de las que emergían unos vapores ectoplásmicos que sugerían que no solo tenían forma física sino también psíquica. Alfie levantó el mejor escudo grupal que había visto nunca, el cual habría soportado uno o dos golpes, pero la verdad es que no había escapatoria posible.

Hasta que recité el séptimo hechizo de vinculación de *La vid fértil*, que fue el primer libro de hechizos en maratí que se escribió. Lo elaboraron un grupo de poetas especialistas en encantamientos de la zona de Pune que anhelaban disponer de más hechizos en su propia lengua —cuanto mejor conoces un idioma y entiendes sus matices, mejor te salen los hechizos—, así que se reunieron para escribir e intercambiar hechizos. La cosa salió tan bien que durante mucho tiempo formaron parte de un círculo y siguieron colaborando; crearon hechizos cada vez más poderosos y, finalmente, reunieron una colección tan valiosa que Jaipur les entregó sus hechizos de construcción de enclaves a cambio de ese único libro.

Justo después, se desató una lucha descomunal dentro del grupo. La mayoría de ellos murieron, algunos se unieron a Jaipur y un par renunciaron a la magia, purgaron todo su maná y se marcharon a vivir al desierto como ascetas; por eso no hay ningún enclave en Pune. Pero antes de que eso ocurriera, fueron los artífices de verdaderas maravillas, que incluían una serie de hechizos de vinculación complejísimos; el hechizo más enrevesado de este conjunto en particular solo lo usan los maléfices que quieren someter la voluntad de uno de los mals más peligrosos de tipo aparición. Bueno, o los círculos de magos decentes que pretenden deshacerse de esos mals, pero supongo que ya habrás adivinado por qué el colegio me entregó una copia *a mí*. Las suelas de las zapatillas habían empezado a desprendérseme a mitad de primero, y pensé que estaba siendo lo bastante específica cuando le pedí al vacío que me proporcionase un hechizo para volver a unirlas, pero me equivoqué. Te sorprendería saber las pocas veces que me han dado ganas de convertir en mi mascota a un benabel que se alimenta de cadáveres humanos en los últimos cuatro años, aunque supongo que podrías acusarme de falta de imaginación.

Pero era el hechizo idóneo para cuando tenías que enfrentarte a un ente poseído del tamaño de un glaciar. Era la tercera vez que recorría el circuito y ya le había pillado el tranquillo, así que fue una experiencia bastante indolora. Lo único que tuve que hacer fue pronunciar el hechizo, ordenar al glaciar que permaneciera inmóvil, y pudimos salir del gimnasio como si nada. Pero eso no evitó que Liesel y su equipo siguieran considerando que la situación era desesperante. El problema era que nadie más que yo, por muy brillante o aplicado que fuera, habría sido capaz de hacer nada al respecto. Incluso con el hechizo vinculante en su poder, normalmente haría falta que un círculo de doce magos ejecutara un cántico durante una hora. Liesel tenía el rostro contorsionado por la rabia cuando atravesamos las puertas. Ni siquiera tuve en cuenta que se hubiera marchado sin darme las gracias. Alfie estaba mejor adiestrado y, antes de ir tras ella, me dijo: «Gracias, El, ha sido todo un detalle», pero incluso a él le salieron las palabras de forma mecánica.

A la hora de la comida ya se había corrido la voz y todo el mundo comenzó a asustarse. Aparte de lo peligroso que resultaba presentarse en la graduación sin haber entrenado lo suficiente, los obstáculos del nuevo circuito no tenían ningún sentido, y esa era una circunstancia especialmente alarmante. Uno podría alegar que en el exterior había mals que eran tan grandes como montañas, pero era como decir que en el exterior había ballenas azules. Si una ballena azul apareciera en medio del salón de grados, supondría un reto para todos nosotros, pero no habría llegado allí por iniciativa propia. Entonces, ¿por qué algo como eso aparecía de pronto en el circuito de obstáculos? O bien el colegio estaba actuando por pura maldad, con la excusa de que al menos una alumna era capaz de enfrentarse a ello, incluso si eso hacía que el circuito no les sirviera de nada a los equipos que no contasen conmigo —lo que ya sería bastante malo—, o había alguna criatura de tal magnitud en el salón de grados.

A nadie se le ocurría ninguna otra razón; hasta donde ellos sabían, todo seguía igual. Yo era la única que estaba al tanto de lo que había cambiado. Yo había cambiado. Y los despiadados circuitos eran una respuesta demasiado evidente a dicho cambio. ¿Conque quieres salvar a todo el mundo, tontaina? Vale, pues vamos a ponértelo un poco más difícil: nadie podrá entrenar durante lo que queda de semestre, así que cuando bajéis al salón de grados, todos perderán los papeles y no darán pie con bola. A ver si entonces puedes salvarlos.

Sin embargo, no compartí con nadie mis planes, así que los demás siguieron haciendo cábalas y sembrando el pánico. Aquella tarde, en la biblioteca, un par de equipos se armaron de valor para pedirme que fuera a entrenar con ellos, y a la mañana siguiente, Ibrahim terminó de jorobar las cosas: me acorraló de camino al baño y estuvo cinco minutos divagando hasta que por fin entendí que lo que intentaba era averiguar qué opinión me merecía su beso con Yaakov.

Según las normas de la Escolomancia, no había hecho nada malo al no comentarme el asunto. Sí es imperativo revelar cualquier conflicto de intereses que pueda haber antes de pedirles a tus posibles aliados que se os unan a ti y a tu pareja; estaba claro que el hecho de que Ibrahim hubiera tomado la posición de liderazgo en su equipo y Yakoov la retaguardia no era ninguna coincidencia: eran las dos posiciones más peligrosas y las que más separadas estaban, por lo que sería imposible que dejaran tirados a los demás y huyeran juntos. Pero yo *no era* su aliada. Mi nombre no estaba escrito en la pared junto al suyo y el de Yaakov, así que no me debía nada, mi opinión no debería haber importado. Pero aquí estaba él, intentando sonsacarme, como si mi opinión contara para algo.

Era horrible, y ni siquiera fui capaz de pegarle un berrido, porque lo cierto era que ahora, según los procedimientos operativos de los alumnos más desgraciados de la Escolomancia, sí importaba. Aadhya había llegado a un acuerdo con su alianza, pero en estos casos se sobreentendía que, de presentarse la ocasión, cualquiera de las partes tenía derecho a deshacerse de las demás o a pactar un acuerdo más beneficioso con otra alianza. Y ahora que me había convertido en un recurso increíblemente valioso y escaso, la ocasión se había presentado. Si aprovechábamos la oportunidad y, oh, mira tú por dónde, llegábamos a un acuerdo con Liesel y con Alfie, Ibrahim y su equipo se encontrarían, de pronto, en una situación tan delicada como cualquiera que no entrenase conmigo.

Y tampoco era ninguna casualidad que durante todas las noches que habíamos pasado estudiando juntos en la habitación de Chloe, Yaakov y él no nos hubieran contado que eran más que amigos. En este colegio todos andamos siempre muy ocupados hincando los codos, pero uno de los temas de conversación más jugosos eran los amoríos de los demás. Solo lo superaban los cotilleos sobre quién iba a aliarse con quién.

En realidad, no había demasiados cotilleos que comentar, porque, curiosamente, eso de estar siempre al borde de la desnutrición, el agotamiento y el pánico no es lo más propicio para que el romance florezca, aunque intentábamos entretenernos lo máximo posible con las parejas que se las arreglaban para hacer que la cosa cuajase; para sorpresa de nadie, la mayoría estaban formadas por al menos un alumno de enclave. Todos nos enteramos cuando

Jamaal empezó a coordinar sus paseos al quiosco con una chica de El Cairo: ella aparecía con un grupo de chicas y él con uno de chicos, era todo muy de manual. Todos sabíamos que Jermaine, de Nueva York, se había pasado el año anterior formando parte de un triángulo amoroso con un chico de Atlanta y una de las mejores alquimistas del colegio, y todos compartimos un momento de deleite cotillil cuando la situación se convirtió en una pareja de tres y en una alianza durante el primer mes del semestre. Y de paso, todos se divirtieron también a mi costa haciéndome comentarios sobre Orion. Ibrahim y Yaakov habían decidido guardarse para ellos su relación. Habían creído que era un riesgo que no podían correr.

A muchos alumnos de enclave, sobre todo a los que pertenecen a los enclaves occidentales más poderosos, les gusta alardear de lo avanzada que es la sociedad mágica comparada con la de los mundanos. Teniendo en cuenta su enrarecido punto de vista, supongo que es cierto. Si pasas décadas reclutando a los mejores magos del mundo, ya que son los más capacitados para salvarles la vida a tus hijos y proporcionar a los tuyos más riqueza y poder, es normal que contemples tu enclave diverso y tolerante y te des una palmadita en la espalda a modo de felicitación. Pero eso no significa que entre los nuestros no haya gente con prejuicios, sino que disponemos de una línea divisoria adicional que se alza justo frente a las puertas de los enclaves y es lo bastante afilada como para rajarte la garganta.

E Ibrahim no se encontraba en el lado privilegiado de esa línea. No pertenece a ningún enclave, ni es un estudiante excepcional, de esos que consiguen alianzas con los alumnos más poderosos. Su cualidad principal, el único talento que había cultivado para sobrevivir todos estos años y anotarse una alianza con Jamaal —el chico de Dubai que estaba en su equipo— era que hacía la pelota como nadie. Si te gustaba que te dorasen un poco la píldora, que te animaran y consolaran cuando estabas de bajón, que te dieran palmaditas en la espalda y te dijeran que eres lo más y que tenías razón, incluso cuando estuvieras equivocado, o que te ayudaran a superar cualquier sentimiento de culpabilidad, Ibrahim era el chaval ideal para ello, y a muchos alumnos de enclave todo eso les encantaba.

Sin embargo, aquella no era ni mucho menos una estrategia inusual. Casi la mitad de los alumnos que no pertenecen a ningún enclave toman, aunque sea de vez en cuando, el rol del adulador: algunos de ellos se ocupan de ayudar con las tareas que requieren esfuerzo físico, y los más desesperados se ofrecen, de forma más o menos explícita, como escudos humanos. Se quedan con los peores sitios de la cafetería y de la clase, van a buscar el material y se encargan de los deberes, acompañan a los alumnos de enclave a sus habitaciones por la noche y les guardan las espaldas en las duchas sin pedir nada a cambio. Porque casi todos los alumnos de enclave excepto los más ricos acaban teniendo algunas posiciones poco importantes en sus alianzas, y estas están disponibles para aquellos alumnos del montón que son capaces de lanzar cuatro o cinco hechizos decentes en diez minutos, que han acumulado una cantidad modesta de maná y han tenido la suerte de no sufrir ningún impedimento físico durante su paso por la Escolomancia.

Esa era una de las posiciones a las que Ibrahim llevaba aspirando desde que entró en el colegio. No le quedaba otra alternativa. Era un alumno perfectamente competente, pero eso no lo convertía en alguien extraordinario, no según los estándares del salón de grados. Y si tomas el rol del adulador, no puedes permitirte priorizar nada tan insignificante como tus creencias más arraigadas o tus necesidades emocionales. Ni siquiera puedes priorizar tu propia vida cuando eres el primero en bajar las escaleras, porque si hay alguna criatura al acecho, esta te atacará a ti en vez de al alumno de enclave que va siete pasos por detrás de ti y que finge junto contigo que es tan buen amigo que te da la oportunidad de que lo acompañes.

Por eso había mantenido su relación en secreto. Quería poder conservar la opción de aferrarse a un alumno de enclave que fuera uno de esos mequetrefes mugrientos que se metía en asuntos ajenos, y ahora estaba intentando averiguar si yo era una de esas personas… porque su vida dependía de ello.

Me daban ganas de soltarle un berrido y marcharme de malas maneras, pero no podía. Parecía a punto de echarse a llorar, igual que harías tú si tuvieras que suplicar por tu vida y la de alguien a quien amas a una chica con la que siempre has sido un borde. Habría sido un imprudente si no hubiera estado dispuesto a contarme cualquier trola que permitiera que su alianza siguiera entrenando conmigo. Es más, si fuera realmente astuto, habría sabido que su relación me importaba un bledo y, aun así, habría venido a hablar conmigo de todas formas, como excusa para mostrarme su compromiso eterno a hacerme la pelota.

Pero sabía que Ibrahim carecía de ese tipo de astucia. La zalamería se le daba tan bien porque era sincero. Creo que, para empezar, le gustaba tratar con la gente —un concepto desconocido para mí— y era una persona que realmente quedaba deslumbrada por los demás. Había seguido haciéndole la pelota a Orion mucho después de que quedase claro que este no estaba interesado en los aduladores. En todo caso, Ibrahim había sido lo bastante estúpido como para enamorarse en el colegio, y no había ninguna duda de que se trataba de amor, porque liarse con Yaakov para conseguir una alianza era una idea pésima que los había dejado a ambos en las posiciones más peligrosas de la formación.

Así que en vez de eso murmuré: «No soy ninguna cretina, Haddad. Haz lo que te dé la gana. Nos vemos mañana». Lo dije sin amabilidad alguna y *después* me marché de malas maneras.

Ese mismo día a la hora de la comida, Magnus tuvo el morro de pedirle a Chloe que me pasara su invitación para unirme a su equipo en caso de que quisiera entrenar más, lo que supongo que en su interior era el equivalente a las súplicas desesperadas de Ibrahim. Rechiné los dientes y recorrí el circuito con ellos esa tarde. Eran tan buenos como el equipo de Liesel, pero igualmente habrían acabado fiambres sin mi ayuda.

Cuando volví a bajar al gimnasio con mi equipo el miércoles por la mañana, había unas treinta personas esperando y todas tenían un buen cabreo... Un cabreo de cuidado. No sabían todavía que mi propósito era ayudarlos a todos. Lo que sí sabían era que, si querían entrenar, no les quedaba más remedio que agachar la cabeza y venir a pedirme una ayuda con la que no iban a contar durante la graduación, porque por supuesto a nadie se le había ocurrido que fuera a ayudarlos ese día, por lo que al ver a otros treinta alumnos esperándome, se les metió en la cabeza que iba a empezar a cobrar por mis servicios y que les pediría cosas de las que no podían prescindir.

No sé si los ánimos se habrían calmado si les hubiera dicho que iba a salvarlos a todos. No creo que me hubiesen creído. Aunque no puedo asegurarlo porque ni siquiera lo intenté. Estaban mirando a mis amigos, estaban mirando a Aadhya, a Liu y a todos aquellos que me habían dado una oportunidad; eran como los pobres desgraciados que miraban con envidia a los alumnos de enclave, salvo que hacía quince minutos ellos habían sido los alumnos de enclave, aquellos que iban a salir con vida. Alfie, Liesel y el magnífico equipo que habían reunido; Magnus y su manada de lobos; nadie se había pasado cuatro años machacándoles que otros chicos tenían derecho a vivir y ellos no.

Y pude ver en sus rostros que si hubieran podido apoderarse de mí, si hubiera sido un objeto por el que pelear, lo habrían hecho: habrían utilizado toda su injusta superioridad y sus privilegios para ir a por mis amigos, y lo más probable era que justo en aquel momento la mayoría estuviese intentando pensar en alguna forma de hacerlo, como el numerito que Magnus llevó a cabo durante el Festival.

—Cuánta gente ha venido hoy a entrenar a primera hora —comentó Alfie con el tono animado que alguien emplearía al decir: «¡Vaya, se ha puesto a llover!», mientras se refugia de una tormenta bajo un toldo con cinco personas que han sacado ya una navaja y él intenta alcanzar con disimulo la pistola de su bolsillo.

Así que no los tranquilicé diciendo algo tipo: «Que no cunda el pánico, imbéciles, Orion y yo os sacaremos a todos de aquí». Ni siquiera me molesté en asegurarles que los acompañaría a todos por turnos. Chloe me miró y me di cuenta de que se disponía a decir algo sensato en mi lugar, pero antes de que tuviera la oportunidad, me adelanté y dije: «No tiene sentido esperar a que venga más gente», y me encaminé hacia las puertas, las abrí de golpe y entré. Se formó un jaleo a mis espaldas y entonces todos llegaron a la misma conclusión: si no querían quedarse sin entrenar conmigo, tenían que entrar ya. Todos vinieron tras de mí a la vez.

Por lo general, no es una buena idea recorrer el circuito con cincuenta personas más, ya que a pesar de salir indemne, apenas tienes la oportunidad de practicar. Pero aquello no fue un problema al recibir un aluvión de ataques. Al terminar, me di cuenta de que en realidad había sido un entrenamiento estupendo para mí, muy parecido a lo que experimentaría durante la graduación, cuando nos enfrentáramos a una horda de maleficaria en una batalla campal. Pero en el momento no tuve tiempo de pensar en nada que no fuera luchar, y me dediqué a lanzar hechizos de manera desesperada para bloquear los ataques que estaban a punto de acabar con las defensas de alguno de los presentes. Era como uno de esos horribles juegos de acción en los que tienes que hacer diecisiete cosas a la vez y cada una de esas cosas cuenta con un temporizador distinto, por lo que tienes que pasar de una a otra de manera frenética y estás siempre a punto de perder. Era idéntico, salvo porque yo tenía cuarenta y siete temporizadores en marcha, y si me saltaba aunque solo fuera uno, alguien moriría. Sentí una enorme oleada de alivio cuando llegamos al último ataque y pude lanzar un terrible y poderosísimo hechizo para que todos pudieran echar a correr hacia las puertas mientras yo mantenía a raya el glaciar cósmico.

Salimos con el pellejo más o menos intacto pero totalmente exhaustos. Incluso yo me sentía agotada, y tenía dolorida toda la caja torácica; mi corazón martilleaba estrepitosamente en mi interior, como si tras discutir con mis pulmones, estuviera en la cocina guardando una serie de ollas y sartenes con rabia y estas intentasen huir a través de mi esternón. Lo cual era algo bueno, supongo, pues eso significaba que había tenido una buena sesión de ejercicio, aunque en ese momento no me dio por pensar desde una perspectiva a largo plazo. Otros equipos habían bajado y estaban esperándome, pero después de que saliera tambaleándome, se marcharon sin intentar siquiera sobornarme para que entrenase con ellos, así que deduzco que mi pinta reflejaba lo mal que me encontraba.

Cuando todo pasó no hablamos del tema. Aadhya dijo: «Quiero ducharme» y yo respondí: «Sí», y las veintisiete chicas del grupo nos dirigimos juntas a las duchas. Ya casi había llegado el momento de que Orion recolectara las anfisbenas de Liesel: las crías habían dejado de salir de los grifos hacía más o menos una semana y ahora se limitaban a berrear y dar golpes de forma impotente desde el interior de las alcachofas de las duchas, como si las tuberías se hubieran vuelto locas. En un momento dado la pared en torno a una de las duchas se agrietó y la anfisbena que había dentro empezó a sacudirse salvajemente para intentar salir, pero era una sola criatura, así que la chica que estaba usando esa ducha ni siquiera dejó de enjuagarse el pelo, sino que agarró una navaja encantada de su neceser y la clavó en la grieta. El cabezal de la ducha dejó de moverse. Sería un asco que la anfisbena muerta se pudriera ahí dentro, pero lo más seguro era que las demás se la comieran antes de que eso ocurriera.

Ninguna de nosotras habló. Nos turnamos para asearnos en un silencio casi absoluto, interrumpido solamente por alguna que otra pregunta del estilo: «¿Alguien me cambia un poco de champú por pasta de dientes?». Nos vestimos de nuevo y subimos a la biblioteca para analizar el recorrido con nuestros respectivos equipos; todas siguieron guardando silencio hasta que me senté en la mesa de mi grupo. Los chicos estaban esperándonos —y apestaban, lo cual era mucho más perceptible ahora que nosotras nos habíamos duchado—, pero antes de que hubiera aposentado el culo en la silla, Khamis exigió saber: «¿Qué ha pasado?», como si hubiera estado mordiéndose la lengua hasta que aparecí yo.

Me quedé mirándolo boquiabierta. Sí, siempre me quejo de que la gente no quiera saber nada de mí, pero si creía que podía echarme la bronca sin que se la devolviera... y entonces me indigné aún más cuando me di cuenta de que llevaba un mes mordiéndose la lengua, al igual que yo, esperando que pasara el tiempo suficiente para que no pudiera quitármelo de encima sin cruzar la línea de lo que en este colegio entendemos por decencia común.

—¿Qué pasa, Mwinyi? —le solté—. ¿Es que te has roto una uña?

—¿Que qué pasa? —dijo—. Te diré lo que pasa: Fareeda se ha caído hoy seis veces... ¡Seis! —Señaló con el pulgar a la pobre Fareeda, que estaba sentada a tres sillas de distancia de él. Era una artífice amiga de Nkoyo a la que no conocía demasiado bien, pero era evidente que *no* pensaba que pudiera echarme la bronca sin que yo me la merendara luego. Alternó la mirada entre ambos y se encogió en su silla mientras hacía todo lo posible por convencernos de que su cuerpo se encontraba en otro plano de la existencia y que si nosotros pensábamos lo contrario, nos equivocábamos—. El lunes se cayó solo una vez. ¿Qué tienes que decir a eso?

Conozco un hechizo magnífico que hace que los órganos de tu víctima se desequen mientras siguen en su interior. El hechizo original fue creado hace eones con el objetivo perfectamente respetable de llevar a cabo una momificación, pero pasó de moda casi al mismo tiempo que dicha práctica. Yo tengo la versión inglesa del siglo XIX, que es mucho más desagradable y fue elaborada por el célebre maléfice victoriano Ptolomey Ponsonby a partir de las traducciones que efectuó de la colección de artefactos egipcios de su padre. En aquel momento, me sentía como si alguien acabara de lanzarme el hechizo.

—Se ha levantado todas las veces, ¿no es así? —Ignoré mis arrugadas entrañas. Khamis tenía motivos para preocuparse si Fareeda se caía a menudo: había tomado la posición de liderazgo dentro de su equipo. Se había pasado todo el semestre anterior construyendo un inmenso escudo frontal, lo que habría sido una pésima estrategia a nivel individual si no fuera porque le había cosechado un puesto en la alianza de un alumno de enclave, incluso aunque se tratara de una posición peligrosísima.

—Nkoyo la levantó tres veces; James, dos, y yo, una —dijo Khamis—. Y mientras, ¿qué hacías tú? Ya te lo digo yo: bloquear un alafilada que se dirigía a Magnus Tebow. No veo que Magnus esté sentado en esta mesa. ¿Crees que nos dejamos la piel cubriéndote para que puedas ayudar a tus amigos de Nueva York?

Chloe estaba al otro lado de Aadhya, o en el plano astral junto con Fareeda —casi todos los presentes se encontraban a un tris de unirse a ella o intentando convertirse en muñecos de ventrílocuo inertes—, pero al oír eso profirió un graznido estrangulado antes de taparse la boca con la mano y apartar la vista cuando todos se la quedaron mirando.

—Tebow estuvo a punto de matarme hace unos siete meses, justo en ese rincón de allí —dije, agradecida de que Khamis me hubiera proporcionado razones para defenderme—. No movería ni un dedo para sacarlo del colegio antes que a cualquiera de los demás alumnos.

—Claro, ahora resulta que no es amigo tuyo —dijo Khamis con sarcasmo—. No te cae bien ni quieres unirte a Nueva York.

—El ya tiene garantizada una plaza en el enclave —dijo Chloe, optando por intervenir después de todo por si acaso aquello se convertía en una especie de desafío a Nueva York.

Todos los que estaban en la mesa se agitaron de forma instintiva: era el típico cotilleo al que todo el mundo prestaba atención ya que podía utilizarse como moneda de cambio, pero la verdad es que nadie parecía sorprendido.

—Que no pienso aceptar —dije entre dientes—. Magnus no me cae bien, no es mi amigo y no pienso unirme a Nueva York.

Ese último comentario sí pareció sorprenderlos, y Chloe hizo una mueca. Pero Khamis se limitó a mirarme incrédulo y luego se pilló un buen cabreo, como si pensase que estaba contándole una mentira tan obvia que le parecía insultante que yo pensara que se la iba a tragar. Se inclinó hacia delante y dijo entre dientes:

—Entonces tengo que preguntártelo de nuevo: ¿qué ha pasado? ¿Por qué has ayudado a Magnus Tebow si no te cae bien ni tampoco es tu amigo ni vas a unirte a su enclave en vez de ayudarnos a nosotros?

Enfadarse conmigo no es buena idea, ya que das pie a que yo me enfade también. Apoyé las manos sobre la mesa y me medio incorporé, inclinándome hacia delante, y no lo hice a propósito, pero no hizo falta: las luces de la estancia empezaron a atenuarse y a titilar, salvo las que estaban a mi alrededor; el aire se tornó gélido y mis palabras brotaron acompañadas de un ligero chorro de bruma cuando siseé:

—He ayudado a Magnus porque lo necesitaba. Igual que he impedido que la lluvia de piedras te aplastara el cráneo en un momento dado, y si Fareeda hubiera permanecido en el suelo, también la habría ayudado. Así que si pedirte que la ayudes a cubrir la vanguardia mientras yo estoy salvándole la vida a otro alumno te parece inadmisible, la próxima vez puedes entrenar sin mí, escoria egoísta.

Para entonces Khamis había retrocedido bastante, con un resplandor iridiscente de color verde reflejándose en sus mejillas y en los anillos oscuros de sus enormes ojos, pero no tenía escapatoria, después de todo. Tal vez, si de verdad hubiera sido un cobarde, se habría callado para que no la tomara con él, pero no lo era, así que peor para ambos, y yo tenía que estar mintiendo, porque en este colegio era imposible que fuera verdad lo que le estaba diciendo. Tomó una bocanada de aire frío y dijo con un hilo de voz:

—Es una locura. ¿Qué piensas hacer, salvarnos a todos? No puedes salvarnos a todos, ni aunque te ayude Lake.

—¿Qué te juegas? —le gruñí, furiosa y desesperada, pero incluso mientras anunciaba aquello supe que las ruedas se habían salido e iba a darme un tortazo contra el muro de la realidad. Apenas había sido capaz de completar el circuito de obstáculos con cincuenta alumnos —menos de cincuenta, en realidad— y en cuarto había más de mil: éramos la promoción de último curso más numerosa de la historia de la Escolomancia. Una promoción fruto de los continuos rescates de Orion Lake. Un millar de temporizadores avanzando al mismo tiempo.

Khamis había participado en el entrenamiento él mismo, así que después de que yo pronunciara aquellas estúpidas palabras, la naturaleza de su enfado cambió, ya que sabía que no estaba mintiéndole. Era como la diferencia entre una persona que amenaza con dispararte y otra que se pone a correr en círculos como un salvaje mientras vacía el cargador disparando al aire. Empujó su silla hacia atrás y se puso en pie.

—¿Que vas a sacarnos a todos? ¡Estás pirada! —extendió los brazos para abarcar toda la mesa—. ¿Y qué nos pasará a nosotros mientras tú te entretienes salvando a todos esos que te caen mal? Conseguirás que nos maten a todos, mientras finges ser una heroína. ¿Crees que puedes agenciarte nuestro maná, aprovecharte de nuestra ayuda y hacer lo que te venga en gana? ¿Es eso?

—Khamis —dijo Nkoyo en voz baja y urgente; se había levantado también y le había apoyado una mano en el brazo—. Ha sido una mañana agotadora.

Él la miró incrédulo, con la cara contorsionada por la indignación, y luego miró a todos los que estaban sentados a la mesa; esos que no habían dicho ni una palabra en mi contra, del mismo modo en que nadie le había dicho nada a él durante todos estos años mientras él se agenciaba su maná, su ayuda y hacía lo que le daba la gana, ya que no tenía ningún sentido decir nada cuando la respuesta era «sí». Era una forma de restregárselo a sí mismo en la cara, y la única razón por la que no lo había pillado todavía era porque nunca antes había estado en el bando de los pringados. Un chico de enclave con suerte.

Pero ahora lo estaba. Era un perdedor, al igual que Magnus, que Chloe y que todos los demás alumnos de enclave, ya que no iban a poder superar los circuitos de obstáculos sin mí. Y era muy probable que no pudieran sobrevivir a la graduación sin mí. De manera que si les ofrecía mi ayuda a cualquiera de ellos a cambio de todo lo que pudieran entregarme: su maná, su esfuerzo e incluso su amistad, y yo aceptaba todo aquello para dármelas de heroína —a pesar de que, obviamente, no les hacía ninguna gracia, pues era muy probable que de esa forma acabaran muertos—, tendrían que aguantarse de todas formas y darme las gracias si sabían lo que les convenía. Gracias, El. Gracias de todo corazón.

El silencio se prolongó aún más. Khamis tampoco siguió hablando ni me dirigió la mirada. Así como no era ningún cobarde, tampoco era estúpido, y por fin había entendido que se lo estaba restregando a sí mismo por la cara. Y me lo estaba restregando a mí también, claro, aunque no era lo mismo. Desde mi perspectiva, solo se trataba de una situación vergonzosa. Qué palo que alguien hubiera montado un numerito tan innecesario. Si hubiera sido una alumna de enclave, supongo que me habrían enseñado a lidiar con este tipo de cosas con elegancia. A estas alturas Alfie habría dicho, un poco compungido: «Caramba, creo que a todos nos vendría bien una buena taza de té», y hubiera echado mano de su amplia reserva de maná y convertido la jarra de agua en una gran tetera humeante, con leche y azúcar en un lado de la mesa; justo lo que necesitaba para apaciguar su estado de ánimo ligeramente irritado. Y los demás lo habrían aceptado de buen grado, no porque fuera a ayudarlos lo más mínimo, sino porque cuando uno no tiene nada, arrambla con lo que puede.

Pero yo no era una alumna de enclave, así que no manejé la situación con elegancia, y ellos ni siquiera recibieron una taza de té por las molestias. Simplemente me di la vuelta y eché a correr hacia las estanterías.

10
LOS HIMALAYAS

adhya me encontró al cabo de un rato. No sé qué hora era. Aquí no tenemos luz natural y nuestro entorno nunca cambia; además, estaba sola en la pequeña aula de la biblioteca donde no puede oírse el timbre, el aula en la que nadie había tenido clase nunca, en la que la Escolomancia había intentado una y otra vez aquel curso… no matarme, sino conseguir que les diera la espalda a todos y dejar morir a otros, a unos críos a los que no conocía. Como si hubiera sabido, mucho antes de que yo lo averiguase, de qué tenía que preocuparse. Igual que había sabido que era capaz de matar a un milfauces y había intentado sobornarme para que no lo hiciera.

El grupo de primero seguía acudiendo a esta aula todos los miércoles, pero Zheng le había contado a Liu que los ataques habían cesado por completo. Este debía haber sido desde el principio el lugar más seguro del colegio, y ahora lo era. Ya no tenía ningún sentido azuzar a los mals hacia aquí. El colegio lo había intentado y había fracasado. Yo no había aprendido la lección, no les había dado la espalda.

—Esto está muy bien —dijo Aadhya desde la puerta, contemplando el aula y percibiéndola del mismo modo en que la había percibido yo la primera vez que había estado allí: como un refugio de paz y tranquilidad, antes de que estampara mi firma de forma imprudente en el horario y recogiera el guante que el colegio me había lanzado a los pies. Entró en el aula y giró el pupitre de delante para sentarse frente a mí—. Los demás han bajado a comer. Liu y Chloe nos traerán algo. Nadie se ha rajado, por si te lo estabas preguntando.

—La verdad es que no —dije y solté una risa vibrante e impotente; me tapé la cara con las manos para no tener que mirarla, a mi amiga, la primera que había tenido, además de Orion, que no contaba. La primera persona normal y corriente del mundo que me había echado un vistazo y había tomado la decisión de confiar en que no iba a hacerle daño.

Entonces dijo: «Yo tenía una hermana» y yo volví a levantar la cabeza para mirarla. Siempre hablaba de su familia. Me había dado una carta para ellos, igual que yo les había dado una carta a ella, a Liu y a Chloe para que se la dieran a mamá, en caso de que ocurriera lo peor, pero incluso sin mirar el sobre, ya me sabía la dirección de la enorme casa a las afueras de Nueva Jersey con una piscina en el jardín trasero. Había oído un sinfín de historias acerca de la continua y feroz rivalidad culinaria que se traían entre manos sus abuelas, Nani Aryahi y Daadi Chaitali, y toda una serie de chistes malos que había aprendido en el taller del garaje de su abuelo, donde este le había enseñado a soldar y a usar la sierra. Me había contado un montón de cosas de su hábil madre, que iba siempre vestida de punta en blanco y tejía a mano telas encantadas, que iban a parar a los enclaves de Nueva York, Oakland y Atlanta. Me había hablado de su padre, un hombre discreto que se pasaba seis días a la semana fuera de casa y trabajaba como tecnomante para el enclave que lo hubiera contratado aquel mes. Conocía sus nombres, sus colores favoritos, qué fichas de Monopoly solían escoger. Pero nunca había mencionado a su hermana.

—Se llamaba Udaya. No tenía ni tres años cuando murió, así que no me acuerdo de ella. Durante un tiempo pensé que me la había inventado, hasta que a los diez años encontré una caja con fotos de ella en el desván. —Lanzó un bufido—. Y perdí los papeles.

Sabía lo que estaba haciendo y lo que se suponía que debía hacer yo. Debía preguntarle qué había pasado, y tenía que dejar que Aadhya me hablara de su hermana, que había muerto aquí, puede que durante la graduación, y luego Aadhya me diría que entendía que quisiera salvar a tantos alumnos como pudiera y yo tendría que bajar las escaleras y si no podía sacar la cabeza del culo el tiempo suficiente para prepararles a los demás una taza de té, Chloe lo haría por mí, y todos nos pondríamos a debatir otra vez nuestra estrategia como si nada hubiese cambiado. Y sabía por qué: porque era lo único sensato y práctico que podía hacer ella, aun si en realidad lo que quería hacer era montarme un pollo aún más grande del que me había montado Khamis.

—No puedo —dije con la voz temblorosa, como si hubiera estado llorando, aunque en realidad no había llorado, simplemente me había quedado ahí sentada—. Lo siento. No puedo.

Forcejeé con mi prestamagia, y Aadhya alargó la mano y lo mantuvo inmóvil alrededor de mi muñeca.

—Ya estamos otra vez. Lo único que necesito es que dejes el dramatismo un momento, que te calles y me prestes atención durante cinco minutos. Creo que eso *sí* puedes hacerlo.

No podía negarme exactamente. De todas formas, habría estado en su derecho de abofetearme hasta que se le cayera la mano, porque ¿de qué iba a servirle a ella que yo me retirase? Liesel tenía la reserva de maná de Alfie, era inteligente y despiadada, y contaba con un equipo totalmente dedicado a salir del colegio a toda costa, pero cuando los Himalayas nos atacaron, nada de eso importó una mierda. Todos habían decidido seguir adelante por la misma razón por la que siempre seguía adelante todo el mundo, que era la misma razón por la que todos estudiaban en este colegio infernal, y era porque no había una alternativa mejor. Así me veían: como el mal menor.

Aadhya se me quedó mirando un instante con los ojos entornados, hasta asegurarse de que me había amedrentado, y entonces apartó la mano y volvió a acomodarse en la silla.

—Vale, finjamos que después de mencionarte a Udaya, tú has dicho: «¿Y qué le pasó?», como cualquier persona normal.

—Murió aquí —dije con desazón.

—No estamos jugando a las adivinanzas, y no —respondió Aadhya—. Mis padres eran muy jóvenes cuando nació Udaya. Vivían con los padres de mi padre, y su padre era increíblemente anticuado. Insistió en que mi madre nos educara en casa y nunca se nos permitió ir a ningún sitio, ni al parque infantil del barrio. Ni siquiera podíamos jugar en el jardín sin la supervisión de un adulto. De eso sí que me acuerdo: instaló una guarda en la puerta trasera que nos daba una descarga si intentábamos salir solas. Un día, Udaya se hartó. A los ocho años, salió por la ventana y se fue al parque. Un gusano de la ropa la interceptó antes de que recorriera la mitad de la manzana. A veces aparecían por los alrededores de casa para poner huevos y que sus crías se colaran a través de las guardas y se comieran las telas de mi madre. Tuvo suerte y se dio un banquete.

—Lo siento —dije sintiéndome idiota, igual que ocurría siempre que pronunciabas las palabras *lo siento* y las decías en serio.

Aadhya se encogió de hombros.

—Mamá les pidió a sus padres que se quedaran en los Estados Unidos tras el funeral. Mi tía se había casado con alguien de Calcuta para entonces, así que pudieron quedarse. Me llevó a vivir con ellos en un apartamento de una habitación y me inscribió en una escuela de preescolar mundana que había al lado. Papá se nos unió al cabo de un mes. Un par de años después, tomaron todo lo que habían estado ahorrando para comprar la entrada a un enclave, lo cambiaron por dinero y se compraron una casa frente a un buen colegio, se aseguraron de que estuviera repleta de comida y juguetes para que todos mis amigos pudieran venir a jugar, aunque eso significara que no pudieran hacer magia mientras mis amigos estuvieran por allí. Daadi se vino a vivir con nosotros cuando yo estaba en la guardería. Para entonces, Daduji había muerto. Nadie me ha contado nunca nada, pero estoy bastante segura de que fue un suicidio.

Yo también lo estaba: las causas de muerte de los magos de entre dieciocho y cien años son extremadamente escasas. El cáncer y la demencia acaban siendo demasiado agresivos como para curarlos con magia, y si vives fuera de un enclave, tarde o temprano pasas a ser el ñu lento de la manada y los mals te clavan las zarpas, pero hasta entonces uno se las apaña.

—Me puse hecha un basilisco con mi madre por habérmelo ocultado —dijo Aadhya—. Me dijo que no quería asustarme. Daduji nos quería, deseaba protegernos con todas sus fuerzas; esa había sido su única intención, pero no fue capaz. Mamá también quería protegerme, pero además quería que experimentara la vida todo lo que pudiera mientras tuviera la oportunidad, ya que Udaya nunca llegó a vivir.

La verdad es que no me sorprendió en absoluto. Eran matemáticas básicas. Si tienes dos hijos magos, lo más probable es que no los veas crecer a ambos. Y puede que incluso a ninguno de los dos. Udaya solo fue un poco menos afortunada que la media. O mucho menos afortunada, si se tenía en cuenta que había pasado cada escaso minuto de vida encerrada en una versión más agradable de la propia Escolomancia.

—En fin, que llevo todo este tiempo sabiendo que lo más probable es que muera antes de que sea lo bastante mayor para votar —dijo Aadhya—. Y no quiero morir, quiero salir de aquí, pero no pienso dejar para más tarde lo de experimentar la vida como cualquier otra persona. Así que no voy a fingir que no lo sabía. Cuando te pedí que nos aliáramos, supe que me había tocado la lotería. No había hecho nada especial. Era una pringada igual que tú, otra chica de la India, y como no había sido una completa gilipollas contigo, me dejaste acercarme lo suficiente como para darme cuenta de que eras un cohete y yo podía agarrarme a ti.

—Aad —susurré, pero no sabía qué más decir, y ni siquiera sé si me oyó. Su nombre brotó tan frágil y quebradizo como un cristal y ella no me miró; estaba contemplando el escritorio y trazando una y otra vez con el pulgar las marcas de la mesa donde ponía: DEJADME SALIR, DEJADME SALIR, DEJADME SALIR, y tenía la boca hacia abajo.

—Siempre hay gente con suerte, ¿no? —dijo—. Así que ¿por qué no iba a ser yo la afortunada esta vez? ¿Por qué no iba a ser yo la que ganase la lotería? Me lo repetía una y otra vez, pero en realidad no me lo creía, porque era demasiado bueno para ser verdad. Sabía que tenía que hacer algo para merecerlo. Igual que supe que tuviste que hacer algo para conseguir el libro de los sutras. Pero yo no había hecho nada, así que en un principio esperé a que me dieras la patada, y luego esperé que me tocara hacer algo a cambio, pero no fue así. Por eso te cuento lo de Udaya, porque en algún momento empecé a pensar que había sido como un trueque. Me quedé sin mi hermana, así que te tengo a ti.

Tenía un horrible gorgoteo atascado en la garganta, porque no podía pedirle que dejase de hablar. Porque en el fondo no quería que se detuviese, aunque me hubiera tapado la boca con las manos y las lágrimas se me estuvieran acumulando en el borde de los dedos.

Aadhya siguió hablando.

—Sabía que era una chorrada, pero me hacía sentir mejor por lo de no tener que dar nada a cambio. Así que llevo todos estos meses dándole vueltas a la idea, y ha sido una estupidez por mi parte, porque si para que formes parte de mi vida he tenido que perder a mi hermana… no puedo dejarte atrás y seguir siendo una persona —Levantó la vista y resultó que también estaba llorando; las lágrimas le resbalaban por la cara y goteaban por su barbilla, aunque su voz no había cambiado—. No pienso dejarte atrás.

Tenía ganas de echarme a llorar como una cría, pero tuve que recobrar la compostura e interrumpirla:

—¡Pero no es eso lo que yo quiero! No os estoy pidiendo a ti ni a ninguno que os quedéis conmigo.

—Eso nos ha quedado claro —Aadhya se limpió la cara con la manga y soltó un resoplido—. Prefieres huir y amargarte antes que pedir ayuda o cualquier otra cosa tan horrible como esa.

—Si quieres ayudarme, atravesarás las puertas en cuanto puedas. ¡Esa es la cuestión! Me da igual lo que piense Khamis, te sacaré de aquí…

—Tú sola no podrás —dijo Aadhya—. Khamis es un cretino, pero tiene razón. Por mucho que te enfundes el traje de superheroína, no podrás cargar a mil personas a la espalda.

—¿Y qué vas a hacer? Si te das la vuelta al llegar a las puertas y te quedas conmigo, solo serás otra persona a la que tenga que cubrir. No pienso quedarme de brazos cruzados y dejar que la gente muera, pero eso no significa que vaya a intercambiarte por ellos. Ni hablar.

—*Mmm…*, no es eso lo que te he dicho que hicieras. —Aadhya negó con la cabeza y se levantó de la silla—. Vamos. No sé qué haré al final, pero se me ocurrirá algo mejor que *Salir echando leches sin pensármelo dos veces* o *Morir trágica e innecesariamente a tu lado*, ninguna de las dos opciones me parecen demasiado buenas. Ya que de momento eso es lo único que tienes, saca la cabeza de donde sea que la hayas metido y plantéate la idea de que tal vez nosotros, unos personajillos patéticos, podamos ayudarte a resolver el problema. Sé que va en contra de tus principios más sagrados pedirle nada a nadie, y obviamente no tenemos ninguna razón para ponernos a pensar cómo podrías salvarles la vida a todos, pero puede que algunos estemos superaburridos y no tengamos nada mejor que hacer.

Seguía siendo una mierda. Puede que Aadhya no quisiera dejarme atrás, pero a Khamis le parecería de perlas, y estaba convencida de que la diferencia entre él y los demás era que él tenía el valor o las agallas para manifestarlo. Estaba claro que preferían que no le salvase la vida a nadie más si eso significaba tener que dedicar menos tiempo a defenderlos a ellos. Eso no los convertía en personas sumamente egoístas, sino en *personas* sin más. Era lo justo, además, ya que yo había llegado a un acuerdo con ellos, que serían los que me cubrirían las espaldas. El acuerdo implicaba que yo también debía cubrirles las espaldas a ellos. Y sí, Aadhya me había ofrecido una justificación al decir que no había hecho nada para merecer mi ayuda, pero todo mi equipo había hecho más por mí que ninguna otra persona, si es que mi ayuda era algo que debía ser *merecido*.

Lo único que me convenció fue que Aadhya había hecho más por mí que cualquiera de los demás. Si ella no me exigía que la priorizara, nadie más tenía derecho a exigírmelo tampoco. Pero eso no nos daba derecho a ninguna de las dos a ofrecerlos voluntarios para salvar a todo el mundo. No tenía el derecho, pero sí el poder, ya que su única alternativa era renunciar a nuestra alianza, o abrir uno de los desagües del suelo y saltar dentro, que era un plan de supervivencia igualmente bueno. Ellos lo sabían y yo lo sabía, y eso significaba que estaba obligándolos a salvar a todo el mundo, igual que Khamis obligaba a su equipo a que le dejaran la posición más segura de la formación.

Pero la única alternativa era decirles que daba igual, que no iba a salvar a todo el mundo, que solo pensaba concentrarme en llevar a nuestro grupo hasta las puertas, y que después ayudaría a los que quedaran. Que no serían muchos. No tendríamos que tragarnos una larga y tediosa ceremonia de graduación. Según el manual de graduación, casi la mitad de las muertes ocurren antes de que el primer alumno llegue a las puertas, y el tiempo que transcurre entre la salida de ese primer afortunado superviviente y la del último son unos diez minutos, año tras año. Yo conduciría tiernamente a mi rebaño hacia un lugar seguro, ignorando los gritos de centenares de críos que estarían siendo masacrados.

Para cuando llegáramos a las puertas y me diera la vuelta, la mayoría de ellos ya estarían muertos.

Detestaba ambas opciones, lo cual era una pena, ya que parecía no haber una tercera opción. Intenté que se me ocurriera otra sentándome en la mesa de la biblioteca muy tiesa y sin mirar a nadie a la cara, y centrando mi atención en el panecillo que Chloe me había traído pero sin comérmelo. Fingí que el dolor punzante que sentía en el estómago era a causa del hambre, y dejé que Aadhya dijera: «Venga, a ver cómo podemos solucionar esto», a todos los que estaban sentados en torno a la mesa, sumidos en un incómodo silencio.

—¿Qué hay que solucionar? —dijo Khamis con frialdad; estaba sentado con los brazos cruzados, clavándome la mirada con tanta intensidad que ni siquiera tuve que levantar la vista para darme cuenta—. ¿Ahora también tenemos que preocuparnos por cómo salvar a Magnus? No creo que nos devuelva el favor.

Todos se removieron en su asiento de forma incómoda, y entonces Liu dijo:

—Pues debería.

—¿Qué? —dijo Khamis, pero Liu no le hablaba a él; se había vuelto hacia Chloe—. ¿Y si invitamos a Magnus y a su equipo a unirse a nosotros? Aceptarán, ¿verdad?

Chloe la miró fijamente.

—Bueno… —Me miró y luego volvió a mirarla a ella—. A ver, sí, claro, pero… —Se interrumpió y volvió a mirarme; no la culpaba, le había transmitido claramente en más de una ocasión que se me ocurrían muchas cosas que hacer con Magnus, como probar objetos punzantes y químicos tóxicos con él, así que tenía un motivo razonable para dudar de que estuviera de acuerdo en ficharlo. Pero no levanté la vista. No sentía que tuviera derecho a oponerme a las ideas de los demás, ya que había rechazado aquella en la que todos ellos acababan sobreviviendo.

—Es la única manera de que esto funcione. Todo aquel que quiera entrenar con El, tendrá que unirse a nosotros, convertirse en aliado nuestro de verdad —dijo Liu—. El y Orion no pueden cubrirnos a todos. No serán capaces. Tenemos que cubrirnos unos a otros para combatir a los mals más peligrosos o ayudar a cualquiera que esté en apuros.

Nadie más estaba participando en la conversación; casi seguro que todos se preguntaban cómo puñetas iban a salvar el pellejo mientras yo estaba ocupada rescatando a todos los demás. Pero Yaakov había estado prestando atención y, al parecer, había reflexionado sinceramente, porque dijo:

—Pero entonces todo el mundo querrá entrenar al mismo tiempo.

Ibrahim parpadeó, sorprendido de que se tomara en serio la conversación.

—¿Y qué? —dijo Aadhya—. Sí, la mayoría de los años se establecen franjas horarias para practicar en privado, pero ese no es el auténtico problema. ¿A alguno le ha parecido que el circuito no fuera lo bastante difícil esta mañana? ¿Incluso siendo cincuenta?

—A nadie se lo había parecido, claramente; Aadhya ni siquiera se molestó en responder su propia pregunta retórica—. Digamos que El y Orion recorren el circuito dos veces al día. Todo el que quiera entrenar con ellos, podrá hacerlo día sí, día no, como se supone que está pensado el entrenamiento. Aunque se apunte literalmente todo el mundo, no pasará nada; el gimnasio puede acoger a centenares de alumnos a la vez sin problema. No hace falta ser una lumbrera para darse cuenta. Ya sabemos que nos hacen falta aliados. Si no formáramos equipo para la graduación, si cada uno fuera a la suya, prácticamente todos moriríamos. Esto es lo mismo, pero... a gran escala. Todos nos aliaremos, valdrá la pena salvar a alguien aunque no nos suene ni su cara, porque cinco minutos más tarde El será capaz de evitar que un volcán nos devore.

—Todo eso suena muy bien hasta que llegamos a la parte en la que intentamos atravesar las puertas al mismo tiempo y Paciencia y Fortaleza nos atacan a todos —dijo el cabrón de Khamis; Aadhya me miró, formulando en silencio la pregunta que todavía me daba ganas de hacerme una bola en un rincón. Pero era lo justo, después de todo: si iba a hacerlos pasar por el aro para ser la heroína de todo el mundo, tendría que tomarme el papel de heroína en serio, ¿no?

—Si hace falta me los cargaré —dije. Intenté hablar sin sucumbir a la histeria, pero las palabras brotaron de forma inexpresiva. La mitad de la mesa pensó que estaba de broma y se rio cortésmente como forma de decirle a Khamis que se callara y dejara de hacer la situación más incómoda, pero tanto Liu como Chloe comprendieron al instante que no estaba bromeando en absoluto, y Khamis seguía mirándome con tanta intensidad que lo más probable era que se hubiera dado cuenta de que estaba a treinta segundos de vomitarle en la cara; las risas se apagaron al cabo de un instante y todos se pusieron a lanzarse miradas de reojo como preguntándose: *El ha perdido la chaveta por completo, ¿verdad?*, y luego hubo un momento de incertidumbre sobre si estaba diciendo aquello por decir o si tenía alguna razón de peso para pensar que podía hacer algo semejante.

No creo que ninguno hubiera tomado todavía una decisión cuando Nkoyo dijo:

—Deberíamos dividirnos por idioma. Has estudiado los cuatro más populares, ¿verdad? —me preguntó, refiriéndose al inglés, al chino, al hindi y al español, y logré asentir brevemente. Supongo que ahora tenía que dar las gracias por mi seminario de la biblioteca y por toda la preparación de Liu.

Liu dijo: «Lo escribiremos junto a las puertas del gimnasio», y tras una discusión muy breve, nos separamos para empezar a difundir el mensaje.

Aadhya me arrastró con ella —creo que pensó que había muchas papeletas de que fuera a esconderme de nuevo—, pero no fue lo bastante rápida. En cuanto nos alejamos un poco y todos creyeron que no los oía, empezaron a cuchichear sobre el asunto y oí a Cora decir: «Orion no llegó a encontrarlo, y ella estuvo muy enferma ese día»; yo le dije a Aadhya (de forma muy calmada en mi opinión): «Lo siento», eché a correr hacia las escaleras, bajé al baño más cercano, el que estaba frente a la cafetería, y vomité lo que parecía ser la mayor parte de las paredes de mi estómago. Acto seguido, me senté en cuclillas sobre el inodoro y lloré tapándome la boca con las manos. En este colegio, aprendes a llorar con los ojos abiertos y sin hacer ruido antes de que acabe el primer año. Aunque, por supuesto, ninguna criatura iba a venir a por mí de todas formas, ya que era capaz de eliminar a un milfauces mientras tuviera el maná necesario, y en ese momento llevaba puesto un prestamagia de Nueva York, que al parecer iba a seguir llevando por muchas locuras que cometiese, así que ¿qué mal iba a ser lo bastante estúpido como para atacarme?

Aadhya entró al cabo de unos minutos y me esperó frente al cubículo. Cuando por fin recobré la compostura, salí y me lavé la cara. Ella me guardó las espaldas hasta que terminé y después dijo:

—Vamos allá.

Orion me dio un golpecito en la espalda a la hora de comer —los alumnos que estaban detrás de mí en la cola lo dejaron pasar sin que él se lo pidiera— y me dijo: «Oye, Orion, se me ha ocurrido una idea genial, ¿qué te parece si en vez de cazar mals de verdad, de los que se comen a la gente, te pasas seis días a la semana entrenando en el gimnasio con monstruos falsos?»

No me detuve; no pensaba quedarme sin el arroz con leche que por una vez era arroz con leche de verdad. Había una colonia de gusanos glutinosos extendiéndose rápidamente a través de la bandeja de metal, pero solo habían llegado hasta la mitad, y me las arreglé para servirme un cuenco. Ah, los privilegios de estar en último curso. También agarré tres manzanas, a pesar del tenue brillo verdoso que desprendían si les daba la luz de determinada manera. Chloe tenía un espray buenísimo que eliminaba la capa tóxica.

—Lake, sé que te gusta irte de paseo, pero este año se han comido a menos de doce personas, y durante los primeros diez minutos ahí abajo van a comerse a quinientas. No seas capullo. Puedes ir a jugar con los mals después de entrenar.

Frunció el ceño, pero los números estaban de mi parte, así que dejó de protestar y se sirvió de mala gana una cucharada de espaguetis a la boloñesa, y la acompañó con una buena dosis de antídoto en lugar de parmesano.

Esperamos una hora después de comer para que se corriera un poco la voz antes de bajar a hacer el primer entrenamiento en hindi. Había unos veinte alumnos esperando: dos equipos formados en su mayoría por amigos y conocidos de Aadhya, incluida una chica del enclave de Calcuta que conocía a sus primos. La chica de primero que había venido conmigo a clase, Sunita, había convencido a su hermano mayor, Rakesh, para que acudiera su equipo, que incluía a un desconfiado miembro del enclave de Jaipur.

El resto eran rezagados, chicos que aún no habían entrado en ninguna alianza. No hay demasiados rezagados que hablen hindi. Los enclaves de la India y de Pakistán solo tienen vacantes suficientes para la mitad de los niños que van por libre, por lo que hay exámenes y entrevistas brutales antes de la incorporación, e incluso los críos con peores puntuaciones tienen, por norma general, mejor nivel que los marginados de la Escolomancia. Pero algunos padres se dejan verdaderas fortunas para comprarles un hueco a sus hijos, aunque estos no sean capaces de clasificarse por mérito propio. En ocasiones, a esos críos se les da genial hacer amigos; a veces mejoran debido a la presión, y otras tienen suerte, pero estos eran los que no la tenían.

Venían a entrenar porque no tenían demasiadas esperanzas de todas formas, y preferían agarrarse a un clavo ardiendo. Acudir al gimnasio y conocer a alumnos que sí formaban parte de una alianza les venía bien, pues tal vez alguna de esas alianzas acabara con alguna vacante. Pero ninguno pareció estar demasiado convencido mientras Aadhya les explicaba que cada uno tenía que ayudar a quien pudiera, o no podrían venir a entrenar. Dinesh, un chico con unas cicatrices alquímicas horribles que le habían desfigurado la mitad de la cara —un accidente que le costaría cinco años de maná para enmendarlo, si salía de aquí— la miraba como si fuera una alienígena.

Sin embargo, cuando cruzamos el río por primera vez, y los rilkes emergieron del lodo medio congelado de la orilla y se abalanzaron con sus garras sobre él y otros dos alumnos rezagados, Dinesh se adelantó y levantó un escudo para cubrirlos a todos en vez de a él mismo solamente, lo que me hizo ganar los diez segundos que necesitaba para deshacerme del enorme aullador que asomaba por debajo del hielo y que estaba a punto de devorarlos junto con los rilkes y varios otros miembros de nuestro grupo.

Al salir del gimnasio, todos parecían todavía bastante conmocionados, pero uno de ellos le ofreció a Dinesh un trago de una botella de agua, y él se marchó con ellos por el pasillo. Yo salí jadeando, pero no habían matado a nadie, y tampoco estaba hecha polvo.

Orion salió detrás de mí; estaba fresco como una rosa, aunque aburrido y malhumorado.

—¿De verdad quieres que hagamos esto dos veces al día, todos los días? —dijo, con un gemido. Tengo que confesar que me sentí mezquinamente complacida al día siguiente, durante el primer entrenamiento del grupo de español, cuando los horribles glaciares se alzaron un poco antes de tiempo y él tropezó al no estar prestando atención. Tuve que usar un hechizo de telequinesis para sacarlo del interior de una grieta azul con dientes y lanzarlo —quizá con más fuerza de la necesaria— a un banco de nieve.

—Puede que tengas que practicar un poco más, Lake —le dije con dulzura en el pasillo mientras él se quitaba la nieve, molesto, y me lanzaba una mirada ceñuda. Le dirigí una sonrisa y le quité un copo de nieve de la nariz, y entonces dejó de estar molesto y quiso besarme, pero estábamos rodeados de gente, así que lo fulminé con la mirada para que se estuviera quieto.

El entrenamiento del grupo de español fue casi demasiado fácil para que resultara una buena práctica: era un grupo aún más pequeño que el de hindi, formado por unos cuantos alumnos puertorriqueños y mexicanos que se habían enterado del plan a través de amigos aliados con el enclave de Nueva York, y una alianza encabezada por una chica del enclave de Lisboa que era amiga de Alfie. Pero el número reducido hacía que fuera más fácil localizar a los que no querían ayudar a los demás; tienes tres intentos para adivinar quién era, y te quedas sin premio si nombras a la chica del enclave de Lisboa la primera. Se enfadó cuando le dije al acabar que si volvía a hacer eso no la dejaría entrenar con nosotros y que si quería otra oportunidad, tenía que gastarse el maná en curar las heridas del grupo.

—¿Eso crees? —dijo ella, indignada—. ¿Acaso ahora sigo tus órdenes? A mí me parece que no. En fin, como si nos hicieras falta. Venga, nos vamos —les dijo a su equipo, aunque acabábamos de recorrer un circuito donde había quedado muy claro que me necesitaban, y su mejor recluta, Rodrigo Beira (sexto en la lista de clasificación, a escasa distancia del puesto de mejor estudiante de la promoción), se levantó del suelo respirando con dificultad y se acercó en silencio a ayudar a una de las chicas puertorriqueñas que se había herido el brazo gravemente y lo tenía cubierto de trozos de hielo. La chica del enclave se lo quedó mirando y luego echó un vistazo al resto de su equipo, pero ninguno de ellos le devolvió la mirada y fueron, uno a uno, a ayudar a Rodrigo.

Puede que después de aquello la chulería se me hubiera subido un poco a la cabeza, pero la tarde se encargó de ponerme en mi sitio: cuando Orion y yo bajamos con Liu para el primer entrenamiento del grupo de chino, no había ni una sola persona. Esperamos casi veinte minutos, mientras Liu se mordía el labio y ponía cara de pena. Los hablantes de chino e inglés apenas interactúan, ya que puedes pasarte toda tu estancia en el colegio dando clases en uno u otro idioma, pero un equipo de Singapur y Hanoi que hablaba chino había estado entre la multitud a las puertas hacía dos días, y Jung Ho, que formaba alianza con Magnus y daba las clases tanto en chino como en inglés, había prometido correr la voz, cosa que no había necesitado, probablemente, demasiada difusión.

Pero cuando por fin nos cansamos de esperar, me di cuenta de que el mensaje que se había difundido era muy diferente: *No os acerquéis.*

—He preguntado por ahí durante la cena —dijo Liu esa noche. Estaba con las piernas cruzadas en su cama tocando suavemente el laúd, mientras yo me apoyaba sentada contra la pared y hacía ganchillo con desgana. La miré—. Los alumnos de último curso del enclave de Shanghái tuvieron ayer una reunión para hablar del entrenamiento. Después de conversar con algunas personas, Yuyan envió a alguien para que me invitara a reunirme con ella y con Zixuan en la biblioteca.

Me incorporé y dejé la aguja de ganchillo en mi regazo.

—¿Y?

—Querían hacerme una pregunta sobre tu magia —dijo Liu—. Accedí a responder a cambio de que me dijeran por qué querían saber cosas sobre ti. —Asentí, un poco sombría; era un intercambio de información razonable, aunque del tipo que solo te interesa si consideras a la otra parte un posible enemigo—. Zixuan me preguntó si tienes problemas para lanzar hechizos poco poderosos.

Me la quedé mirando. Jamás se me hubiera pasado por la cabeza que quisiera saber eso. Creía que quería saber de dónde sacaría el poder para lanzar mis hechizos si, por ejemplo, me quedaba sin maná durante la graduación, o por qué se me daba tan bien enfrentarme a mals gigantescos. A la mayoría de los magos les importa un bledo si se me da bien o mal hervir agua para hacer un té en cuanto me ven prender fuego a un lago.

—Tengo problemas para que el colegio me los mande.

—Pero también te cuesta lanzarlos —dijo Liu—. No le di importancia hasta que Zixuan mencionó el asunto, pero ya me había fijado: ¿te acuerdas de que en agosto, cuando empezamos a trabajar en el hechizo de amplificación, intenté enseñarte primero ese hechicito para controlar el tono y que así no usaras el equivocado y cambiaras el significado?

—Uf —dije, lo que describía en gran parte aquella deliciosa experiencia, que, efectivamente, se había aferrado con fuerza a mi memoria. Tras intentar lanzar el hechizo diez veces, noté como si me hubieran clavado la lengua con un tornillo a un banco, así que me rendí y le dije a Liu que me aprendería los puñeteros tonos a la vieja usanza, so pena de volar en pedazos.

Liu asintió.

—Está pensado para niños muy pequeños que están aprendiendo a hablar y así poder enseñarles un hechizo para pedir ayuda. Yo sabía lanzarlo a los tres años. —Debí de quedarme boquiabierta mirando a Liu, porque añadió—: Te está pasando lo mismo con Tesoro.

Me llevé la mano de forma instintiva a la bandolera, donde la ratoncita estaba acurrucada durmiendo.

—¿Le pasa algo?

Liu negó con la cabeza.

—No es nada malo. Pero tardó mucho en empezar a manifestarse, y ahora ya es mucho más extraña que las demás. La vi intentar morder a Orion una vez en la biblioteca cuando él estaba a punto de ponerte el brazo alrededor de los hombros. Eso significa que tiene ideas propias al margen de lo que quieras tú. No es algo común en los ratones.

Me disponía a decirle que mis ideas estaban perfectamente alineadas con las de Tesoro en lo que respecta a que Orion me pusiera el brazo alrededor de los hombros o en cualquier otra parte, pero Liu me lanzó una mirada punzante y las palabras se me quedaron atascadas en la garganta.

—De todas formas, también me he dado cuenta de que casi nunca utilizas hechizos normales —continuó—. Incluso prefieres barrer el suelo con una escoba antes que usar un hechizo.

—Porque es probable que mis hechizos acaben arrastrando al cubo de la basura a todo aquel que esté en la misma habitación que yo —dije.

Liu asintió.

—Sí. Y esos son los hechizos que se te dan bien, los que te resultan fáciles. Así que nunca usas la magia a no ser que sea absolutamente necesario.

—Pero ¿cómo ha descubierto eso Zixuan? —pregunté, al cabo de un rato. Me costaba digerir la idea. Nunca recibo hechizos normales, y los que recibo son casi siempre innecesariamente complicados, como aquellos hechizos de limpieza en inglés antiguo que me dieron el curso pasado y que resultaron ser un fiasco a la hora de intercambiarlos, más allá de que estuvieran en inglés antiguo, ya que necesitaban el doble de maná para lanzarse que los encantamientos de limpieza modernos de todos los demás, y además requerían más concentración. Creía que el colegio —o, más bien, el universo— me había vacilado, no que no hubiera hechizos normales y baratos para mí. En realidad no sabía si eso debía hacerme sentir mejor.

—Dijo que ocurre lo mismo con los editores —dijo Liu—. Ignora los detalles y te permite operar a una escala superior. Pero no puede utilizarse un editor para modificar pequeños detalles. Así que eres como un editor viviente. Por eso los hechizos menos poderosos se te dan mal. Lo dio por supuesto porque fuiste capaz de canalizar fácilmente el poder de su editor.

—Yo no diría que fue fácil —murmuré, pero solo refunfuñaba. En realidad, me habría gustado hablar con él; parecía saber más que yo sobre el funcionamiento de mi magia—. Pero en ese caso saben que no miento, que podré sacarlos del circuito. ¿Por qué no vinieron?

—No se creen que le ocultases tu poder a todo el mundo —dijo Liu—. Están convencidos de que Nueva York lo sabía desde el principio, que llevas aliada con ellos todo este tiempo y que has mantenido en secreto tus habilidades para que ninguno de los otros enclaves se fijara en ti antes de la graduación.

Gemí y me golpeé las rodillas con la frente. El problema era que no veía ninguna forma de refutar aquello. Tenía todo el sentido del mundo desde su perspectiva, la cual se encontraba limitada por la barrera lingüística que dividía al colegio. En los cuatro años que llevo aquí, he compartido clase con al menos la mitad de los alumnos de la rama de inglés, y casi con ninguno de los de chino. Conozco a los que, como Yuyan, estudian suficientes idiomas como para coincidir con ellos una o dos veces, y a los alumnos bilingües que dan sus clases comunes en inglés para que cuenten como créditos de idiomas. Pero eso es todo. La mayoría no alterna demasiado entre un grupo y otro: casi todas las conversaciones del colegio se llevan a cabo en inglés o en chino, así que uno suele juntarse con los alumnos que prefieren el mismo idioma que tú. Liu eligió deliberadamente pasar más tiempo con el grupo de habla inglesa porque se dedica a la traducción de hechizos, lo que requiere tanta fluidez como para escribir un poema complicado y repleto de palabras largas y extrañas en un idioma extranjero.

Pero yo no alternaba en absoluto, ya que no participaba en ninguna conversación. Iba a clase y no hablaba con casi nadie, comía sola, estudiaba sola y hacía ejercicio sola en mi pequeña habitación, justo lo que haría alguien que estuviera ocultando adrede un as en la manga. La explicación real, que era que no me había quedado alternativa ya que no le caía bien a nadie, solo invitaba a preguntarse por qué no me los había camelado enseñándoles el mencionado as; de ese modo podría haber conseguido que todo el mundo se peleara por mí en lugar de aislarme peligrosamente.

Era una pregunta tan buena que, literalmente, me había pasado tres años diciéndome a mí misma que me uniría a un enclave en cuanto tuviera la oportunidad, y luego había evitado de forma concienzuda cualquier posibilidad de unirme mientras fingía ante mí misma estar jugando a una especie de juego extremadamente largo. Si alguna vez hubiera reconocido que mi madre tenía razón y que no quería unirme a ningún enclave después de todo, lo más probable era que me hubiera echado al suelo y muerto de desesperación al pensar en el resto de mi vida. Solo fui capaz de admitirlo después de hacerme amiga de Orion. De Orion, Aadhya y Liu: cuando dejé de estar sola.

—¿Supongo que no te darán la oportunidad de que los convenzas de lo contrario? —pregunté, sin ninguna esperanza. Incluso a mí me parecía una estupidez, así que no creía que Yuyan y Zixuan fueran a creérselo. Tal vez alguien que me hubiera evitado deliberadamente, pero los chicos de Shanghái no tenían ni idea de que la versión pringada de mí misma existía hasta que, de repente, salté a la fama. ¿Y de repente Chloe y los demás alumnos de Nueva York me aceptaron de buen grado, ofreciéndome una alianza y una plaza garantizada en el enclave solo porque Orion había estado pasando el rato conmigo? A mí me había parecido que todos habían perdido el norte. Tendría mucho más sentido que, en realidad, yo hubiera estado compinchada con ellos en secreto desde el principio, o al menos durante un año.

Liu negó con la cabeza.

—Fueron educados, pero estoy bastante segura de que la otra razón por la que querían hablar conmigo era para saber si me habías engañado, o si estaba intentando relacionarme con Nueva York.

Lancé un suspiro. Liu intentaba ser educada conmigo, pero sabía que lo que quería decir era que los alumnos de Shanghái querían saber si ella, y por extensión su familia, estaban intentando debilitar a los enclaves chinos ya establecidos y aliarse con Nueva York para crear su propio enclave.

—¿Qué decidieron al final?

Liu levantó las manos y se encogió de hombros.

—Les dije que no podía demostrar nada. Pero que tú eras mi amiga y de verdad querías sacar a todo el mundo, y que no piensas irte a Nueva York. Así que… creen que me engañaste. —Lanzó un pequeño suspiro.

Ni siquiera era una actitud especialmente paranoica. Los enclaves asiáticos llevan décadas bregando con Nueva York y Londres para obligarlos a cederles más plazas de la Escolomancia. Las asignaturas troncales no empezaron a darse también en chino hasta finales de los años ochenta. Antes de eso, tenías que aguantarte y darlas en inglés, incluso después de que una cuarta parte de los alumnos tuviera como lengua materna algún dialecto chino; la situación cambió por fin cuando los diez enclaves asiáticos principales, con Shanghái a la cabeza, designaron públicamente un comité de evaluación para construir un nuevo colegio bajo su control.

Por supuesto, los enclaves no pretendían cumplir esa amenaza. La población de magos ha crecido de forma constante desde que se inauguró la Escolomancia, pero ahora mismo, añadir un segundo colegio y dividir entre ambos a los miembros de enclave significaría que tendrían que competir con la Escolomancia por los niños que iban por libre. Ambas escuelas tendrían que engatusarnos con privilegios, a costa de sus propios hijos. Y eso, por no mencionar lo mucho que costaría construir el colegio.

Lo que querían en realidad era lo que consiguieron: más plazas en la Escolomancia para sus enclaves y clases en un idioma más fácil para sus hijos. No pedían demasiado, pero tuvieron que amenazar para conseguirlo, y la asignación de plazas sigue siendo bastante injusta. Yo misma vine aquí gracias a una plaza que Londres no debería haber tenido que asignar, y mientras tanto los críos sin enclave de toda Asia siguen haciendo agotadores exámenes para tener la oportunidad de estar entre uno de cada dos niños que consiguen plaza. Pero la situación no puede solucionarse sin empezar a quitarles plazas a los enclaves más importantes de Estados Unidos y Europa, y ninguno de ellos quiere renunciar ni a una sola. La próxima redistribución está al caer y ha empezado a gestarse una lucha encarnizada debido a esta. Nueva York y Shanghái, junto con los aliados de cada bando, han estado gastándose jugarretas cada vez más desagradables durante los últimos años, compitiendo por el poder. Sería todo un escándalo descubrir que un aliado de Nueva York ha ido a por

Bangkok y ha destruido el enclave, pero a nadie le sorprendería. Todo el mundo sabe que es muy posible que esté librándose una guerra entre enclaves en este momento.

Todo el mundo, incluida yo, pero la verdad es que era un tema al que no le prestaba demasiada atención. Todos estos años he sido una pringada; el baile geotaumaturgipolítico entre los principales enclaves del mundo me suscitaba tan poco interés como el que suscitaba yo entre los alumnos del enclave de Shanghái. Pero ahora me interesaba, y cuanto más pensaba en ello, más grave parecía la situación. Pues claro que Yuyan y Zixuan no confiaban en mí. Pensaban que planeaba graduarme e irme directamente a Nueva York, donde presumiblemente yo ayudaría a que los mataran a ellos y a sus familias. ¿Por qué no iba a hacerlo aquí si tenía la oportunidad?

—Pero ¿qué alternativa tienen? —dije, frustrada, después de haberle dado vueltas a la cabeza sin encontrar una solución—. Por mucho que lo intenten, seguirán sin poder superar el circuito de obstáculos sin mí, y si no entrenan, morirán de todos modos. Vale, la cosa no pinta bien, pero es la única oportunidad que tienen. ¿Por qué no intentarlo? O: ¿por qué no enviar al menos a algunos de sus esbirros para que lo prueben y se aseguren?

Liu negó con la cabeza.

—El circuito está en el gimnasio.

Gemí, tumbándome en el suelo, y miré al techo. El gimnasio, el cual había reformado por completo durante el pasado Festival, enarbolando mi poder de una forma extraña y totalmente disparatada que de pronto cobraría todo el sentido del mundo si mi intención hubiera sido, por ejemplo, sabotear de algún modo el circuito para obligar a los demás a someterse a mí. Preferiblemente de alguna manera que me permitiera seguir controlándolos incluso después de que salieran del colegio y se marcharan a sus enclaves. Para empezar, el circuito de obstáculos funciona así: tienes que dar tu consentimiento para que funcione. Si algún maléfice —y no miro a nadie— consiguiera colarse, constituiría un mecanismo excelente para obligar a los demás a ser sus sirvientes zombis, etcétera.

—Lo siento —dijo Liu en voz baja—. He intentado pedirles que vinieran a algunos de los chicos que no pertenecen a ningún enclave, pero... la verdad es que no confían en mí. —Se pasó la mano por la pelusilla que le cubría la cabeza, un gesto inconsciente que había adquirido desde que se había cortado el pelo. Durante sus tres primeros años en el colegio, no había hecho muchos más amigos que yo. Su familia no pretendía que se relacionase. Pretendía que sobreviviese y se asegurara de que sus primos sobrevivieran al primer curso, y debía conseguirlo usando la malia. Y cuando eres un maléfice de poca monta, los demás se dan cuenta y se ponen nerviosos—. Y sí que confían en los chicos de Shanghái. La mayoría de ellos no habría podido venir al colegio si Shanghái no hubiera dado la cara por ellos.

Habría puesto en duda el altruismo de los miembros de enclave, pero reconozco que no tenía una base sólida en la que apoyarme, pues yo había contado con una plaza segura en el colegio que podría haber rechazado de haber querido.

—¿Crees que nos ayudaría en algo decirles que sí tengo un hechizo para controlar multitudes? —dije en voz alta.

—No —dijo Liu sin vacilar. Luego añadió—: ¿Lo tienes...?

La mueca que puse fue suficiente respuesta. Tenía razón, por supuesto; no inspiraba demasiada confianza.

Pero si no encontrábamos la manera de hacerlos cambiar de opinión... si Zixuan y Yuyan y los demás alumnos de Shanghái no venían —si todos pasaban de los circuitos por miedo a que fuera una trampa para hacerme con el control de sus mentes y convertirlos a todos en caballos de Troya— y luego llegaba la graduación y todos morían porque no habían entrenado, mientras que los que habían seguido el ejemplo de Nueva York volvían a su casa… entonces, resultaría haber sido de verdad una trampa, y aunque no hubiese sido mi intención, no creía que sus padres estuvieran particularmente interesados en saber cuáles habían sido mis intenciones.

Como para recalcar el problema, a la mañana siguiente se presentaron más de cien alumnos para el entrenamiento en inglés. El hecho de que hubiera tantos críos en un mismo lugar suponía una tentación tan grande que un escuadrón de mals extremadamente reales y hambrientos nos asaltó durante la carrera, irrumpiendo desde los montones de nieve y desde detrás de las torres de hielo. No fue demasiado inteligente por su parte; todos supimos que eran reales porque no habían aparecido en el circuito a principios de semana, así que Orion se dirigió derechito a cada uno de ellos. Los derribó a todos sin problemas, excepto al enorme digestor del tamaño de una mantarraya que se desprendió de una de las caras de los glaciares durante su ataque y trató de aplastarlo. A ese me encargué de desintegrarlo yo.

No estaba demasiado ocupada, ya que todos los demás habían mejorado. Gracias a Liesel, todo sea dicho, lo que no me hacía ninguna gracia; había estado esperando frente a las puertas mientras los demás llegaban, y cuando aparecí, anunció en voz alta:

—Debemos enfocar la carrera de forma diferente. Dejad de pensar en cómo podéis ayudar a los que tenéis más cerca. Pensad qué se os da mejor y buscad a la persona más cercana que necesite vuestras habilidades.

Era una estrategia muy poco intuitiva, y muy poca gente estaba dispuesta a dejar de lado sus alianzas todavía. Pero una vez que completamos la primera parte del circuito, resultó evidente que era el mejor enfoque y todos intentaron ponerlo en práctica. Al final, casi parecía que Orion y yo corriésemos por nuestra cuenta —con la misma euforia, pero aún mejor, aunque el circuito seguía siendo mil veces más difícil— porque el plan estaba funcionando. Todo el mundo ayudaba a los demás y lo único que tenía que hacer yo era intervenir cuando a alguien se le acababa la suerte.

También participaron muchos más alumnos en el entrenamiento en hindi de la tarde: Ravi y otros tres alumnos de enclave de Jaipur aparecieron con sus equipos, así que evidentemente el peloteo de Liesel había dado sus frutos después de todo. Sin embargo, todavía no había aparecido nadie de Bombay, ni de ninguna parte de Maharashtra. Eso no me sorprendió. Al empezar primero, cuando todos los que no pertenecíamos a ningún enclave intentábamos hacer amigos desesperadamente, los otros críos empezaron a hacer lo posible por evitarme después de haber hablado conmigo por segunda vez. Pero los chicos de Bombay se levantaban literalmente y se alejaban sin decir una palabra más en cuanto oían mi nombre.

No sé exactamente lo que han oído de mí. Creo que la familia de mi padre no ha difundido la profecía de forma activa. Si lo hubiera hecho, seguramente algunos de esos enclaves a los que se supone que debo destruir se habrían interesado mucho más por mi bienestar, o por la falta de él, desde hace tiempo. Así que asumo que lo único que saben es que la familia de mi padre iba a acogernos a mí y a mamá, y que no duramos ni una noche entre los muros de su casa.

Tal vez no parezca motivo suficiente como para condenarme de inmediato al ostracismo, pero los Sharma tienen una reputación entre los magos de Maharashtra similar a la que tiene mamá en el Reino Unido. Han criado a varios curanderos famosos, pero por lo que se los conoce realmente —y por lo que son capaces de mantener a una familia cada vez más numerosa— es por su magia adivinatoria, aunque con una vuelta de tuerca. La magia adivinatoria no suele funcionar demasiado bien por muchas razones, pero una de ellas es que a los seres humanos no se nos da muy bien predecir lo que nos hará felices. No me refiero a cuando deseas algo y luego la cosa se tuerce de manera horrible, como en esa ridícula historia de la pata del mono; me refiero a que es como cuando ves un vestido en una tienda que te parece precioso, así que te lo compras y te lo llevas a casa, pero luego lo dejas muerto de risa en tu armario durante años mientras te dices a ti misma que algún día te lo pondrás, hasta que finalmente lo regalas con una sensación de alivio.

Pues, bueno, en la familia de mi padre hay videntes que son capaces de decirte cómo conseguirlo que te hará feliz de verdad. La más famosa es mi tatarabuela Deepthi, a la que hoy en día acuden sobre todo los Dominus de enclaves que se encuentran en una posición estratégica difícil, y le pagan el equivalente a millones de libras por una única y breve charla. La leyenda cuenta que, en torno a su tercer cumpleaños, levantó la vista de sus juguetes mientras su familia discutía ociosamente sobre sus posibilidades de matrimonio, y les dijo muy seriamente que no se preocuparan por ello hasta que se graduara en la Escolomancia. Aquello los desconcertó bastante, ya que era 1886, antes de que el equipo de limpieza se estropeara por primera vez, y por aquel entonces solo los miembros de enclave podían asistir al colegio. Incluso los niños del enclave de Bombay tenían que competir entre ellos por las seis plazas que Manchester les había asignado a regañadientes. Por no hablar de que ni en sueños malgastarían una valiosísima plaza en la Escolomancia para dársela a una chica.

Tenía siete años cuando Londres tomó el control, subdividió las habitaciones, cuadruplicó las plazas y permitió la admisión de magos sin enclave. Para entonces, su familia ya sabía que si alguna vez conseguían una plaza en la Escolomancia, la enviarían sin pensárselo dos veces, y además iban a tener que encontrar un marido dispuesto a casarse con ella. Ninguna familia de magos es proclive a desprenderse de una chica que es capaz de predecir con exactitud acontecimientos futuros importantes que están a años vista.

Además, tenía toda la razón al no querer concertar su matrimonio de antemano. Para cuando se graduó, su familia había acumulado ofertas entusiastas de prácticamente todos los chicos indios que habían estado en el colegio con ella; a todos les había dado consejos tipo: «No vayas hoy a clase de laboratorio», un día en que el asiento habitual del chico se prendió fuego debido a una explosión de tuberías, o «Aprende ruso y hazte amigo del chico callado de tu clase de Matemáticas», que resultó ser el mejor estudiante de su promoción y lo invitó a unirse a su alianza. Incluso hubo, al parecer, un grupo de chicos que le ofrecieron casarse todos juntos, como los Pandavas o algo así. En cambio, ella eligió a un joven y agradable alquimista de una familia de magos independientes de las afueras de Jaipur

—vegetariano y usuario exclusivo de maná— que tenía dos hermanos mayores y estaba dispuesto a mudarse y unirse a la familia. Tuvieron cinco hijos sanos y cuatro de ellos sobrevivieron a la graduación, más de lo que era habitual, y siguieron adelante. Mi padre era, al parecer, su tataranieto favorito, de entre varias decenas. No entiendo por qué no le advirtió que no se hiciera demasiado amigo de aquella rubia galesa durante su último año, aunque quizá lo hizo, y él, siendo como cualquier adolescente, se pasó sus advertencias por el forro. Yo jamás ignoraría un consejo similar, desde luego.

Fuera cual fuere el consejo que le dieron a papá, no siguió las indicaciones demasiado bien, y como resultado, aquí estoy yo y él no. Y mi apellido es Higgins en vez de Sharma, porque treinta segundos después de conocerme, la tatarabuela anunció mi horrible destino, bueno, horrible para todos los demás; que yo sepa, yo viviría la mar de feliz siendo una maléfice de cuidado y sometiendo a todos los enclaves del mundo. No puedo decir que la idea no me atraiga a un nivel visceral. Entonces, mamá tuvo que llevarme de vuelta a la comuna porque la familia de mi padre estaba dispuesta a matar a la bebé hitleriana para salvar el mundo que estoy destinada a sumir en las tinieblas…

Debo señalar que se trata de la misma familia que está tan empecinada en no usar la violencia que rechazó una oferta inestimable para mudarse en masa a un enclave de Bombay, ya que no utilizaban maná exclusivamente y ellos no pensaban hacer trampas ni siquiera a costa de la vida de un escarabajo.

Tal vez ahora entiendas el motivo por el que su rechazo ha provocado que la gente que conoce su reputación me mire con recelo. Incluso sin saber los detalles, no es descabellado suponer que mi futuro debe de albergar algo extremadamente desagradable. Y nadie se imagina que es algo tan extremo como una profecía de verdad.

Así que no tardé en dejar de intentar hacerme amiga de cualquier alumno que hablara maratí. De hecho, he pasado la mayor parte de los últimos tres años rumiando sobre lo que podrían decir de mí, una preocupación que ocupaba todas las horas en las que no me preocupaba por problemas más inmediatos, como si tendría suficiente para comer ese día, o si alguna criatura me iba a comer a mí.

Por supuesto, ahora ya no tenía que preocuparme por eso. Podrían haber lanzado un hechizo de amplificación en medio de la cafetería y haber repetido la profecía palabra por palabra, y el nivel de confianza de todos los que entrenaban conmigo no habría disminuido ni un ápice. Para empezar, no confiaban en mí; no venían al gimnasio porque creyeran de verdad que iba a salvarlos. Se unían a mí porque, aunque fuera una maléfice despiadada, no tenían otra alternativa si querían entrenar. Seguro que casi todos estaban trazando planes en secreto con sus aliados sobre lo que realmente iban a hacer durante la graduación, sobre todo si yo resultaba ser una maléfice despiadada de verdad.

Eso fue lo que hizo que las instrucciones de Liesel fueran tan importantes. Era imposible completar un circuito, aunque solo fuera uno, con todo el mundo colaborando entre sí según sus puntos fuertes, y no darse cuenta de que aquella estrategia era mucho mejor que limitarse a formar una alianza con unas pocas personas, aunque fueran los mejores del colegio. Todos preferirían seguir la estrategia de Liesel y correr el riesgo de que yo acabara siendo una maléfice despiadada que planeaba sacrificar a un número considerable de alumnos, que arriesgarse con todo lo que se nos venía encima en el salón de grados.

Eso les quedó tan claro a los alumnos del entrenamiento en hindi como a los que habían entrenado por la mañana, y la noticia se fue extendiendo. El sábado por la mañana había casi ochenta alumnos para el entrenamiento en español, y esa tarde, por fin se presentaron los primeros cinco alumnos para el entrenamiento en chino. Todos eran rezagados.

No hay una cosa que marque a alguien como un rezagado. A veces se trata simplemente de mala suerte: te han atacado demasiadas veces, te has gastado todo el maná luchando contra los mals y no puedes aportar nada a un depósito compartido. Otras veces, de una suerte pésima: tienes afinidad para algo que no sirve de nada, como el entramado de agua. Es algo que viene muy bien para el exterior, harías una fortuna ayudando a los enclaves con sus redes de alcantarillado, pero no tendrás la oportunidad, ya que aquí es totalmente inútil. Y otras veces, no se te da bien ni la magia ni tratar con la gente: puedes arreglártelas sin una de las dos, pero si eres un paquete en ambas, estás jodido.

He intentado no pensar cómo sería entrar en el salón de grados sin ningún aliado, contemplando a la multitud que se abre paso hacia las puertas por delante de ti, un océano de personas con planes, amigos y armas, hechizos protectores y pociones curativas, mientras los maleficaria de alrededor se abalanzan sobre los alumnos y los hacen pedazos; y tú tienes que echar a correr, pues tu única esperanza radica en correr, aunque sabes que en realidad no hay esperanza alguna y morirás viendo a otras personas atravesar las puertas. Me he pasado tres años intentando no pensar en ello, porque pensaba que eso era lo que me iba a pasar a mí.

En este caso, uno de aquellos pobres desgraciados sufría unos temblores que de vez en cuando lo interrumpían mientras lanzaba hechizos; lo más probable era que fueran las secuelas de una intoxicación o de una experiencia traumática. Es bastante común en este colegio. Otra tenía un chino tan fluido como el mío, lo cual era muy mala señal dado que se suponía que era el idioma en el que había dado las clases durante cuatro años. En realidad no vale la pena, estadísticamente hablando, enviar a tus hijos a la Escolomancia si no dominan bien el inglés o el chino, lo que suele ser una señal de que los idiomas no se les dan bien. Da igual lo bien que se les dé la magia: acabarán demasiado rezagados al no poder seguir el ritmo de las asignaturas comunes. Para eso más vale que se queden en casa, lo más protegidos posible, y se les enseñe en la lengua vernácula que ya conocen. Pero algunas familias lo intentan de todos modos.

Y de hecho los cinco fueron un desastre durante el entrenamiento. La sabiduría de los nuestros es cruel, pero rara vez se equivoca. El chico de los temblores, Hideo, habría sido un encantador bastante bueno, si no fuera porque habría muerto dos veces durante el entrenamiento al interrumpir sus propias invocaciones. Pero daba igual: los cinco alumnos, Orion y yo conseguimos completar el circuito.

Después me obligué a decirle a Hideo:

—Te traeré una poción que te permita aguantar todo el entrenamiento.

Mi madre tiene una receta para algo que llama «agua calmante». La prepara una vez al mes y se la da a los magos que sufren espasmos musculares por culpa del desgaste: Cuando intentas lanzar un hechizo para el que no tienes suficiente maná acumulado, puedes compensar la diferencia con tu propio cuerpo, pero esta técnica a menudo tiene efectos secundarios de los que es difícil deshacerse. Estaba razonablemente segura de que también funcionaría para sus temblores.

El problema era que no podía prepararla yo misma. Tuve que pedirle a Chloe que lo hiciera por mí. Me permití albergar un resquicio de esperanza: le pedí a Orion que bajara también al laboratorio. Se puso contentísimo, pero luego me lanzó una mirada decepcionada al descubrir que Chloe iba a venir, que era exactamente la razón por la que se lo había pedido. La próxima vez que se lo pidiera, se aseguraría de preguntar si iba a venir alguien más, y entonces tendría que decirle que sí o admitir que le estaba pidiendo una cita, cosa que no pensaba hacer ni muerta. Fue la mejor protección contra mí misma que se me ocurrió.

Se enfadó aún más cuando tardamos tres horas en preparar el mejunje de las narices. Chloe no dejaba de hacer preguntas excelentes, como: *¿Moléis los caparazones de las vieiras hasta convertirlos en polvo o los machacáis para dejarlos en trozos más grandes?* y *¿Hay que remover en el sentido de las agujas del reloj o en sentido contrario?*, aunque no pude responder a ninguna hasta que me puse a copiar los movimientos de mamá, intentando recordar con mi cuerpo, y haciendo suposiciones lo mejor que pude. La alquimia se me da fatal, y la curación también, así que la combinación es casi siempre un desastre. La última vez que mamá intentó enseñarme, la dosis de prueba desintegró un trozo del tamaño de mi puño del suelo de nuestra yurta.

—Debe de haber un error —dijo Chloe, contemplando el líquido amarillo en ebullición del recipiente, que en efecto no se parecía en nada a unas aguas en calma.

—Sí —dije sombríamente—. Creo que me he equivocado al echar la sal y el azufre.

Suspiró.

—Tendremos que empezar otra vez.

—No fastidies —gimió Orion. A decir verdad, era el cuarto intento, pero no pensaba ponerme de su parte.

—Deja de quejarte —dije—. Finge que somos un cebo. Como estamos solas en el laboratorio, tenemos tantas posibilidades como cualquier otro alumno de que nos ataquen.

A juzgar por la mirada de reojo que me echó Chloe, no creo que mi comentario le hiciera demasiada gracia.

El color azul verdoso del quinto intento se parecía vagamente al tono que debía tener, aunque lo atravesaba una gruesa franja de marrón amarillento. No tenía ni idea de lo que habíamos hecho mal esa vez, pero Chloe hundió con mucha cautela un mechón de su propio pelo, lo frotó entre los dedos, lo olió y finalmente lo rozó con la lengua. Hizo una mueca, escupió en el fregadero y dijo: *Vale, creo que ya lo tengo*; a continuación, limpió las cubiertas con un enérgico hechizo de limpieza y se puso manos a la obra una vez más. Esta vez fue mucho más rápida, y ni siquiera pude ver lo que hizo de forma diferente, pero al terminar, la mancha amarillenta desapareció por fin, y me bastó probar una sola gota para saber que le había salido bien.

La gota no fue suficiente para apaciguar mi ataque de celos: yo no era capaz de preparar el agua calmante, la receta de mi propia madre, y Chloe sí. Habría tenido que beber una dosis triple para quitarme el mal sabor de boca.

Pero hizo una tanda enorme y la embotellamos en treinta viales. Hideo tendría suministros para el resto del curso, y sobrarían viales suficientes para los que sufrieran un ataque de pánico durante la graduación: normalmente había bastante gente que perdía la compostura. Orion llevó la caja a la habitación de Chloe y me lanzó una última mirada de reproche antes de irse corriendo a cazar, ya que yo me senté firmemente en uno de los cojines y dejé claro que no iba a ir a ningún sitio a solas con él.

Chloe se mordió el labio y no dijo nada, pero siguió sin decir nada incluso después de que él se fuera, lo que no era habitual en ella. Estaba claro que le habría venido bien una dosis de agua calmante para dejar de preocuparse: *¿Nos va a quitar El a Orion?* No quería darle vueltas al asunto, ya que dejar que esa idea aflorara en mi cabeza me llevaría a tomar un montón de decisiones horribles.

—¿Siempre tuviste planeado hacer alquimia? —dije, en cambio, para distraernos a los dos—. ¿Acaso tus padres no son artífices?

—Sí —dijo Chloe—. Pero mi abuela es alquimista. Empezó enseñándome a cocinar cuando tenía unos diez años. Se alegró mucho de que quisiera aprender; mi madre y mi tío nunca lo hicieron. Ella se encargó de la renovación de la cafetería —añadió.

A pesar de que la comida del colegio es en su mayoría horrible y suele estar contaminada, tenemos mucha suerte. Originalmente, la cafetería de la Escolomancia dispensaba tres veces al día una papilla nutritiva lo suficientemente fina y acuosa como para pasar por las estrechas tuberías, y si querías que tuviera otro aspecto, tenías que transformarla tú mismo, algo que nadie podía permitirse.

En realidad, convertir un alimento concreto en otra cosa es casi imposible, porque no solo cuenta el sabor, sino que también te interesa que sea nutritivo una vez que lo dejes caer en tu estómago y te olvides de él. Si convirtieras una caja de clavos en un sándwich, podrías pensar que has comido, pero te equivocarías. Y si conviertes las gachas en pan, también la cagarás, ya que las gachas y el pan no se parecen tanto en lo que respecta a las enzimas digestivas. Ha podido hacerse, pero solo en laboratorios de alquimia financiados por enclaves; los que lo han conseguido son los típicos magos que terminan la Escolomancia y luego se tiran diez años en una universidad mundana para sacarse un título en Química y Ciencia de los alimentos.

Se puede empezar con algo que sea técnicamente un alimento y luego añadirle una ilusión sensorial, pero esta se desvanecerá en cuanto empieces a masticar. El resultado suele ser más desagradable que tragarse el alimento original. La única solución práctica es transformar de forma selectiva las partes que entran en contacto con tus sentidos: pierdes los nutrientes de los trozos que se han transmutado, pero puedes tragarte el resto.

Sin embargo, resulta mucho más complicado y costoso en lo que a maná se refiere que agitar una mano y convertir, por ejemplo, un palo en un bolígrafo, en el que no te importa lo más mínimo lo que ocurra a nivel molecular siempre que puedas escribir. Ni siquiera los alumnos de enclave podían permitirse el lujo de transformar la papilla con regularidad. La mayoría de los críos salían medio desnutridos, y todos destinaban casi todo el peso permitido en traer comida. Era un factor tan importante con respecto a la mortalidad que, al cabo de unos diez años, se tomó la decisión de abrir un hueco en las guardas para transportar pequeñas cantidades de comida real, lo suficiente como para que pudiéramos ir al quiosco tres veces a la semana.

Pero poco después de la Segunda Guerra Mundial, Nueva York y un consorcio de enclaves estadounidenses entraron en escena, tomaron el control del colegio —Londres no estaba en condiciones de oponer resistencia— y contrataron a un grupo de magos químicos que desarrollaron un proceso de transmutación de alimentos que funcionaba con la papilla y que era más barato que las soluciones que se habían dado hasta el momento.

Evidentemente, la abuela de Chloe había sido una de las alquimistas que lo habían hecho posible; era lo bastante buena como para conseguir una plaza en el enclave de Nueva York tras el trabajo. Ya sabía que su padre se había aliado con su tío durante la graduación, y que había entrado en el enclave casándose con su madre. Así que su padre y su abuela habían sido magos independientes que habían conseguido entrar a base de partirse el lomo trabajando; su familia no formaba parte de los puestos más elevados del consejo ni nada parecido, eran relativamente nuevos. No me extrañaba que le preocupara tanto el perder al hijo de la Domina.

Pero no pude decir nada para tranquilizarla. No iba a unirme a Nueva York. No iba a seguir el ejemplo de su abuela, ni siquiera aunque pusiera condiciones mejores que las suyas. Así que si Orion me prefería a mí antes que a Nueva York, supongo que lo alejaría de ellos, pero no me iba a sentir culpable por eso. No después de la forma en que lo habían tratado, después de criarlo para ser un héroe en lugar de un niño más. Me había pasado la mayor parte de mi infancia enfadada con mamá por no haberme llevado a un enclave. No se me había ocurrido lo que cualquier enclave podría haber hecho con alguien como yo, lo que habrían esperado de mí, lo que le habrían dicho a una niña demasiado pequeña para resistirse a ellos, solo para conseguir lo que querían.

No iba a ceder ante ellos. No iba a ceder ante nadie: ni ante Magnus, ni ante Khamis, ni ante Chloe; ni siquiera ante Orion, aunque me lo pidiera. No iba a ceder ante Nueva York, ni ante ninguno de los enclaves, y sobre todo, no iba a ceder ante la Escolomancia.

Después de dejar a Chloe en su habitación, me dirigí sola al gimnasio. Las puertas estaban cerradas: los domingos no había circuitos. Al otro lado, los ruidos y los chasquidos eran constantes mientras la pista de obstáculos seguía reorganizándose para intentar matarnos, todo con el pretexto de hacernos más fuertes. Permanecí allí plantada escuchando durante un buen rato. Ninguna criatura intentó abalanzarse sobre mí.

—Eso es —dije en voz alta y desafiante—. Ni se os ocurra intentarlo. No tenéis nada que hacer. Vamos a sacar a todo el mundo. *Voy* a sacar a todo el mundo.

11

ALUMNOS DE ENCLAVE

Las afirmaciones dramáticas están muy bien, pero el lunes doscientos alumnos se presentaron expectantes para el entrenamiento en inglés, y Orion y yo empezamos a resentirnos.

El nuevo circuito era absolutamente horrible. El gimnasio estaba lleno de ciruelos a punto de florecer y un suave arroyo serpenteaba entre sus raíces; los últimos vestigios de hielo se aferraban a las orillas del río y una pálida lámina de escarcha recubría la hierba. La luz del sol se filtraba entre las hojas y los pajaritos danzaban a lo lejos, profiriendo gorjeos encantadores y atrayentes entre las ramas, al menos hasta que nos acercamos lo suficiente como para que los árboles nos golpearan de forma salvaje con sus ramas espinosas, las cuales deshacían la mayoría de los hechizos de protección; los pajaritos se agruparon en una bandada que se abalanzó sobre nosotros y resultaron ser verdugos.

Intenté lanzar un hechizo asesino a todo el enjambre, pero no funcionó. Justo antes de que el hechizo la golpeara, la nube de verdugos se dividió y comenzó a atacarnos por separado. Orion se pasó todo el entrenamiento yendo de un lado a otro entre la multitud, derribándolos de uno en uno, pero yo no podía hacer eso: si atacaba a un solo verdugo mientras este volaba alrededor de alguien, acabaría por no darle a la criatura, y en cambio mataría a la persona y a sus tres vecinos más cercanos al mismo tiempo.

Lo único que impidió que terminara en desastre fue que todos se ayudaron mutuamente: lanzando escudos sobre la gente que había sido golpeada, atacando a los verdugos de uno en uno si se acercaban lo suficiente, neutralizando las nubes de veneno que de vez en cuando brotaban de las flores de los ciruelos. No es que mi presencia no sirviera de nada; a mitad de camino, los árboles se pusieron creativos. Unos cuantos sacaron sus raíces del suelo y se entrelazaron formando un hombre de mimbre viviente. La criatura se arrojó hacia delante, agarró a un montón de alumnos y se los metió en la cesta que conformaba su propio pecho, y luego estalló en llamas mientras ellos gritaban y una segunda tanda de árboles seguía a la primera.

Los escudos que protegían contra los verdugos eran totalmente inútiles contra los hombres-cesta, y ni siquiera Orion conseguía hacer mella en ellos. Su propio fuego no los afectaba, así que seguramente era psíquico en lugar de corpóreo. Siguieron ardiendo alegremente, hasta que los destruí con un práctico hechizo que sirve para construir una torre oscura ritual. El hechizo se sirve de cualquier material de construcción que haya en la zona. Los alumnos que estaban dentro fueron expulsados y los árboles formaron una ordenada torre hexagonal de estacas afiladas y curvas, situadas de tal manera que parecía que la estructura estuviera diseñada para empalar gente por toda la superficie. Todos permanecieron alejados de ella.

Nadie murió, pero siete personas salieron con algunos huesos al aire, una decena con quemaduras graves, y dos personas perdieron un ojo. Un par de alquimistas de enclave compartieron a regañadientes unas cuantas gotas de tintura reconstituyente, que fueron lo bastante efectivas como para curarles las heridas después de que salieran del gimnasio; nadie se quejaría si conseguía salir vivo del colegio a cambio de perder un ojo, pero habíamos descubierto nuestros puntos débiles. Había muchos mals pequeños y rápidos. Y de hecho, eran los candidatos ideales para haber sobrevivido la purga del salón de grados.

Más tarde, en la biblioteca, Magnus se llevó a Orion a un rincón de la sala de lectura para mantener con él una charla profunda y sincera a solas. Me levanté y me escabullí por detrás para escuchar la conversación.

—Oye, colega, siento tener que decirte esto; sé que intentas hacer lo imposible, pero... necesitamos un plan para cuando las cosas se tuerzan.

Lo que en realidad quería decir era que necesitaban trazar un plan para dejar a la gente tirada. Esa era la intención de los alumnos de enclave.

—Si eso ocurre, supongo que tendremos que dejar que los mejor preparados se defiendan solos, Tebow —dije a su espalda, tan dulce como una manzana envenenada. Se estremeció y me lanzó una mirada asesina antes de poder contenerse.

Pero la verdad era que todo el mundo contaba con un plan similar: cómo reconocer cuándo uno de tus aliados estaba en las últimas y era el momento de dejarlo atrás y seguir adelante. Yo había vivido con ese plan en la cabeza durante años y años, y el hecho de renunciar a este no solucionaba el problema de fondo. Hacía falta trazar un plan para poder salvar a todo el mundo, y era evidente que aún no lo teníamos. Magnus no se equivocaba en eso.

Pero seguíamos teniendo una opción mejor que cualquiera de las otras disponibles. A lo largo de la semana se fueron sumando más alumnos a los entrenamientos, excepto los del grupo de chino, que seguía casi vacío. Uno de los antiguos miembros de Bangkok apareció, un poco receloso, y unos días más tarde, el agua calmante de Hideo consiguió detener sus tics durante al menos media hora, lo cual era tiempo suficiente para completar el circuito; se trajo con él a otros tres chicos, una alianza de pobres desgraciados a los que iba a seguir en el salón de grados, sin obtener ningún otro beneficio: incluso los peores rezagados son capaces de conseguir tratos de esas características. Creo que les había pedido que vinieran a verlo entrenar, ahora que tenía los tics controlados, con la esperanza de que accedieran a que se uniera a ellos debidamente, y la posibilidad de contar con un cuarto aliado les pareció atractiva… eso, o les caía bien y querían convencerse a sí mismos.

Al parecer, se quedaron convencidos y se corrió la voz, ya que al lunes siguiente —después de que el gimnasio desplegara otro circuito completamente insuperable— todos los enclaves japoneses acudieron en masa al entrenamiento en chino y se llevaron consigo a sus aliados, lo que hizo que de repente hubiera una multitud considerable. Los enclaves japoneses más importantes obligan a que cada uno de sus chicos forme su propio equipo, con no más de uno o dos alumnos japoneses independientes entre sus filas; el resto de los miembros son magos extranjeros a los que intentarán meter a toda costa en enclaves extranjeros después de la graduación, con la idea de crear relaciones por todo el mundo. Por ello, muchos chicos estudian japonés y compiten por las plazas, ya que es una ayuda sustancial para entrar en el enclave que les interesa de verdad. La mayoría de la gente se considera afortunada por unirse a cualquier enclave, incluso si eso significa tener que mudarse al otro extremo del mundo, lejos de sus familias.

Algunos de ellos habían acudido a los entrenamientos en inglés en otras ocasiones, ya que la mayoría hablaba inglés y chino, pero obviamente tenía más sentido venir al entrenamiento menos concurrido. Lo que sucedía era que habían preferido no buscar pelea con el enclave de Shanghái, y nadie podía culparlos por ello. Presentarse así equivalía a decir públicamente que estaban convencidos de que, de otro modo, no saldrían vivos, y por lo tanto desconfiaban de la estrategia, fuera cual fuere, que Shanghái pretendía organizar.

Lo que no organizaban eran entrenamientos, ya que, por lo que yo sabía, nadie del colegio, excepto yo, podía lidiar con un castigador, que era la estrella invitada especial de aquella semana. Me costó diez minutos sujetar a la criatura mientras esta rugía, agitaba sus horribles miembros viscosos y salpicaba ácido por todo el gimnasio; ocasionó enormes agujeros en la amplia pradera primaveral, atestada con siete enjambres diferentes de insectos que se alimentaban de maná y que los demás tenían que sacudirse de encima desesperados. Orion tuvo que cruzar el gimnasio literalmente treinta y dos veces con un hechizo de red, que se deshacía cada vez que una gotita de los brazos del castigador le caía encima.

—A lo mejor da igual —opinó Liu con cansancio esa tarde en la biblioteca, mientras estábamos sentados alrededor de la mesa. Orion había apoyado la cabeza entre los brazos y roncaba débilmente. Los demás tratábamos de pensar en formas de convencer a los alumnos de enclave de Shanghái—. Nadie rechazará la ayuda durante la graduación, y los que están desesperados de verdad vienen a entrenar. Quizá podamos incluirlos.

—Sí, no se van a quedar cruzados de brazos —dijo Aadhya—. Se traen algo entre manos. Están siempre metidos en el taller; veo a Zixuan trabajando con al menos una decena de alumnos cada vez que voy a por material.

—Qué disparate. No van a estar preparados —dijo Liesel. Si te preguntas qué hacía Liesel ahí con nosotros, déjame decirte que no eres la única persona, pero las insinuaciones de que no era bienvenida le resbalaban, y además era terriblemente inteligente, así que no habíamos podido echarla de las reuniones; de hecho, se acoplaba en nuestra mesa en cada sesión—. Son más de trescientos y no vienen ni a un solo entrenamiento. Nosotros todavía no hemos podido organizar como Dios manda a un grupo de doscientos. ¿Acaso somos unos inútiles? ¿Es que no entrenamos lo suficiente? Si no ha muerto nadie esta semana ha sido por pura suerte. ¡Y solo es el comienzo! Como no empiecen a entrenar ya, pueden darse por muertos. A ver si se os mete en la cabeza.

—Supongo que prefieres que deje tiradas a trescientas personas, ¿no? —dije bruscamente.

Puso los ojos en blanco.

—Ay, nuestra prodigiosa heroína se ha enfadado. Si quieren tu ayuda, que vengan. Hasta entonces deja de darle vueltas a cómo sacarlos de aquí y preocúpate por si tratan de engañarte. ¿Podemos hablar ya del orden de entrada? No podemos echar a correr al tuntún. No es una buena estrategia cuando todos estamos colaborando.

A continuación, sacó cuatro diagramas distintos con múltiples alternativas codificadas por colores y los extendió sobre la mesa.

—Debemos probar cada una de estas opciones a lo largo de los próximos seis circuitos. Primero comenzaremos con los estudiantes que cuenten con los mejores escudos, e intentaremos crear un perímetro defensivo que podamos vigilar de cerca...

Correré un misericordioso velo sobre el resto. Estaba claro que Liesel tenía razón, así que dejamos que nos encauzara con mano dura en la dirección adecuada, pero yo no pude evitar sentirme como si la profesora más terrorífica de mi escuela primaria me hubiera castigado de cara a la pared.

Aquella semana, sin molestarse en informar a nadie, Liesel reunió a todos los alumnos de la rama de escritura creativa que participaban en los entrenamientos y les ordenó que crearan cánticos menores que iluminasen a cualquiera que estuviera en problemas con un aura que pasara de ámbar a rojo intenso a medida que su situación empeorara —algo que a ningún alumno se le hubiera ocurrido hacer en años anteriores, ya que era más o menos como mandar señales de humo a los mals—, y señalizaran de manera automática las zonas donde había mals para advertir a los que venían detrás. De nuevo, nadie hubiera gastado ni una pizca de maná en hacer algo así en el pasado. La primera vez que tuve constancia de esa ingeniosa estrategia fue el viernes, cuando vi que un montón de gente empezaba a brillar, y Liesel nos sermoneó a Orion y a mí después del entrenamiento para que no nos molestásemos en mirar a nadie cuya iluminación no fuera rojo intenso.

Le habría dicho lo que opinaba de su actitud prepotente de no ser porque estaba tumbada en el suelo con los ojos cerrados e intentaba convencer a mi corazón y a mis pulmones de que no pasaba nada, que debían calmarse y seguir funcionando; Orion estaba jadeando de rodillas, con la camisa empapada de sudor. Habíamos sido trescientos alumnos en el entrenamiento en inglés.

Todos habían sobrevivido, y a nadie se le había disuelto ningún miembro ni nada parecido, porque lo cierto es que avanzar por detrás de un perímetro formado con los estudiantes con mejores escudos era extremadamente eficaz, al igual que los nuevos sistemas de alerta. Cuando logré llegar a la cafetería y recuperé la energía suficiente como para considerar la idea de encararme con Liesel, me di cuenta de que lo único que se le podía echar en cara era que se estaba apoderando de una autoridad que nadie quería darle. En cuanto a mis motivos, estos tenían la solidez de un pantano. Al menos ella se había puesto mandona basándose en sus aterradoras aptitudes y no por una casualidad de afinidades.

De todos modos, toda energía sobrante que pudiera tener para discutir con ella no iba a tardar en desaparecer. Aquella tarde ya éramos ciento cincuenta alumnos en el entrenamiento en hindi, pues los chicos de Maharashtra aparecieron por fin. Todavía guardaban las distancias conmigo, pero habían venido. A la mañana siguiente, el entrenamiento en español tenía más de un centenar de participantes también. Sentí una patética oleada de alivio al comprobar que al entrenamiento en chino seguía viniendo poca gente; correr con cuarenta alumnos me parecía un paseo por el campo en comparación. Era aún más evidente que, sin las implacables mejoras impuestas por Liesel, habríamos sufrido muchísimas pérdidas.

Lo que en realidad no me reconcilió con su planteamiento.

—¿Cómo has conseguido fingir que eras buena persona hasta ahora? —le pregunté malhumorada mientras bajaba a la cafetería el lunes de la semana siguiente: en nuestra sesión de biblioteca de aquella mañana tras el entrenamiento en inglés, había enumerado una lista de mis incontables fallos que debían corregirse, los cuales había observado cuidadosamente mientras, de alguna manera, se las arreglaba para atravesar el circuito sin estresarse. Siguió dándome la lata incluso después de que hubiera sonado el timbre de la comida.

Ella resopló despectivamente.

—¡Ni que fuera complicado hacerse la simpática! Solo te hace falta localizar a los alumnos más populares de cada una de tus asignaturas, averiguar qué es lo que más valoran de sí mismos y dedicarles un mínimo de tres piropos pertinentes a la semana. Mientras piensen que eres maja, los demás también se llevarán esa impresión.

No se me había pasado por la cabeza que existiera una respuesta a mi pregunta; y me jugaba el tipo a que venía acompañada de un listado de verificación que era comprobado con regularidad. Debí de poner una expresión estupefacta, porque me miró con el ceño fruncido y me dijo secamente:

—O puedes tirarte cuatro años con cara de amargada, haciendo creer a todos que no solo eres una maléfice sino también una inepta. ¿Sabes lo sencillo que sería todo ahora si nos hubieras dejado un tiempo razonable para prepararnos? Por no hablar de que no tendríamos todas estas dificultades con los alumnos del enclave de Shanghái. Más vale que te andes con ojo. Se lo están tomando con mucha calma.

Se alejó para unirse a Alfie y a los chicos de Londres que estaban por delante de mí en la cola. Todos retrocedieron para hacerle hueco justo detrás de él, incluso Sarah y Brandon, a pesar de que eran alumnos de enclave y ella no.

—Es un monstruo —les dije sin rodeos a Aadhya y a Liu mientras hacíamos cola. Las dos tenían profundas ojeras: además de participar en los entrenamientos en inglés, Liu acudía a las prácticas en chino e intentaba mejorar el hechizo amplificador de maná para que llegara a toda la gente posible, mientras que Aad participaba en los entrenamientos en hindi; y eso sin mencionar que tenían que lidiar con Liesel mucho más a menudo que yo, ya que se habían estado encargando de la parte organizativa junto con Chloe. Agradecía tener que pasar mucho más tiempo jugándome la vida en el gimnasio.

—Es la mejor estudiante de la promoción —dijo Aadhya, lo cual era una buena observación: el carácter despiadado y la falta de escrúpulos eran requisitos casi indispensables para llevarse el título—. Deja de buscar gresca con ella. Necesitamos todas las ideas que pueda maquinar su gigantesco cerebro. Ahora mismo estamos todos hechos polvo. Incluso los alumnos que entrenan solo una vez.

Yo estaba lo bastante cansada como para no fijarme, pero cuando señaló las mesas alrededor de la cafetería, vi de inmediato que tenía razón: todos los que habían entrenado con nosotros se encontraban más o menos desplomados sobre sus bandejas, cosa que en años anteriores habría sido una invitación a que al menos tres mals diferentes se abalanzasen sobre ellos. Podía distinguirse a los que se negaban a acudir a los entrenamientos solo con fijarse en quienes no tenían la cabeza metida en su sopa de verduras. Muchos de los alumnos que habían participado en la práctica de la mañana todavía no se habían puesto a comer porque estaban turnándose para echarse una siesta en las mesas.

—¿Por qué está la gente tan hecha polvo? —dije—. ¿Creéis que el colegio está drenándonos el maná de algún modo?

Pero al volverme hacia Aadhya y Liu, vi que estaban lanzándome las mismas miradas asesinas que había visto dirigidas a Orion en el pasado.

—Los entrenamientos son cada vez más duros —dijo Liu—. No es solo cosa de los maleficaria gigantescos. El año pasado, por estas fechas, el circuito de obstáculos apenas tenía diez puntos de ataque, y todos ellos estaban separados. Se supone que los circuitos de tipo melé no empiezan hasta junio.

—Ah, claro —dije con torpeza, como si se me hubiera olvidado.

Recorrimos la cola y nos llenamos la bandeja con un cuenco de espaguetis —tuvimos que apartar las sanguijuelas de maná rojas que se camuflaban entre estos, pero ya estábamos acostumbradas— y una ración enorme de melocotones cortados en rodajas y empapados en un jarabe amarillo alucinógeno que seguramente Chloe sería capaz de neutralizar en cuanto nos sentáramos a la mesa. Por desgracia, la última ración de bizcocho con la que debían acompañarse se la llevó un chico de Venecia con una estupenda herramienta de pesca que utilizó para eludir al conjunto de larvas espiga que rodeaba la bandeja. Lo peor de todo fue que una vez que se lo hubo servido, se detuvo y se dio la vuelta para ofrecérmelo, igual que hacían siempre los lameculos de enclave. Aadhya me dio un codazo antes de que pudiera soltarle un berrido al chico, así que tuve que conformarme con decirle de la forma más borde posible:

—No. Gracias.

—Aunque deberíamos tenerlo en cuenta —dijo Aadhya en la mesa al cabo de un rato. Yo estaba siendo incapaz de disfrutar de los melocotones y no solo porque el neutralizador de Chloe les hubiera dado un ligero sabor metálico—. ¿Y si el colegio nos lo está poniendo más difícil a propósito? ¿Y si está intentando agotarte para poder dejaros a Orion o a ti fuera de combate durante los entrenamientos?

—Bueno… —dije, intentando medir mis palabras para no llevarme más miradas asesinas. Estaba cansada, sí, pero para ser sincera, me quejaba por quejarme. Los entrenamientos *deben* ser agotadores. Si no te cansas, es que no estás practicando lo suficiente. Mi nivel de agotamiento no llegaba hasta el punto de dejar caer la cabeza sobre el plato.

Orion sí había llegado a ese extremo, y yo ya había tenido que evitar que echara su comida a perder dos veces, pero eso era porque se escabullía para ir a cazar mals de verdad después del toque de queda. Intenté convencer a Tesoro para que lo vigilara, pero no quiso; lo único que hizo fue insistir en acompañarme cada vez que iba a su habitación para obligarlo a meterse en la cama, cerrar los ojos y apagar las luces antes de que sonara el toque de queda. Si me hacía caso, se quedaba dormido al instante y no se despertaba en toda la noche; si no, te lo encontrabas al amanecer en la cafetería, comiendo como un animal antes de que llegara nadie más. En caso de que te lo preguntes, quedarse fuera después del toque de queda es normalmente una sentencia de muerte y probablemente lo seguía siendo para cualquier otro alumno, incluso tratándose de un año tan peculiar como aquel, aunque a estas alturas ningún mal quería ver a Orion ni en pintura. La mayoría de las veces solo conseguía darles caza durante los entrenamientos, cuando alguno de ellos se distraía intentando comerse a otro estudiante y revelaba su auténtica naturaleza.

—O puede que quiera matarnos a unos cuantos durante los entrenamientos por si conseguimos atravesar las puertas casi todos —dijo Liu, dando voz a una preocupación perfectamente razonable que me ahorró tener que decirles que la cosa no era para tanto, al menos para mí.

—¿Y qué vamos a hacer? —preguntó Ibrahim, preocupado.

—¿Por qué no nos tomamos un descanso? —dijo Chloe, lo cual supongo que era la solución obvia para alguien que había tenido el lujo de poder tomarse descansos de vez en cuando—. Podríamos tomarnos el resto del día libre, saltarnos el entrenamiento de mañana y del miércoles por la mañana. Nadie se perdería más de un entrenamiento. No es mucho.

Casi todos estuvieron de acuerdo en cuanto la idea se difundió. Incluso Orion se espabiló del todo en cuanto las palabras se abrieron paso hasta su cerebro. Asumí que estaba planeando una espectacular excursión de caza. Por mi parte, me permití dormir hasta las ocho, una hora lo bastante decente como para poder subir a desayunar si me daba prisa; ya estaba recogiéndome el pelo en una coleta cuando alguien llamó a la puerta. Me había vuelto mucho más cauta con ese tipo de cosas desde mi agradable encuentro con Jack el año pasado, pero como disponía de un depósito enorme de maná, ahora solo tenía que tomar la precaución de llevar un hechizo asesino preparado y no pegarme demasiado a la puerta al abrirla.

Me encontré a Orion al otro lado, con aspecto de estar un poco nervioso; llevaba una taza grande de té y una caja de material de laboratorio de alquimia en la que había metido tres bollos, un vasito lleno de mermelada de albaricoque, unos cuantos dados de mantequilla que empezaban a fundirse unos con otros, un cuenco de *arroz congee* con un huevo entero encima y una clementina un poco verde. Lo miré fijamente y él soltó:

—¿Quieres… desayunar conmigo? —luego se dio cuenta, al pronunciar aquellas palabras, de que la situación no era lo bastante horrible y añadió con un graznido—: ¿En plan cita?

Mi mano salió disparada hacia la jaula de Tesoro, donde la había metido con algunas semillas de girasol, y cerré la puerta justo a tiempo. Ignoré los furiosos chillidos del interior y respondí: *Sí*, antes de que el sentido común se apoderase de mí.

Tuve que esforzarme mucho para no recular, incluso mientras seguía a Orion por los pasillos. Ni siquiera podía distraerme observando los alrededores por si sufríamos algún ataque; ninguna criatura, con cerebro o sin este, se acercaba a Orion últimamente. Había crecido por lo menos cinco centímetros en lo que iba de año y sus hombros y brazos parecían a punto de reventar las costuras de su camiseta; se había duchado y su pelo plateado seguía húmedo y se le enroscaba alrededor del cuello, y yo estaba haciendo un esfuerzo inmenso por ignorar que estaba siendo una imbécil de campeonato, cuando de repente me di cuenta de dónde estábamos, y me detuve, olvidando todo lo demás a causa de la indignación, en el umbral del gimnasio.

Orion ni siquiera aminoró el paso. Atravesó las puertas y entró en la mitad del gimnasio que no estaba dedicada al circuito de obstáculos. Los famosos cerezos habían hecho acto de presencia aquella semana y estaban preparándose para crear el escenario apropiado, con pequeños brotes rosas y blancos salpicando las oscuras ramas.

Casi no podía creer que hubiera hecho aquello. Lo seguí, desconcertada, esperando que me explicara que se trataba de una especie de broma, lo cual sería en sí mismo de muy mal gusto. Se detuvo bajo un árbol especialmente frondoso y empezó a extender con toda seriedad una sábana raída para nuestro pícnic, mientras yo lo contemplaba, intentando decidir si estaba realmente chalado, y si me gustaba lo suficiente como para fingir que no. Ya me había gustado lo suficiente como para beberme la horrible agua sucia que me había traído, así que la respuesta a eso era casi seguro que sí, aunque no estaba convencida del todo de que me gustara lo suficiente como para hacer un pícnic *en el gimnasio* con él.

Menos mal que estaba demasiado horrorizada como para moverme, supongo, ya que por eso seguía de pie cuando Orion levantó la vista y vio que se acercaba algo. En ese primer momento no tuve ni idea de qué era lo que había visto; su rostro no reflejó ningún tipo de expresión positiva o negativa, solo se concentró en algo que estaba detrás de mí. Pero sabía que algo se acercaba, y que yo no me había dado cuenta. Eso era suficiente advertencia.

Incluso mientras me daba la vuelta para averiguar qué era, ya estaba moviendo las manos para lanzar el hechizo escudo que Alfie me había dado hacía dos semanas. Había tenido que forzarme para pedírselo, sabiendo que diría exactamente lo que dijo: *Claro que sí, El. Un placer.* Y una mierda. Tenía que ser uno de los mejores hechizos de su familia, que pertenecía al enclave de Londres, y seguro que habría sacado una verdadera fortuna por él. Aquí dentro valía más que mis sutras, ya que un alumno de último año lo bastante hábil podría lanzarlo durante la graduación, y los sutras no servirían de nada hasta que saliera del colegio.

No era un hechizo escudo, en realidad. Era una evocación de rechazo —para no ponerme demasiado técnica, una evocación es más o menos tomar algo intangible y trasladarlo a la realidad material—. Lo que la evocación de rechazo creaba —en las manos de Alfie— era una fantástica cúpula translúcida de unos dos metros de ancho. Mientras el chico fuera capaz de mantenerla activa —si la lanzaba sin ayuda de nadie, resistía hasta tres minutos, lo que es una eternidad en el salón de grados— podía bloquear cualquier cosa, incluidos los mals, los hechizos hostiles, los escombros voladores, los pedos, etcétera. Y aunque hay muchos hechizos que te permiten aislarte del mundo, lo que este tenía de especial era que dejaba entrar todo lo que tú quisieras, como el oxígeno no contaminado de los alrededores, o los hechizos curativos de tus aliados. Había visto a Alfie usarlo por primera vez durante nuestro enfrentamiento con los glaciares malvados. Desde entonces, lo había utilizado varias veces para salvarles la vida a otros chicos que ni siquiera conocía. No era uno de esos alumnos de enclave que se quejaba por tener que ayudar a los demás; su amabilidad iba en ambos sentidos, o puede que hubiera interiorizado en secreto la frase «un gran poder conlleva una gran responsabilidad», porque se había sumergido de lleno en el proyecto de rescatar a todo el que se cruzara en su camino.

Sin embargo, al lanzar la evocación, creé una esfera de casi cuatro metros que tenía todos los visos de poder permanecer en pie mientras me molestara en mantenerla activa, y tras colocarla sobre algo, podía mover la esfera y todo su contenido, lo que significaba que era capaz de abarcar a un puñado de críos y depositarlos en un lugar diferente del campo, sin que los mals fueran incluidos en el pack. Eso lo cambiaba todo. Podría alegar que había pedido el hechizo por ese motivo, por el bien de todos, pero sería mentira. Cuando se lo pedí, no sabía con certeza lo que podría hacer con él. Solo sabía que se trataba de un hechizo muy bueno y que poseía potencial para desarrollarse, la clase de potencial que yo era capaz de sacar a relucir.

Situé la cúpula sobre Orion y sobre mí antes de terminar de darme la vuelta, lo que fue una suerte, ya que preferíamos no entrar en contacto con ninguno de los veintisiete hechizos y artificios letales que venían derechitos hacia nosotros, cinco de ellos respaldados por un círculo de invocación. No creo que pudiera haberlos bloqueado o desviado todos de otra manera. Pero ninguno de ellos fue capaz de atravesar el impenetrable *gracias, pero no, gracias* de la esfera. La mayoría se disolvió. Los conjuros más elaborados se deslizaron hasta el punto en el que la cúpula y el suelo se encontraban, y se transformaron en una frustrada nube de humo de numerosos colores que nos envolvió, burbujeando e hirviendo, hasta que uno tras otro se disiparon por fin.

Para entonces Orion estaba de pie junto a mí, contemplando los rostros de los treinta y dos alumnos que estaban al otro lado del resplandeciente muro y que habían estado a punto de asesinarnos. Reconocí a Yuyan, a la cabeza, y a Zixuan, que estaba con el círculo…, y a todos los alumnos de último año de Shanghái, en realidad, junto con sus aliados y un puñado de chicos que pertenecían a Pekín, Hong Kong y Guangzhou.

No me sorprendió en absoluto, aunque me había pillado desprevenida. Debería habérmelo olido. En un principio, Orion pareció simplemente confundido, como si no entendiera cómo era posible que hubieran cometido un error de tal calibre. Le hizo falta contemplar la expresión de decepción de sus rostros al presenciar el fracaso de sus hechizos para asimilar la idea de que lo habían hecho a propósito.

Supongo que se arrepintieron mucho un momento después, al igual que yo, porque aquello lo hizo enfadar, y resultó que nunca había visto a Orion enfadado. No enfadado de verdad. Y me doy cuenta de que yo precisamente debería callarme la boca en lo que se refiere a esa cuestión, pero no me hizo ni pizca de gracia. Y eso que ni siquiera se había enfadado conmigo. Durante un momento horrible tuve la sensación de que la cúpula ya no estaba ahí para protegerlo a él, sino para evitar que él se abalanzara sobre los alumnos.

—¡Lake! —exclamé, intentando sonar brusca, pero mi voz desprendió un temblor que no me gustó. No pude evitarlo. Su rostro tenía una expresión monstruosa, con los labios formando un gruñido y un tenue destello de luz sobrenatural brotando de sus ojos; había hecho acopio de tanto maná para pasar al ataque que casi podía verse a simple vista, como un puño al cerrarse. Me lo imaginé aniquilándolos uno a uno, con la misma elegancia con la que aniquilaba a los maleficaria, sin ser capaz de formar ni un pensamiento consciente hasta que hubiera acabado con todo, con *todos*.

Pero, por suerte, me dijo: «Querían matarte», y a pesar del horror visceral que sentía, logré encender una chispa de indignación, lo bastante intensa como para avivar mis siempre útiles reservas de irritación y rabia.

—¡No me ha pasado nada! —dije—. Me gustaría saber qué pensabas hacer tú. Probablemente acabar hecho gelatina, si te hubieras enfrentado a todo eso solo. Y ya son once a mi favor, por cierto.

Eso lo distrajo el tiempo suficiente como para apaciguar un poco su furia.

—¡Once!

—Luego te refresco la memoria —dije, logrando reflejar una fachada decente de frialdad—. Venga, vamos a recoger esto y llevémonos el pícnic a la biblioteca como la gente normal. ¿O tienes otra idea en mente?

No era una pregunta adecuada, porque Orion volvió a mirarlos y todavía daba la impresión de que *matarlos a todos* le parecía una respuesta perfectamente válida; y cuando digo «perfectamente válida», me refiero a que estaba a un tris de lanzarse sobre ellos, y yo no tenía ni idea de qué hacer, pero de pronto ya no tuve que preocuparme por eso, pues varios grupos de personas empezaron a aparecer, literalmente, a mi alrededor, comenzando por Liesel y su equipo: Alfie, con el rostro tenso, llevaba a cabo su propia evocación de rechazo mientras atravesaban las puertas.

Sin embargo, no eran los únicos; otros equipos salían disparados desde el pasillo con la rapidez de un hechizo yoyó y se agrupaban a nuestro alrededor, y tras una mirada incrédula, me di cuenta de que se trataba precisamente de eso y de que los hechizos se habían activado con el portaescudo de mi cinturón. Ibrahim y su equipo aparecieron; incluso Khamis había venido con Nkoyo.

Y lo más importante, Magnus y su equipo se presentaron junto con el de Jermaine; y luego un equipo de Atlanta, otro de Luisiana… y en cuestión de minutos, a cualquier persona ajena le habría parecido que los alumnos de enclave de Nueva York y de Shanghái, junto con sus respectivos aliados, se habían colocado frente a frente, listos para adentrarse en las fauces de la Trampa de Tucídides. Sería un método tan eficaz para eliminar magos como una horda de maleficaria, sobre todo cuando los supervivientes volvieran a casa y les contaran a sus padres que la guerra que todos temían había empezado en el interior.

No tenía ni idea de cómo detener aquello. Una única mirada me bastó para saber que Orion no iba a ser de ayuda: iba a ser la punta de lanza. Magnus ya había dado órdenes para que los chicos de Nueva York se alinearan detrás de él. Las únicas que no habían aparecido eran Aadhya, Liu y Chloe, seguramente porque quienquiera que hubiera organizado el plan de protección —se me ocurrían tres candidatas, y las tres se llamaban Liesel— había sabido que me lo contarían de antemano, negándoles así la satisfacción de rescatarme.

Por si las cosas no se hubieran puesto lo bastante feas, el colegio decidió unirse a la fiesta en ese mismo instante: todos nos detuvimos al oír el chirrido de la maquinaria del circuito de obstáculos al desactivarse —como hacía al final de cada semana antes de que la estancia se remodelara, solo que como estábamos dentro en ese momento, el ruido fue el doble de fuerte— y entonces el suelo bajo nuestros pies se tambaleó y se curvó, listo para reconfigurarse.

Siempre estamos pendientes para poder aprovechar cualquier ventaja que se nos pueda presentar, así que todo el mundo se puso en marcha. Igual que en las primeras rondas de un juego de estrategia en el que los participantes intentan establecer sus posiciones antes de empezar a lanzar las bombas. Las colinas se agrandaban y se agitaban como si fueran olas mientras los demás trataban de reconvertirlas en elementos útiles, como trincheras y fortificaciones. Era como querer hacer surf sobre una placa tectónica sin más guía que la brida de un caballo.

Y en cuanto se me ocurrió esa metáfora, me di cuenta de que solo disponía de un hechizo que pudiera serme de ayuda en ese momento: el único hechizo que he escrito con éxito por mí misma. También es el único hechizo que he intentado escribir, porque lo que concebí durante aquel maravilloso estallido de creatividad fue un hechizo para hacer estallar un supervolcán. Quemé el pergamino al instante, pero el hechizo ha permanecido firmemente alojado en mi catálogo mental junto con los otros hechizos monstruosos con los que me he topado.

Absorbí un chorro de maná y extendí los brazos, entonando la invocación inicial. Dos resplandecientes líneas ley se ramificaron por el suelo a ambos lados de mí y avanzaron en espiral como los brazos de una galaxia; todo aquello con lo que entraban en contacto aparecía abrupta y vívidamente en mi cabeza, sometido al poder de mi conjuro. Los demás intentaban aferrarse a los pequeños elementos que habían conseguido controlar, pero el hechizo se los arrancaba sin piedad y me los entregaba, hasta que conseguí que todo el gimnasio hirviera y se estremeciera bajo mi yugo.

Y en ese momento, los mejores especialistas en encantamientos se percataron de cuál era mi intención; es decir, provocar una especie de erupción a nivel de extinción masiva que mataría a todo el mundo y muy posiblemente asolaría los cuatro pisos que estaban por encima.

—¿Qué haces? —me gritó Magnus, aterrorizado (la verdad es que los encantamientos se le daban bastante bien), y hubo un momento de inflexión perfectamente claro en el que todos dejaron de preocuparse por el otro bando y empezaron a preocuparse por mí.

Y así debía ser, ya que había llegado al final de la invocación inicial y, en cuanto empezara la segunda parte, no habría forma de detenerla. Me aferré a todo el poder acumulado y aplané el gimnasio con ambas manos, de forma tan brusca que la mitad de los alumnos cayeron al suelo después de que las colinas bajo sus pies desaparecieran y las zanjas los lanzaran por los aires. Los que seguían de pie se alejaban de mí, con los ojos abiertos de par en par debido al horror, y yo les gruñí a todos:

—Basta. Basta ya. Si quisiera mataros, si quisiera librarme de cualquiera de vosotros, ¡ya estaríais muertos! *Rú guǒ wǒ xiǎng nǐ sǐ, nǐ men sǐ dìng le!* —traduje con mi pésimo chino.

Lo cual era tan evidentemente cierto dadas las circunstancias —pues estaba teniendo que esforzarme una barbaridad para no matarlos a todos— que todo el mundo quedó impresionado. Bueno, todo lo impresionados que podían estar mientras una intensa oleada de espanto los recorría por miedo a que estuviera a punto de matarlos a todos. Al menos habían aparcado sus propios instintos asesinos. Incluso a Orion se le había pasado el enfado y se limitaba a mirarme con una expresión soñadora que me repateó, pues demostraba su falta total de juicio y sentido común.

Cuando me aseguré de que los ánimos se habían calmado, dejé que el control sobre nuestro alarmantemente maleable entorno abandonara lentamente mis manos, y las colinas y los valles regresaron a su sitio; los árboles se desplegaron desde el suelo de manera antinatural mientras volvían a formar parte de la ilusión. Tardé quince minutos en librarme del hechizo, pero nadie hizo nada para interrumpirme o distraerme; algunos chicos incluso se dirigieron a las puertas del gimnasio para impedir que entrara nadie más. Cuando terminé, estaba temblando y sentía náuseas. Me hubiera gustado ir a tumbarme a oscuras durante un buen rato, pero tomé aire y grité:

—Lo que quiero es llevaros de vuelta a casa. A todos. ¿Creéis que seréis capaces de sacar la cabeza del culo un momento y ayudarme?

12
INTERLUDIO

El jueves, cuatrocientos alumnos se presentaron al entrenamiento en chino. Después, Orion y yo nos arrastramos hasta la biblioteca, nos tumbamos en dos sofás y dejamos que los demás analizaran la práctica. Me sentía como un trozo de papel de cocina que hubiera sido utilizado más de una vez y escurrido a fondo entre medias.

No era porque el número de participantes hubiera aumentado: la mayoría de los nuevos no conocían ninguna de nuestras estrategias, por no mencionar que la carrera de obstáculos funciona de cojones. Así que saltársela durante siete semanas los había dejado bastante rezagados con respecto al resto. La única razón por la que aquel día no había habido una escabechina era porque, movida por la desesperación más absoluta, había hecho trampa y usado la evocación de Alfie para lanzar a un montón de estudiantes y mals a la otra mitad del gimnasio. Los mals se disolvieron de inmediato, ya que solo eran constructos. Los del salón de grados no desaparecerían por sí mismos, así que aquella maniobra no serviría de nada ese día.

Pero tenía que asegurarme de que todos sobrevivieran a los entrenamientos.

No presté mucha atención a la conversación, ya que todo el mundo estaba de acuerdo en que el nuevo grupo tenía que ponerse al día, lo cual era bastante obvio. Yuyan —que se había unido al equipo de planificación— sugirió que se les dejara entrenar todos los días durante las próximas dos semanas y que se diera más tiempo libre a todos los demás —excepto a Orion y a mí, obviamente—. Nadie puso ninguna pega, y entonces Aadhya dijo, pensativa:

—En realidad, lo mejor será que los que entrenan en español e hindi se unan a los equipos de inglés o chino dentro de poco. Hay que empezar a hacer turnos con quinientos participantes… ¡dentro de un mes! —añadió cuando se dio cuenta de que había levantado la cabeza del sofá, indignada.

Volví a recostar la cabeza, apaciguada, pero Liesel soltó un fuerte suspiro de exasperación, demasiado mordaz como para ignorarlo. Contemplé la tapicería raída y remendada junto a mi nariz y grité:

—La semana que viene en inglés. Y la siguiente en chino.

Orion gimió débilmente desde el sofá que se encontraba perpendicular al mío, pero no se opuso. Abril estaba a la vuelta de la esquina. Nos quedaban menos de tres meses.

No voy a afirmar que disfruté de la semana siguiente, pero el miércoles el grupo de chino había mejorado sustancialmente, y después del entrenamiento del viernes, Zixuan se acercó a Liu y a Aadhya y les ofreció utilizar su editor para mejorar el laúd. Se pasaron la tarde metidos en el taller, y el sábado, cuando Liu tocó los primeros acordes y yo canté el hechizo, la onda amplificadora de maná se extendió por todos los alumnos, chocó contra las paredes del gimnasio y rebotó en una segunda pasada que cuadruplicó la potencia de los hechizos de todo el mundo. No tuve que hacer trampa ni una sola vez; al terminar ni siquiera estaba agotada.

—¿No te ha obligado a dárselo? —le murmuré a Liu después; todos se habían agrupado en torno a Zixuan para felicitarlo. Yo acababa de incinerar un enjambre de langostas espíritu tan inmenso que tapé el horrible cielo azul por completo: como no dejaban de aparecer, tuve que desplegar literalmente una tormenta psíquica del tamaño de un huracán por encima de todos los alumnos durante los quince minutos que duró la carrera, aunque a aquellas alturas ya estaban acostumbrados. O puede que la tormenta hubiera sido tan perturbadora que todos la hubieran eliminado de sus recuerdos; una cosa o la otra.

Liu y Aad ya habían hablado sobre el laúd y acordado que la familia de Liu se lo compraría a Aadhya, suponiendo que Liu y ella consiguieran salir. El acuerdo determinaría la tarifa de Aadhya como artífice y le proporcionaría una gran cantidad de recursos para abrir un taller, y el clan de Liu le daría mucho más uso al laúd que Aad y su familia. Aunque, por lo general, el coste de la modificación de un artefacto es tres cuartas partes del valor del resultado. Zixuan tenía todo el derecho a considerarse propietario mayoritario en aquel momento, y como pertenecía al enclave de Shanghái, probablemente podría comprarle a Liu su parte con mucha más facilidad de lo que ella podría comprársela a él.

Solo había dicho aquello por curiosidad, no pretendía insinuar nada, aunque me preguntaba si había alguna razón concreta. Por supuesto, la modificación nos beneficiaba a todos, pero alguien tenía que quedarse con el laúd al salir del colegio, así que me había parecido extraño que no hubiera habido ninguna negociación al respecto. No obstante, Liu enrojeció hasta la raíz del pelo y luego empeoró su sofoco al ponerse las manos en las mejillas, como intentando suavizar el rubor; desde luego, si su objetivo era que dejase de mirarla con la boca abierta, no funcionó.

—Quiere conocer a mi familia cuando salgamos de aquí —dijo con voz ahogada. No fui capaz de cerrar la boca; aquella era toda una declaración de intenciones. No es que los miembros de enclave —o aquellos que estaban a punto de convertirse en miembros de enclave, como la familia de Liu— concierten citas y matrimonios ni nada, pero a menudo la familia interviene de algún modo. Todos los magos de la generación de sus padres y de las dos anteriores se habían deslomado para conseguir los recursos necesarios que les permitieran comprar los hechizos de construcción de enclaves. Y no tenían pensado crear un modesto y anticuado enclave como los que podían construirse con mis sutras: su meta era erigir torres en el vacío, establecer otra flamante estrella en la constelación china. En cuanto recopilaran un conjunto con los últimos hechizos fundamentales, aceptarían ofertas de los magos independientes de varias ciudades chinas. Escogerían la ciudad cuyos magos concentraran la mayor oferta, y el maná y los recursos que aportaran se utilizarían para la construcción del nuevo enclave. Los magos que más hubieran contribuido se mudarían de inmediato; el resto lo haría a lo largo de los próximos diez o veinte años, a medida que los cimientos se asentaran y el enclave se expandiera.

Liu había nacido mientras el proyecto estaba en marcha, y se esperaba que contribuyera. Y cualquier persona con la que saliera sería evaluada también como parte potencial del plan. Puede que su familia no tuviera previsto involucrarse activamente en el proceso, pero sin duda se alegraría si llevara a casa a un candidato notable. Y un artífice de Shanghái que era lo bastante bueno como para fabricar un editor en el colegio, sin duda lo sería.

—Entonces, ¿eso es... bueno? —pregunté.

Liu me miró con una expresión medio desconcertada, como si no estuviera segura, luego lo miró a él y acto seguido volvió la vista hacia mí. «¿Es... majo? ¿Y muy mono?», como si me preguntara a mí. Nunca se había enamorado, que yo supiera; sospecho que lo consideró tan arriesgado como yo, durante todos esos años en los que optó por tomar la senda de los maléfices. Las relaciones de los maléfices tienden a ser como las de Bonnie y Clyde o Frankenstein e Igor: no demasiado atrayentes. Así que ahora estaba abriendo una caja desconocida para ella y echando un vistazo al interior por primera vez.

—Ya veo —dije con solemnidad, así que obviamente me quedé hasta el final. Sentí que era mi deber como amiga observar la situación de cerca y también mi oportunidad de tomarme la revancha por un montón de risitas a mi costa.

Puede que Liu no supiera qué pensar de Zixuan, pero lo que sí sabía era que debía marcharme y dejar de incomodarla, por lo que me susurró unas cuantas veces que podía irme. Fingí que no la entendía mientras la multitud se alejaba lentamente de Zixuan; y cuando él consiguió desprenderse educadamente de los últimos oportunistas, me aparté de Liu como quien no quiere la cosa, pero permanecí lo bastante cerca como para oír que le pedía que lo acompañase a la biblioteca.

Liu se volvió hacia mí y me preguntó:

—El, ¿vienes?

—Adelántate tú —le dije, y le dediqué la sonrisa más asquerosa que pude. Ella volvió a ponerse roja y me hizo una rápida mueca, y luego recuperó la compostura antes de volver a dirigirse a él. Yo no dejé de sonreír mientras los veía alejarse; era una situación tan… normal, un paso orientado hacia un futuro al margen de este horrible lugar.

Supongo que se podría decir lo mismo de mi propia y complicada situación sentimental, aunque esta daba la sensación de ser mucho más incierta, dramática y tensa cuando era yo la protagonista, por no decir poco viable, ya que era mucho menos probable que a la familia de Orion le hiciera gracia que lo arrastrase para que me acompañara en un proyecto quijotesco de construcción de pequeños enclaves por todo el mundo. La de Liu era una situación normal y feliz que podía permitirme disfrutar, y me pareció la guinda perfecta del mágico entrenamiento que acabábamos de experimentar.

Por primera vez, casi sentí que podía permitirme creer en el plan, y cuando los perdí de vista, solté una carcajada en voz alta, me volví hacia las puertas del gimnasio y exclamé exultante: «¿Aún crees que podrás detenerme? No lo conseguirás. Los sacaré de aquí. Pienso sacarlos a todos, y nada de lo que trames hará que abandone a ninguno de ellos. No te quedarás con ninguno. Voy a vencerte, te voy a ganar, ¿me oyes?»

—¿Con quién hablas? —preguntó Sudarat.

Me dio un buen susto, totalmente merecido, por otro lado, ya que había estado tan metida en mi estúpido discursito que no me percaté de su presencia; cuando conseguí apaciguar mi acelerado corazón y reprimí los dieciséis hechizos asesinos diferentes que me habían venido a la mente, le dije intentando aparentar serenidad:

—Nada, solo pensaba en voz alta. ¿Qué haces aquí abajo?

Entonces me fijé en el pequeño bulto que llevaba, del que asomaba la punta de una barra de pan, y me di cuenta, horrorizada, de que opinaba lo mismo que Orion sobre los pícnics en el gimnasio.

—No me jorobes —dije, asqueada—. ¿No he gritado ya lo suficiente? Solo conseguirás acabar desquiciada, y eso si no palmas. Llevas aquí bastantes meses, deberías haberlo pillado ya. No es de verdad.

Se quedó ahí plantada y aguantó el chaparrón, con los hombros encogidos y agarrando el asa de su pequeña mochila con ambas manos, y entonces dijo en voz baja:

—Mi madre me prometió llevarme a ver el festival de los cerezos en flor en Kioto como regalo de graduación. Pero ahora nunca lo veré.

Dejé de hablar, dejé más o menos de respirar. Hizo una pausa, pero cuando permanecí en silencio, dijo:

—En mi colegio, en el enclave, nos enseñaron a distinguir a los alumnos más inteligentes, a los buenos, los que nos serían de más ayuda. Así que sé qué características tienen los mejores. Y yo no soy demasiado buena. Nadie quiere ser mi amigo. Los alumnos del enclave tienen miedo. No saben lo que pasó en Bangkok. Y yo tampoco. Todos creen que miento, pero no es así. Saqué al perro de mi abuela a pasear y al volver la puerta del enclave ya no funcionaba. No era más que una puerta a un apartamento vacío. Y todos desaparecieron. —Tragó saliva —. Mi tía, que en aquel momento estaba trabajando en Shanghái, vino a casa y me cuidó. Me dio todas las cosas que pudo. Pero eso no basta para salvar a alguien como yo, sin demasiado talento y que no cae bien a nadie. Sé que no es suficiente.

Se detuvo. Yo seguía sin poder pronunciar una palabra. Al cabo de un rato, supongo que se cansó de estar en el pasillo con una estatua muda como yo, así que pasó cortésmente junto a mí y empujó las puertas. Se adentró bastante: no tanto como para no disponer de varias vías de escape, pero sí lo suficiente como para no tener problemas en la zona de las puertas. Se acomodó bajo un árbol que exhibía un despliegue espectacular, con sus ramas oscuras y florecidas, y sacó de su bolsa una cajita de fresas, que debió de conseguir encantando alguna pieza de fruta mugrienta de la cafetería. Se sentó a comérselas y a leer un libro, protagonizando una imagen que parecía sacada del manual de orientación de los alumnos de primero, mientras unos pétalos flotaban en el ambiente como si se tratara de nieve rosa. Estaba exprimiendo la vida todo lo que podía, porque no iba a tener más oportunidad.

Las puertas se cerraron, arrebatándome aquella escena y proyectando en mi rostro una dulce fragancia, y yo les dije como una estúpida: «No», lo que obviamente surtió mucho efecto, y acto seguido me reí en voz alta de mí misma. «Dios, qué imbécil soy, no me lo puedo creer», y fui incapaz de seguir adelante. Me tapé la cara con las manos y sollocé un par de veces, y luego levanté la cara y les grité a las puertas, al colegio:

—¿Por qué intentaste siquiera detenerme? ¿Por qué molestarse? Es inútil. Nunca ha servido de nada.

Como respuesta, oí el estruendo de los cristales y la madera al quebrarse detrás de mí. Me di la vuelta de inmediato. Había estado entrenando en vano con tanto empeño, con tanta seriedad, que no fue una reacción voluntaria. Había programado a mis músculos para que pudieran ignorar a mi cerebro y seguir adelante, para salvar todas aquellas vidas, el millar de vidas insignificantes, así que me volví y alcé los brazos, preparada para lanzar un hechizo. La adrenalina fluía ya por mi torrente sanguíneo antes de que me diera cuenta de que el estruendo provenía de uno de los pesados planos enmarcados de la pared del pasillo, que se había caído al suelo a mi espalda; un manto de resplandecientes esquirlas de cristal se había extendido por todas partes y el marco se había roto en varios fragmentos, dejando al descubierto zonas claras donde la polvorienta madera dorada se había astillado.

Dejé caer las manos en cuanto me percaté de lo que había pasado; tomé aire entre sollozo y sollozo, aún en alerta.

—¿Por qué no me rindo y ya está? ¿Es eso lo que intentas decir? —dije; solo era una chica hablando consigo misma en mitad del pasillo, una idiota que fingía ser una heroína solo porque iba a salvar a mil alumnos antes de atravesar ella misma las puertas, dejando atrás... ¿a cuántos? Mil doscientas muertes al año, y ya han pasado ciento cuarenta años, lo que supone un número que no podría compensar ni aunque me quedara vigilando las puertas toda la vida. Por mucho tiempo que me quedase, seguiría siendo una chica tapando el agujero de un dique con el dedo, y cuando por fin fuera historia, se desataría un torrente.

—¿Era eso lo que querías que comprendiera? —pregunté de forma salvaje al pálido cuadrado de la pared de metal donde había estado el marco, una ventana a través de la suciedad acumulada de más de un siglo—. Deberías haberlo hecho antes. A estas alturas, bien podría salvarlos a todos o no.

Bajé la mirada y me di cuenta de que el marco no contenía un plano. Era la portada del número del 10 de mayo de 1880 de *La crónica londinense*, en la que aparecía una fotografía de un grupo de señores vestidos con trajes victorianos; al frente había un hombre rubio con un bigote enorme y los brazos extendidos en actitud autocomplaciente. Había copias de aquella portada por todo el colegio. Había estado leyéndola todos estos años sin prestarle atención, durante las aburridas clases de Historia y haciendo cola en la cafetería, del mismo modo en que alguien se pone a leer el reverso de la caja de cereales mientras desayuna porque no tiene otra cosa que hacer con los ojos.

Pero ahora la miré con atención. Los hombres estaban en una pequeña habitación que me resultaba familiar, forrada con paneles de madera, cubierta con estanterías y repleta de pesadas sillas de hierro adheridas a pupitres de madera; en un extremo de la fotografía un grueso pergamino cubierto de firmas descansaba sobre un inmenso escritorio de madera. Era mi aula especial, la que estaba en lo más alto del colegio.

El artículo decía: *Los últimos hechizos vinculantes de la Escolomancia se han desplegado con éxito durante el día de hoy mediante lo que debe ser considerado como el más extraordinario círculo mágico jamás concebido por la mente del hombre. Veintiún representantes de los enclaves más destacados del mundo han unido sus fuerzas y los recursos acumulados de sus respectivos territorios bajo el liderazgo visionario de Sir Alfred Cooper Browning de Manchester, con el singular propósito de establecer una institución ajena a toda disputa y litigio, cuyo propósito fundamental será ofrecer santuario y protección a todos los niños dotados de sabiduría del mundo.*

Leí el artículo una y otra vez hasta que por fin lo entendí. Ya conocía todas las palabras, por supuesto; probablemente podría haberlas recitado de memoria. La misma foto aparecía en el manual de orientación para los alumnos de primero que se nos enviaba antes de entrar en el colegio, el mismo artículo ególatra colgaba de la pared de una decena de aulas y se exhibía en los libros de texto de Historia. Las palabras están incluso grabadas en la barandilla de la escalera y en la moldura superior de la sala de lectura de la biblioteca; justo esas palabras: *ofrecer santuario y protección a todos los niños dotados de sabiduría del mundo*, solo que nadie se las había tomado nunca en serio. Ni siquiera Sir Alfred

Cooper Browning ni todos sus pomposos colegas se habían creído sus propias chorradas en aquella época. No aceptaron a ningún niño que no perteneciera a sus enclaves hasta que no les quedó más remedio, y cuando lo hicieron, se aseguraron de darles a los suyos todas las ventajas posibles; desde luego ningún alumno se creyó aquellas palabras ni por un instante. Nadie pensó que fueran ciertas.

Excepto, al parecer la propia Escolomancia. De acuerdo, veintiuno de los magos más poderosos del mundo habían formado un círculo y habían afianzado las palabras en la propia estructura del colegio: unas palabras que daban forma a la astuta mentira que habían acordado contar al resto del mundo. Construyeron la Escolomancia y le trasladaron el firme mensaje de que su propósito fundamental era *ofrecer santuario y protección a todos los niños dotados de sabiduría del mundo*.

Y tal vez el colegio no había puesto en práctica aquel propósito con mucho éxito, pero al parecer todavía tenía la esperanza de ser algo más que el menor de los males.

No puedo fingir que lo comprendiera del todo al principio, sino todo lo contrario. Una idea vaga se formó en el interior de mi mente y a continuación dejé caer el artículo de nuevo sobre el montón de madera rota y me alejé por el pasillo. Me movía sin rumbo, con un pitido en los oídos, y cualquier criatura podría haberme matado. Pero nada se acercó a mí, aunque seguí deambulando. No tuve ni idea de dónde me encontraba hasta que la puerta junto a la que estaba pasando se abrió de golpe y vi el pasillo que conducía a mi aula privada de seminario, en la que había sufrido ataques constantes durante los dos primeros meses del curso.

Y de repente adquirió un significado muy diferente. Me detuve y miré fijamente el pasillo. El colegio no había intentado matarme, ni convertirme en maléfice. No pretendía que los dejara a todos secos y saliera a asolar el mundo. Entonces, ¿qué quería de mí?

Me dirigí al aula. La puerta me esperaba, abierta. Me detuve en el umbral y contemplé el interior; y con un golpe, uno de los paneles de la pared exterior junto a la pila se desplomó, dejando al descubierto un estrecho hueco con una escalera, en la parte interna de la pared. Sabía lo que era: había estado dentro a finales del año pasado, en otra de las deliciosas y únicas experiencias escolares que esperaba no tener que revivir. Era el hueco de mantenimiento que conducía al salón de graduación.

El mensaje estaba muy claro. Mis ideas no tanto, y por eso no me entretuve en reflexionar seriamente antes de encaramarme a la escalera y adentrarme en la oscuridad. Pero no oí a ninguna criatura, ni tampoco chirridos, silbidos o respiraciones; tan solo advertí los gorgoteos y los golpes del propio colegio, el vasto conglomerado de artificios que bombeaban aire, agua y desechos constantemente, junto con el zumbido sordo del maná que se canalizaba hacia las guardas. El descenso no duró mucho: el colegio quería que llegara rápidamente, y yo tenía el cerebro tan exprimido que no insistí en que el trayecto durara un tiempo racional. Me pareció que habían pasado apenas unos minutos, y entonces me descolgué de la escalera y aterricé en la diminuta sala de mantenimiento del fondo, el lugar desde el que habíamos salido durante nuestra misión para reparar el sistema de limpieza.

Encendí una luz. Iluminé la curvada pared de metal —que estaba un poco abollada, como si los mals la hubieran golpeado intentando atravesarla después de que hubiéramos huido con el hechizo yoyó. El salón de grados estaba al otro lado, junto con todo lo que el colegio nos —me— tenía preparado. Durante todo el semestre, mientras recorríamos aquellos interminables y horribles circuitos, nos habíamos forzado una y otra y otra vez a diseñar estrategias nuevas, a aprender a trabajar en equipo, como una única y enorme alianza, para poder derrotar a lo que fuera que hubiera al otro lado. Eso es lo que teníamos que superar.

Y, al parecer, había llegado el momento de encontrarme cara a cara con nuestros oponentes. No llevaba ninguna escotilla de mantenimiento, pero uno de los paneles metálicos de la pared se abrió por sí solo; los remaches salieron disparados de las juntas y cayeron al suelo uno tras otro. Me quedé ahí plantada, mirando. Los dos paneles de la pared se abrieron con un estruendo, uno hacia mí y otro hacia fuera.

Nada se abalanzó sobre mí desde el otro lado.

No me sorprendió especialmente; ya lo había entendido. Sabía lo que había al otro lado, y no se iban a molestar en atacar a una mísera alumna. Siempre había sabido lo que nos íbamos a encontrar en realidad, por mucho que hubiera fingido lo contrario. No iban a ser glaciares malignos, ni un enjambre de langostas, ni un demonio castigador. El colegio me había tratado con delicadeza, con guantes de seda, guiándome poco a poco, pero el tiempo se nos estaba acabando y tenía que enfrentarme a ello para poder estar preparada el día de la graduación. Lo había prometido, después de todo. Se lo había prometido a Khamis y a Aadhya y a Liu y a Chloe, y a todo el colegio.

Era incapaz de dar un paso adelante. Aunque ahora mismo no corriera ningún peligro, no quería ir a mirar. No quería tener que volver a subir y contarle a todo el mundo a qué nos íbamos a enfrentar. No quería pasar los próximos tres meses pensando en ellos todos los días, haciendo planes, elaborando estrategias para que yo reviviera lo más horrible que me había pasado en la vida. Quería acurrucarme en un rincón de la cámara. Quería llamar llorando a mi madre, a Orion, a cualquiera que pudiera rescatarme, pero no había nadie. Solo estaba yo. Y ellos. Paciencia y Fortaleza, aguardando junto a la salida, tan hambrientos que habían dejado el salón de grados completamente vacío.

Sabía que debía ir a echarles una ojeada, así que no podía darme la vuelta —en el caso de que el colegio me hubiera dejado marcharme— pero tampoco podía avanzar. Permanecí inmóvil durante mucho tiempo. Creo que había pasado casi una hora cuando oí un chillidito ansioso desde el hueco, y Tesoro asomó su pequeña nariz, aferrándose al último peldaño de la escalera.

Alcé los brazos para agarrarla, la acuné en mis manos y me la acerqué a la mejilla; la cara se me arrugó como un trozo de papel inservible y sollocé unas cuantas veces, humedeciéndole el pelaje con las lágrimas. Ella me acarició con su naricita y toleró mis gimoteos. Cuando conseguí recuperar la compostura, se me subió al hombro, se acurrucó detrás de mi oreja y emitió unos suaves chillidos de ánimo. Inspiré profundamente por la nariz y me obligué a entrar en el salón antes de que volviera a darme un ataque de nervios.

La estancia no estaba del todo vacía: una familia de aglos completamente formados, con el caparazón repleto de joyas imbuidas con maná, fragmentos de artefactos y frasquitos de pociones y ungüentos, estaba durmiendo tranquilamente en la pared del fondo, cerca de la maquinaria de limpieza que habíamos reparado el año pasado. Al oír mis pasos se despertaron y se apresuraron a esconderse, desplazándose a toda velocidad, la cual, en el caso de los aglos adultos, es de unos cuatrocientos metros por hora.

El suelo estaba repleto de escamas de anfisbena y de mudas secas de los digestivos jóvenes, aunque ninguna era más grande que un pañuelo. No había ninguno a la vista. Unas tenues líneas oscuras atravesaban el techo: los restos de las antiquísimas telas de araña cantora que se habían incinerado durante la limpieza. Lo único que quedaba de las propias arañas cantoras eran unos cuantos bultos fundidos pegados al techo, y los muñones de las patas asomando en algunos lugares. De los demás mals no había ni rastro, salvo por unos cuantos excrementos y esqueletos; algunos mals de tipo artificial se habían desplomado al quedarse sin maná y formaban diversos montoncitos mecánicos. Unas cuantas larvas, tan pequeñas que no pude identificarlas, salieron corriendo mientras apretaba los puños con fuerza y me daba la vuelta hacia las puertas.

—¿Qué? —dije en voz alta al cabo de un momento. Permanecí ahí plantada hasta que Tesoro me dio un empujón, y entonces crucé el salón de grados hasta llegar a las enormes puertas dobles, las puertas del colegio. Había dos enormes marcas de quemaduras en el suelo a ambos lados, unos contornos negruzcos que pertenecían a las siluetas de los milfauces, parecidos a las cintas que usa la policía para señalizar la posición de los cadáveres que retiran. Las marcas tenían ondulaciones: era evidente que las llamas mortíferas habían abrasado un buen número de capas, aunque no todas, ni mucho menos.

Había acertado a medias. La purga había funcionado. Paciencia y Fortaleza no habían muerto, pero se habían quemado y quedado ciegos, y lo más probable es que hubieran estado dando bandazos mientras los alumnos de último curso salían corriendo. Se habían perdido su única comida anual. Después, se habían recuperado e intentaron saciarse devorando al resto de los mals que habían sobrevivido. Pero luego de eso, cuando se quedaron sin comida… se marcharon.

No tenía ni idea de adónde. ¿Se habían escondido en algún lugar del colegio? Desde luego, no habían entrado en las plantas principales, ya que de lo contrario todos habríamos oído los gritos. El edificio cuenta con varios espacios muertos, muchos de ellos se encuentran en el área hueca entre el techo del salón de grados y la parte inferior del suelo del taller, y estos no disponen de guardas, por lo que podrían haberse ocultado ahí, pero aun así no habrían tenido nada que comer. De todos modos, los milfauces no suelen esconderse. ¿Se habían marchado del colegio? Era posible: las protecciones impiden que los mals entren, no que salgan, y si Paciencia y Fortaleza se hubieran ido a recorrer el mundo y a merendarse a los enclaves, no nos enteraríamos hasta después de haber salido nosotros.

Cosa que según parecía podríamos hacer sin ningún problema. Ninguno necesitaba ya ni un solo entrenamiento, ni un solo circuito. Podríamos atravesar el salón de grados sin más.

Me quedé mirando las enormes puertas de bronce macizo. Al igual que ocurría con los planos del colegio, había diagramas e ilustraciones de estas esparcidas por todo el colegio, y todas diferían un poco. Aunque no creo que nadie se hubiese molestado en dedicarles siquiera una mirada desde el día en que el colegio se inauguró. En el centro había grabado un sello inmenso con el lema del colegio: *In Sapienta Umbraculum —El conocimiento otorga protección—*; a su alrededor había unos círculos concéntricos con un hechizo protector escrito en varios idiomas: el mismo hechizo aparecía en inglés, en inglés medio y en inglés antiguo; se enroscaban uno tras otro formando un anillo. No solo estaba en inglés; había anillos del mismo hechizo escrito en decenas de idiomas, y todos los que reconocía contaban también con múltiples versiones: aparecía en árabe moderno y medieval; en francés moderno, francés antiguo y latín.

Traducir un hechizo y conseguir que funcione en la lengua de destino es casi imposible; probablemente se habría necesitado a un escritor prodigioso o a un grupo de doce personas para llevar a cabo cada una de las versiones, y solo había sido posible porque no eran hechizos muy complejos: todos los que pude descifrar sin la ayuda de un diccionario estaban formados por una o dos líneas y eran una variante de *No dejes que nada malo pase por estas puertas*. La inscripción en inglés, *Maldad, no te acerques, estas puertas protegen el refugio de la sabiduría*, estaba ligada al lema del colegio y obviamente no se trataba de una coincidencia; descubrí una versión de esa misma frase en todos los idiomas que conocía.

Y no eran solo inscripciones. Las letras atravesaban la capa superior de bronce, y una especie de sustancia alquímica pasaba por detrás para que se iluminaran. Las letras no brillaban de forma fija: la luz se movía a través de cada inscripción, a la velocidad y al ritmo que debía utilizarse para pronunciar cada hechizo. Lo cierto es que recorría los conjuros una y otra vez, renovándolos constantemente. Incluso los hechizos que no formaban parte del conjunto estaban sincronizados de alguna manera: era incapaz de asimilar todos los detalles, pero veía que algunos de ellos empezaban o terminaban al mismo tiempo, y que los más recientes surgían en cuanto los anteriores se apagaban. Era una pieza coral inmensa con varias decenas de pentagramas distintos que sonaban a la vez.

Me hipnotizó; casi podía oír los hechizos, y entonces me di cuenta de que realmente los estaba oyendo: el metal tenía unas franjas con perforaciones diminutas, que a mí me habían parecido puntos decorativos, y cuando me acerqué y eché un vistazo comprobé que había un artificio por detrás que abría y cerraba cada agujero individualmente. Al abrirse, salía un chorro de aire que emitía una sola letra o sílaba exhalada, y cada sonido coincidía con uno de los caracteres que se estaban iluminando en ese momento. Apenas podía oír el susurro por encima del tenue tictac del mecanismo que controlaba los respiraderos y de los ruidos que provocaba el líquido bombeado, pero sin duda estaba ahí.

Nunca había visto nada parecido, ni siquiera dentro del colegio. Por la lata que nos daban en clase de Historia, sé que Sir Alfred había convencido a los otros enclaves principales para que construyeran el colegio por etapas, así que ya te imaginarás el extraordinario desembolso de recursos. Al principio propuso construir un enclave normal para que vivieran los niños, pero con unas puertas muy poderosas. En cuanto estuvieron construidas les enseñó a todos el resto de sus planes, que eran aún más elaborados; al parecer, los demás se fijaron en las puertas y accedieron a construir el resto. Estando aquí plantada, no me sorprendía. Había vivido casi cuatro años dentro del colegio y había estado a punto de morir innumerables veces, pero aun así casi podía creer que aquellas puertas repelerían todo mal, impedirían el paso de los monstruos y nos mantendrían a salvo.

Y así había sido, más o menos. No quería ni imaginarme la cantidad de maleficaria que se nos habría echado encima sin ellas. La Escolomancia era como una ratonera, la ratonera más seductora que uno se pueda imaginar: todos los niños magos del mundo, tiernecitos y repletos de maná, reunidos en un solo lugar. Cualquier mal al que le llegara el más leve tufillo a Escolomancia intentaría colarse. Y algunos lo conseguían, aun estando las puertas. De vez en cuando, alguna de las letras no se iluminaba o un chorro de aire se quedaba atascado; supongo que la enorme construcción tenía zonas un poco más débiles, en las que los hechizos no sonaban del todo en sincronía y se producía alguna que otra brecha en las guardas, por lo que algunos maleficaria realmente tozudos y enérgicos lograban escabullirse dentro, como al empujar un ladrillo suelto del muro de una fortaleza. Ya en los primeros años se habían colado más que suficientes para convertir esta estancia en un matadero. Las puertas no eran impenetrables.

Pero casi. Así que, después de que la llama mortífera hubiera cumplido su cometido el año pasado —y después de que Paciencia y Fortaleza se hubieran comido todo lo demás— y después de que Orion hubiera hecho lo propio con todos los mals que se habían atrevido a asomar la nariz en los niveles superiores, el salón al completo había quedado despejado. Durante un instante glorioso, el único año en el que la suerte había estado realmente de nuestra parte, seríamos capaces de bajar hasta aquí e irnos a casa con toda tranquilidad, la primera promoción en la historia de la Escolomancia en llegar a la graduación sin una sola muerte.

Y entonces, los mals volverían. Cada portal que se abría para enviarnos a cada uno de nosotros a casa creaba una brecha en las guardas; dos o tres mals se colaban por cada uno de los que abandonábamos el colegio. Más tarde, ese mismo día, otros mals aparecerían junto con los alumnos de primero recién llegados. Los mals psíquicos seguirían las pesadillas de los padres preocupados por sus hijos; los mals cósmicos y gaseosos subirían flotando por los conductos de ventilación, y los amorfos se deslizarían por las tuberías.

Y tarde o temprano, si Paciencia o Fortaleza no volvían, un nuevo milfauces se infiltraría por una de las brechas y se instalaría en un lugar privilegiado junto a las puertas. El sistema de limpieza se estropearía otra vez. La tasa de mortalidad volvería a la normalidad cuando los alumnos que estaban ahora en primero se graduaran, o en el mejor de los casos uno o dos años después. Sudarat, Zheng y los otros novatos que habían venido conmigo a clase no se irían de rositas. Ni aquel chico de Manchester, Aaron, que me había traído la notita de mamá sin recibir nada a cambio. Ni todos los chicos a los que apenas conocía o que nunca había conocido o que aún no habían nacido.

Para eso había estado preparándome el colegio todo este tiempo. Me había atraído con una miguita de poder tras otra para que comprendiera que valía la pena preocuparme por los demás, que podía permitirme preocuparme por mis amigos, y por sus aliados, e incluso por todos los de mi curso, y una vez superado ese escollo, me estaba enseñando que, después de todo, no hacía falta que me preocupase por ninguno de ellos, así que ahora tenía seguramente capacidad de sobra como para preocuparme por todos los demás.

—Pero ¿qué quieres que haga? —dije, mirando fijamente a las puertas. No creo que la intención de la Escolomancia fuera salvar a los alumnos de un curso, ni siquiera de cuatro. El colegio ya había devorado a cientos de miles de niños durante su implacable ejercicio de clasificación. Ningún ser humano que se preocupara lo suficiente como para intentarlo podría haberlo soportado. Pero la escuela no era humana, no tenía sentimientos. No nos quería. Lo único que quería era hacer su trabajo correctamente, y aun así moríamos de forma inexorable: tres cuartos de cada promoción perdía la vida. Quería que aprovechásemos aquella oportunidad y…—. ¿Que te arregle? —Era lo único que se me ocurría, pero en realidad no sabía por dónde empezar. Contemplé la estancia mortífera vacía: no quedaban ni los huesos—. ¿Cómo?

No hubo respuesta. No obtuve más orientación que la de Tesoro, que lanzó un chillido y me dio un golpecito con la nariz, queriendo volver. *¡No lo entiendo!*, les grité a las puertas. Siguieron marcando el ritmo plácidamente: la obra de un ejército de genios con todo el tiempo y el maná del mundo a su disposición, intentando construir el colegio más seguro e inteligente del mundo para sus hijos, y aun así no había sido suficiente, así que ¿qué me pedía la Escolomancia?

Tesoro emitió otro chillido, vagamente exasperado, y volvió a darme un golpecito. Descargué mi resentimiento pegándole un puñetazo a la puerta izquierda, y acto seguido deseé no haberlo hecho, pues esta se movió un poco. En realidad, no lo bastante como para abrirse ni nada parecido, simplemente tembló un poco, lo suficiente como para saber que si me apoyaba en algo y empujaba con la espalda y las piernas, podría haberla abierto. No estaba cerrada desde este lado. Los bordes exteriores de las puertas estaban manchados de moho verde y negro, y los soplos de aire que entraban lo hacían desde fuera. Este era el único lugar donde el colegio no flotaba en el vacío. El mundo real se encontraba justo al otro lado. Si empujaba las puertas y las abría, llegaría al lugar secreto que los enclaves hubieran elegido como punto de anclaje, y se trataría de un sitio de verdad, en algún lugar de la Tierra, con localización GPS y todo; probablemente sería capaz de dar con alguien que llevara un móvil y me dejara llamar al teléfono fijo de la comuna para hablar con mamá.

Hacer eso sería una estupidez, porque no me habría graduado; no atravesamos las puertas para entrar, ya que si las convirtieras en un único punto de entrada, todos los mals del mundo acabarían por concentrarse a su alrededor, y ni un solo alumno de primero sobreviviría al desafío como para entrar. Lo poco que sé del hechizo de incorporación es que el colegio nos toma prestados con el mismo tipo de hechizos que los enclaves utilizan para tomar prestado el espacio del mundo real, y cuando atravesamos las puertas al salir, lo que en realidad ocurre es que nos devuelven con intereses, a través de un portal que nos deja en el lugar de donde nos recogieron en primer lugar. Si salgo por las puertas al mundo real en lugar de volver a salir por el portal adecuado, lo que ocurriría es que más o menos me estaría largando sin pagar la deuda. No tengo ni idea de cuáles serían las consecuencias, pero seguro que serían desagradables.

Aunque podría hacerlo. Era lo opuesto de todo lo que resultaba horrible del gimnasio. Al otro lado de las puertas había, sin duda, un lugar desagradable y situado bajo tierra, y probablemente fuera, además, peligroso para que los mals y los mundanos no se acercaran; el hedor que se filtraba tenía la cualidad espesa y sucia de una alcantarilla —un lugar más que probable— y nada de eso importaba porque sería real y estaría fuera, y tenía tantas ganas de marcharme que me di la vuelta y corrí hasta el hueco de mantenimiento sin permitirme mirar alrededor ni una vez más.

La vuelta no fue rápida. Me pareció más bien como si estuviera compensando la velocidad de descenso anterior. Pero Tesoro me acompañaba, situada en mi hombro, o unos peldaños por delante; su pelaje blanco brillaba incluso bajo la tenue luz que proyectaban mis manos. Por fin salí del hueco y me tumbé en el suelo del aula de seminario con los brazos y las piernas extendidos, demasiado cansada para gemir más que débilmente. Tesoro se sentó sobre mi pecho, lavándose los bigotes meticulosamente y vigilando, aunque no creo que fuera necesario. Era evidente que el colegio se preocupaba por mí. Me había enviado los mals suficientes para que me tragara el indigesto bulto que era mi orgullo y le pidiera maná a Chloe. Si no me hubiera puesto las pilas, Aadhya, Liu y yo habríamos tenido que pasar el curso deslomándonos para conseguir acumular una cantidad de maná decente y, sin duda, no habría tenido el tiempo ni la energía —y mucho menos el maná— para salvar a nadie más. Y nadie me habría hecho caso aunque la idea se me hubiera pasado por la cabeza.

Contemplé el techo cubierto de manchas mientras pensaba en ello y, a duras penas, me acerqué el brazo en el que llevaba el prestamagia a los ojos. Estaba tan acostumbrada a llevarlo que ya ni siquiera le dedicaba ni el más mínimo pensamiento. Pero había extraído cantidades ingentes de maná con cada circuito, incluso con los descuentos del gimnasio. Suponía que Magnus y los otros chicos de Nueva York habían ido a hablar en algún momento con los demás enclaves y les habían exigido que colaborasen, amenazándolos con echarlos de los circuitos si no lo hacían.

Nadie me habría hecho ni puñetero caso si me hubiera presentado con un alocado plan para sacarlos a todos. El colegio había conseguido que me escucharan, los había obligado a acudir a mí, al desplegar un circuito imposible tras otro. Los había obligado a proporcionarme océanos de maná, a confiarme su vida. Ninguno de ellos había querido hacerlo. Así que en cuanto les dijera a todos que allí abajo no había nada, que podíamos salir con toda tranquilidad...

—Mamááááá —gemí débilmente, como si estuviera allí para discutir con ella, pero solo estaba dentro de mi cabeza, mirándome con toda la preocupación del mundo. *Ni se te ocurra acercarte a Orion Lake.* ¿Era eso lo que había visto? ¿Había vislumbrado lo que supondría reunirnos a Orion y a mí en un solo año, y lo que tendría que hacer para saldar la deuda? Porque lo que estaba claro era que no podría hacer nada si todo el mundo recuperaba su maná. Pero si mentía y me lo quedaba... no estarían entregándomelo libremente, después de todo.

Lo cual no me perjudicaría de manera obvia, no de la manera en que los maléficos se ven perjudicados. Si el plan homicida de Prasong hubiera funcionado, su ánima habría quedado tan dañada que nunca hubiera podido volver a generar su propio maná, aunque hubiera pasado el resto de su vida intentando expiar sus pecados y purificarse. Eso no me pasaría a mí; ni siquiera se me oscurecerían las uñas ni estaría cubierta por una tenue nube de desasosiego, como le pasó a Liu, castigo que recibió por sacrificar a un par de ratones indefensos para sobrevivir. Los maléficos sufrían ese tipo de daños por arrebatarle el maná a cualquier criatura que intentara resistirse de forma activa. Eso es lo que lo convertía en malia. Pero cuando conseguías que alguien te entregara su maná, no había consecuencias. Podías engañarlo, presionarlo, mentirle, todo lo que quisieras. No sufrirías ningún daño visible.

Eso es lo que hacían los alumnos de enclave. Y luego fingían que no era malia, pero sí lo era. No es lo mismo engañar a alguien por una pizca de maná que no necesita de inmediato que convertirse en una sanguijuela asesina que no será capaz de hacer nada decente nunca más, pero todo formaba parte del mismo camino. Mamá me lo enseñó, se pasó la vida haciéndomelo comprender, y había tardado un poco, pero había aprendido la lección.

Sabía lo que opinaría sobre hacerlo por el bien de otra persona, y aún más por el bien de las generaciones venideras. Yo estaba viva porque ella jamás había aceptado ese intercambio. Unas personas que nunca le habían mentido le habían asegurado que yo iba a convertirme en una monstruosidad asesina, pero no se había negado a deshacerse de mí porque no les hubiera creído. Ni siquiera por su amor hacia mí: si esa hubiera sido la única razón, me habría llevado a vivir a un enclave cuando tenía nueve años y los mals empezaron a atacarme, casi cinco años antes de lo previsto. Y tampoco había hecho eso. Se había negado porque se resistía a dar el primer paso en falso.

Así que tal vez esto era lo que había visto. A mí, frente al precioso camino de baldosas amarillas que Orion había desplegado a mis pies con toda la buena intención del mundo, sin cometer él mismo ni un solo fallo. Pero si daba mi primer paso en falso y apoyaba el pie sobre la primera baldosa, ¿quién sabe hasta dónde llegaría? Nadie podría detenerme en cuanto empezara a tomar velocidad.

Me incorporé lentamente. Tesoro se subió a mis rodillas mientras yo me doblaba y movió su naricilla con ansiedad.

—En fin —le dije—. A ver qué pasa.

La dejé en su recipiente y subí a la biblioteca. La mitad de la sala de lectura se había convertido más o menos en un cuarto de operaciones. Todos los miembros de nuestro comité semioficial de planificación estaban allí: el almuerzo había terminado y Liu y Zixuan les estaban contando los efectos mejorados del laúd, con una expresión de satisfacción y alivio. Orion dormitaba en un sofá con la boca abierta y un brazo colgando.

—¡El! —dijo Aadhya, cuando entré—. Te has perdido la comida, ¿estás bien?

Liesel no esperó a que le contestara, sino que gesticuló de forma exagerada con los ojos, como diciendo *Te habías escaqueado, ¿verdad?*, y me dijo con severidad:

—Ahora tenemos más trabajo, no menos. Todavía no sabemos a cuántas personas alcanzará el laúd. Puede que sea capaz de amplificar el maná de todos, pero para averiguarlo debemos ir a entrenar lo antes posible.

—No —dije—. No necesitamos entrenar más. —Todos se interrumpieron y me miraron, la mayoría de ellos con una expresión de terror absoluto en el rostro; supongo que pensaron que iba a quitarme la careta para que vieran el monstruo que había debajo o algo así. Una chica del enclave de Bombay, de la que sospechaba que se había unido al comité de planificación para vigilarme, incluso empezó a levantar un escudo—. No es eso —le dije, molesta, y dejé que la irritación me animara a contárselo—. Acabo de bajar al salón de grados. No hay nada.

Detuvo las manos en el aire. Todos los demás me miraron confundidos. Probablemente se habrían quedado más tranquilos si hubiera soltado una carcajada macabra y les hubiera dicho que echaran a correr.

Aadhya dijo de manera dubitativa:

—¿Solo estaban Paciencia y Fortaleza?

—No —dije—. También se han marchado. No hay ninguna criatura. Todo está despejado.

—¿Qué? —Orion se había sentado y me miraba fijamente. Parecía consternado de verdad, lo cual era un poco exagerado, y la mayoría le lanzó una mirada de reojo, antes de reflexionar acerca del significado de mis palabras: si realmente no había nada de nada...

—¿Estás segura? —preguntó Liesel tajantemente—. ¿Cómo has bajado? ¿Te has acercado mucho a...?

—He aporreado las putas puertas, Liesel; estoy segura. Si alguien no se lo cree, puede bajar a comprobarlo por sí mismo con la ayuda de una escalera —dije—. El hueco está en mi aula de seminario, al otro lado de la pared norte del taller. El colegio abrió un panel y me envió ahí abajo para que lo viera.

Aquello hizo que más o menos treinta bocas soltaran unas cuantas variaciones de «¿qué?», y entonces Chloe dijo:

—¿Te ha enviado el colegio? ¿Por qué…? Los circuitos han sido muy complicados, nos ha hecho pasar por todo esto…

Una súbita ráfaga de viento recorrió la habitación y los ventiladores se pusieron en marcha como si fueran motores a reacción; los planos que había extendidos sobre la mesa —la gran mesa central, la más grande de la sala de lectura— salieron volando en todas direcciones, junto con los bocetos y demás papeles, y dejaron al descubierto las letras plateadas que había incrustadas en la vieja madera: PARA OFRECER SANTUARIO Y PROTECCIÓN A TODOS LOS NIÑOS DOTADOS DE SABIDURÍA DEL MUNDO; al mismo tiempo todas las luces de la sala de lectura se apagaron, excepto cuatro lámparas angulares que se giraron y arrojaron unos amplios haces de luz sobre las letras, que resplandecieron como si se hubieran iluminado desde dentro.

Todos se quedaron en silencio, contemplando el mensaje que el colegio me había dado, que nos había dado.

—Quiere mejorar su labor —dije—. Quiere que lo ayudemos. Y antes de que me lo preguntéis, no sé cómo. No creo que sepa cómo. Pero voy a intentarlo.

Miré a Aadhya, y ella me devolvió la mirada, todavía aturdida, pero le dije: *Por favor, ayúdame*, y ella soltó una carcajada parecida a un resoplido y dijo: *Hostia puta, El*, y luego se hundió en una silla como si le hubieran fallado las rodillas.

13

MÁRTIR

No creo que nadie supiera realmente qué hacer a continuación. Todos nos hemos pasado la mayor parte de estos cuatro años siendo inhumanamente egoístas por miedo a acabar muertos —si no durante los siguientes cinco minutos, a más tardar el día de la graduación— y nos convencíamos a nosotros mismos de que los demás estaban haciendo lo mismo y de que no había otra alternativa. La Escolomancia había fomentado aquella actitud en todo caso. Cuando los alumnos trabajaban por libre se conseguía que una cuarta parte de los estudiantes sobreviviera a la interminable horda: supongo que el colegio no había tenido ninguna opción mejor hasta ahora. Y sí, nos había quedado muy claro que debíamos empezar a colaborar entre nosotros, pero puede que un edificio tuviera dificultades para entender que a los seres humanos les cuesta un poco cambiar de mentalidad. No me habría sorprendido que todos los alumnos de enclave se hubieran largado al instante. No me habría sorprendido que todos los alumnos, literalmente, se hubieran largado al instante. De hecho, esperaba que la biblioteca quedase vacía dos minutos después de que les hubiera dado la noticia.

Entonces Orion dijo:

—¿Podría volver? ¿Cuando haya que volver a purgar el colegio? —Ni siquiera se molestó en adoptar voz de mártir; simplemente lanzó la idea como si se tratara de una opción perfectamente razonable. Lo fulminé con la mirada, pero conseguí incomodar a muchas otras personas.

—Vale —dijo Aadhya—. Mira, Orion, todos sabemos que eres prácticamente invencible, pero eso no es lo mismo que totalmente invencible. Si te da por pasarte de vez en cuando, algún mal conseguirá acabar contigo tarde o temprano.

—Por ahora no han podido —dijo, perfectamente sincero.

—Once veces, Lake —dije entre dientes—. Y solo este año.

—¡Podría habérmelas arreglado solo! —dijo Orion.

Los dos estábamos dispuestos a seguir discutiendo aquello, pero Liesel nos interrumpió.

—No seas estúpido —dijo en voz alta—. Y enciende la luz. —Esto se lo dijo a la sala, y las lámparas de la biblioteca volvieron a encenderse al instante, como si les asustara tanto como a nosotros rechazar sus órdenes—. Debemos ayudar. ¿No lo entendéis? —Dio una palmada a las letras—. El propósito del colegio es proteger a los niños magos. Pero si no corremos peligro, no nos hace falta apoyo. Esto obviamente crea un flujo taumatúrgico orientado a la protección de los demás alumnos.

Me pareció que *obviamente* era una palabra demasiado exagerada e injustificable en este contexto —como, sospecho, les parecía a tres cuartas partes de los presentes—, pero Liesel no tenía intención de detenerse.

—Si no ayudamos al colegio a que ayude a los alumnos más jóvenes, el flujo creará un incentivo para que este modifique, a peor, nuestra situación de extrema seguridad y mejore la suya. Por ejemplo —añadió de forma contundente, en respuesta a los rostros inexpresivos de todos—, puede empezar a dejarnos fuera de la cafetería. O cerrar las cañerías de nuestros baños. O si otro milfauces se cuela en el colegio, abrir las guardas y dirigirlo hacia nuestros dormitorios.

Para entonces, todos habíamos captado el mensaje. No estoy segura de que el hecho de que el colegio obligase a los demás a ayudarse mutuamente fuera mejor que mentirles yo, pero no pude evitar sentirme agradecida de que todos tuvieran una buena razón para hacerlo. De todas formas, no me parecía algo tan horrible como que yo les mintiera. Era justo, tanto como lo son los tratos que se llevan a cabo dentro del colegio: si nos hubieras ofrecido a cualquiera de nosotros la opción de salir del salón de grados a cambio de ir hechos unos guarros y pasar hambre durante tres meses, sin poder comer nada más que lo que consiguiéramos mendigar o intercambiar con los demás, habríamos aceptado con los ojos cerrados. Ya volveríamos a engordar en cuanto estuviéramos en casa.

—Vale, pues... —dijo Aadhya después de un momento—. Todo esto ha pasado porque el sistema de limpieza cumplió con su cometido. Así que tenemos que encontrar la manera de que siga funcionando para siempre.

Aquello sonaba prometedor, pero Alfie dijo en voz baja:

—Mierda —y luego añadió—: No se puede. Es imposible asegurar el funcionamiento del sistema de limpieza. Se puede arreglar, pero no mantenerlo en funcionamiento. Lo máximo que dura sin estropearse son cuatro años. Para entonces, los aglos se lo habrán cargado.

—¿Los aglos? —dijo Aadhya. Todos consideramos a los aglos regalos en vez de maleficaria. Técnicamente, necesitan maná y no son capaces de generarlo ellos mismos, pero nunca hacen daño a nadie. Se limitan a arrastrarse muy lentamente y a recoger cualquier pieza imbuida con maná que se haya extraviado, y luego la incrustan en sus caparazones exteriores, como si fueran frigáneas de gran tamaño. Todos estaríamos encantados de toparnos con uno adulto que llevase una década acumulando restos de artificios y productos alquímicos. Por eso nunca se encuentran aglos en los niveles de las aulas, salvo que sean larvas diminutas. Pero hay colonias de aglos adultos en la sala de grados, como los que yo había visto. Se ocultan hasta que termina la graduación, y después de que todos los demás mals se hayan alimentado y estén roncando, salen sigilosamente y recogen las piezas que dejaron caer los alumnos que no lograron salir.

Alfie se pasó una mano por la cara.

—Atraviesan la cubierta exterior y roen la maquinaria hasta romperla.

—Eso no tiene ningún sentido —dijo Aadhya. No era la única artífice que parecía desconcertada—. ¿Por qué no gastar cinco minutos en instalar unas guardas? Son solo aglos.

—Por eso las guardas no funcionan —dijo Alfie—. Las llamas mortíferas son… en fin, podría decirse que son una entidad, y consumen maná que no crean ellas mismas. Si quieres conjurar un muro de llamas mortíferas, no puedes proteger el artificio con el que las estás creando con guardas que actúan contra criaturas que consumen maná. Tienes que protegerlo contra la malicia. Pero los aglos no son maliciosos. Nunca absorben maná a la fuerza. Solo mordisquean los objetos que nos dejamos por ahí, y tarde o temprano hacen un agujero y se cuelan dentro y van tomando fragmentos hasta que el objeto se deshace. En el enclave de Londres hay un laboratorio con una granja de aglos que lleva un siglo buscando alguna forma de que no perforen la maquinaria. Si consiguiéramos encontrarla, valdría la pena hacer cualquier cosa, gastar todo el maná necesario, para que otro equipo llevase a cabo una reparación real. Pero no hemos hallado nada que aguantase más tiempo que un puñetero trozo de papel de aluminio: a los aglos les gusta tanto ese material que se lo comen todo antes de molestarse en meterse en el artificio. Y por eso lo de los cuatro años.

Nos quedamos mudos durante un rato después de que terminara. Teníamos tan metida en la cabeza la idea de que había que arreglar la maquinaria de limpieza que, incluso después de la explicación de Alfie, por lo menos media docena de personas abrieron la boca para sugerir alguna otra manera de hacerlo, solo que ninguna de ellas logró más que un *¿Y si...?* antes de darse cuenta de que fuera cual fuere su ingenioso planteamiento, las mentes más brillantes de Londres ya lo habían pensado y probado en algún momento de los últimos cien años.

—¿Y si la arreglamos todos los años a partir de ahora? —dijo finalmente uno de los conocidos de Aadhya de Atlanta, el primero en finalizar la frase—. Podría venir un equipo justo después de Año Nuevo, cuando la sala esté recién purgada, y —se entusiasmó— podríamos ofrecer lo mismo que el año pasado. Cualquiera que se presente voluntario para arreglarla conseguirá una plaza en el enclave que quiera. ¿No? A la gente le parecería bien.

Tenía toda la razón: los que estuvieran desesperados accederían año tras año; habría unas cuantas pérdidas cada vez, pero la maquinaria permanecería en funcionamiento, hasta que finalmente uno de los grupos bajara y descubriera que, ¡sorpresa!, la maquinaria se había vuelto a estropear antes de que pudieran arreglarla, y había una horda hambrienta de maleficaria esperándolos. Me dispuse a lanzar un aullido de protesta, pero Alfie ya estaba sacudiendo la cabeza con exasperación.

—Ya han pensado en eso. Poner guardias, enviar equipos de mantenimiento todos los meses, se ha barajado todo. Y de ese modo nos libraríamos de los aglos. Pero nadie aceptará el trabajo ni por todo el maná del mundo, porque más pronto que tarde un nuevo milfauces se colará en el colegio. Hay un rastro en las puertas. Por lo general, uno o dos consiguen entrar cada año; son criaturas de tipo limo, a esos es a los que más cuesta bloquearles el paso. Y se acomodarán en el salón de grados. Paciencia y Fortaleza nos protegían en realidad. Se comían a los que entraban.

Los rostros de todos se habían transformado en máscaras de horror; me encogí por dentro e intenté decirme a mí misma que no quedaba mucho para la graduación y que lo más probable era que ningún milfauces nuevo entrara hasta entonces.

—¿Y si criamos algunos mals para que se coman a los aglos? —soltó un chico de lo más espabilado; no vi quién fue, creo que se escondió detrás de otro en cuanto se dio cuenta de lo que había sugerido y todos se volvieron a mirarlo. La cría de maleficaria es un pasatiempo muy popular para los maléfices, porque siempre acaba más o menos de la misma manera, lo único que varía es la cantidad de gritos y sangre. Intentar llevarla a cabo con buenas intenciones generalmente hace que los resultados sean peores, no mejores.

—Podríamos fabricar un constructo que se los comiera —sugirió alguien más, lo cual tampoco funcionaría, ya que los otros mals que entraran se zamparían a los constructos comeaglos, aunque al menos sería menos probable que acabar creando una monstruosidad horrenda que permaneciera vagando por el colegio y devorando niños.

Pero lo importante era que se trataba de otra sugerencia; la multitud se dividió en pequeños grupos por preferencia de idioma y empezaron a debatir, a aportar ideas. Intentando ayudar. Me daba igual que de momento fueran todas inservibles; acabábamos de empezar.

Aadhya se acercó a mí, me rodeó la cintura con el brazo y dijo en voz baja: *Anda, pero si aprende y todo*, con un dejo de burla en la voz, que le flaqueó un poco; al mirarla, vi que tenía los ojos húmedos y brillantes, y le pasé el brazo por los hombros y la abracé.

Empecé a preocuparme después de que pasara una semana entera y a nadie se le hubiera ocurrido nada útil. Habíamos invitado a todo el colegio a participar en la lluvia de ideas, pero fueron tantos los que se acercaron a la sala de lectura para sugerir que alguien bajara a arreglar el sistema de limpieza todos los años, que el martes ya estábamos todos gritando: ¡*Milfauces!*, antes de que llegaran a la mitad de la primera frase. Debo mencionar que todas aquellas personas eran alumnos de enclave.

Un chico de tercero sugirió que nos quedáramos un año más para vigilar a los demás estudiantes. Llamó a su idea «cadena de favores»; como novedad, esta provocó que todos los alumnos de último curso se sacudieran violentamente y le dijeran que se metiera aquella idea por el culo, incluso antes de que Liesel exclamara exasperada:

—¿Y dónde dormiremos nosotros? ¿Y qué comeremos?

A continuación, modificó la idea y sugirió que volviéramos justo a tiempo para la graduación del año siguiente. Aquello no se merecía más respuesta que una mirada fulminante: nadie se ha ofrecido nunca a volver a la Escolomancia, y nadie lo hará jamás. A excepción de un voluntario tonto de cojones, que no cuenta.

Para variar, a una chica de primero, pálida y con aspecto desaliñado, se le ocurrió que todos los alumnos de primer curso debían graduarse con nosotros. Creo que simplemente no podía soportar pasar más tiempo en el colegio y prefería volver a casa con su madre, y podía entenderla, pero su plan la hubiera dejado aún más desamparada. En pocos meses, algún mal del exterior se la habría merendado, como les ocurría al noventa y cinco por ciento de los niños magos que no tenían la suerte de entrar en el colegio. Lo que hicimos fue darle una palmadita en el hombro y mandarla a paseo, y ese fue todo el tiempo que le dedicamos a su sugerencia.

Pero esa tarde, al terminar de comer, la vi en la cola de los alumnos de primero, sola y cabizbaja, y fruto de un impulso, fui a buscar a Sudarat, que estaba sola un poco más atrás.

—Vamos —le dije—. Hay alguien guardándote un sitio.

Me siguió con inseguridad y me acerqué a la otra chica: era estadounidense, pero no pertenecía a ningún enclave, y pensé que seguramente sería de Kansas, o de uno de esos otros estados de los que nunca se oye hablar en las noticias de la BBC, lejos de cualquier enclave. El caso es que no tenía ni una razón para que le importara lo que le había pasado o dejado de pasar a Bangkok.

—Vale, ¿cómo te llamas? —pregunté, y la chica dijo con recelo:

—¿Leigh? —como si no estuviera segura.

—Bien, esta es Sudarat, era de Bangkok antes de que se fuera al garete; tú eres Leigh, y lo estás pasando tan mal en el colegio que preferirías arriesgarte a estar fuera; presentaciones resueltas —dije, ocupándome de mencionar las peores partes, por el bien de ambas—. A ver si soportáis sentaros juntas; es mejor no comer a solas.

Me alejé tan rápido como pude, para que ninguna de las tres pudiera pensar demasiado en qué demonios estaba haciendo. No creo que hubiera podido hacer aquello ni siquiera una semana antes. No se me habría pasado por la cabeza, ya que habría pensado que ninguna de las dos lo hubiera aceptado de buen grado: una alumna de último curso presentando a dos de primero, ¿por qué? Debía tener alguna razón oculta, y si no, se la habrían inventado, y lo más probable es que después de aquello se evitasen a toda costa.

Puede que ocurriera aquello de todos modos: Sudarat tenía más razones que la mayoría para desconfiar, y yo no sabía nada de la chica de Kansas aparte de que era tan desgraciada como yo lo había sido en el pasado, lo que podía significar cualquier cosa. Tal vez fuera, como yo, una protomaléfice dotada de un inimaginable poder oscuro, o quizá fuera una persona tan desagradable que todo el mundo la evitaba con razón —pensé de inmediato en mi querida Philippa Wax, la de la comuna, que seguramente no se habría vuelto más simpática desde la última vez que la vi, aunque a menudo había insinuado que su amabilidad afloraría en cuanto me largara—, o puede que Leigh, de Kansas, fuera una niña tímida a la que le costara hacer amigos y no tuviera nada a su favor, por lo que nadie se había molestado en conocerla. No era ninguna maléfice, porque una maléfice de verdad no habría estado tan desesperada por salir.

De todos modos, Sudarat decidiría por sí misma si valía la pena soportar su compañía. Por lo menos era alguien que no iba a sospechar de ella, o incluso dudar en hacerse su amiga solo porque otras personas sospecharan de ella. Y podía imaginarme tratando de ayudarla, y ayudar también a la otra chica, porque ahora algo así era posible en la Escolomancia.

Suponiendo que se sentaran juntas al menos durante esa comida, fue el intento de ayuda que más éxito tuvo en toda la semana, al menos que yo supiera.

Hubo un gran número de propuestas adicionales para la cría de maleficaria, y algunas de ellas llegaron a incluir especificaciones detalladas. Un chico de la rama de alquimia tuvo el morro de sugerirle a Liu que podía probar con nuestros ratones: pretendía encantarlos y meterlos en las cañerías del colegio para que se reprodujeran y se comieran las larvas de aglo. Liu no se enfadaba con facilidad, pero al oír aquello se cabreó tanto que Tesoro me despertó de la siesta y me hizo ir corriendo a su habitación, donde me topé con el señor maltratador de animales, que se marchó aún más deprisa cuando me vio aparecer por la puerta.

También se sugirieron ideas menos malas, como un plan para instalar algún tipo de arma en el espacio muerto bajo el suelo del taller, que se utilizaría para hacer explotar a los mals del salón de grados directamente. El problema era que cualquier cosa que se instalara fuera del salón de graduación requeriría abrir las potentísimas guardas que mantienen a los mals allí abajo.

Estábamos bastante desanimados cuando nos reunimos en la sala de lectura el sábado siguiente. El circuito de obstáculos era completamente diferente: en lugar de tratarse de un recorrido imposible, de repente se había vuelto tan fácil que incluso los alumnos de primero podían superarlo, así que ahora eran ellos

los que entrenaban. De hecho, el colegio había empezado a impedir el paso aleatoriamente en la cafetería a los alumnos de último curso; y la única manera de entrar era darle algo útil a alguno de los chicos más jóvenes. Aquella semana bastaba con darles cositas sin importancia como un par de calcetines extra o un lápiz, pero nos dábamos cuenta perfectamente de la que se nos venía encima. Por supuesto, la mayoría de los alumnos de último año ayudaban a los chicos de enclave más jóvenes, a cambio de la promesa de hablar bien de ellos en el consejo de su enclave cuando se graduaran.

—Todas las propuestas siguen centrándose en intentar reparar el sistema de limpieza —dijo Yuyan, extendiendo los papeles sobre las mesas. Se había encargado de reunirlas porque podía leer muchos idiomas con fluidez y porque, a diferencia de Liesel, no traumatizaba a la gente con sus comentarios, de modo que se habían presentado muchas más propuestas después de que anunciara que ella se encargaría de recogerlas—. Creo que tenemos que aceptar que este enfoque es un fracaso. Debemos pensar algo diferente.

—Ya, bueno, eso intentamos —dijo Aadhya con gesto adusto. Sabía que se había pasado casi toda la semana en el taller con Zixuan y un grupo de los mejores artífices de nuestro curso, intentando trazar un plan—. Hemos tratado de crear un pasillo que condujera hasta las puertas, como un túnel de seguridad. Pero... —Sacudió la cabeza. No hacía falta que dijera cuáles eran los problemas de esa estrategia: le estarías ofreciendo un blanco único e irresistible hasta al último de los mals, y ¿cómo íbamos a decidir quién iba primero?—. De todos modos, sigue pareciendo una estrategia demasiado obvia. Seguro que los adultos procuraron hacer algo similar en el pasado.

—Oye, tengo una idea. ¿Y si nos graduamos todos? —dijo Chloe—. ¿Y si sacamos a todo el mundo? Cuando nos graduemos y lleguemos al punto de incorporación de Nueva York, la madre de Orion estará allí y podrá conseguir que la junta de gobierno cancele la incorporación. Si hiciéramos eso el colegio se quedaría vacío, porque sin nosotros, ningún mal intentaría entrar. Y entonces, podríamos pedirles a todos los magos del mundo que ideasen una solución mejor.

Yuyan suspiró.

—Llevamos años pensando en ello —dijo, lo cual tenía sentido: si Shanghái hubiera sido capaz de desarrollar una solución mejor, habría valido la pena que construyeran un nuevo colegio, y todos se habrían mudado. Señaló la copia más cercana del artículo del periódico, colocada en el extremo de una de las pilas—. Londres lleva un siglo pensando en ello, y Nueva York casi otro tanto. Nada de lo que hemos encontrado nos da más posibilidades de supervivencia que la Escolomancia.

—Bueno, vale, pero si no se nos ocurre nada mejor, al menos nadie estaría peor —dijo Chloe.

—Los niños más pequeños, sí —dijo Liu—. Permanecerían indefensos en el exterior.

—Solo durante un tiempo, sería como unas vacaciones de verano. Todos podríamos ayudar a protegerlos. Y si resulta que no hay solución, o se tarda demasiado, podrían volver a entrar —dijo Chloe.

—¿Tú lo harías? —dijo Nkoyo, con un tono cortante que sentí en mis propias entrañas—. ¿Volverías a entrar? ¿Después de haber salido de aquí?

Chloe hizo una pausa.

—Bueno —dijo, con la voz agitada—. Los dejaríamos elegir... —Las palabras se desvanecieron.

Liu estaba sentada con ella en el sofá; se inclinó y chocó el hombro con Chloe de forma reconfortante.

—Deberíamos encerrar a los mals aquí dentro —dijo.

Esa noche, diez minutos antes del toque de queda, Lui llamó furiosamente a mi puerta. No sabía que era ella, así que salté de la cama, levanté un potente escudo, preparé un hechizo asesino y abrí la puerta de un tirón, dispuesta a enfrentarme a lo que hubiera al otro lado. Tuve que bajar los brazos cuando se abalanzó sobre mí y me agarró por los hombros, con unos cuantos trozos de papel garabateado asomando de sus puños. Primero dijo algo en chino demasiado rápido como para que pudiera entenderlo, ya que estaba muy emocionada, y luego añadió:

—¡Deberíamos encerrar a los mals aquí dentro!

—¿Qué? —dije, y el toque de queda sonó. Ella dio un brinco y dijo:

—¡Te lo contaré mañana! —Y corrió hacia su habitación, dejándome desvelada mientras intentaba averiguar qué se traía entre manos. Los papeles arrugados que me había dejado tampoco ayudaron: vi que eran cálculos, pero todo estaba en números chinos, con dos tipos de letra, la suya y la de Yuyan, y aunque me rompiera los cuernos traduciéndolos no podría adivinar a qué se referían los números.

—El hechizo ratonera —dijo a la mañana siguiente, encontrándose conmigo a mitad de camino entre nuestras habitaciones.

—Sí, hasta ahí he llegado —dije; los mals entran en tropel a través de los portales de graduación de todos modos; si usáramos nuestro hechizo ratonera, podríamos atraer a un ejército de estos. En teoría, decenas de miles durante la media hora que duraba la graduación, si los cálculos de Liu eran correctos y yo los había interpretado bien—. ¿Pero cuál es la idea? ¿Crees que si llenamos el salón de grados de mals… se comerán a los aglos? —Esa fue la mejor conjetura que se me ocurrió la noche anterior, aunque si los mals fueran a comerse a todos los aglos, ya lo habrían hecho; sin embargo, Liu negaba enérgicamente con la cabeza.

—El salón de grados, no —dijo—. El colegio. Todo el colegio. Nos vamos y llenamos el colegio de mals.

La miré fijamente.

—¿Y luego qué? ¿Lo lanzamos al vacío o algo así?

—¡Sí! —exclamó Liu.

—Eh… ¿qué? —dije.

Podría describiros al detalle las dos semanas siguientes, durante las cuales se nos ocurrieron cinco o seis planes alternativos que acabaron todos descartados; también tuvimos unos diez intentos fallidos para empezar a elaborar los detalles aproximados del plan de Liu, pero ya fue bastante agónico pasar por ello una vez, así que prefiero olvidar el asunto.

El interrogante principal era si la idea de Liu serviría para *proteger a los niños dotados de sabiduría del mundo*. El colegio no se construyó debido a que el concepto de los internados despertase un entusiasmo apasionado. No es más que un casino, diseñado para inclinar las probabilidades a nuestro favor, ya que sobrevivir a la pubertad es una cuestión de números. Cualquier padre puede salvar a su hijo del ataque de *un* mal. Pero cuando estos se presentan de quince en quince, tarde o temprano uno de ellos se colará por tus guardas, escudos y puertas, y se zampará el sabroso caramelito que les estás escondiendo.

Por eso nos hacinan aquí, al otro lado de las puertas custodiadas, donde solo se accede a través de las estrechas tuberías repletas de guardas, y por eso nos pasamos una buena parte de nuestros años formativos en una prisión de pesadilla. Si pudiéramos reducir lo suficiente la población de maleficaria como para que las probabilidades de sobrevivir en el exterior fueran de, oh, una entre siete, la mayoría no vendríamos al colegio solo porque las probabilidades aquí fueran de una entre cuatro. Es un lugar demasiado horrible. Y después de que Liesel se abalanzara sobre la pobre Liu y la arrastrara a una habitación para comprobar los cálculos unos cuantos millones de veces, las dos volvieron y anunciaron que había una posibilidad bastante buena de conseguir que las probabilidades del exterior bajaran a una entre dos, y además pensaban que el efecto duraría al menos un par de generaciones. Aquello la convertía en una de las pocas ideas de la lista que no podía descartarse de forma inmediata, a diferencia de la sugerencia de esa mañana de crear una bandada de buitres piraña voladores con cola de serpiente que se habrían zampado a los aglos en diez minutos y luego habrían subido para dar cuenta del resto.

Los problemas del plan de Liu eran logísticos. Después de estudiar detenidamente los planos y la documentación del mantenimiento, descubrimos que cuando tocas las puertas, el portal de tu casa se abre en ese preciso momento y permanece abierto el tiempo justo para devolverte al punto de incorporación, y luego vuelve a cerrarse al cabo de unos segundos; un diseño destinado a dejar a los mals fuera. Si quisiéramos atraer al mayor número posible de mals, todos tendríamos que hacer cola y salir lentamente: habría un flujo constante de alumnos saliendo y otro de mals entrando, para que pudiéramos mantener el hechizo ratonera activo durante la media hora que duraba la graduación.

Perdón, para que *yo* pudiera mantener el hechizo ratonera activo. Nadie se molestó en debatir quién iba a lanzar un hechizo que servía para convocar un tsunami de maleficaria. En fin, ¿qué íbamos a hacerle?

—¿Cómo evitaremos que los mals maten a todos los que estén haciendo cola? —dijo Aadhya.

—Mientras el hechizo ratonera siga activo, ellos irán detrás —dijo Liu.

—El tendrá que situarse en algún lugar alejado de la entrada para que se adentren lo máximo posible —dijo Magnus—. ¿Puede lanzar el hechizo desde la biblioteca y que siga funcionando en las puertas?

—¿Y cómo saldré después de la biblioteca? —dije de forma contundente. Era muy consciente de que, si al colegio no le importaba ser lanzado al vacío —no había puesto ninguna objeción hasta el momento—, lo más seguro era que a mí tampoco me considerase imprescindible. No podía negarme a arriesgar la vida, pero no me apetecía aceptar el papel de mártir antes de empezar.

—Ya que estamos, ¿cómo vas a conseguir no acabar aplastada en menos de cinco minutos? —dijo Aadhya—. Si el plan funciona, un millón de mals irán derechitos hacia ti.

—¿Por qué no los mato a todos a medida que entran? —dijo Orion, sin dudar lo más mínimo de su capacidad para matar a un millón de mals.

—Cállate, Lake —dije, albergando muchas dudas sobre su capacidad para matar a un millón de mals.

Aquello dejó la idea de Liu como otra de las muchas ideas posibles de nuestra lista, pero Yuyan se lo comentó a Zixuan y, tres días después, vino a la biblioteca con una solución para el problema de atraer a los mals por todo el colegio: un sistema de altavoces. La idea era fabricar cientos de altavoces diminutos —mágicos, no de tipo electrónico— adheridos a un eje, y luego desplegar el eje en un circuito gigantesco por todo el colegio, que comenzaría y terminaría en la sala de grados; atravesarían todos los pasillos y escaleras de cada nivel, se bifurcarían en cada una de las aulas hasta llegar a la biblioteca y serpentearían a través de las estanterías, y luego recorrerían el camino de vuelta hasta el salón de grados. En un extremo del circuito estaría yo, junto a las puertas: entonaría el hechizo ratonera a través de un micrófono, y este se transmitiría a través de todo el circuito y volvería a salir por el último altavoz, situado justo delante de las puertas, para difundir la canción a todos los mals que estuvieran en el rango de escucha de los portales.

Lo que haría que los mals siguieran el eje y entraran en el colegio era una brillante vuelta de tuerca al diseño: un encantamiento para que solo oyeras el sonido que salía del altavoz que tenías delante; en cuanto te acercabas lo suficiente, empezabas a oírlo desde el siguiente altavoz. Los mals se aproximarían al oír la canción, y luego la seguirían hasta el siguiente altavoz, y el siguiente, hasta adentrarse en las profundidades del colegio.

Eso hacía que el plan de Liu pareciera muy eficaz, hasta que caías en que habría más de cuatro mil alumnos atravesando las puertas, que abarcaban todos los lugares del mundo; cientos de ellos se dirigirían a los enormes enclaves urbanos que estaban rodeados de hambrientos maleficaria. Difundir un hechizo ratonera desde la Escolomancia —que ya era el lugar más tentador del mundo— sería la guinda del pastel.

Si los mals no acudían, es probable que fuera porque habían acabado devorados por otros mals que se apresuraban a llegar a las puertas, o porque no habían llegado a tiempo a un portal.

—Atraeríamos a todos los mals del mundo —dijo Chloe nerviosa, y no se equivocaba. Era obviamente una locura.

Sin embargo no la tachamos de la lista todavía, porque solo tachábamos las ideas cuando estábamos seguros de que no iban a funcionar, no porque fueran una locura. Aun así, la lista no era larga. La mayoría de las propuestas quedaban descartadas cuando Alfie decía: *Sí, ya se ha probado*, a menudo sin ni siquiera levantar la cabeza del puño en el que estaba apoyado junto a Liesel; otras se descartaban porque Yuyan o Gaurav, de Jaipur, admitían que sus propios laboratorios de enclave ya las habían intentado. Sorprendentemente, ningún enclave había explorado la brillante idea de destruir el colegio.

Y lo más importante: era una idea que no se les podía haber ocurrido, porque me necesitaban a mí. Podrías haber lanzado el hechizo ratonera con un círculo de doce magos, o treinta si querías que siguiera activo durante media hora, y luego haber reunido a otros treinta magos y lanzar un hechizo para separar el colegio del mundo, pero desde luego no habrías sido capaz de sacarlos a todos a tiempo. Tal y como estaban las cosas, tendría que gritar la última sílaba de mi hechizo de supervolcán, que estaba resultando ser sorprendentemente útil, mientras saltaba por el portal, o de lo contrario me precipitaría al vacío con el colegio. Bueno, si eso ocurría, con suerte los mals congregados me devorarían antes de que tuviera la oportunidad de experimentar el horror existencial de encontrarme totalmente separada de la realidad.

Y no, esa posibilidad no me era indiferente.

Pero no se nos había ocurrido ninguna idea mejor, aparte de la solución de Chloe de salir corriendo y lanzarle el problema a la cara a los adultos. A todos nos gustó bastante esa solución: el único contratiempo era que no nos ofrecía nada que hacer, y mientras tanto la Escolomancia se dedicaba a dar golpecitos con un pie metafórico. A lo largo de la semana siguiente, Zixuan se puso en marcha y empezó a construir los altavoces; otros artífices insistieron en ayudarlo, porque a cualquiera que no ayudara de alguna manera se le apagaban de pronto las lámparas de su habitación, ya de por sí tenues, o se le cortaba el agua del baño justo cuando llegaba, o se lo dejaba fuera de la cafetería o del taller.

A partir de ahí, el colegio solo se volvió más cruel. No parecía que quedaran mals demasiado peligrosos —si los había, Orion les daba caza antes de que nadie los viera—, pero todos teníamos que sacudir gusaratas y cribbas de la ropa de cama y llevar a cabo purificaciones todas las noches; de lo contrario, nos despertábamos con los conductos lagrimales infestados de malvas. Una mañana llegamos a la cafetería y en la zona de la comida solo encontramos unas cubas repletas del mejunje nutritivo original, que no desaparecieron hasta después de que el último alumno de cuarto hubiera pasado.

Tengo que decir que no tengo ni idea de cómo alguien pudo sobrevivir hasta la graduación engullendo aquello. Todos acabamos comiendo lo que se nos pasó por la cabeza: desayunos típicos ingleses, gofres untados con bayas y nata montada, shakshuka con magníficos montones de tomates y pepinos frescos; Aadhya se preparó una delicia que había inventado su nani, unas tortitas finas rellenas de un puré de cholar dal y coronadas con merengue tostado. Ya que te gastas una cantidad de maná grotesca para transmutar la comida, es mejor transmutarla en algo que te guste de verdad. Pero todos tuvimos que gastarnos una semana de maná acumulado para poder hacerlo.

Después de desayunar, todos los alumnos de último año se morían por tener algo que hacer, y como no se nos había ocurrido nada mejor, todos escogieron diferentes partes del plan de Liu, porque era el único que estaba lo suficientemente avanzado como para empezar a trabajar, y entonces el proyecto se puso a dar tumbos como un avión a medio construir que algunos sostenían y cargaban mientras otros colocaban las ruedas, las alas y los asientos, intentando poner a punto el motor, y otros corrían por detrás y cargaban el equipaje.

Los artífices y los equipos de mantenimiento se dedicaron a repartir el cableado de los altavoces y a recorrer el colegio, y a construir los altavoces ellos mismos: Zixuan había conseguido un prototipo funcional justo a tiempo; si no, habrían robado los diseños a medio cocer y construido montones de altavoces inservibles. Incluso recibimos la primera señal positiva de que el colegio aprobaba nuestro plan de demolición, porque después de que estallara una pelea en el taller por el último rollo de cable metálico, uno de los paneles del techo cayó dolorosamente sobre la cabeza de los cizañeros, a modo de mensaje.

Después de aquello, los chicos de mantenimiento arrancaron los paneles menos importantes por todo el colegio y se los entregaron a los artífices en el taller, que los hicieron pedazos para convertirlos en cableado de altavoces, prepararon nuevas bobinas y se las devolvieron. Los alquimistas elaboraron cebo auténtico de ratonera —inesperadamente, los alumnos de último curso se mostraron dispuestos a donar sangre para aquel proyecto, ya que, de manera escalofriante, una jeringuilla de diez mililitros bastó para tener acceso a todas las comidas del día—, con la idea de que lo esparciéramos en los dormitorios para atraer a algunos de los mals de la concurrida corriente principal del hechizo. Otros alumnos mayores empezaron a arrastrar a los más jóvenes hasta el gimnasio con regularidad y a hacerles fingir que hacían cola para atravesar las puertas, de modo que pudieran averiguar cuál era el mejor ritmo de salida.

Liu, Aadhya y yo nos mantuvimos ocupadas: nos pasamos las mañanas en la biblioteca intentando encontrar un plan alternativo mejor, y las tardes en el taller con Zixuan, ajustando el laúd, los altavoces y el micrófono —él mismo se encargaba de construir esa parte crucial—, para que funcionara mejor con el hechizo ratonera. Yuyan se unió a nosotros. También era música y se había ofrecido a ser la suplente de Liu con el laúd, por si algo le impedía tocar; practicaban juntas la canción-conjuro casi todas las noches. Nadie iba a ser mi suplente.

Los hornos funcionaban a toda máquina, mientras los demás artífices intentaban colaborar en *algo*, así que el ambiente de trabajo era sofocante y tedioso, y yo me quedaba afónica todos los días a la hora de cenar. Como consuelo, era muy divertido lanzarle miraditas insinuantes a Liu, que se ponía roja a causa de la confusión; Zixuan había puesto en marcha una enérgica campaña en lo que a aquel asunto se refería, además de llevar a cabo el trabajo de ingeniería: encontró tiempo para fabricarle un conjunto de jaulitas protectoras de metal en forma de huevo para encajarlas en los recipientes de las bandoleras de los ratones, con un pequeño gancho de prolongación de hechizos en la parte superior que se vinculaba con nuestros hechizos de escudo.

Chloe comenzó a pasar las tardes elaborando una poción para aliviarme la garganta, y un bálsamo para los dedos de Liu y de Yuyan, e invitó a otros alquimistas a que se sumaran a ella. Acabó teniendo más manos de las requeridas, así que reunió a los mejores y se puso a trabajar en la elaboración de una segunda receta destinada específicamente a mejorar la canción conjuro ratonera, algo que yo ni siquiera sabía que se podía hacer con la alquimia.

Unos días después, me dio la primera muestra para que la probara. Por cierto, el hechizo ratonera había seguido funcionando de maravilla a la hora de atraer a las larvas, y en caso de que te preguntes qué hicimos al respecto, la respuesta es que, durante la primera semana, lo lanzamos desde el interior de un anillo de llamas mortíferas que conjuré, mientras sudábamos a litros. Por suerte, pudimos dejar de hacerlo después de la primera semana, pues los enjambres no volvieron a aparecer. Para cuando Chloe me dio la muestra, estábamos bastante seguras de haber eliminado hasta al último mal de los alrededores del taller.

Y así fue. Solo un isk había puesto, al parecer, una tanda de huevos en los hornos del taller hacía algún tiempo. No debían eclosionar hasta dentro de una década más o menos, pero después de haberme bebido la poción de Chloe, la canción mejorada consiguió persuadirlos para que rompieran el cascarón y salieran de todos modos. Sus exoesqueletos aún no se habían endurecido, por lo que solo eran hebras de metal fundido que se movían lentamente y no representaban ninguna amenaza, aunque al salir del horno cayeron al suelo, lo atravesaron derritiéndolo y desaparecieron en el vacío. Para cuando conseguimos asfixiar al resto, el suelo del taller parecía una de esas latas que la gente agujerea con un punzón para decorar. Nos pasamos el resto del día arreglándolo con mucho cuidado.

A finales de mayo, llevábamos bastante adelantadas todas las partes del proyecto, y cuando Liesel nos llevó a la biblioteca para que revisáramos los planes, el único problema que quedaba por resolver era cómo subir a la horda de mals desde el salón de grados hasta los niveles principales del colegio.

Lo cual era todo un jaleo, ya que el colegio estaba diseñado para dificultar al máximo la entrada de un único mal. El hueco de mantenimiento resultaría muy estrecho para toda una horda, incluso si un jovencísimo argonet se las había arreglado para meterse por ahí el año pasado, por no mencionar lo que pasaría cuando los primeros mals dieran toda la vuelta al colegio y luego intentaran volver a bajar por el hueco de mantenimiento. En cuanto se produjera un embotellamiento, una masa de monstruos se acumularía en el salón de grados y al final empezarían a comernos a todos.

A nadie se le ocurría ninguna idea, pero sacamos los enormes planos oficiales del colegio y los extendimos sobre la mesa para intentar dar con una solución; descubrimos, confundidos, que los planos mostraban dos enormes huecos, justo en lados opuestos del salón de grados, y cada uno de ellos lo bastante ancho como para que siete argonets subieran y bajaran a la vez si querían.

Te aseguro que hasta ese momento no había habido dos enormes huecos en los planos, ni tampoco en el colegio.

Pero cuando tomamos otro juego de planos de una de las paredes, los huecos también aparecían allí, y tras contemplar un tercero y comprobar que seguían allí, uno de los chicos de mantenimiento dijo de repente:

—Hay piezas de maquinaria que no estaban aquí cuando se construyó el colegio, pero son demasiado grandes como para haberlas subido por el hueco de mantenimiento. El colegio debe de contar con huecos más grandes que solo se abren para instalaciones importantes.

Chloe se incorporó.

—¡Ostras, es verdad, ya me acuerdo! Nueva York construyó como cien gólems para traer la maquinaria nueva de la cafetería. Los gólems abrieron las puertas desde el exterior, lanzaron llamas mortíferas por todo el salón de grados con lanzallamas y luego cargaron la nueva maquinaria. La introdujeron en un hueco y lo volvieron a cerrar antes de que los mals los hicieran pedazos. Y después los alumnos se encargaron de instalarla.

No pregunté cuántos alumnos habían acabado masacrados por la pequeña horda de mals que seguramente habría subido hasta las plantas superiores durante el tiempo que los gólems tardaron en meter la maquinaria en los huecos. Los gólems de Nueva York tienen fama de ser más rápidos de lo habitual, y eso significa que habrían sido capaces de cruzar el salón de grados en seis minutos en lugar de veinte. No pregunté si se advirtió de antemano a los alumnos para que se preparasen ante la repentina afluencia de mals. Estoy segura de que a Chloe no le contaron esas partes de la historia. A nadie se le ocurriría angustiar a una chica tan agradable y de buen corazón con ese tipo de información.

No hice preguntas, sino que me limité a bullir de cólera mientras bajaba las escaleras hasta la planta del taller con un puñado de voluntarios —chicos a los que apenas conocía y que solo habían acudido a la biblioteca buscando algo que hacer porque habían estado de brazos cruzados casi todo el día y se morían de ganas por marcharse a cenar— para confirmar que sí, que los huecos estaban allí: uno daba al taller y otro al gimnasio, y ambos estaban abiertos de par en par. Parecían mucho más impresionantes en persona que en los planos. Cuesta recordar lo inmenso que es este lugar hasta que te encuentras cara a cara con un hueco lo bastante grande como para albergar un avión y que mide un kilómetro. Un ejército de mals podría subir sin problemas.

—Supongo que no se te ocurrió mantenerlos cerrados hasta que los alumnos de enclave se molestaran en avisar a todo el mundo. —Les eché en cara a los planos enmarcados más cercanos, en los que también aparecían los pozos, mientras todos los miembros de mi grupo echaban un vistazo para asegurarse de que los huecos estuvieran allí—. Lo de la equidad no va mucho contigo, ¿verdad?

El colegio no me respondió. Pero yo ya conocía la respuesta. No sopesaba a un alumno tras otro hasta igualar el marcador. Haría lo posible por proteger tanto a un chico de enclave como a un pobre desgraciado, y le daría igual que los alumnos de enclave hubieran llegado con una cesta llena de ventajas. Al fin y al cabo, todavía no estaban a salvo. Esa era la única línea que trazaba, la línea entre lo seguro y lo no seguro, antes de repartir su ayuda con una implacable e injusta imparcialidad. Y esperaba que yo hiciera lo mismo, lo que me enfurecía incluso a pesar de no saber cómo mejorar la situación.

Bullí de rabia durante todo el camino de vuelta a la biblioteca —mi estado de ánimo no mejoró al tener que volver a subir todas esas escaleras— y anuncié:

—Los huecos están abiertos. —Y me arrojé hoscamente sobre una silla.

Después de eso, el plan de Liu se convirtió en EL plan, el único en el que nos concentramos, lo cual estaba bien, ya que fue necesario hasta el último minuto de las últimas semanas —de lo que podría ser el último trimestre de la historia— para darle forma. Casi todo lo que habíamos hecho hasta entonces tenía que volver a hacerse. La mitad de la primera tanda de altavoces construidos apresuradamente se estropeó y tuvo que ser sustituida; tuvimos que rehacer una cuarta parte del cableado, y luego tuvimos que hacer casi un centenar de bobinas nuevas para subir y bajar los huecos. No sabíamos dónde conseguir los materiales de forma segura hasta que alguien sugirió las paredes del gigantesco auditorio donde cursamos Estudios sobre maleficaria, que están cubiertas con un horrible mural educativo en el que aparecen todos los mals que, por norma general, nos aguardan abajo para comernos.

No había entrado desde el año anterior, y no lo había echado de menos, pero me salté una práctica de canto para unirme al festival de la destrucción. No fui la única. Se presentaron cientos de niños; los más pequeños aún iban a clase, pero muchos se escabulleron para participar y ayudar en lo que pudieran. Destrozamos la estancia por completo. Los alquimistas vertieron fluidos de grabado sobre los pernos; los encantadores calentaron y enfriaron los paneles para deformarlos hasta que se cayeran. Muchos chicos se propulsaban hasta el techo y arrancaban los paneles de allí, advirtiendo a los de abajo a medida que caían. Incluso los alumnos de primero —mucho más desgarbados que a principios de curso— acudieron a destrozar las sillas a martillazos. Para cuando sonó el timbre del almuerzo, el aula había quedado completamente destruida.

El plan de Liu tenía una importante ventaja sobre cualquier otro: todos queríamos destruir la Escolomancia. Ni siquiera estoy de broma; el hecho de que a todos nos encantase la idea a un nivel profundamente visceral ayudaría a llevarla a cabo. Y no se trataba únicamente de resentimiento, aunque eso hubiera sido suficiente: creo que al igual que yo todos los demás sentían, de manera secreta e irracional, que si teníamos éxito, si lográbamos destruir el colegio, podríamos olvidar haber estado aquí. Y cada uno de nosotros, desde el más alegre de los estudiantes de primero hasta el más amargado de los de último año, sentía con cada día que pasaba un anhelo más violento por salir, salir, salir de aquí.

Bueno, excepto nuestro chalado particular. Orion se volvió cada vez más huraño a medida que se acercaba el 2 de julio. Si hubiera estado resentido por la tarea que se le había asignado —se encargaría de vigilar el hueco que bajaba, enfrentándose a toda la horda de mals a la vez—, habría considerado que estaba en todo su derecho. Como su tarea no le molestaba en absoluto y, de hecho, parecía estar esperándola con una extraña y demente anticipación, ignoraba por completo lo que le molestaba.

En realidad eso no era cierto, por supuesto, pero no me permitía pensar en aquello que podría estar molestándolo. No me había invitado a otra cita desde el desastroso intento en el gimnasio, lo cual podía ser debido a la vergüenza o porque no habíamos tenido ni un solo día para nosotros desde entonces.

De cualquier manera, era lo mejor. He sobrevivido en este colegio actuando con sensatez, intentando hacer siempre lo más inteligente, contemplando los peligros desde cada uno de los ángulos, para poder superarlos sin perder demasiada sangre. No podía permitirme pensar en otra cosa que no fuera sobrevivir, sobre todo por algo tan increíblemente caro e inútil como la felicidad, y de todos modos no creía en ella. Se me da demasiado bien ser despiadada, no pensaba ablandarme de repente. No iba a tomar la decisión que tomó mamá, no iba a hacer algo estúpido por un chico que se había sentado codo con codo conmigo en la biblioteca, ambos sumidos en la oscuridad y apenas iluminados por un halo de luz; un chico que, contra todo pronóstico, pensaba que yo era magnífica y me hacía sentir un nudo en el estómago cuando estaba cerca de mí.

Todos los demás hicieron estupideces: a lo largo de la última semana, me tropecé constantemente con gente morreándose entre las estanterías de la biblioteca, intercambiando cualquier cosa por condones o brebajes alquímicos de dudosa eficacia; incluso las chicas más sensatas lanzaban risitas en los baños y charlaban sobre sus planes de darle una última alegría al cuerpo, lo cual era una estupidez supina; no pensaba perder el sueño la noche anterior al gran día ni aunque Orion Lake se presentara en mi puerta con una taza de té y pastas.

Mientras yo pasaba mis días con Liu y Aadhya y Zixuan en el taller, afinando el laúd y cantando a pleno pulmón, Orion seguía entrenando en el gimnasio. Se iba a pasar la mayor parte de la graduación protegiendo la cola de alumnos, a no ser que la horda de mals consiguiera recorrer todo el colegio y volviera a bajar antes de que todos nos hubiéramos marchado, en cuyo caso... en fin, en cuyo caso se plantaría, de forma desesperada aunque no por ello menos decidida, en las barricadas, e intentaría retener a los mals el tiempo suficiente como para que todos los demás pudieran escapar. Y yo tendría que permanecer junto a las puertas, cantándoles, manteniéndolos alejados de los alumnos, mientras a él lo arrollaban y despedazaban inevitablemente ante mis narices.

No pude evitar pasar por el gimnasio para verlo, simplemente para meter el dedo en la llaga. No me hizo sentir mejor ver cómo golpeaba a decenas de mals falsos y creaciones de gimnasio. Sabía que matar mals se le daba bien, sabía que se le daba fenomenal, pero si el plan llegaba a funcionar, habría cientos, quizá miles de criaturas abalanzándose sobre él a la vez. Pero de todos modos, cada día después de practicar, lo observaba desde las puertas, y cuando terminó su último circuito subimos a cenar juntos en silencio, mientras yo apretaba los dientes para evitar que las palabras que quería decir brotaran de mis labios: *No tienes que hacer esto solo; puedes pedir ayuda para que por lo menos alguien te cubra; lo echaremos a suertes.* Yo ya le había dicho aquello y él se había limitado a encogerse de hombros y a decir: *Solo me estorbarán*, y puede que tuviera razón, porque nadie se quedaría a su lado mientras la horda de monstruos se nos echaba encima. Nadie excepto yo, y yo debía salvar a todos los demás, a todos menos a él.

El último día antes de la graduación decidimos que era mejor descansar la voz en lugar de seguir practicando, y después del almuerzo, no volví al taller; bajé al gimnasio y le dije a Orion que iba a recorrer el circuito por última vez con él. Estaba preparándose frente a las puertas, silbando alegremente mientras se espolvoreaba las manos con un polvo para facilitar el lanzamiento de hechizos —era como la tiza que se usa durante los ejercicios de gimnasia, solo que con más purpurina— y tuvo el morro de protestar.

—Se suponía que tenías que estar descansando —dijo—. No te preocupes, no dejaré que los mals lleguen hasta ti.

En ese momento captó mi expresión y se apresuró a decir:

—Eh, claro, vamos.

—Pues venga —dije.

El ejercicio me hizo sentir mejor, aunque no debería haberlo hecho. Por muy estúpido que fuera, tras pasar cinco minutos enfrentándome a los monstruos que nos lanzó la Escolomancia, estaba tan convencida de mi invencibilidad como Orion de la suya: podíamos conseguirlo, nada nos detendría... y, por supuesto, nada nos detendría hasta que algo sí lo hiciera, momento en el que palmaríamos y ya no tendríamos que preocuparnos por aprender la lección. Pero me permití el lujo de confiarme mientras arrasábamos juntos con los maleficaria, repartiéndonos el trabajo con la elegancia de las parejas de baile; mis poderosos hechizos asesinos despejaban grandes áreas de terreno a nuestro alrededor, y sus impactantes y rápidos ataques derribaban cualquier criatura que se atreviera a sobrevivir o a asomar la nariz.

Se lanzó a un lado para eliminar una rejilla oscilante de cuchillas cristalinas y luego se arrojó hacia el otro para volatilizar una ondulante nube de color rosa violáceo perteneciente a un glinder; terminó el barrido a mi lado, y cuando me sonrió, sin aliento, sudoroso y resplandeciente, yo le devolví una carcajada sin poder evitarlo, lancé un muro de llamas en espiral alrededor de ambos, y un enjambre de treeks empezaron a estallar como si fueran fuegos artificiales; media decena de escurridizas creaciones se fundieron, transformándose en relucientes charcos de metal líquido, y el circuito llegó a su fin: estábamos envueltos en la calidez de la luz del sol bajo un grupo de delicados arces de color rojo púrpura. Al cabo de un momento, sonó un trueno anormalmente perfecto y cayó un repentino torrente de lluvia cálida de verano que se llevó los desechos, lo cual no habría sido desagradable de no ser porque las tuberías del gimnasio también estaban infestadas y un buen número de anfisbenas se precipitaron junto con el chaparrón, sacudiéndose y siseando mientras caían. Orion me agarró de la mano y corrió hacia el pequeño pabellón, me metió dentro y siguió tirando de mí hasta que me tomó en sus brazos y me besó.

Le devolví el beso, no pude evitarlo. El suave repiqueteo de la lluvia no era real, salvo por las anfisbenas que caían a intervalos; ni tampoco los hermosos árboles ni el jardín, ni el pabellón, todo eran horribles mentiras huecas, pero él sí era real: su boca y sus brazos a mi alrededor, su cuerpo tibio contra el mío, los regueros de lluvia y sudor pegados a mi mejilla y su aliento jadeante, que emergía por las comisuras de su boca incluso cuando intentaba seguir besándome; me deseaba, su corazón latía tan fuerte que podía sentirlo a través de mi pecho, a menos que se tratara de mi propio corazón.

Hundió las manos en mi pelo para profundizar el beso y yo me agarré a su espalda, y entonces su camiseta se desgarró bajo mis manos, de golpe, como suele ocurrir cuando no remiendas bien la ropa. Se echó hacia atrás mientras los trozos de tela caían al suelo, yo aparté las manos, y ambos nos quedamos mirándonos a través de la distancia que nos separaba, jadeando.

Apartó la mirada, con la cara desencajada y una expresión miserable, y me di cuenta de que estaba a punto de decir que lo sentía. Yo también debería haberlo lamentado, porque era una estupidez y sabía que no debía hacerlo, incluso sin que mi madre me dijera que no se me ocurriera acercarme a Orion Lake, pero estando allí, a meras horas del final, de repente ya no me parecía una estupidez. De hecho, era lo único sensato que podía hacer, porque puede que al día siguiente él o yo acabáramos muertos y nunca descubriera cómo sería estar con él; por muy torpe y terrible que fuera, no lo descubriría, y dije:

—Ni se te ocurra, Lake —antes de que pudiera abrir la boca, y me acerqué, lo agarré por la cintura y dije con fiereza—: Quiero hacerlo. En serio. —Y lo besé.

Gimió y volvió a rodearme con los brazos y me devolvió el beso, y luego se apartó de nuevo y dijo entrecortadamente:

—El, yo también quiero, no te imaginas cuánto, pero...

—Sé que eres un chalado optimista y crees que puedes matar a todos los mals del mundo, pero yo no lo soy —dije—. Y aunque lo fuera, si supiera con certeza que vamos a salir de aquí, no quiero esperar hasta que estemos fuera, en lados opuestos del océano. No quiero esperar.

Quería que su cuerpo volviera a estar apoyado contra el mío, que la ola de calor me recorriera de nuevo y se intensificara, y me parecía tan asombrosamente claro y obvio ahora que no era capaz de entender sus dudas, lo cual no era especialmente justo por mi parte, pero aun así no pude evitar dar un paso hacia él, tendiéndole la mano.

Se negaba a mirarme a los ojos.

—Es que... voy corto.

—¿Qué? —dije, confundida, porque no tenía ningún sentido.

—Voy muy corto de maná. Casi no hay mals, y todos van a por los alumnos de último curso, así que se encargan de ellos por sí solos. Magnus me ha dado un poco esta mañana, pero...

Se interrumpió: creo que mis cejas habían hecho las maletas y emigrado a tres metros del suelo.

—Es la primera vez que oigo que *esa cosa* depende del maná —dije, con una mirada enfática en la dirección adecuada, e inmediatamente volví a maldecir a la madre de Aadhya en mi cabeza, porque obviamente no pude evitar pensar en lo de la *mascota secreta* y quise ponerme a aullar de risa en la cara de Orion, cosa que no hubiese ayudado demasiado a su ya encogida postura a causa de la vergüenza.

Pero al cabo de un momento dejó de importarme, porque soltó:

—Me dijiste… Luisa… me dijiste que Jack pudo llegar hasta Luisa porque… porque ella lo dejó…

Lo miré con indignación.

—¿Crees que voy a dejarte seco? Para que te enteres, Lake, si quisiera…

—¡No! —gritó—. Creo que seré *yo*…

No le dejé terminar, porque aullé:

—¿Qué, como si fueras un puto mal?

—¡No! —dijo apresuradamente, levantando las manos mientras se alejaba de mí.

—Exacto, no —dije; no creo que estuviera saliendo vapor de mi interior literalmente, pero lo cierto es que me dio esa sensación—, así que vuelve aquí y bésame otra vez, y si intentas drenarme el maná, arrancaré una de las puertas y te daré una paliza.

Orion dejó escapar un grito ahogado, como si lo hubiera golpeado en la barriga, y atravesó el pabellón a toda prisa hacia mí.

Yo había crecido cinco centímetros este año, pero él había crecido seis, y cuando me agarró de los brazos y tiró de mí con todas sus fuerzas, tuve un momento de vértigo en el que pensé *espera, no estoy preparada* —por supuesto, había logrado reprimir dicho sentimiento completamente mientras intentaba convencerlo—, pero luego me besó y el vértigo desapareció y yo también, alternando entre el terror y la alegría. Me quitó torpemente la camiseta por la cabeza mientras yo lo ayudaba con la tarea, y cerró los ojos y me acercó a él para besarme, creo que para no quedarse boquiabierto mirándome las tetas. Pero la impresión de estar así con él, notando su piel desnuda contra la mía, me recorrió, y dejé de besarlo y me puse a forcejear con mi raído cinturón de cuerdas porque quería más, sí, quería sentirlo todavía más, desesperadamente.

Retrocedió un paso para desabrocharse el cinturón y quitarse los pantalones para poder sacar a pasear a su mascota secreta, y yo empecé a reírme como una histérica sin poder evitarlo, pero por suerte pensó que lo que me hacía gracia era que mi ridículo cinturón se negaba a desatarse, así que lo agarró por cada lado del nudo y dijo: *Desátate y ábrete*, cosa que no debería haber funcionado, pero lo hizo. Mis pantalones cayeron directamente al suelo y se acomodaron alrededor de mis tobillos, ya que se los había comprado hacía dos años al alumno más grandullón de último curso, que no tenía a nadie más dispuesto a comprárselos; me tropecé con ellos mientras me quitaba las sandalias de velcro.

Caímos juntos sobre nuestro montón de ropa. Orion jadeaba mientras se colocaba cuidadosamente sobre mí, apoyándose en sus antebrazos. Estaba deseosa por tenerlo entre las piernas, mientras una sensación pulsante empezaba a aflorar en mi interior, y entonces el muy cabrón me miró con los ojos y el rostro inundados de afecto y dijo, apenas en un susurro:

—Galadriel.

Odio mi nombre, lo he odiado toda mi vida; y a cada una de las personas que lo han pronunciado, me han mirado y sonreído. Mamá era la única que no se lo tomaba a broma. Ni siquiera me lo habría puesto si no hubiera sido ella misma una niña destrozada en aquella época, aferrada a los restos de un sueño que le había ayudado a salir de la oscuridad, sin pensar en lo que significaría hacerme llevar ese nombre. Pero Orion lo pronunció como si hubiera estado guardándoselo en la boca un año, como si no creyera la visión que tenía ante él, y yo quise llorar y pegarle al mismo tiempo, porque no quería que aquello me gustara.

—No te pongas sensible ahora, Lake —le dije, intentando que no me temblara la voz.

Hizo una pausa y me dedicó una amplia y odiosa sonrisa, apoyándose en los antebrazos como si quisiera ponerse cómodo.

—Puede que no logremos salir, ¿verdad? Así que si esta es mi única oportunidad...

—Te la estás jugando —dije, y entonces enrosqué mi pierna sobre la suya y lo hice girar para colocarme encima; él profirió un ruido a medio camino entre una risa y un grito ahogado y se agarró a mis caderas, y después de eso perdimos el control, hubo un interminable y maravilloso forcejeo mientras nos acomodábamos al otro: la forma en que su muslo se deslizó sobre la parte interna del mío, la urgente sensación de su musculoso cuerpo en tan perfecta sincronía con el mío. No sabíamos muy bien lo que estábamos haciendo; mamá me había proporcionado todo tipo de material detallado y educativo, obviamente, pero las imágenes, los diagramas y las descripciones no eran capaces de transmitir lo que se sentía al intentar encajar dos cuerpos. No creo que Orion tuviera ni la más remota idea de todo el proceso; estoy segura de que en el pasado le proporcionaron una cantidad razonable de educación sexual, e igualmente segura de que se la pasó por el forro.

Pero no nos hacía falta saber lo que hacíamos, no había ninguna meta, estaba tan absorta por la vertiginosa alegría de haberme zambullido en aquella actividad que no me importaba llegar a ninguna parte. Y menos mal, porque se corrió a los cinco minutos de empezar la fiesta, y entonces se sumió en una espiral de disculpas hasta que le di un puñetazo en el hombro y le dije: *Venga, Lake, si eso es lo mejor que sabes hacer, te dejo y me voy a comer*; volvió a reírse, me besó un poco más y siguió mis indicaciones hasta que me lo pasé igual de bien que él, y entonces volvió a colocarse encima de mí y nos movimos juntos y fue... demasiadas cosas para nombrarlas todas, siendo el pegajoso placer físico la menos importante de todas, muy por detrás del alivio que me recorrió al sentir que mis muros se derrumbaban, que cedía a mi propia hambre y al placer de alimentar la suya y, por si eso no hubiera sido suficiente, de la increíble dicha de no pensar, de no preocuparme, al menos durante un glorioso momento.

Lo que funcionó a las mil maravillas hasta después, al estar tumbados juntos, sudorosos y, al menos en mi caso, increíblemente satisfecha de mí misma: sentí que había logrado algo único y mágico, que, a diferencia de todas las otras cosas únicas y mágicas que soy capaz de hacer, aquella no era horrorosa ni monstruosa en absoluto. Yo estaba apoyada sobre su pecho y él me rodeaba con los brazos, postura que iba a volverse intolerablemente incómoda en un futuro próximo, y entonces él tomó una profunda bocanada de aire y dijo: *El, sé que no quieres hablar de… si salimos de aquí, pero no puedo…*, y la voz se le quebró y él pareció estar al borde de las lágrimas, como si estuviera aguantándose para no estallar en sollozos, así que no pude interrumpirlo, y como no lo hice, dijo:

—Eres lo único decente que he deseado.

Tenía mi mejilla apoyada en él, y no lo habría mirado a la cara en ese momento ni por todo el maná del mundo. En lugar de eso, miré fijamente el desagüe, del que en cualquier momento podría haber salido algún mal, pero no tuve tanta suerte.

—Por si no te lo ha dicho nadie, tienes un gusto muy raro —dije, y deseé no sentirlo tan cierto como lo sentía.

—Sí me lo han dicho —dijo, con tanta rotundidad que tuve que mirarlo. Tenía la mirada fija en los oscuros recovecos del techo del pabellón; un músculo se le sacudió en la mandíbula mientras despojaba su rostro de toda expresión—. Todos me lo han dicho. Incluso mis padres… Siempre pensaban que me pasaba algo. Todos eran amables conmigo, me estaban agradecidos, pero… seguían pensando que era un bicho raro. Mi madre siempre intentaba que me hiciera amigo de otros niños, me decía que tenía que reprimirme. Y luego, cuando me dieron el prestamagia y dejé seco todo el enclave…

Cada palabra que salía de sus labios avivaba mi deseo de presentarme en su enclave y prenderle fuego.

—Hicieron que pareciera culpa tuya para que tuvieras que entregarles todo el maná que acumularas por tu cuenta, y aceptar cualquier mísera cantidad que se dignaran a devolverte —dije entre dientes—. Lo cual, por cierto, es la única razón por la que vas corto de maná en primer lugar. Todavía estarías repleto si…

—¡El maná me da igual! —Se movió y me aparté para dejar que se levantara; fue a sentarse en los escalones y contempló la lluvia de anfisbenas que aún caía. Recogí mi camiseta —la de Nueva York que me había regalado él, que me llegaba hasta la mitad del muslo—, me la puse y me senté a su lado. Tenía los codos apoyados en las rodillas y la cabeza agachada, como si no pudiera soportar contemplar la expresión de mi rostro cuando me hablara de la persona horrible que era, una mentira que todos los que lo rodeaban habían estado alimentándole durante tanto tiempo que era incapaz de distinguir el sabor a podrido—. Lo que me gusta es cazar. Me gusta ir tras los mals, y… —Tragó saliva—. Y hacerlos pedazos y sacarles el maná. Ya sé que es de lo más siniestro…

—Cállate la boca —dije—. He visto cosas siniestras, Lake; he estado dentro de cosas siniestras, y tú no te pareces en nada a eso.

Dijo suavemente:

—No es cierto. Sabes que no. En el gimnasio, cuando esos chicos intentaron matarte...

—*Matarnos* —dije con énfasis.

—Tú no les habrías hecho daño —continuó, sin pausa—. Y yo quería matarlos. En serio. Y eso te asustó. Lo siento —añadió, en voz baja.

Dije en tono mesurado:

—Lake, estas cosas se me dan fatal, pero como mi madre no está aquí en este momento, voy a decirte lo que me diría ella. ¿Los mataste?

Me dirigió una mirada de fastidio que nadie le dirige a mamá cuando intenta hacerlos entrar en razón, así que creo que no entendió bien el tono de mi voz, pero eso fue culpa de él por haber elegido desahogarse conmigo.

—Esa no es la cuestión.

—Creo que ellos estarían de acuerdo conmigo en que sí. He querido matar a mucha gente. Pero querer hacerlo y hacerlo de verdad no es lo mismo.

Se encogió de hombros y brazos.

—La cuestión es que nunca me han interesado las cosas normales. Y eso no es culpa de mis padres, ¿vale? Enfádate con ellos si quieres, pero...

—Gracias, eso haré.

Resopló.

—Sí. Sé que piensas que son unos cretinos por haberme dejado cazar de pequeño. No lo son. Por eso mismo no lo son. Eso es lo único que me interesaba. Intentaron detenerme. No te lo digo por decir. ¿Crees que Magnus está mimado? A mí me regalaban cualquier cosa que mirase durante más de tres segundos. Juguetes o libros o juegos... Pero yo no quería nada de eso. A los diez años, empecé a escaparme del colegio para ir a cazar. Así que mi padre... mi padre, que es uno de los cinco mejores artífices de Nueva York, dejó de trabajar y pasó los días conmigo, intentando enseñarme él mismo, preparando conmigo ridículos proyectos infantiles en su taller de casa. Y yo me enfadé con él. Al cabo de un par de meses, tuve una rabieta de tres pares de pelotas porque no me dejaba cazar. Destrocé el taller, parte de nuestro apartamento, piezas de proyectos importantes... y luego me escapé y me escondí en las tuberías de desagüe del enclave. Cuando mi madre me encontró, llegamos a un trato: si no me escapaba del colegio y hacía los deberes y jugaba todos los sábados, los domingos me dejarían patrullar y luchar contra los mals de verdad. Me eché a llorar, estaba tan contento...

Fruncí el ceño ante aquel torrente de confesiones. Estaba poco dispuesta a simpatizar con sus padres debido a lo que, tenía que admitir, eran razones grotescamente egoístas, lo que me dificultaba la tarea de descartar las otras razones por las que seguían sin caerme bien. Tenía que reconocer que no debió de ser fácil bregar con un niño de diez años cuya idea de pasárselo bien era cubrir unos turnos de patrulla que, de otro modo, irían a parar a los mejores guerreros que Nueva York pudiera contratar. Sus puertas atraerían por lo menos a tantos mals como el colegio, si no más. La Escolomancia no está situada en una zona metropolitana importante con cinco o seis entradas, ni cuenta con magos que salen y entran durante todo el día. Pasarse diez años patrullando es suficiente para ganarse un puesto en el enclave; el único problema es que muy pocos sobreviven para reclamar el premio.

Pero Orion dijo, con perfecta sinceridad:

—Todo eso hizo que las cosas fueran mucho mejor. De esa forma, los demás se tomaron tremendamente bien mi obsesión por cazar, aunque siguieran considerándome un bicho raro. Y al llegar aquí...

—¿Y por qué te trajeron? —interrumpí, todavía buscando una excusa para enfadarme—. ¿Solo para cuidar a los demás niños? Tú no necesitabas protección.

—No pensaban hacerlo —dijo Orion—. Quise venir yo. Sé que todos odian el colegio. Pero yo no. La Escolomancia... La Escolomancia es mi lugar favorito en el mundo.

Emití un ruido involuntario de indignación.

Resopló un poco.

—¿Ves? Hasta tú piensas que soy raro. Pero es verdad. Podía dedicarme a lo único que me gustaba y de paso ayudar a los demás. No era solo un bicho raro. Conseguí convertirme en un... héroe. —Hice una mueca; había dado en el clavo—. Pero cuando la gente intentaba darme las gracias, o cualquier otra cosa, siempre me daba la sensación de ser un farsante. Pensaban que estaba siendo valiente, pero si descubrían que en realidad me gustaba, se extrañaban, como hacía todo el mundo en casa. Y sí, pensé que lo más probable era que algo acabase conmigo durante la graduación, ya que no pensaba marcharme hasta que todos los demás hubieran salido...

Afirmó aquello con el mismo dramatismo de alguien que anuncia que se va a dar un paseo; yo sufrí un estallido de irritación que se apagó bruscamente cuando dijo:

—Pero en realidad me daba igual.

Me lo quedé mirando con asombro.

—No quería morir —se apresuró a decirme, como si aquello mejorara mucho las cosas—. Pero tampoco me daba miedo. No tenía otro plan más que el de cazar mals hasta que uno de ellos acabara conmigo, así que ¿por qué no aquí? Conseguiría ayudar a muchos alumnos, no solo a mi propio enclave. En realidad, no sabía nada de esas cosas —añadió bruscamente—. No hasta que te conocí. Pensaba que todo el mundo vivía en un enclave como el de Nueva York. Incluso después de conocer a Luisa, pensé que ella había tenido muy mala suerte, no que nosotros fuéramos unos privilegiados. Pero de todos modos tenía sentido. ¿Por qué iba a dejar a todo el mundo tirado solo para volver a casa y patrullar hasta que alguna criatura consiguiera matarme? No deseaba ninguna otra cosa. No como la gente normal...

Le agarré la mano con fuerza.

—¡Para! —dije, a punto de ponerme a gritar de forma incoherente. Sabía que no serviría de nada, pero ahora mismo eso me importaba tan poco que me daban ganas de dejarme llevar.

Durante toda mi infancia, todos querían que fuera más como mamá, me decían que debía serlo; la única persona que no lo hacía era ella misma. Pero aquel insidioso mensaje no consiguió calar demasiado en mi interior, porque yo siempre quería que ella fuera más como yo. Menos generosa, menos paciente, menos amable... y no me refiero a que quisiera que fuera una borde con los demás; me habría encantado que alguna vez se hubiera rebajado a tener una discusión a gritos conmigo. Pero ahora mismo, con cada fibra de mi ser, deseaba albergar todas sus virtudes en mi interior: su clara comprensión, las palabras que hubiera elegido, la luz que habría arrojado sobre la desesperación que sentía Orion, que se enroscaba como un conjunto de lianas oscuras en su cabeza; de ese modo habría sido capaz de verla y arrancársela él mismo, dejando espacio para crecer. La única solución que podía darle era prenderle fuego al enclave de Nueva York, y por mucho que deseara lo contrario, era consciente de que esa no era la solución a su problema.

—La gente normal no existe —dije, con una agitación deses-perada—. Todos somos personas, y algunas son miserables y otras, felices, y tú tienes el mismo derecho a ser feliz que cual-quiera de ellas, ni más ni menos.

—El, venga ya —dijo Orion, con una expresión de cansan-cio. Podría haber echado espuma en su cara—. Sabes que no es cierto. La gente normal existe, y nosotros no lo somos. Yo no soy normal.

—¡Sí, lo somos! —dije—. Y sí te interesan otras cosas además de cazar. No soportas saltarte la comida, y te molestaste cuando fui una borde contigo, y ciertamente parecías bastante interesado en los acontecimientos de la última hora...

Soltó una pequeña carcajada.

—¡Eso es lo que intento decirte!

—Lo único que has intentado decirme hasta ahora es que eres una armadura hueca que avanza con paso firme hacia los mals mientras permaneces insensible a toda emoción humana, así que no tengo ganas de oír ni una palabra más —dije.

—Intento decirte que *antes* era así —dijo—. No me interesa-ba otra cosa. No sabía cómo interesarme por nada más. Hasta que...

—Lake, ni se te ocurra —dije, horrorizada, cuando caí en la cuenta de lo que estaba tratando de decir, pero ya era demasiado tarde.

Todavía tenía mi mano entrelazada con la suya; se la llevó a la boca y depositó un beso suave, sin mirarme.

—Lo siento —dijo—. Sé que no es justo, El. Pero necesito saberlo. Nunca planeé otra cosa que no fuera volver a casa y matar mals. Nunca he querido nada más. Pero ahora sí. Quiero estar contigo. Me da igual si es en Nueva York o en Gales o en cualquier otro sitio. Y necesito saber si es posible. Si puedo... si puedo tener eso. Si tú también quieres lo mismo.

»Y no hace falta que me mientas —añadió—. Digas lo que digas, no haré nada distinto mañana. No creo que pueda. En cuanto me pongo a luchar, soy incapaz de pensar en nada más; ya lo sabes. No voy a ir con cuidado si me dices que sí, y no voy a hacer ninguna tontería si me dices que no.

—¡Lo que quieres decir es que harás tonterías pase lo que pase! —dije, sobre todo por reflejo; el resto de mi cerebro daba vueltas y emitía los mismos ruiditos que profería Tesoro en un ataque de ira.

—Sí, vale —dijo Orion—. Pero esto no tiene nada que ver con la graduación, sino con lo que podría pasar después. Cuando volvamos a casa, y sé que... Chloe me dijo que no ibas a venir a Nueva York. Así que necesito saber si puedo subirme a un avión e ir a buscarte. Porque eso es lo que me gustaría hacer. Puedo arreglármelas con la graduación, y con los mals. Pero no soporto la idea de estar fuera, intentando localizarte cuando ni siquiera tienes un puñetero móvil, sin saber si puedo...

—¡Sí! —dije, en un aullido desesperado—. Sí, vale, pedazo de gilipollas, puedes venir a Gales y conocer a mi madre. —No añadí que también podría quedarse viviendo en la yurta durante un año hasta que ella le quitara de la cabeza todas sus tonterías; y si esto era lo que intentaba advertirme mamá, ya que arreglarle la cabeza a Orion le costaría bastante, tendría que aguantarse.

Me dije aquello sobre todo porque tenía la terrible sensación de que eso era a lo que mamá se refería. Me habría reñido por haberlo animado lo más mínimo, de la forma más dura de la que era capaz, y además habría tenido razón: estaba loca por aceptar estar con alguien que me decía con toda sinceridad que yo era su única esperanza de ser feliz; al menos debería haber esperado a que arreglase las movidas de su cabeza y diversificase un poco.

Pero le había dicho la verdad. Yo quería lo mismo: quería que se subiera a un avión y viniera a buscarme, y quería que viviésemos felices y comiésemos perdices, en un mundo libre de maleficaria y miseria, y al parecer yo no era una persona con dos dedos de frente después de todo, porque me dejé llevar por mi extravagante fantasía y me zambullí de lleno en el abismo.

—Aunque sí tengo planes —añadí, para distraerme de mi propia estupidez—. Puede que a ti te baste con pasarte el día cazando para luego volver a casa con tu mujercita por la noche, Lake; pero eso a mí no me vale. —Y le conté medio desafiante mi proyecto de construcción de enclaves, aunque eso solo empeoró las cosas. Me miró de forma soñadora durante el rato que estuve hablando; ni siquiera sonrió, solo me agarró de la mano y me dejó desvariar cada vez más, mientras planeaba llenar el mundo de pequeños enclaves y dar cobijo a todo niño mago que naciera, hasta que finalmente estallé—: ¿Y bien? ¿No tienes nada que decir al respecto? Venga, dime que estoy loca; no quiero que finjas seguirme la corriente.

—¿Me tomas el pelo? —exclamó con la voz quebrada—. El, no podía imaginar nada mejor que este colegio. Pero ahora, cuando cace, te ayudaré a hacer tu sueño realidad —dijo aquello como si le hubiera dado un regalo.

Dejé escapar un sollozo estrangulado y dije:

—Lake, no sabes cuánto te odio. —Y apoyé la cabeza contra su hombro con los ojos cerrados. Había estado dispuesta a bajar a la sala de graduación y a luchar por mi vida; había estado dispuesta a luchar por las vidas de todos los que conocía, por la oportunidad de un futuro. No necesitaba tener aún más cosas que arriesgar.

14
PACIENCIA

No podíamos permitirnos el lujo de perdernos la cena, lo que afortunadamente me dio una excusa para poner fin al sentimentalismo y a las confesiones horribles. Le di a Orion una palmadita en el hombro y le dije que recogiera su ropa y volviera a ponérsela. Habían dejado de llover criaturas serpentiformes, y las que habían caído estaban en su mayoría muertas —las anfisbenas no son demasiado resistentes, y el techo del gimnasio está muy alto—, aunque tuvimos que caminar con cuidado entre las que aún se retorcían un poco.

Está claro que a Orion no le entusiasmaba la idea de guardarse sus emociones donde debían estar, porque intentó agarrarme de la mano al subir las escaleras y tuve que lanzarle una mirada fulminante y meterme las manos en los bolsillos. Al menos alcanzamos a Aadhya y a Liu en las escaleras, que me dejaron situarme entre ellas para proporcionarme una barrera adicional, aunque me dirigieron un montón de miradas insinuantes y alzamientos de cejas —era obvio que Liu estaba encantada de poder vengarse—. No es que nos hubieran leído la mente, sino que tenía huellas de polvo brillante por toda la ropa e incluso sobre la piel. Orion iba prácticamente dando saltos por detrás, a pesar de haberse ofrecido a llevar el laúd de Liu, e incluso tarareó mientras subía las escaleras, como si se hubiera alzado etéreamente por encima de las insignificantes preocupaciones de los mortales y de nuestra inminente condena. Liu se tapó la boca con ambas manos para reprimir las risitas y Aad me sonrió. No podía reprocharles el querer distraerse —yo también habría querido—, pero me puse digna y me negué a hacerles caso.

A la hora de la cena, Orion se las arregló para agarrarme la mano por debajo de la mesa y me acarició los nudillos con el pulgar. Yo ya había terminado de comer, así que no me aparté de inmediato ni lo tiré de la silla ni nada por el estilo. Aunque debería haberlo hecho, porque después de la cena me siguió escaleras abajo, y cuando llegamos a nuestro descansillo, me preguntó esperanzado:

—¿Quieres... venir a mi habitación?

—¿La noche antes? —le dije, conteniéndome—. Ve y duerme un poco, Lake. Ya le has dado una alegría al cuerpo; si quieres más, tendrás que graduarte.

Lanzó un suspiro, pero se marchó y yo me fui a la habitación de Aadhya con ella y con Liu. El laúd estaba allí, pero no teníamos nada que hacer con él, así que nos sentamos juntas, amontonadas en la cama. Ambas se burlaron de mí un poco más, pero en realidad no me importó, y luego, obviamente, pasamos a lo importante: darles un informe detallado. Para cuando terminé de contarles lo que había pasado, estaba pensando en secreto que, pese a todo, tal vez podría pasarme un ratito por la habitación de Orion antes de irme a la cama. Aadhya suspiró y dijo:

—Casi lamento haber rechazado a ese de tercero.

Liu y yo exigimos más información: resultó que un artífice de tercero llamado Milosz la había ayudado a fabricar unas tiras de oro encantadas con un hechizo de precisión para las clavijas del laúd y él le había sugerido echar una de esas canitas al aire típicas de la última noche. Ella, siendo la chica sensata que yo conocía y quería, había rechazado la idea con firmeza.

—¿Y tú? —le dijo a Liu, dándole un codazo—. He visto a Zixuan bajar las escaleras justo antes que nosotras. Debería estar en su habitación a estas horas...

Pero Liu no se ruborizó. En vez de eso, tomó aire y dijo:

—Anoche besé a Yuyan, en vez de a él.

Naturalmente, nos pusimos a gritar de inmediato, pidiéndole más detalles, y ella se rio y esta vez sí se puso roja. Admitió que tal vez no se habían tomado tan en serio los ensayos de música en su habitación como pensábamos.

—Y perdona —dijo Aadhya—. ¿Por qué has dejado que te diéramos la tabarra con Zixuan todo este tiempo? ¿O es que estabas decidiéndote entre los dos?

Era una broma, pero Liu tragó saliva, y luego dijo, un poco titubeante:

—Eso habría sido... inteligente por mi parte.

Las dos lo entendimos enseguida, y eso frenó las bromas: se refería a que sí había estado tratando de decidirse, pero no porque hubiera querido hacer una estupidez; no había querido colarse en la habitación de Zixuan para pasar una noche, no había querido arrancarle la camisa en medio del pabellón del gimnasio mientras un montón de anfisbenas siseaban románticamente y se agitaban al pie de los escalones. No podía librarse de los susurros traicioneros que vagaban en el interior de su cabeza, las estrategias a las que nunca dejábamos de dar vueltas: lo inteligente sería... echarle el guante a un chico guapo, con talento y del enclave de Shanghái, cuando él anunciara que estaba interesado en dejar echarse el guante.

Al igual que había sido inteligente traer una decena de ratones, criaturitas indefensas que cabían en la palma de la mano, y matarlos de uno en uno, para poder robarles el maná suficiente para permanecer con vida.

Unas cuantas lágrimas brotaron tras sus pestañas y rodaron por sus mejillas. Se llevó las manos a los ojos y se los apretó para detenerlas. Dijo con crudeza:

—Quería desear... las cosas correctas. Lo que se suponía que debía querer. Pero no las quiero. Incluso las que son buenas —Dio un pequeño resoplido—. Y Zixuan lo es. Es simpático, guapo, me cae bien, y habría compensado el hecho de que no hice lo que ellos querían. No habría podido darles maná a Zheng y a Min, pero a cambio habría hecho esto, habría tomado la decisión correcta. Y Ma estaría muy feliz. Sería su chica lista. Volvería a ser su chica lista. Como cuando le prometí que haría lo de los ratones, por mí, y por Zheng y Min.

No me había dado cuenta antes, pero tenía mucho sentido: por eso la limpieza de aura había funcionado tan bien con ella. Porque había dicho que sí, no tanto por su propio bien, sino por el de sus primos, y por eso casi no había tomado malia de los ratones durante nuestros tres primeros años. Apenas lo suficiente para sobrevivir.

—Y es lo que querría Zixuan también —dijo—. Una chica inteligente que desea las cosas adecuadas. Igual que él. Quería conocer a mis padres y ayudar a construir el enclave. Está entusiasmado con ello. El Dominus Li es su tío abuelo. Cree que puede convencerlo para que nos ayude. Y yo quiero ayudar a mi familia, quiero cuidar de ellos, pero... no puedo ser esa chica. No puedo ser la chica lista. Solo puedo ser yo misma.

Aadhya le tendió la mano, y yo lo hice también; Liu extendió las suyas, ligeramente húmedas, y agarró las nuestras con fuerza.

—Mañana nos vamos a casa —dijo, y nos mantuvo aferradas con determinación: las dos nos estremecimos. No habíamos roto esa regla hasta aquel momento. No se podía decir en voz alta: «Me voy a graduar». Pero Liu se aferró a nuestras manos y lo repitió—: Mañana nos vamos a casa. Me voy a casa. Y mi madre se va a alegrar muchísimo, y durante un tiempo todo le dará igual, lo importante será que he vuelto. Pero después querrá que desee las cosas correctas de nuevo. Lo que mi familia cree que es lo correcto. —Se detuvo, respiró profundamente y exhaló—. Pero no voy a hacerlo. Voy a querer las cosas que quiero, y voy a ayudarles de la manera en que pueda hacerlo. Y eso va a ser lo correcto, también.

Le tendí la mano a Aadhya y las tres formamos un círculo: nada formal, pero sí un círculo, las tres juntas, sosteniéndonos mutuamente. Liu volvió a apretarnos las manos, sonriéndonos, con los ojos brillantes pero ya sin lágrimas, y nosotras le devolvimos la sonrisa.

No podíamos seguir sentadas allí sonriendo como monigotes toda la noche, así que al cabo de un rato... volví a mi habitación —sin hacer ningún desvío; logré resistir la tentación— y me encontré a Tesoro sentada en un montón de relleno en medio de mi cama, enfurruñada. Había hecho un agujero en mi ya esmirriada almohada. La fulminé con la mirada y le dije: «No debes ser mala perdedora». Me miró de reojo con sus ojillos brillantes, se dio la vuelta y se metió en el cómodo nido de pelusas.

A la mañana siguiente seguíamos sin hablarnos, aunque me permitió meterla en la tacita de la bandolera con gélida cortesía para subir a desayunar. Ella emitió un flujo de ruiditos continuo que estoy bastante segura que equivalían a comentarios maleducados desde el momento en que Orion se unió a mí, aunque estos no mermaron su ánimo; me sonrió con deleite e intentó agarrarme la mano de nuevo. Quizá cedí y dejé que me la sostuviera durante un tramo de las escaleras, antes de que nos cruzáramos con la oleada de chicos que subían a la cafetería.

El desayuno no consistía en crepes rellenos ni en nada parecido, pero había tostadas francesas sin quemar, sardinas a la plancha y verduras en escabeche, y una cantidad lo bastante abundante para todos: el colegio nos estaba ofreciendo una última comida por todo lo alto. Los alumnos de primer año todavía seguían comiendo cuando Liesel se levantó y se subió a su mesa con el enorme mentáfono que le había fabricado un artífice al que había convencido. El colegio, al parecer, también había considerado aquello como una ayuda, aunque yo dudaba de su valor.

—Ha llegado el momento de revisar el orden final de salida —anunció.

El mensaje llegó a mi cabeza sobre todo en inglés, con algunas palabras dispersas que se colaban en alemán y un eco susurrante por debajo en maratí aderezado con trozos de sánscrito y de hindi. Liesel empezó a leer números y nombres como si todos los presentes no llevaran ya la información grabada en el cerebro a fuego.

No estaba prestando atención, ya que realmente no lo necesitaba: sabía cuándo era mi turno. Después de que todos los demás se hubieran ido, después de obligar a Orion a marcharse, y después de destrozar los cimientos del colegio y de que este se tambaleara en el vacío como una secuoya preparándose para caer. Entonces —con suerte— tendría el tiempo suficiente para saltar antes de que la marea de mals me alcanzara. Según nuestros cálculos lo tendría, suponiendo que los mals no hubieran sobrepasado a Orion antes de ese momento —una suposición nada convincente— y también suponiendo que Liesel no hubiera falseado los números o, algo menos probable, que hubiera cometido un error.

Así que no me di cuenta de que Myrthe Christopher se había levantado hasta que lanzó un hechizo propio de amplificación y dijo: «¡Perdón!», tan fuerte que consiguió ahogar el mentáfono incluso dentro de mi cabeza. «Lo siento mucho, ¡perdón!». La conocía solo de vista: siempre la había considerado uno de los miembros de enclave más importantes, ya que sus padres tenían un cargo relevante en uno de los enclaves estadounidenses, aunque se trataba de Santa Bárbara, uno de los enclaves californianos que no se conformaban con que Nueva York estuviera al mando. Mi círculo de alumnos de enclave no coincidía mucho con el suyo, y ella no se había pasado por las sesiones de planificación.

Esperó sonriente a que Liesel bajara su carpeta.

—Lo siento mucho, no quiero ser maleducada —dijo de una manera empalagosa que sugería que llevaba semanas preparándose para ser maleducada—. Pero es que... no vamos a seguir adelante.

—¿Perdona? —dijo Liesel, en un tono afilado que me provocó un cosquilleo en la nuca.

Sus palabras suscitaron un silencio sepulcral; incluso los alumnos de primero a los que todavía les quedaba comida en las bandejas habían dejado de comer. Mi desayuno se transformó en un extraño bulto frío en mi estómago.

Myrthe esbozó una sonrisa forzada, mostrando lo mucho que le dolía tener esta incómoda pero necesaria conversación.

—Sé que este año todo ha sido muy raro, y que todos hemos estado asustados, pero, seamos realistas, este plan es literalmente una locura. —Señaló el suelo—. El salón de grados está vacío ahora mismo. Completamente vacío. ¿Y queréis que nos pongamos los últimos en la cola, por detrás del resto —algo hilarante, un sinsentido— y que regalemos todo nuestro maná para que la Reina Galadriel aquí presente pueda convocar a mil millones de mals y nos merienden? —Soltó una carcajada en voz alta ante tal absurdo—. ¿No? Es que… ni hablar. Lo entiendo, teníamos que trabajar en algo y hacer que quedara bien, o si no la escuela nos iba a joder, pero falta media hora para la graduación, así que creo que ha llegado la hora de dejarlo estar. Por favor, no me malinterpretéis, ojalá a los otros cursos les fueran las cosas tan bien. Deberíamos dejarles todo lo que nos sobre, maná extra… —Grandísima su generosidad, de verdad—. Pero venga ya…

No estaba usando un mentáfono, pero no lo necesitaba. Si había alguien que no la entendiera, ahora le estarían traduciendo el discursito, y después de todo, lo más seguro era que la mayoría de ellos hubiera pensado del mismo modo. Imagino que la mayoría no habrán sido tan estúpidos como para tomarse la idea en serio, sino que en algún momento habrán pensado: *Estamos matando el tiempo hasta que podamos marcharnos, ¿no?* Me sorprendió que Liesel no hubiera dicho aquello ella misma, la verdad; no era estúpida. Probablemente había acabado seducida por sus propias hojas de cálculo.

Y ni siquiera podía culparlos, porque lo primero que me vino a la cabeza fue que no podía hacerlo sola. Sin la ayuda de todos los alumnos de último curso canalizando activamente su maná, no sería capaz de mantener activo el hechizo de invocación durante el tiempo necesario ni destruir el colegio al final. Por eso los de cuarto tenían que esperar hasta el final para salir. De manera que si todos se echaban atrás, si se negaban a ayudar y se dirigían directamente hacia la salida, no podría hacer nada. Tendría que salir del salón de grados vacío, al igual que Orion. En media hora, estaría abrazando a mamá, y mañana a esta hora él estaría en un avión rumbo a Gales y a mí me quedaría toda la vida por delante, con un buen trabajo, y ni siquiera tendría que sentirme culpable.

No pude reprimir ese pensamiento egoísta y desesperado, y este eclipsó todas las palabras furiosas que quería gritarle. Me percaté de que Orion se ponía tenso a mi lado, pero no lo miré. No quería verlo indignado, no quería verlo dirigiéndome una mirada esperanzada, y no quería ver mis propios sentimientos estrangulados reflejados en su rostro. El silencio se prolongó durante una eternidad, como si Chloe acabara de rociarme de nuevo con el hechizo acelerador, salvo porque algunos de los alumnos más pequeños habían empezado a llorar, tapándose la cara o apoyados en las mesas. Todo el mundo había comenzado a girarse, a mirarnos a Orion y a mí, a Aadhya y a Liu y a Chloe; otros miraban a Liesel, que seguía en su mesa, a todos los imbéciles que nos habíamos tomado en serio, demasiado en serio, el absurdo plan. Los alumnos que estaban en el entresuelo se agolpaban en las barandillas, contemplando la planta de abajo nerviosos. Esperaban que uno de nosotros dijera algo, y yo tenía que decir algo, tenía que intentarlo, pero no me salían las palabras, y sabía de todos modos que no iba a servir de nada. Myrthe seguiría sonriendo, ¿y qué iba a hacer yo, amenazar con matarla si no arriesgaba su vida para ayudarme a salvar a los demás? ¿Iba a matar a todos los que se negaran? En ese caso seguro que no tendría suficiente maná.

Entonces, en la mesa de al lado, Cora echó su silla hacia atrás, se levantó y dijo rotundamente:

—Yo sigo adelante.

Sus palabras quedaron flotando en el aire. Durante un momento, nadie más dijo nada, y luego, de pronto, otro chico de Santa Bárbara, que estaba al otro lado de la mesa de Myrthe, se levantó y dijo: «Sí. Vete a la mierda, Myrthe. Yo tampoco me rajo. Vamos, chicos», y en cuanto los animó, todos los demás chicos de la mesa echaron sus sillas hacia atrás y se levantaron también, hasta que Myrthe se puso roja como un tomate; los demás gritaban que seguían adelante, que seguían con el plan, y yo podría haber llorado, por cualquiera de las dos razones o por ambas.

La gente siguió gritando hasta que Liesel volvió a tomar el mentáfono y berreó:

—¡Silencio! —Todos hicieron una mueca de dolor y se callaron—. Basta de interrupciones. No hay tiempo para repasar. Buscad a vuestros compañeros y bajad a los dormitorios de último curso de inmediato.

El incidente había llevado probablemente menos tiempo del que Liesel iba a dedicar a leer sus indicaciones, pero estaba claro que había decidido ponernos en marcha antes de que nadie más pudiera soltar otra ingeniosa idea. Y menos mal, porque la Escolomancia estaba de acuerdo con ella. El ruido de los engranajes que hacen girar los dormitorios hacia abajo —y que trasladan a los estudiantes de último año al salón de grados— se intensificó incluso mientras salíamos de la cafetería, y todos seguían bajando las escaleras cuando el timbre de aviso de la purga empezó a sonar, con al menos media hora de antelación. Los últimos llegaron a toda prisa y aterrizaron en el descansillo, asustados al oír el siseo de las llamas mortíferas, mientras sus enormes sombras se proyectaban frente a ellos en la brillante luz blanco-azulada.

Eché a correr y llegué a mi habitación mientras el piso inferior retumbaba bajo mis pies. Sudarat y tres de los alumnos de segundo año de Bangkok ya me esperaban dentro, amontonados en la cama y agarrados los unos a los otros: los alumnos de último curso nos habíamos repartido a los más pequeños para conducirlos hasta abajo. Cerré la puerta de golpe justo cuando un coro de ruidos metálicos empezó a sonar fuera; fragmentos de metal y trozos de paredes ya estaban volando por el pasillo.

Nos topamos con una especie de bloqueo a mitad de camino que hizo que toda la planta se detuviera y temblara con fuerza; los alumnos de primero gritaron cuando los engranajes consiguieron que atravesáramos la obstrucción, y todos nos tambaleamos varios metros hacia delante en una sola y violenta sacudida. Mi escritorio cayó al vacío; por suerte, ya tenía los sutras atados a mi espalda, y a Tesoro metida en su jaula junto a su tacita, también sujeta.

Se oyó otro rugido en alguna parte, el de unos monstruosos ventiladores, y una corriente de aire huracanada empezó a desgarrar los bordes exteriores de la habitación en trozos irregulares, haciéndolas volar hacia arriba, donde se volverían a ensamblar en los nuevos dormitorios que, con suerte, nunca más tendrían que utilizarse. El suelo se estaba desmoronando a un ritmo alarmante y todavía no habíamos llegado al fondo. «¡Bajad de la cama!», grité, pero Sudarat y los demás se habían adelantado y ya se estaban levantando; y menos mal, ya que un momento después mi cama también se volcó. Tuve que volver a abrir la puerta de un tirón y todos salimos al pasillo, y entonces nos detuvimos con un golpe seco.

Los críos salieron de las habitaciones por todas partes y corrieron hacia el descansillo mientras los dormitorios seguían desmoronándose a nuestro alrededor. Los cuartos de baño ya eran agujeros huecos, y la parte superior de las paredes del pasillo también empezaba a desaparecer. «¡No os separéis!», les grité a Sudarat y los otros alumnos de Bangkok. El suelo de los pasillos se sumó a la corriente y nos deslizó hacia el descansillo como si fueran pasarelas móviles, arrojándonos al salón de grados recién purgado y todavía humeante; a pesar de que éramos miles de alumnos, el espacio seguía resultando cavernoso.

En realidad, fue una graduación tranquila según los estándares de la Escolomancia: normalmente ya nos habríamos puesto a luchar contra la primera oleada de maleficaria para poder llegar hasta nuestros aliados. Y ya lo sabía, pues lo había visto con mis propios ojos, pero no había confiado del todo en mis recuerdos hasta que me puse en pie y contemplé la sala vacía, sin un solo mal a la vista.

Las puertas aún no estaban abiertas, así que habíamos llegado pronto. Menos mal, ya que varios cientos de alumnos habrían salido corriendo de forma instintiva aunque no hubiera sido su intención. Todos nos arremolinamos confundidos; la gente vomitaba —de manera eficiente, habíamos practicado mucho—, sollozaba y gritaba los nombres de sus amigos, intentando dar con ellos, pero entonces Liesel bramó a través del mentáfono:

—¡Atrás! ¡Todo el mundo atrás! Despejad el espacio frente a las puertas.

Un grupo de artífices surgió de entre la multitud, portando varios artificios grandes y cuadrados que no había visto antes; estos dispararon una lluvia de finas y coloridas serpentinas que cayeron al suelo, se adhirieron a él y se iluminaron como pistas de aterrizaje. Los artífices las dispararon una y otra vez, entrecruzándolas para crear pequeñas secciones en el suelo, todas ellas codificadas por colores y marcadas con los números que Liesel había asignado a los equipos; todos empezaron a correr a sus sitios y a alinearse.

Los alquimistas estaban pintando franjas más anchas en el exterior de la zona de espera, imbuidas con hechizos de protección y de defensa que levantaban paredes brumosas y brillantes. Zixuan y su equipo revisaron los cables de los altavoces que habían sido colocados desde el techo; probaron el micrófono y se aseguraron de que el sonido saliera por el enorme altavoz que colgaba frente a las puertas. Otro grupo numeroso estaba revisando las inmensas barricadas que habían construido alrededor del segundo hueco, el que bajaba, y Orion se había quedado recorriendo las inmediaciones, blandiendo ligeramente su espada-látigo.

Me pilló mirándolo y sonrió tan alegremente que me dieron ganas de correr hacia él y darle un puñetazo en la boca, o quizá de besarlo por última vez, pero antes de que pudiera hacer ninguna de las dos cosas, Tesoro abrió de golpe la parte superior de su huevo protector y profirió un chillido urgente. Me sobresalté y al mirar a mi alrededor vi a Aadhya y a Liu haciéndome señas desde la plataforma elevada instalada a un lado de las puertas, donde el amplio micrófono del sistema de altavoces había sido montado sobre un soporte. Liu estaba diciéndole algo a su familiar Xiao Xing, que estaba metido en su tacita. Probablemente: «Dile a Tesoro que traiga a la idiota de su dueña aquí».

Corrí hacia allí, esquivando a los alumnos que se dirigían a toda prisa hacia sus puestos, y en cuanto llegué a ellas, los movimientos de nuestro entrenamiento se impusieron, y nos limitamos a movernos con la misma coreografía que habíamos practicado durante semanas. Aadhya afinó rápidamente el laúd y Liu y yo repasamos juntas algunas escalas. Chloe se unió a nosotras con tres frascos con cuentagotas preparados en un pequeño estuche forrado de terciopelo: yo calentaba la voz mientras ella mezclaba los líquidos cuidadosamente en un vasito de plata, removiéndolos con una varilla de diamante que brillaba con maná. A continuación me ofreció el brillante líquido rosado. Hice gárgaras con él dos veces y luego me lo tragué; la tensión, fruto de la adrenalina, que me atoraba la garganta disminuyó y los pulmones se me llenaron de aire como si alguien me hubiera puesto un fuelle en la boca. Entoné unas cuantas notas más de ensayo y estas resonaron en la estancia con un timbre siniestro, como el tañido de una campana, y todo el mundo se apartó un poco de la plataforma. Tanto mejor, no fuera a ser que a alguien se le hubiera ocurrido salir corriendo hacia las puertas en el último momento.

—¿Lista? —le dije a Liu. Ella asintió y nos acercamos juntas al micrófono. Aadhya y Chloe ya se habían colocado en sus sitios en la cola; todos los demás también estaban allí. Respiré hondo, Liu tocó el primer verso y yo empecé a cantar.

Enseguida me alegré de haber dedicado hasta el último segundo a practicar, porque hasta ese mismo momento no me había dado cuenta de que no íbamos a poder oírnos a nosotras mismas. El sistema de altavoces captó el sonido y lo absorbió por completo, y luego lo transmitió a través de los kilómetros y kilómetros de cable que recorrían el colegio.

Obviamente, eso era lo que pretendíamos: si la canción se oía saliendo de mis labios, los mals se quedarían aquí y vendrían hacia mí; necesitábamos que el sonido saliera de ese último altavoz, justo frente a las puertas, y que condujera a los mals de altavoz en altavoz para llenar el colegio antes de acabar en las puertas que

Orion estaba custodiando. Menos mal que tenía todas las palabras grabadas a fuego en el cerebro, la garganta y los pulmones, ya que, de lo contrario, habría echado a perder el conjuro un momento después, cuando las primeras notas retumbaron por el altavoz situado frente a las puertas del salón de grados.

Los alumnos más pequeños profirieron un coro de chillidos cuando las larvas de los mals empezaron a caer del techo, a salir de las grietas del suelo y de debajo de los escombros para perseguir la seductora llamada. Pero los auténticos gritos dieron comienzo un momento después, cuando un panel del suelo se desprendió y salió un voracitor de aspecto realmente decrépito. La criatura era tan vetusta que debía de tener al menos dos siglos de antigüedad, toda ella hecha de madera chirriante y una maquinaria de hierro fundido manchada de sangre que se mantenía unida con pedazos de intestinos, de brazos y de dedos largos y enjutos; probablemente había estado escondido allí abajo secuestrando estudiantes y otros mals casi desde los inicios del colegio.

Estaba cerca de la primera fila, en medio de una multitud de novatos. Sin embargo, no hubo oportunidad de correr ni de asustarse, porque la criatura los ignoró a todos, fijó su docena de ojos en la hilera de altavoces que colgaban del techo, y se dirigió a ellos rauda y veloz. Probablemente habría seguido avanzando hasta meterse en el colegio, pero no tuvo oportunidad, ya que Orion se precipitó desde su puesto y se abalanzó sobre ella a medio camino.

Unos pocos niños a los que les había salpicado la sangre profirieron unos cuantos gritos, pero estos quedaron ahogados por los gritos de otros alumnos: las puertas se habían fracturado a mi espalda. El primer resplandor del hechizo de fuga se derramó sobre los escalones como la luz en el fondo de una piscina, acompañado de un débil crujido y un remolino de finos tentáculos que se extendían por el suelo como un hambriento mal cósmico. No podía enfadarme con Myrthe, no podía; quería darme la vuelta y saltar a través del portal más que nada en el mundo. Me tapé los oídos con las manos y seguí entonando mi silenciosa canción, concentrándome en la familiar sensación de mi garganta.

Liesel gritó: «¡Grupo uno!», antes de que las puertas se hubieran abierto del todo, y los tres primeros niños, un grupo de primer curso de París, subieron las escaleras corriendo de la mano y desaparecieron de mi visión periférica. Todos suspiraron un poco y se inclinaron, y luego volvieron a retroceder cuando un cerberoi entró a toda velocidad por las puertas —me gustaría saber qué hacía uno de esos en París— con sus cabezas sacudiéndose salvajemente. Las de los lados lanzaron mordiscos, pero sus dientes resbalaron contra los hechizos protectores que los alquimistas habían colocado; la cabeza del medio y el cuerpo no prestaban atención a nada, salvo a recorrer los cables tras los altavoces a toda velocidad. Corría tan rápido que Orion no logró atraparlo a tiempo; el monstruo galopó hacia el hueco y desapareció.

Pero daba igual, porque muchos mals estaban entrando, montones de ellos, la mayoría empapados con el agua de la apestosa alcantarilla. No se puede colocar un punto de incorporación en ningún lugar que puedan ver los mundanos; si te descubren, el hechizo no se activa, porque la cantidad de maná que el colegio tendría que gastarse para abrir un portal frente a un mundano incrédulo sería una locura. Lo que lleva a situar puntos de incorporación en lugares incómodos y alejados, que a su vez, como puedes imaginar, están rodeados de mals hambrientos que no se atreven a atacar a los magos adultos y que prefieren, con mucho, colarse en el colegio.

Todo eso había formado parte del plan, por supuesto, solo que no me había dado cuenta de lo segura que había estado de que el plan no iba a funcionar, hasta que al parecer, había salido bien. Lo que parecía un centenar de mals ya había atravesado las puertas cuando Liesel gritó: «¡Grupo dos!», y el segundo grupo —un único alumno de primero de la Australia profunda— se dirigió a la puerta. Tuvo que saltar literalmente por encima de un río de huesos animados que no se habían detenido el tiempo suficiente como para volver a articularse en esqueletos, y seguían avanzando a trompicones.

Tras atravesarlo, un enorme y monstruoso dingo apareció, tan rápido que tuvo que haber estado literalmente plantado frente al punto de incorporación, supuestamente protegiéndolo, ya que tenía un collar alrededor de la garganta. Una estrategia bastante peligrosa para protegerse de los mals: se le había caído la mayoría del pelaje, dejando al descubierto los vapores incandescentes de su interior, por lo que era imposible que su familia siguiera siendo capaz de controlarlo en cuanto pasaran más de tres años. Pero estaba claro que la protección les hacía falta: una horda de arañas rojas brotó casi justo detrás de él, con sus garras repiqueteando sobre el suelo de mármol mientras se deslizaban junto a la hilera de altavoces. Alcanzaron a uno de los gatos de presa parisinos por el camino, y lo devoraron sin detenerse, dejando tras de sí un saco de huesos hueco y peludo que fue aplastado unos instantes más tarde, cuando una radriga surgió después de que hubieran saltado dos alumnos que volvían a casa, a Ciudad de Panamá.

Un equipo de los mejores estudiantes de matemáticas había establecido el orden de salida para aprovechar al máximo el flujo de mals que entraba en el colegio. Me habían presentado un montón de gráficas y tablas incomprensibles treinta segundos después de que hubiera pedido, por primera y última vez, que me explicaran los detalles, pero sabía que la idea general era mantener los portales abiertos lo más alejados posible unos de otros, de modo que los turnos de salida saltaban deliberadamente de un punto a otro del mundo. Lo que fuera que hubieran hecho los artífices para mantener los portales abiertos también estaba funcionando; los que pertenecían claramente a Australia siguieron apareciendo durante casi dos minutos.

Todo estaba funcionando. Todo el plan. Sentí que podría seguir cantando sin pausa durante semanas. Ni siquiera podía oír la música por encima de la rugiente marea de maleficaria que entraba, pero el maná fluía hacia mí y salía de nuevo hacia el hechizo. La canción debía ser un ruego: *Ven, por favor, ven, aquí te espera un banquete*, una invitación seductora, pero no solo pretendía mantener la puerta abierta de una manera hospitalaria.

Quería atraer hasta al último mal del mundo, y no empecé a cantar otra cosa adrede, pero a medida que me concentraba el hechizo parecía endurecerse en mi boca, a modo de exigencia despiadada: *Venid ya, venid todos*. No sé si había cambiado las palabras, o si simplemente las había dejado de lado, pero los maleficaria se arremolinaban: cada vez aparecían más, una oleada de cuerpos. Orion ya no luchaba contra ninguno de ellos, solo lanzaba ataques al azar contra la masa de monstruos, y algunos caían muertos. El resto seguía corriendo a lo largo de la línea de altavoces, dirigiéndose al colegio.

Me empezó a preocupar que la numerosa cantidad de mals que entraban se interpusieran en el camino de los niños que intentaban salir. No podía hacer nada al respecto, lo único que podía llevar a cabo era el hechizo de llamada, pero no hizo falta:

alguien más se había hecho cargo de la situación. Alfie había conseguido que todos los alumnos de último curso de Londres salieran de la cola y se uniesen a él. Juntaron las manos e hicieron un círculo, y mientras los demás vertían su maná en él, Alfie lanzó su evocación de rechazo y dio forma a un estrecho pasillo entre la parte delantera de la cola y las puertas, de modo que dejó pasar a los niños y apartó a los mals a un lado.

Otros chicos empezaron a salir de la cola para renovar los hechizos de protección, o para ayudar a los alumnos de los extremos cuando uno de los mals intentaba dar algún que otro bocado por el camino. No lo habíamos planeado, no lo habíamos practicado. No nos habíamos dado cuenta de que supondría un problema. Pero había tantos mals que algunos de ellos acababan empujados hacia los extremos del torrente, que cada vez era más ancho, y chocaban contra la zona de la cola, lo suficientemente cerca como para que los mals prefirieran al novato en mano que al banquete volando. Pero los alumnos de último curso salían de la cola para ayudar, enfrentándose a los mals y empujándolos de nuevo al torrente; los más jóvenes se curaban los rasguños unos a otros, dando de beber pociones a los heridos.

Liesel también empezó a acelerar el ritmo: creo que se dio cuenta de que atraer a suficientes mals no iba a ser un problema. Fue espoleando a los novatos a un ritmo mucho más rápido, haciéndolos pasar casi sin pausa y simplemente gritando: «¡Vamos! ¡Vamos!». La marea de mals no disminuyó, pero la cola empezó a menguar. Zheng y Min nos saludaron a Liu y a mí antes de saltar; unos dos minutos más tarde, Sudarat gritó: «¡El, El, gracias!», y corrió con los estudiantes de segundo año de Bangkok.

Esperaba que se hubieran alejado de su punto de incorporación a toda prisa, porque no había pasado ni un minuto cuando una naga gigantesca metió su ancha y sibilante cabeza, o más bien su primera cabeza, a la que siguieron otras dos, antes de que el resto se introdujera con fuerza. Las cabezas casi se extendían desde el suelo hasta el techo, poniendo en peligro el cable del altavoz. Se oyeron muchos gritos: bien podría haber sido lo que había acabado con Bangkok. Las nagas de ese tamaño pueden, sin duda, llegar a destruir enclaves, ya que si no las detienes antes de que entren en las instalaciones, una vez dentro se ponen a aporrearlo todo salvajemente hasta destrozar el lugar.

Que es exactamente lo que habría hecho aquí si se le hubiera dado la más mínima oportunidad. Estaba a punto de hacerle un gesto frenético a Liu para que se encargara de la sección instrumental, que era lo que habíamos planeado si necesitaba ausentarme el tiempo suficiente como para matar a alguna criatura demasiado espantosa, pero antes de tener la oportunidad, Orion dio un salto desde el suelo y se metió directamente en la boca de la cabeza del medio. Esta se detuvo y, un momento después, él desgarró desde dentro la base del cuello y salió como un torbellino, lanzando en todas direcciones desagradables trozos de pescado, huesos e icor. Las tres cabezas cayeron sobre la marea de los otros maleficaria, que seguía fluyendo, y se hundieron en su interior, devoradas en menos de un minuto.

Orion aterrizó en la agitada corriente, y los mals se separaron para rodearlo mientras él permanecía inmóvil, con los ojos brillantes y respirando sin demasiada dificultad, haciendo crujir el cuello hacia un lado como si estuviera calentando. Incluso me dedicó una rápida sonrisa exasperante antes de volver a sumergirse en el enfrentamiento.

Cinco minutos más tarde, el último alumno de primero ya había salido, y había llegado el turno de los estudiantes de segundo.

Los mals habían apretujado el túnel de acceso de Alfie hasta tal punto que apenas cabía una persona, y solo nos quedaban quince minutos, por lo que el ritmo de salida se había ido al garete y todos corrían hacia las puertas en cuanto llegaban al principio de la cola. No conocía a ninguno de los chicos que se marchaban ahora: eran una vorágine de caras con las que nunca había hablado, con las que nunca había compartido aula. Incluso si me hubiera sentado con ellos en la mesa de la cafetería en años anteriores, lo bastante desesperada como para estar con críos más pequeños, habría agachado la cabeza; no los recordaba.

Algunos de ellos me miraron cuando se acercaron a la cabeza de la cola, y vi mi reflejo en sus caras: la luz verde océano que parpadeaba a mi alrededor, el maná que brillaba bajo mi piel, teñido de un bronce dorado excepto allí por donde escapaba, alrededor de mis ojos, uñas y boca, convirtiéndome en una brillante lámpara sobre un pedestal. Agacharon la cabeza y se apresuraron a pasar, y pensé en lo que Orion me había dicho, que había gente normal y que nosotros no lo éramos, y quizá tenía razón, pero me dio igual. No conocía a esos chicos normales y tal vez nunca los conocería, pero cada uno de ellos era una historia cuyo final infeliz aún no se había escrito, y en su lugar había una frase de mi propio puño y letra: *Y entonces se graduaron en la Escolomancia.*

Estaban fuera, había muchos críos a salvo, y un montón de mals seguían entrando, mals que no volverían al exterior para matar a nadie más. Los deseaba ferozmente, los quería bajo mi mando, y mi deseo alimentó aún más el hechizo. El maná debía de estar agotándose: más de la mitad de tercero había salido ya y se habían llevado su maná con ellos. Pero incluso cuando sentí que el flujo flaqueaba un poco, esa primera sensación de que la marea empezaba a bajar, una nueva ola desbordó las orillas. Al principio no supe qué era, y luego, a través de mis oídos amortiguados, oí a la gente gritar consternada, y levanté la vista: la marea de mals había atravesado el colegio, y los primeros se habían estrellado contra la barricada.

Tuve que seguir cantando, pero los vi chocar y me inundó el miedo: era demasiado pronto, diez minutos demasiado pronto. Primero aparecieron dos o tres, y luego diez, y casi instantáneamente un sólido muro de maleficaria surgió, rugiendo y siseando y arañándose unos a otros ansiosos por llegar hasta Orion, y a través de él a nosotros. Todos los que seguían en el salón de grados se tensaron, y si para entonces no se hubieran agolpado en la cola, al ver aquel torrente de mals por el otro lado la gente habría salido corriendo; estoy segura de ello. Confiábamos, habíamos planeado, que Orion mantuviera la barricada solo uno o dos minutos, no más, pero todavía había más de una cuarta parte de la cola esperando, y nadie era capaz de contener a esa masa. No era la horda de la graduación, estaba muy por encima de esa cantidad. Era imparable, y él acabaría arrollado de forma inevitable.

Excepto porque no fue así.

La primera oleada de mals se le echó encima y estos murieron tan rápido que ni siquiera vi cómo los mataba; yo contemplaba la escena con una imperturbable desesperación, agónica, preparándome para... hacer algo, cualquier cosa, tan salvaje como lo que había estado a punto de hacer al ver a Nkoyo desde el otro lado de las puertas del gimnasio. La siguiente oleada le pasó por encima, y un puñado de mals consiguió escapar, aunque solo lograron dar unos pocos pasos; emergió del montón de cadáveres luciendo todavía su estúpida sonrisa de satisfacción, y agarró la cola de rata del último sherve que intentaba escapar, antes de arrastrarlo salvajemente a su espalda y lanzarse sin pausa de nuevo al combate.

El maná surgía de mi interior; más que una ola, era como un océano. «Virgen santa», le oí decir a Chloe, que sonaba estrangulada, y cuando eché un vistazo, vi que ella, Magnus y los demás alumnos de último curso de Nueva York se tambaleaban, y también todos sus aliados. El prestamagia de mi muñeca brillaba intensamente, al igual que los suyos, y todos se agarraron a aquellos que tenían alrededor que quisieran un poco de poder, y les inyectaron maná, el maná que Orion estaba vertiendo en el depósito de energía compartido. Los mals morían de forma tan rápida que no parecía real, como si se deshicieran apenas llegaban a él.

No me había creído del todo, incluso después de que Chloe me lo hubiera contado, que todos los alumnos de Nueva York se habían mantenido a flote durante tres años con el maná que Orion les suministraba; no había entendido sus quejas sobre lo poco que le quedaba. Pero ahora por fin estaba recargándose de nuevo, lo suficiente como para compartirlo, y el poder llegaba en lo que parecía un torrente ilimitado. Me di cuenta tarde de que no había dejado que viéramos lo mal que estaba; había funcionado bajo mínimos. Todo aquel curso había estado tan hambriento como jamás lo había estado yo antes de llevar el prestamagia de Chloe. Había pasado su último año, el año en que nuestros poderes realmente florecen, sin suficiente maná para llevar a cabo todo lo que podía hacer.

Y ahora que por fin lo tenía, pensé que podría entender mejor lo que me había dicho, porque para él no suponía ningún esfuerzo. No estaba sumido en un combate desesperado por su vida, contando cada gota de maná como un grano en un reloj de arena. Cada uno de sus movimientos, cada elegante barrido de su espada, cada hechizo que lanzaba, cada esfuerzo que realizaba, lo retroalimentaban, y no podías evitar sentir, al observarlo, que estaba haciendo aquello para lo que estaba destinado, algo tan perfectamente alineado con su naturaleza que le resultaba tan sencillo como respirar. No era de extrañar que le encantara cazar, que fuera lo único que quisiera hacer, cuando no solo se le daba extremadamente bien, sino que encima se veía recompensado con cantidades interminables de maná. Su propio cuerpo le había enseñado a desearlo más que nada, a desearlo tanto que había tenido que aprender a desear otras cosas.

Orion no volvió a mirarme, ni siquiera cuando salió a la superficie entre las olas asesinas; estaba demasiado ocupado. Y menos mal, porque si me hubiera mirado, le habría devuelto la sonrisa. Me alegraba, me alegraba mucho, incluso encerrada en aquella sala con todos los monstruos del mundo intentando llegar hasta mí, hasta Orion, porque después de todo no era la desesperación lo que se interponía en su camino, sino la torpeza de su aprendizaje. Era capaz de desear otras cosas. Yo no era lo único que él iba a desear durante el resto de su vida; solo había sido la primera de la lista.

Los mals seguían llegando, en un mar de horrores, y a medida que los alumnos de último curso empezaban a marcharse, también aparecían otros aún más grandes: eran los mals que habían estado más lejos de los portales, que habían oído la canción que los llamaba cuando los alumnos de primero o de segundo estaban pasando por primera vez; ahora habían llegado al punto de incorporación y estaban atravesándolo. Algunos eran tan monstruosos que apenas soportaba mirarlos: zjevarras y eidolones, pharmeths y kaidens, criaturas dantescas que acechaban bajo los enclaves, aguardando una oportunidad para devorarlo todo a su paso. Pero incluso cuando entraban las más horripilantes criaturas, no había ningún grito de pánico. Ya solo quedábamos alumnos de último curso, y nosotros mismos éramos los supervivientes de una pesadilla, los que habíamos sufrido la Escolomancia, los últimos que la padecerían. Aquello ya no era solo un sueño; veía cómo esa esperanza se hacía realidad en el gran número de mals que llegaban, y Orion estaba dejando sitio para más casi tan rápido como yo los traía.

Había empezado a creer que iba a salir bien. No quería hacerlo; estaba luchando contra la esperanza con tanta fiereza como Orion luchaba contra los mals. Pero no podía evitarlo. Los valiosos segundos seguían pasando. Liesel había escrito el tiempo que nos quedaba en el aire con números en llamas para que todos pudiéramos verlo. Cuando quedasen dos minutos, dejaría de cantar y daría el golpe final. Quedaban siete minutos y medio, solo siete minutos, y entonces Aadhya me llamó: «¡El!», y yo volví la mirada y me topé con ella: estaba casi al frente de la cola, que se movía rápidamente. Me sonreía, con la cara anegada en lágrimas, y al reflejarme en ellas vi que ya no era un portento resplandeciente, después de todo, era solo yo, solo El, y quise bajar y correr a abrazarla, pero lo único que pude hacer fue devolverle la sonrisa desde la plataforma, y cuando dio los últimos pasos hacia delante, me señaló y luego se llevó la palma de la mano a la cara: «¡Llámame!». Su número de teléfono, el de Liu, el de Chloe y el de Orion estaban escritos en el fino marcapáginas de los sutras. Yo no tenía teléfono, y mamá tampoco, pero le había prometido que encontraría la forma de llamarla, si lográbamos salir...

Y entonces, la promesa cambió. Ahora era si yo lograba salir: Aadhya dio los últimos pasos hacia la tarima, atravesó las puertas y salió. Estaba fuera, estaba a salvo, lo había conseguido.

Ahora conocía a todos los que se dirigían a la salida. A algunos no les caía bien; Myrthe pasó sin mirarme, con la barbilla alzada y la boca tensa; pero cuando el alumno de delante salió y vio que el portal se agitaba frente a ella, rompió en sollozos y se esforzó por mantener los ojos abiertos mientras corría hacia el exterior; y yo me alegré, me alegré por ella, me alegré de que hubiera conseguido salir también. Quería que todos salieran. Me había perdido la marcha de Khamis, de Jowani y de Cora; ya se habían ido. Nkoyo me dio un beso con las dos manos antes de subir corriendo las escaleras y marcharse. No vi a Ibrahim, no lo había visto salir, pero vi pasar a Yaakov con la cabeza inclinada y balanceándose ligeramente, llevando un chal de oración precioso y desgastado cuyos flecos brillaban con luz; sus labios seguían moviéndose incluso mientras caminaba, y cuando pasó junto a mí, levantó la vista y sentí un calor similar al de la mano de mamá al acariciarme el pelo, plácido y tranquilizador.

Les tocaba a los alumnos de último curso de Nueva York: Chloe agitó los brazos con fuerza para captar mi atención y formó un corazón con las manos antes de salir, y justo detrás de ella, Magnus levantó el pulgar en mi dirección, desplegando su actitud condescendiente hasta el final, pero ni siquiera me importó. Los había sacado del colegio. Los iba a sacar a todos. Solo había unos cien chicos en la cola —noventa y ocho—, no quedaba nadie que yo conociera, excepto Liesel que se estaba quedando ronca, y Liu, que tocaba a mi lado sin parar, guiándome con unas notas que no podía oír pero que sentía en los pies, y Alfie y Sarah y el resto de los alumnos de Londres —que ya deberían haberse marchado; sabía que les había tocado un número más alto que el de Nueva York en la lotería—. Pero todos se habían quedado atrás, para ayudar a Alfie a levantar el pasillo para todos los demás.

No me había esperado aquello de unos alumnos de enclave; los habían educado para hacer lo contrario, para salir de allí. Pero también habían sido criados según los valores de su enclave, ¿no? Les habían dicho, al igual que el propio colegio, que Manchester y Londres y sus heroicos aliados habían construido la Escolomancia movidos por la generosidad y el cariño, para intentar salvar a los niños magos del mundo; y quizá, al igual que había pasado con el colegio, el mensaje había calado más de lo que sus padres hubieran querido. O puede que si a alguien se le ofrecía una oportunidad razonable de hacer algo bueno, incluso un chico de enclave la aprovechara.

No conocía a nadie más, pero estábamos llegando al final de la cola, y al último grupo de alumnos de enclave, que se marchaban a Argentina; habían sacado uno de los números más bajos del lote, pero no habían montado ningún escándalo ni exigido que los colaran ni nada parecido; y como no lo habían hecho, ninguno de los otros desafortunados alumnos de enclave había tenido la desfachatez de quejarse. Eran cuatro, y pasaron en fila india y rápidamente, uno tras otro, excepto la última, que retrocedió gritando —era el primer grito que oía desde hacía un rato— cuando un milfauces atravesó las puertas.

No había duda del lugar de donde había salido. Había atrapado al chico de Argentina que acababa de atravesar el portal, que forcejeaba y gritaba pidiendo ayuda, pidiendo clemencia, con un terror absoluto que me resultaba familiar, mientras el milfauces seguía engullendo su cuerpo, incluso mientras atravesaba la puerta.

Debí de haber dejado de cantar. No creo que hubiera podido seguir cantando. No era un milfauces demasiado grande. Incluso puede que fuera más pequeño que el último, el primero, el único que había visto o tocado, el que seguiría viviendo en mi interior hasta mi último aliento de vida. Solo tenía un puñado de ojos, casi todos marrones y negros, bordeados de pestañas oscuras, horriblemente parecidos a los ojos del alumno que estaba siendo devorado; algunos de ellos todavía estaban lo bastante conscientes como para reflejar horror. Algunas de sus bocas aún gemían débilmente, y otras sollozaban o tenían arcadas.

Pero iba a volverse más grande. Atrapó a otros tres mals antes de entrar del todo en el salón de grados; los arrastró hacia sí y se los tragó, incluso antes de terminar de engullir al chico, a pesar de los golpes; no contaban con escudos de primera categoría para contenerlo. Y el chico también desaparecería, muy pronto; tan pronto como se le agotara el maná.

—¡Tomás, Tomás! —sollozaba la chica argentina, pero sin intentar acercarse a él. Nadie intentaba tocar a un milfauces. Ni siquiera otros mals, ni siquiera los más hambrientos y descerebrados, pues era como si incluso ellos pudieran intuir lo que les ocurriría si lo hacían.

La bilis me subió por la garganta. Liu seguía tocando; me lanzó una rápida mirada de horror, pero siguió adelante. Alfie continuaba sosteniendo el pasillo, con todos los alumnos de Londres detrás de él, aunque seguramente lo único que querían hacer era huir, correr para salvar algo más que la vida, pues lo peor de los milfauces era que no te mataban.

Les había pedido a todos que me ayudaran, y lo habían hecho; les había pedido que fueran valientes, que hicieran todo lo que pudieran, y no tenía derecho a pedirles que lo hicieran si yo no iba a hacer lo mismo. Así que tenía que bajar a por el milfauces. Tenía que hacerlo, pero no era capaz, salvo por el pequeño detalle de que al final del pasillo, en la barricada, vi cómo Orion giraba la cabeza. Si yo no bajaba, iría él. Abandonaría la barricada, dejaría que la marea de mals se colase por detrás, y se lanzaría a por el milfauces, porque Tomás estaba gritando, gritando cada vez más desesperado, mientras los tentáculos del milfauces se deslizaban inquisitivamente por su pecho, hacia su boca y sus ojos.

Bajé del estrado y crucé la tarima. Los últimos alumnos de la cola se separaron para dejarme pasar, mirándome fijamente mientras avanzaba, y el brillo de las protecciones alquímicas corrió como el agua sobre mi piel mientras la atravesaba. Los mals seguían entrando por el portal, pero daban un rodeo amplísimo alrededor del milfauces, que se había detenido tal vez para hacer un poco la digestión, y para tantear el interior de la silueta chamuscada que Paciencia había dejado atrás, como si estuviera considerando dónde acomodarse. Era como una pequeña mancha de tinta dentro de ese monstruoso contorno. Todavía no podía haber albergado demasiadas vidas dentro. Y yo tenía mi propio escudo, el sencillo y asombroso hechizo de escudo de mamá que ella le había regalado a todo el que se lo había pedido; todo lo que se necesitaba era maná generado por uno mismo, o recibido libremente, y Orion seguía vertiendo poder en mi interior como una cascada.

Tuve que cerrar los ojos para no mirarlo, y luego fingí que las puertas estaban frente a mí, que mamá estaba al otro lado, mamá y todo mi futuro, y era cierto, porque no podía llegar allí hasta que hubiera pasado por esto, porque el maldito y horrible universo quería que sufriera, así que salté hacia la boca del milfauces. Mientras su horrible superficie se cerraba sobre mí, lancé *la main de la mort* con toda la rabia y el maná de mil mals acumulados; volví a lanzar el hechizo, una y otra, y otra vez, con el cuerpo y la cara totalmente rígidos, y no sé cuánto tiempo pasó, no sé si fue una eternidad o si fueron tres segundos, pero entonces todo acabó y Liu me gritó: «¡El! ¡El, cuidado!».

Abrí los ojos, arrodillada y mojada, y me volví justo a tiempo para lanzar mi hechizo de muerte una vez más, de forma automática, directo a la horka babosa que acababa de entrar por el portal. Cayó muerta al instante, y su cadáver pasó deslizándose junto a mí por los escalones, encaramado sobre el horrible chorro putrefacto que aún rezumaba de la piel translúcida del milfauces; otros tres chicos estaban… estaban sacando a Tomás del charco de los restos de la criatura. Tenía las piernas en carne viva y ensangrentadas, pues era por donde el milfauces lo había agarrado, y el prestamagia que aún llevaba en la muñeca crepitaba; probablemente lo había sobrecargado, sacando suficiente maná para protegerse. Sarah se lo quitó de la muñeca y lo arrojó lejos; el prestamagia se desvaneció entre la multitud de mals y la pequeña explosión fue amortiguada por sus cuerpos.

Me arrodillé mirándolos, temblando. No me creía que lo hubiera hecho, ni que todo hubiera terminado; el mundo entero se había convertido en un borrón: los mals seguían entrando, y Liu seguía tocando nuestra canción.

—¡Levántate! —me gritaba Liesel—. ¡Levántate, estúpida! ¡Es la hora! ¡Solo quedan dos minutos!

Funcionó, y conseguí incorporarme de nuevo al mismo tiempo que el pobre Tomás. Uno de los otros le había dado un trago de poción, y parecía muy tranquilo y embriagado; la chica de Argentina le había pasado el brazo por los hombros y lo ayudaba a mantener el equilibrio. Entonces me di cuenta de por qué Liesel había estado gritando tanto: Alfie había movido la evocación para cubrirnos, para que no nos arrollaran, pero eso significaba que nadie más podía salir. Intentaba hacerla volver a su sitio, luchando contra los mals que seguían llegando, y el reloj casi había llegado al último minuto.

Pero solo quedaban veinte niños. No volví con Liu para seguir con el hechizo ratonera. En lugar de eso, me acerqué a Alfie y le puse la mano en el hombro, luego coloqué mis manos debajo de las suyas, para quedarme con la evocación; él quitó las manos lentamente y con cuidado, y jadeó y casi se derrumbó aliviado cuando se vio liberado. Lo agarré con fuerza y le inyecté maná, el maná que rugía sin cesar dentro de mí, y amplié la evocación, apartando a los mals, para hacer un pasadizo hacia las puertas.

—¡Marchaos! —dije, y los chicos de Londres se fueron, al igual que el resto de la cola; Liesel bajó de un salto de la plataforma y me puso el mentáfono en la mano; me resistí durante un momento, de qué iba a servirme si todos se habían marchado ya, pero me rodeó la mano con tanta determinación que me rendí y lo acepté, y luego se marchó.

La cola estaba vacía. Liu escogió las últimas notas, dejando que se desvanecieran para que la canción-conjuro terminase con elegancia, y luego bajó de un salto de la plataforma con el laúd y pasó corriendo junto a mí sin perder un instante en la despedida: el regalo de dejarme hasta el último segundo del precioso minuto que nos quedaba, con la música aún serpenteando por los altavoces, antes de que todos los mals se liberasen del hechizo ratonera; solo extendió una mano y me rozó el brazo con las yemas de los dedos mientras pasaba corriendo.

Y entonces todo llegó a su fin. Únicamente quedábamos Orion y yo, que seguía luchando en la boca de la barricada. Los mals no dejaban de intentar entrar, de pasar por encima de él, pero él los había contenido. Sin embargo, la interminable marea acabaría por desbordarlo y asfixiarlo, incluso a él. Le quedaban por delante horas —días y semanas— de enfrentamiento con ellos; tarde o temprano se desplomaría de puro agotamiento, de sed y hambre y falta de sueño, y lo atraparían. Pero no necesitaba retenerlos durante horas, días o semanas. Solo necesitaba un minuto y veintiséis segundos.

—¡Orion! —lo llamé. Por supuesto, no tuvo la sensatez de mirar hacia mí, y mucho menos de venir corriendo... y entonces, dedicándole a Liesel un pensamiento a mitad de camino entre la irritación y el agradecimiento, levanté el mentáfono y grité—: ¡Orion! —Aunque estaba luchando, se sacudió y volvió la mirada hacia mí; acto seguido, mató a otros seis mals, les lanzó un hechizo de celeridad a sus pies y salió disparado hasta derrapar y detenerse a mi lado.

—¡Ve! —le dije, pero ni siquiera se molestó en decir que no, sino que se volvió y se puso delante de mí para protegerme de los mals, que ahora entraban en el salón de grados a través de la barricada. Ni siquiera vinieron a por nosotros de inmediato. Dudo de que alguno de ellos quisiera perseguir a Orion después de los últimos quince minutos de matanza, y la música ya se había detenido, el banquete prometido se había desvanecido antes de que llegaran a él. Ahora solo entraban a raudales porque no tenían otro sitio al que ir, con toda la presión acumulada tras ellos.

Puse los pies en la tarima y comencé el encantamiento del supervolcán. Las primeras líneas ley brotaron bajo mis pies y avanzaron hacia las paredes como las líneas coronales de una explosión solar, y luego otras líneas aparecieron tras ellas. Cuando todo el suelo estuvo cubierto, todas las líneas salieron disparadas juntas hacia las paredes y el techo, y durante un momento sentí el edificio entero en mis manos, cediendo ante mí...

Cediendo de la misma manera que había cedido el suelo del gimnasio aquel día en el que los alumnos de enclave habían estado a punto de ponerse a luchar entre ellos. Cediendo para darme la oportunidad de detener la masacre. De salvar a más alumnos.

No había esperado sentir pena. No me había permitido pensar en que llegaría tan lejos, así que no había imaginado lo que sería sentir pena por el colegio, pero aunque lo hubiera hecho, no creo que hubiera podido imaginar la sensación que me recorrió. Pero, durante un momento, la sentí: la Escolomancia había hecho todo lo posible por nosotros, unos capullos desagradecidos, nos había dado todo lo que tenía, como ocurría en ese horrible cuento sobre el árbol generoso, y aquí estaba yo a punto de hacerla pedazos. Hice una pausa, en ese momento que divide las dos partes del encantamiento, y aunque tuve que apretar cada músculo endurecido de mis entrañas para no salir volando con el poder del hechizo reunido en mi interior, logré decir, en voz baja: «Gracias». Entonces seguí adelante.

Nunca había lanzado el hechizo por completo, por razones obvias. Y no creo que lo vuelva a hacer. En cuanto me sumergí en su interior, supe que en realidad no era un hechizo para crear un supervolcán: aquello era solo un ejemplo. Era un hechizo para desatar la devastación, para destruir el mundo. Había sentido de forma instintiva que serviría para demoler el colegio; ahora sabía que no me equivocaba.

Y los mals también lo sabían. Fue entonces cuando vinieron hacia nosotros, aunque no para matarnos, sino para escapar. El hechizo ratonera se había extinguido y los últimos portales se habían cerrado; ya no cabían por las puertas. Pero todo el colegio, hasta el último rincón, estaba repleto de mals y todos sentían que se acercaba el final: la columna de ceniza y fuego que se elevaba hacia el cielo, la nube gris que se extendía por todos lados.

Sin embargo, Orion había desplegado su espada-látigo, y estaba despejando el estrado; cualquier mal que intentara poner siquiera un dedo del pie en los escalones perecería bajo su látigo, así que ninguno de ellos quería subir. Los más pequeños intentaban salir por los lados; él los mataba con rápidas sacudidas que mis ojos ni siquiera podían seguir. Estaba cantando los últimos versos del encantamiento, y el suelo empezaba a agitarse bajo nosotros. Podía sentir cómo se dividían las paredes, cómo estallaban las tuberías por todo el colegio, y el grave gemido del suelo cuando comenzó a separarse del estrado. Las costuras estaban cediendo y ya asomaba una franja fina y negra de vacío.

Los mals estaban histéricos: dejaron toda reticencia a un lado, y Orion se enfrentó a ellos furiosamente, matándolos y haciéndolos saltar en todas las direcciones: los voladores nocturnos y los verdugos se lanzaron hacia nosotros, los ghauls aullaron al aire y los horrores cósmicos susurraron de forma frenética.

También se oyó un chirrido de metal detrás de mí: las puertas empezaban a cerrarse de nuevo. Los números de fuego en el aire marcaban la cuenta atrás: quedaban cuarenta y un segundos, y era hora de irse. Daba igual si unos pocos mals escapaban después de que nos hubiéramos marchado. Habíamos completado la misión; lo habíamos conseguido. Me detuve deliberadamente en la penúltima sílaba del hechizo. El aire que me rodeaba se agitó con el temblor del hechizo, que todavía no estaba completo, aunque faltaba tan poco que él mismo se encargaría del resto. Me reí triunfante, lancé la evocación de rechazo a nuestro alrededor y la hice avanzar escalones abajo, apartando a los mals a nuestro paso.

Orion se tambaleó en el escalón más bajo, y contempló salvajemente a los mals que acababan de quedar fuera de su alcance. «¡Vamos!», le grité, y él se volvió y me miró fijamente, sin comprender.

Y entonces el suelo se puso a temblar, pero no a causa de mi hechizo. El océano de mals que nos rodeaba se dividió como el Mar Rojo, precipitándose a ambos lados mientras una silueta titánica, más grande que las propias puertas, salía del hueco y se dirigía hacia nosotros, tan enorme que al principio ni siquiera me di cuenta de que era un milfauces: los interminables ojos y bocas eran tan diminutos que parecían motas salpicadas como estrellas sobre su figura. Todos los mals que no podían apartarse de su camino eran devorados sin descanso; simplemente pasaba por encima de ellos y desaparecían.

No era Paciencia; no era solo Paciencia. Eran Paciencia y Fortaleza. Chamuscados y hambrientos, y con el salón de grados completamente vacío, se habían vuelto finalmente el uno contra el otro. Se habían perseguido a través de las oscuras entrañas del colegio —lo más probable era que el colegio les hubiera habilitado espacios adrede, para alejarlos de las puertas y despejar la estancia para nuestra huida— hasta que uno de ellos había devorado al otro y se había acomodado para digerir tranquilamente a su víctima, un siglo de banquetes de golpe; aunque cuando se dio cuenta de que el colegio comenzaba a derrumbarse, fue presa del pánico.

Toda mi sensación de triunfo se desvaneció como un largo sendero de ceniza al desprenderse del extremo de una barra de incienso. Me había preparado para sentirme orgullosa de mí misma, autocomplaciente: lo había conseguido, había salvado a todo el mundo, había purgado al mundo de los maleficaria, me había enfrentado a mi mayor miedo y lo había superado. Estaba preparada para cruzar la puerta y presumir ante mamá de lo que había hecho, para esperar con la elegancia de una reina a que mi caballero de brillante armadura viniera a buscarme, a obtener su recompensa y la mía, y así podríamos emprender nuestra cruzada para adecentar cualquier rincón deslucido del mundo que aún necesitara ser pulido.

Lo cierto es que me reí a carcajadas, creo, no estoy segura; no me oía a mí misma, pero noté una carcajada histérica y asustada en la garganta. Me parecía increíble que jamás se me hubiera ocurrido que podría enfrentarme a aquello. Era incapaz de formar ninguna palabra, de trazar ningún plan coherente. Paciencia se abalanzó sobre la evocación de rechazo como un maremoto y nos cubrió por completo, envolviéndonos como una cúpula; sus ojos se aplastaron contra la superficie y nos miraron sin comprender. Se deslizó hacia abajo y se acercó a nosotros de nuevo: el maná rugió a través de mí con el impacto. No podría haber lanzado un hechizo mortal ni aunque este hubiera servido de algo: estaba destinando todas mis fuerzas a mantener activa la evocación contra una monstruosidad que no aceptaba un «no» por respuesta.

Entonces Tesoro sacó la cabeza y profirió un chillido agudo, y me di cuenta... de que no tenía que quedarme allí. «¡Orion!», grité. «¡Orion, vamos!». Estaba mirando a Paciencia a través de la cúpula de la evocación. En realidad no esperé a que respondiera; incluso mientras le gritaba ya lo había agarrado por el brazo. Lo arrastré conmigo hasta las escaleras, hacia las puertas. Rechinaron un poco; acababan de empezar a cerrarse lentamente. La grieta que rodeaba la base de la tarima se estaba ensanchando.

Paciencia volvió a golpear la evocación y yo estuve a punto de caerme; noté unas punzadas en los ojos. Estaba colgada del brazo de Orion cuando se me aclaró la vista; no se había movido. No volví a hablar, solo tiré de él, arrastrándolo un paso más hacia atrás.

Pero no le quitaba los ojos de encima a Paciencia. Su rostro reflejaba una luz feroz y terrible, un hambre que ya había visto con anterioridad, cuando había deseado con todas sus fuerzas acabar con algo. Y no podía culparlo: si había una criatura en el universo que merecía la muerte, era esa cosa, esa cosa horrible y monstruosa. Debía morir. Y la grieta que rodeaba la base de la tarima seguía ensanchándose, pero no a tanta velocidad como se cerraban las puertas.

Desde un punto de vista general, no tenía importancia si otros diez o veinte mals conseguían huir, pero sí la tendría si Paciencia lograba salir, si ese saco de muerte infinita escapaba, y seguía royendo eternamente los huesos de sus víctimas mientras engullía, imparable, a incontables otros.

Pero se nos acababa el tiempo: los números flotantes mostraban los últimos segundos.

—¡No podemos! —le grité, y al girar alargué el brazo, que notaba rígido, y desplegué una mano para contener otro golpe aún más potente de Paciencia. Tragué aire y arrastré a Orion un escalón más, hasta el borde mismo del portal, y entonces le solté el brazo y le agarré la cara con las dos manos y tiré de él para que me mirara—. ¡Orion! ¡Nos vamos!

Me miró fijamente. Los convulsos colores del portal brillaban en sus ojos y le salpicaban la piel, y él se inclinó hacia mí, como si quisiera besarme.

—¿Quieres que vuelva a darte un rodillazo? Tú juega y verás —le gruñí, indignada.

Se apartó de mí, y vi que tenía un color más normal en las mejillas. Su mirada se aclaró durante un momento; se volvió para contemplar a Paciencia, y entonces soltó una única carcajada; fue una risa corta y horrible. Se volvió hacia mí y dijo:

—El, te quiero un montón.

Y acto seguido me empujó a través del portal.

Sobre la autora

naominovik.com
Facebook.com/naominovik
Twitter: @naominovik
Instagram: @naominovik